Critical Moment

クリティカル・モーメント

批評の根源と臨界の認識

Yasunari Takada
高田康成——著

名古屋大学出版会

はしがき

一九三六年、カール・レーヴィット（一八九七―一九七三）は、ナチの迫害を逃れて東北帝国大学にしばし安住の地を得るべく、ナポリから船に乗って神戸に着いた。いわゆる「ハイデガー・チルドレン[1]」の中でも真っ先に父親批判を展開したこの哲学者は、意図せずして極東の帝国に約四年間を過ごし、その近代化に対して歯に衣着せぬ発言を残した。すなわち、日本の近代化・西洋化が物質文明の輸入に汲々として、ヨーロッパの「精神」とその「精神の歴史」を根本的に受け容れることなく、たとえば和魂洋才といった「自己愛」に溺れていると批判して憚らなかった。

> ヨーロッパの精神はとりわけ批判の精神である。……その批判の中に、あらゆるヨーロッパの進歩は基礎づけられているのである。そもそも現存するもの、国家と自然、神と人間、教義と偏見、これらに対する批判――すべてのものを捉えて問い質し、懐疑して研究するこの判別力、これはヨーロッパの生活の一要素であり、これなくしてはその生活は考えられないのである。……この特性とは、絶え間ない危機を切り抜けて前進してゆくこと、科学的精神、決然たる思考と行動、不快なことでも率直にのべること、帰結の前に立たせたり、その上結論を導き出したりすること、中でも、自分をずばり区別する個性、これらである。というのは、何に関与しようとも分かたれない、一つ

の「分割できないもの In-dividium〔個人〕」である一人の人間のみが、そもそも、自分と神を、自分と世界を、自分と民族あるいは国家を、自分と隣人（Mitmenschen）を、自分と己の「厭うべき吾 moi haïssable」（パスカル）を、真理と虚偽を、諾と否をそのように鋭く、確かに区別し、決定することができるのだから。(2)

ヨーロッパ「精神」の根底には、①国家や神を含むすべてを批判し懐疑する判断力、②それを支える「分割できない」個人、の両者が厳然と存在するが、「上滑り」の日本の近代化はそれを誤魔化して猪突猛進している、というのがレーヴィットの観察である。これを言うレーヴィットがいわゆる「オリエンタリズム」という西欧の傲慢を体現していないことは、この「後記」を付した書物『ヨーロッパのニヒリズム』がすなわちヨーロッパ文明の凋落を語るものであることからも明らかだろう。日本人が近代化の名の下に孜々として勉学に励んできたヨーロッパの文化文明の帰結はニヒリズムにあり、それはわざわざ輸入するに及ばない。ヨーロッパの文化文明から学ぶに値しまた学ぶべきは、ニヒリズムをもたらすにまで至ったその批判的「精神」にほかならず、それはすなわち上記の「判断力」であり「個人」でなければならない。

戦前の日本近代文化に関してレーヴィットが下したこの批判は、大戦後においてもなお根本的に妥当し、課題はいまだ果たされないままであるように見える。言うまでもなく問題は大きく、どこからどのように手をつけたらよいものか誰しも迷うところであろう。たとえば、文芸文化批評理論などという狭い分野においても、一九六〇年代の「新批評」の流行以来、さまざまな思潮や流派が「海外新潮」として受容されてきて、今日の「カルチュラル・スタディーズ」に至っているが、この現象についても、レーヴィットの根本批判はまだ妥当性を失っていないのではなかろうか。果たして、ヨーロッパに起源を持つ文芸文化批評理論の根底にある「批判精神」とはどのようなものであり、またどのように捉えたらよいものだろうか。およそこの問いに向き合うことなしに、近代の皮肉な遺産である「上滑り」に対して、自己批判を試みることはできないだろうし、本来的「批評」もおそらく実現しないだろう。

本書は、そのような課題に向けて、その手に余る大きさを自認しつつ、無謀にも試みられたゲリラ的論考である。

以下、本書の問題意識をもう少しパラフレーズした上で、全体の構成について述べておきたい。

「批評」の制度化とその根源的力の喪失

一言で言えば本書のねらいは、「批評＝クリティシズム」の原義にある「クライシス」すなわち「臨界」認識というその根源に立ち返ることにより、批評行為を活性化させることにある。一九六〇年代後半の世界的学園闘争と時を同じくして、「批評」は関心の的となり、七〇年代には「現代思想」の一環として注目され、八〇年代には大学においても市民権を得るところとなり、さらに九〇年代には、「カルチュラル・スタディーズ」として衣替えをして、制度的に確立したかに見える。しかし「批評」は、元来、エスタブリッシュメントの一角を占めて安住するような存在ではない。その本来的なモーメントは、認識世界の内側から、その「臨界」を見定めることであった、またそうであらねばならない。批評は再生されねばならないのである。

批評の歴史的根源と「臨界」の反省的認識

いわゆる「文学」(literature)と「批評」(criticism)はともに西欧近代の産物である。そのことはすなわち、両者が西洋近代を別して特徴付けるところの「世俗化」の過程において生み出されたことを意味する。「世俗化」とは、宗教的ヘゲモニーの能くする絶対的・超越的価値観から離れて、いわば無根拠の地平から自らの世界観を打ち立てるという、ラディカルな価値相対主義に立脚すると同時に、無限の自己反省性を要請する運動であり過程である。したがって、「文学」と「批評」もまた、伝統的礎に基づきつつ、あるいは無根拠を問いながら新たな言説空間を創造し、あるいはまた自己批判を繰り返しながら自らの言説空間の臨界を問うことをそれぞれの任務とする。

「臨界」の特質と多様性

世俗化の過程において批評を生み出したところの言説空間の「臨界」を垣間見るとき、そこでは、きわめて逆説的ではあるが、超越的・普遍的な視座の介入が不可避である。いわば絶対的価値相対主義の地平には「クリティシズム」は起こりえない。「批評=クリティシズム」は、あくまで自己反省性を生命とするとはいえ、言説空間の臨界についての積極的な判断であり、区別・分別であり、したがってある種の絶対性を要件とする。「臨界」を見極める「批評」は、相対性と絶対性の弁証法的ダイナミズムに敏感であらねばならない。そして当然、「批評」が向かうべき対象がさまざまであるように、「批評」が見るべき「臨界」もまた等しく多様である。「批評」が西欧近代の産物であることを考慮すれば、その分析は西欧近代の文化形成を特徴付けるいくつかの局面あるいはモーメントであるべきであり、本書では、それを五つのテーマ系（①古典と俗語文学、②政体と主体、③キリスト教と異教のトポス、④人文主義と国家、⑤歴史と他者）に大別し、それぞれにおける相対性と絶対性の弁証法的ダイナミズムを分析することを通じて、それぞれの「臨界」の多様な現れを具体的に浮き彫りにしようとする。

本書の構成

第Ⅰ部「古典と臨界」では、「古典」という想定的絶対基準を介在させることにより、近代に支配的であった国民国家文学の「臨界」を垣間見ると同時に、逆に（「批評」を含む）近代思想に深く内在する価値相対主義を批判する哲学的古典主義を論じて、批評における古典の効用を説く。

具体的には、「英文学」という俗語国民国家文学を外部に向けて脱領域的に検討し直す一方で、内的にもその歴史的深層に光を当てて本来的な多様性を顕在化することにより、脱領域的姿勢と文化の深層分析という本書全体におよぶ視座を確認する。その上で、さらに、二十世紀後半の構造主義、脱構築論に代表される「知の地殻変動」と呼ばれる一連の思想運動を集約する「新歴史主義」を取り上げ、歴史主義と文化相対主義にまつわる問題群を検討する。文化相対主義的な問題は、西欧文化においては、おのずからそれを容易に許容しない超越的絶対の対立軸を予想させる。それは「文化の深層」に由来し、たとえばユダヤ思想の底流はその一例であり、それと「新歴史主義」との対比をもって第Ⅰ部を閉じる。

第Ⅱ部「政体と臨界」では、古代ローマ史に発する政体論のパラダイム「共和政と君主政」が、いかに西欧近代文化に受容されたか、またその政体論の構造がいかに近代の「主体」形成にかかわったか、について演劇作品を通じて検証することにより、政体と主体の「臨界」を浮き彫りにする。

具体的対象としては、シェイクスピアの三作品を取り上げ、歴史と自然、主体と権力、世俗と超越といった西欧文化史の基本問題を、二十世紀の批評理論との関係性の中で検討する。『コリオレイナス』では、キリスト教の超越神を知らないローマといういわば世俗的次元にとどまる超越の問題を論じ、『ジュリアス・シーザー』では、キリスト教的終末論（時間的超越）のない世界での再現的（リプリゼンテイショナル）存在を検討し、『オセロー』では、自然との関係における世俗的時空の地平の産出を見いだす。これにより、文化の深層にある超越の問題が、世俗的近代の文化相対主義とどのように衝突し、矛盾したかを検証する。

第Ⅲ部「トポスと臨界」では、キリスト教的伝統にある絶対的トポス（たとえば楽園）の近代の世俗化における変容、あるいは逆に、異教古典古代のトポス（たとえば噂・名声の女神ファーマ）のキリスト教的伝統との出会いにおける変容、を見ることによりそれぞれの「臨界」を跡付ける。ダンテのいわゆる「フィグーラ」（アウエルバッハ）の視座もまた同様に脱構築される。

すなわち、脱領域的に近代英文学から逸脱して、古代・中世から近代に至る経緯の中で現出した「世俗化の過程」を、西欧文化史の中心的主題である「楽園・庭」、「ファーマ（噂・名声）」、を具体例として通時的に辿る。このことにより、伝統に潜む深層文化がいかに世俗化の過程において連続的に効果を発揮しているかを見とどける。チョーサーについては、ヨーロッパ大陸の文化伝統を総合したダンテの根本的な批判という形で分析する。

第Ⅳ部「人文主義と臨界」では、ルネサンスの人文主義的理念である共和政体、演劇的精神、国民文化、それぞれの臨界をイタリアのムッサート、英国のトマス・モアとエドマンド・スペンサーの考察を通じて浮き彫りにする。

具体的には、中世からルネサンスへの移行期を代表する三人の詩人・思想家のテクストを分析しながら、そこに現れる緊張と矛盾に、文化の深層と歴史的認識との相克を読み取る。プロト・ルネサンスを代表するムッサートの「共和政」概念に見える矛盾、ルネサンス初期のトマス・モアでは、にわかに台頭した国家至上主義とカトリシズムの対立という形で、ルネサンス盛期のエドマンド・スペンサーでは、自然の再生神話と救済史観との並列という形で、それぞれ超越と世俗の相克は変奏を奏でる。

第V部「歴史と臨界」では、特殊西洋近代の産物と言うべき「歴史」概念を、その他者たる古代ギリシア、ユダヤ的超越史観、そして東洋を対抗軸として立てることにより、その臨界を浮き彫りにする。

第一に、ユダヤ・キリスト教とともに西欧文化の超越的装置を支えるもう一つの柱である古代ギリシアの問題を扱う。世俗化された救済史観が近代の歴史になるとすれば、古代ギリシアの超越性はいかなる形態を取って世俗化されるかという問題を、テクストと起源というアポリアを通じて考える。第二には、カール・レーヴィット＝レオ・シュトラウスの「近代論をめぐる書簡」を手掛かりに、「近代」の構造と臨界を浮き彫りにする。最後に、カール・レーヴィットが提示する、自然（東洋）と歴史（西洋）という二項対立の意味を再考することで、西欧文化史に深く根を張る「歴史」と「超越」の相即性を再確認することにより、「臨界」の視座をいま一度確認して、議論を閉じる。

以上のように本書は、西欧近代からその伝統に遡って、重要な局面における「臨界」の認識を跡付けることにより、「批評」の根源を問い、「批評」の本来的機能を再認識しようと試みるものである。

目　次

第I部
古典と臨界

J. M. W. ターナー『カルタゴを建設するディドー，あるいはカルタゴ帝国の興隆』1815年（London, The National Gallery）

第1章　俗語文学と古典

1　外国文学研究の臨界

脱近代の目覚め

その昔、英国に留学していた一九七〇年代後半のことである。ある晩、ふとラジオのチューナーを回すうちに、突然、「あなた好みの、あなた好みのーお、オンーナになりーたい」というあの名曲『恋の奴隷』（一九六九年）が耳に飛び込んできた。西ドイツの放送局だったと記憶するが、なぜそんなところから奥村チヨの名調子がかかったのかはよく分からない。それも当時すでに本国日本でも懐メロに属すべき歌である。理由はともかく、この偶然に聞こえてきた『恋の奴隷』という名歌に、私はひどく感動した。そのはるか以前に、すなおに奥村チヨのことが好きだったということにとどまらない。

考えてみれば、そもそもこの歌は時代錯誤的であること甚だしい。さらに言えば、ブラック・ユーモア的要素を備えてさえいるのかもしれない。男尊女卑の封建的な価値と秩序の下に、自らを無にして男性に欣然と尽くす女性など、当時も今もまずいるはずがない。ましてや西欧の二十世紀後半においては、想像するだに困難な存在で、いかなる形であれそんな馬鹿げた事態をわざわざ言葉に発して表現するなど考えも及ばない。「前近代」も甚だしいということだろう。

おそらく、これらさまざまな思いが瞬時に交錯しながら脳裏をかすめた結果なのだろうか、ともかく私はいたく感動したのだった。それはノスタルジアというには生々しい感情であり、ホームシックとして片付けることができるほど簡単な情緒ではなかった。

いたずらに些細な問題を複雑にするつもりはないが、この名歌には、近代化を成功裏に終わらせたという我々の自負と自信をいわば逆手にとって、日本の近代を真っ向から笑い飛ばしてみせるといった豪胆さが見え隠れする。この歌に私が妙に感動してしまったのは、ささやかな自分の「留学」体験の中に、まさに我々の「近代」が抱える明と暗とを覚えず垣間見てしまったからではないか。言うまでもなく、いわゆる「留学」と「近代化」とは相即不離の関係にあるだろう。試みに『広辞苑』を引くならば、「留学生」とは「外国で学術・技芸を研究・習得する学生」とある。学術・技芸が高度に発達した地域（西洋近代国家）へ出かけていって、それを研究・習得することがすなわち留学であった。となれば、しかし、いわゆる「脱近代」が堂々と宣言されていた時代に、悠然と「留学」を続けるとするならば、その矛盾は早晩意識される運命にあった。

今ここで、一九七〇年代以降の日本が果たして「ポスト・モダン」状況に至っていたかどうかという面倒な問題には立ち入らない。ただ少なくとも、「(一九) 六八年」という象徴的な歴史的時点を境にして、西洋列強に追いつけ追い越せという「近代化」はその意義を失っていったと言えるし、それは確認しておかなければならないだろう。リオタール（一九二四―一九九八）の『ポスト・モダンの条件』が出たのは一九七九年だが――当時英国で中世ラテン文学などという世間離れした分野に就いていた私の知る由もなく、ようやくそれを読んだのは小林康夫の翻訳（一九八六年）を通してでしかない(1)――、奥村チヨの妙なる歌声に私が深く感動したのもちょうどその頃のことであった。

さて、「近代」の「留学」というものは、文化的なコンプレックスの問題と切り離して考えることができない。裏にコンプレックスが根深く潜在するとすれば、表には（いわゆる「箔が付く」の）「箔」の優等意識がちらつく。洋行帰りをもって名誉西洋人になるのと、逆に国粋主義に転じて東洋ないし日本文化至上主義者に変ずるのとは、同じ事態の異なる現れにすぎない。別の見方からすれば、「留学」先の国なり文化とは、およそ対等互恵の関係を持つことができないということである。ここで問題になるのは、自然科学ではなく人文学系の学問の場合、対象とする文化の中に育った者と局外者とでは、研究者として同じ土俵に立つことが理論的にも実際的にも不可能だという事情の認識である。外国文化の研究者の場合、研究対象は「留学」先の文化の産物であり、研究に際して同じ土俵で勝負ができないというもどかしさが必然的に立ちはだかる。近年のこれは「近代列強文化研究」に避け難く付きまとう悩ましき問題にほかならない。ポスト・コロニアリズムという流行もまた、この「コンプレックス（複合体）」の別の側面にすぎないだろう。

グローバリゼーションと「留学」の終焉

もっとも、このように文化の壁にかくべつ拘泥するのは、それこそ特殊「近代」の性癖なのであって、時代の変遷とともにすでに異なる状況になっているのかもしれない。近代のいわゆる「留学」は、外地に「留まる」から留学であった。ところが、プラザ合意（一九八五年）あたりからだろう、盆暮れに帰国する留学形態が学生と若い研究者たちの間で始まった。それほど日本の伝統的風習を大事にしている風にも見えないのに、帰るのである（それなら、お中元やお歳暮を寄こすかというと、それも一切ない）。最近はさらに進んで、単に風邪が治りにくいのでと学期中に帰って来るのまでいる。健康は大事であり、命あっての物種とも言う。縁起でもないが、「異国で客死する」などという表現が確かにどこか似合わない時代になってしまった。

しかしこれしきのことで驚いてはいけない。「カルチュラル・スタディーズ」と言われるお作法の出現によって、ひょっとすると外国へ行く意味さえなくなったのかもしれないからだ。その傾向が正確にいつ頃から始まったものか判然としないが、文学・文化研究を行う学生と若い研究者たちの言うことが皆ほとんど同工異曲に聞こえ出したように思えて仕方がない。その金太郎飴の断面を覗けば、アドルノ、J・バトラー、デリダ、ドゥルーズ、フーコー、ラカン、サイード（ABC順）などといった面々が七福神よろしく帆掛け舟の宝船に納まっている。ほとんどの学生が、この宝船からつまみ食いをして話す。もちろん、この豪華な七福神に文句のあろうはずはないし、そのどの柱からだろうと、つまみ食いをして悪いわけがない。問題はしかし、そのグローバル・スタンダード化である。

博士号を取得しに日本の大学からフランクフルト大学に留学している優秀な学生がいて、こういう時代だからメールが時々入ってくる。この学生自身は古典絡みのことをしている少数派に属するので局外者だが、かの地で文系の多数派学生に人気のある分野となると、やはり「カルスタ」らしい。そこで何が読まれているのかと尋ねれば、果たせるかな「七福神」が中心となっているという。学生いわく、ほとんどをドイツ語で読むということを別にするならば、東京で「カルスタ」をするのとフランクフルトでそれをするのと大差はない。東京とフランクフルトでそうならば、ブライトンでもロスでも香港でもどこでも、「カルスタ」がある限り事情は根本的に変わらないことになるだろう。いわゆる「本場」の喪失であり、それはそれとして歓迎すべき事態に違いない。[2]

しかし、言うまでもなく、外国文学研究としての英文学は「カルスタ」ではなく、「カルスタ」に等しい遍在性を享受しない。英文学の「本場」（これ自体すでに古いか）はいまだに英語圏にあり、ポスコロ流の英文学さえ洋行帰りが持ち帰るかに見える。

漱石の形式論と趣味の問題

さてその昔、洋行帰りの漱石（一八六七―一九一六）は、だからといって名誉西洋人などにはまずなりそうもない江戸っ子で、だからだろうか、英文学研究において英国人と同じ土俵で勝負できないことをマゾキストのように確認して、「英文学形式論」（一九〇三年）を講じた。[3]

> 私は此講義に於ては、吾々日本人が西洋文学を解釈するに当り、如何なる経路《プロセス》に拠り、如何なる根拠《グラウンド》より進むが宜しいか、かくして吾々日本人は如何なる程度まで西洋文学を理解することが出来、如何なる程度がその理解の範囲外であるかを、一個の夏目とか云ふ者を西洋文学に付いて普通の習得ある日本人の代表者と決めて、例を英国の文学中に取り、吟味して見たいと思ふのである。[4]

西洋自身でさえ「文学」概念について明確な定義を持ち合わせず、(5)しかも「英文科」がまだイギリスの大学に普通でなかった時代に、英文学研究を修めるべく官命を受けて「留学」をしてしまった漱石の苦衷は察するに余りあり、贅言を要さない。その苦衷をもたらした「文学」概念の定義へ向けての格闘の跡は、そのままこの講義の序章に如実に見て取れるだけでなく、講義全体の構成の乱れとして窺うことができる。すなわち、議論の便宜のために文学を形式と内容に大別し、形式を論じたのちに内容に進み、その上で両者の関係を考察し、「更に進んで文学が人間に及す効果《エフェクト》は如何、其効果は奈何なる規則によつて支配せられるものかを見、最後に芸術家が製作する時の快楽と、読者の快楽とを分析する積りである(6)」という大構想を最初に予告しながら、実際は形式を論じるのみで、やや唐突に「総括」をもって閉じてしまう。漱石の講義を聞き、複数の講義ノートからそれを復元した皆川正禧によると「時間の欠乏の為形式の部を辛じて終へたに止まり、初めに約束された内容其外の部は触れずにしまつた(7)」由であるが、ここにおいても、漱石がいまだ格闘中であったことが分かるのではあるまいか。

さて、「一個の夏目とか云ふ」我々のよく知る卓越した知性と鋭敏なる感性の持ち主が、「普通の習得ある日本人」であるわけがなく、それを代表してもらっては大いに迷惑だと我々としては感じざるをえないが、幸いにして、そのことによって中心主題――「吾々日本人は如何なる程度まで西洋文学を理解することが出来、如何なる程度がその理解の範囲外であるか」――をめぐる肝心の議論が正当性を失うということはいささかもない。

話題を文学の形式に限定した漱石は、その形式を以下のように分類する。

（A）「智力的要求を満足さすので面白味を感ずる形式。」
（B）「単に智力的要求を満足さするのみでなく、種々の聯想から興味の来るもの。」
（C）「歴史的の発達から趣味の養成せられた形式。」[8]

大方の読者はこの分類にまず面食らうに違いないが、「智力」（intellect）対「聯想」・「趣味」（association/taste）という二項対立を中軸として議論が組み立てられているのだと気がつき、その二項対立を成立させているものが形式の理解における普遍性の有無であると把握するに及び、はたと納得するのではなかろうか。そもそも漱石の言う「形式」はやや不分明な概念であり、「意義」などという普通は「形式」ではなく「内容」に属すると思われる要素まで含んでいて、その意味で（A）の箇所の議論はすこぶる分かりにくい。そうした中で上掲の分類が与えられるわけであるから、読者は漠然たる気持ちにならざるをえない。ところが（B）に至って、議論の所在が、外国語における言語表現の適切さに関していかに非ネイティヴが正当に判断できるか、という古くて新しい問題にあることが判明すると、すべては一気に氷解する。

> 彼等［ネイティヴ――引用者注。以下同］の精撰したる、一名詞、一動詞を一々御尤もと拝見する程贅沢にはなつて居らない。唯吾吾日本人は、甲なる言葉が乙なる言葉よりも此場合、一層適切であると考へる位に、彼等に同情をすることが出来るのみであつて、此を秩序的に分析し、何故に甲が乙よりも勝つて居るかを示すことは出来ない。[9]

これとは対照的に、(A)として分類した形式のほうは、その下にさらに下位区分を設けてやや細かい議論を行うが、総じて「智力」という普遍的な能力に依拠する解釈であるために、外国人であろうとも「秩序的《システマチカリー》に或いは論理的《ロジカリー》に」[10]理解しうる類のものである。一方に言語文化をある程度超える普遍性のある意義があれば、他方に言語と文化にどっぷりと根を下ろした土着的な意味(「趣味」)があるのだが、外国文学研究という観点からみたとき、前者はよいとして、果たして後者はどれほど把握可能だろうか。これは、外国文化研究者ならおそらく一生に一度は必ず悩まねばならない原理的な問いにほかならない(英語の感覚が分かるか分からないか、誰しも悩むところである)。

これはすなわち「英文学の根本問題」と称しても過言ではないだろう。「英文学」が主に日本に生息する日本人の営為として意味があり、したがって本質的に非英語ネイティヴの仕事とされるのであれば、「英文学」の対象領域はそのまま非英語ネイティヴの「英文学者」に備わる知性と感性の能力の範囲ないし限界と重なるだろう。とりあえず知性、漱石の言う「智力」はまずよいとして、問題は感性、漱石の言う「趣味」のほうである。

　要するに全然普遍のものを根拠として批評するか、さもなければ、或程度まで外国人として解し得る性質《クオリティー》が客観的《オブジェクティーブ》に存在する場合に、此を批評の要因《ファクタア》と定めるのである。然し以上の標準のみならば評価の場合左程の困難を感ずることはないが、爰に又偶然《チアンス》の聯想《アツソシエーシヨン》よりして、或形式に吾々が愛着する趣味《テースト》で以て取捨を決する場合がある。そしてその場合が存外に多いのである。此が外国文学を鑑賞するに困難なる所以である。[11]

歴史（「偶然の聯想」）が醸成する「趣味」は外国文学研究者にとっては宿敵である。漱石はそれを迎え撃とうとして、（C）「歴史的の発達から趣味の養成せられた形式」なる項目の下に、ごく大雑把ながら十五世紀のマロリーから十九世紀のオリファントにいたる文体の分析を挙行する。(12) 思わず漱石の英語力と頭のよさに惚れ惚れしてしまう部分ではあるが、その議論の結果は我々にとって一向に意気の揚がらないものとなっている。

歴史的習慣より養はれたる趣味は偶然のものである。此に付き束縛を感ぜない吾々は、文学《リテラリー》の形式《フォーム》を鑑賞《アプレシエート》するに於て鈍感《ダル》であり、損失《ロス》が多い訳である。(13)

果たして漱石以降の日本の英文学は、この鑑賞における鈍感と損失の問題とどのように取り組んできたのだろうか。漱石自身はその原理的困難を確認したためだろうか、江戸っ子らしくさっさと英文学を廃業して、鈍感になることなく損失もない日本語での創作に転じた。この漱石が体現した外国受容から自国創作への転向あるいは栄転は、ゆくりなくも、その後一つの伝統をなして今日に至っている。しかしこれは英文学ではない。そしてその英文学はと言えば、漱石が示したいま一つの理論的可能性、「全然普遍のものを根拠として批評する」主知主義的傾向を暗黙の前提として盛衰を果たしてきたのではなかろうか。いつの間にか台頭した「批評」という名の下に、「趣味」と「鑑賞」の問題を等閑に付してきた恐れはないだろうか。

2　国民文学研究の衰退

ところで、長期的視野に立つならば、英国は今や永らく享受してきた世界に冠たる大英帝国の気分をようやく捨て、ヨーロッパの一員としてその統合計画に参画する段階に入っている。ＥＵ参加の動きと香港返還が時を同じくして進行していたのはまさに象徴的事態と言えるだろう。大英帝国およびその延長線上に意識されて来た英連邦の時代には、まさに英国に日の沈むことはなく、その視線が中央ヨーロッパに独占的に注がれることはまずなかった。もちろんヒトラーの第三帝国の顚末に代表されるように、すでに二十世紀前半から大英帝国の時代は終わり、世界は米露独日の時代に入っていた。しかし「オー、ブリタニア」の利権と優越感は忘れ難く、ＥＵ参画への道はなかなかに険しく、そのための心の準備もままならない。

大英帝国の文化体制からＥＵの一員としての文化体制への変換は、おのずと英国に関する我々の研究にも質的変更を迫らずにはおかない。明治以来、仏文学と独文学に並んで傑出した「文化人」を輩出してきた「英文学」は、言うまでもなく大英帝国の文化的ヘゲモニーの申し子にほかならなかった。日本の「英文学」は近代の「国民文学」であり、しかも世界をリードする「西欧文明・文化」の最先端に位置するものとして構想された。西欧近代に誕生した文物として、ギリシア・ローマ古典文化を手本とする人文主義にかたどられ、世俗化したキリスト教文化の大枠に収まるものであった。古典主義とキリスト教的倫理と国民的伝統と帝国主義を融合する理想的「英文学」像は、マシュー・アーノルド（一八二二―一八八八）の「力技」によってその文学論に結実することになったが、[14] この文化と無秩序の化合物としての「英文学」は存外永く生き延びることとなった。極東の新進気鋭の帝国の立場からすれば、この列強最大の文学を学ぶことはすなわち国際語の練達に通じるばかりでなく、近代を支配した西欧文明・文化を理解するための近道を意味した（独立に際し、アメリカ合衆国は一票差でドイツ語ではなく英語を公用語として採択していた）。いまだに我が国の「英文学」研究が、いわば「水平対話発信型」ではなく、主に「垂直翻訳受容型」にとどまるのはおそらくこうした歴史的経緯によるところが大きい。

あやういバランスの上に成り立った文化的混合物としての「英文学」は、おのずとその矛盾を露呈してゆく。ギリシア・ローマの古典文学と近代の英国国民文学とを繋ぐためには、個別「文化」を超えた普遍的な「文学」という精神的な王国あるいは共和国を想定しなければならない。この種の文化的普遍主義は政治的に作用して植民地主義の文化政策に大いに貢献するだろうが、逆に近代国家の原則である俗語言語文化の個別主義に抵触する。英文学学徒からすれば、「英文学」の理解のために、さらに古典語古典文学の修練が要るなどとなれば法外としか言いようがない。キリスト教的倫理についても、文学が近代特有の世俗的創造活動である以上、早晩、消え入るまでは行かないまでも、満身創痍の状態を迎えざるをえない。近代以前から、文学は大いに混沌と破壊を愛するものであり、不道徳と同棲して憚らない。帝国主義に至っては、ローマの時代から永遠にそれを享受した国はどこにも存在しない。栄華必滅の原則は極東の我々のよく知るところでもある。

シェイクスピアとミルトンという巨人の双璧に欽定訳聖書。この三者をまず読むべしというのが帝国大学的英文学の標語であった。[15] この標語がどこまで実行されたかは、さしあたって問わないほうがよいだろう。少なくともここには、控えめな「古典主義」と強烈な「キリスト教的倫理」と適度の「国民的伝統」の融合を果たそうとする日本版アーノルド路線が構想された。後代の者のみが享受しうる歴史的高みからの発言が許されるとするならば、アーノルドの場合と同様、この偉大な路線に欠けていたものは「理論的自己反省」の視点であった。シェイクスピアは「自然に」国民的詩人となったわけではないし、ギリシア・ローマの古典的威厳も「おのずと」確立したわけではない。文学とキリスト教倫理との関係はさらに微妙な問題であるに違いない。帝国主義的アンダートーンは、その真偽は別として、いずれどこかで検閲を受ける運命にあるだろう（日本を代表する国際的な英文学者の山内久明氏が、あるとき大韓民国の国際会議に招かれて講演をした際、かの地の若手研究者から「日帝の英文学」というレッテルの存在することを聞かされ、度肝を抜かれたという）。

このわずか数十年の間に、英文学は様変わりをした。古典（ギリシア・ローマ）文学の世界的凋落は誰の目にも明らかであり、明治大正の文豪がその不在を嘆いたような、「古典の素養」論などすでに今は昔、すっかり姿を消してしまった。それどころではない。アメリカ合衆国に出現した「ポリティカル・コレクトネス」（PC）の潮流は、ヨーロッパ中心主義の本家本元アテナイに逆流遡行し、今や「最古の死せる白人系ヨーロッパ人男性」（the Oldest Dead White European Males）[16] と異名をとる白人文化の源流ギリシアを家元の座から引きずり下ろし、その代わりに黒人文化アフリカを据えようとする「ブラック・アテーナ」説の極論にまで及ぶ[17]。ヨーロッパ中心主義を支える文化史は、ほとんどすべて白人西洋人がでっち上げた剽窃の歴史だと主張するのである。また、サイード（一九三五—二〇〇三）以降の時代に、キリスト教倫理を前面に出したり、あるいは植民地主義を等閑に付したりする英文学は考えにくい。あるいはまた、シェイクスピアばかりでなく、あらゆる国民的詩人についても、いかなる経緯において国民文化の代表者として創出されるに至ったかが、問われることになった。そればかりではない。英文学そのものも、それ自体の文化的産出に関して、そのメカニズムが分析の対象とならねばならない。英文学は文芸批評の応用篇と化したかに見える。

このような知的地殻変動は、象徴的に言うならば、一九六八年に発する。以降、西欧近代文化を裏付けてきた「人文主義」、「ヨーロッパ中心主義」、「植民地主義」はますます激しい批判の的となった。この脱近代の運動において、そもそもキリスト教はニーチェ（一八四四―一九〇〇）とともにとっくに死に絶えた存在であった。「人文主義（人間中心主義）」はロラン・バルト（一九一五―一九八〇）あるいはミシェル・フーコー（一九二六―一九八四）とともにその核と思しき「主体」の喪失が確認され、「ヨーロッパ中心主義」はレヴィ＝ストロース（一九〇八―二〇〇九）とともにその優越意識を理論的に殺がれることになり、さらに「植民地主義」はオリエンタリズムの標語の下にサイードとともに先鋭な形で否定的に意識されることになった。(18) こうして旧来の権威権力が批判の大波に洗われるうちに、当然ながら、従来虐げられ続けてきた人類の半分が、フェミニズム・ジェンダー研究という形で、応分の権利を主張し出した。

このような知的雰囲気の中で一躍脚光を浴びることになったのが「文化研究」（Cultural Studies）という分野であった。旧来の人文主義が「選良主義」と「伝統主義」を標榜する「古典主義」に立ったとするならば、この新参は「平等主義」と「改革主義」を実践する(19)「文化相対主義」に立つと言えるだろう。容易に予想されるように、この新しい潮流はそのメッカ英国においてよりもアメリカ合衆国において力を発揮することになった。そもそも、ヨーロッパの人文主義的伝統と袂を分かとうとする「アメリカン・スタディーズ」を構想したお国柄である。「文化相対主義」が全体主義化し、政治と文化の区別がますます模糊として錯綜する中、アラン・ブルーム（一九三〇―一九九二）の『アメリカン・マインドの終焉』[20]（一九八七年）から、その後のメアリー・レフコウィッツ（一九三五―）の『ノット・アウト・オヴ・アフリカ』[21]（一九九六年）まで、行き過ぎた「ポリティカル・コレクトネス」との戦いは続く。伝統主義が深く根を張る英国においても、時代の要請に応える形で「英文学」に変革が進行した。保守の牙城オックスブリッジでも、レイモンド・ウィリアムズ（一九二一―一九八八）からテリー・イーグルトン（一九四三―）へと「英文学」の一部は「文化批評」（Culture Criticism）への道を辿っている。ウォリック大学など新興大学では、いよいよ British Studies を名乗る学科も出始めた。

英国が、世界を睥睨するその誇り高いまなざしを、現在の間尺に合わせて和らげながら、欧州の一員としてブリュッセルあるいはストラスブールに注ぎ始めるようになるまでの間に、「英文学」も変容をとげ、文芸批評あるいは文化研究といった新たな装いの下に営業を行っているかに見える。モットーは「脱近代」、「反人文主義」、そして「文化相対主義」。そのいずれも、ＥＵ参加後の英国文化研究体制を構築する上で重要なものであろう。同時にしかし、そのいずれもが等しく障碍になりうることも認識しておかねばならない。

「六八年」に端を発する批評理論は本質的に「脱近代」志向であり、その延長線上にＥＵ参加後に適した英国文化研究を構想するのは危険であるばかりでなく誤りである。デリダ（一九三〇―二〇〇四）のディコンストラクションが象徴的に示すように、一九六八年以来の批評的原理は「西欧の中での脱構築」にほかならない。「西欧」のどのアスペクトを脱構築の俎上に載せるかは論者の器量と洞察力と戦略によるだろうが、いずれ脱構築の効力は、構築されてきた「西欧」の範囲を超えることはない。デリダは西欧の外に知的興味を示さず、「英文学」同様、極東のラヴコールは片思いに終わらざるをえない。「英文学」と「文芸批評理論」の関係を、「西欧」と「脱構築理論」との関係に見立てるのは意味のないことではないだろう。「英文学」が近代西欧の典型的な産物であるとするならば、脱近代志向を標榜する一連の「文芸批評理論」は近代西欧という文化的磁場の埒外に効力を発揮することはまずないだろう。そして言うまでもなく、日本はどう転がってみたところで明らかに近代西欧と同じではないし、いわんやポスト・モダンでもない。西欧文芸批評をみごとに消化する日本の英文学を評して、「西欧近代流の建物を普請すると同時にそれを壊す作業に入るという離れ技だ」と、畏敬する英文学者出淵博氏は言った。この離れ技を難なくこなしてきた英文学的知性には驚くべきものがあるが、EU時代に適した「英国文化研究」は是非ともこの普請と解体の相半ばする不経済から抜け出さねばならない。

脱近代志向あるいは反人文主義には、当然ながら、過去に学ぼうとする姿勢が甚だ稀薄である。しかし大英帝国的メンタリティーからEU時代へというような一大変革期には、歴史を遡って過去を洗い直す作業が、内と外の双方の視点から等しく要求される。新歴史主義の能くするようなマージナルな歴史探訪ではなく、[22]正面切って行うところの正攻法の歴史的見直しの作業である。ポスト・モダン論において今は昔とされた「大きな物語」の復権とでも言おうか。

相次いで公刊されたロイ・ストロング（一九三五―）『英国物語』（一九九六年）、そしてノーマン・デイヴィス（一九三九―）『ヨーロッパ――歴史的叙述の試み』（一九九六年）の二著は、[23]まさにそのような胎動の表れと見ることができるだろう。ともによく読まれ、英文学関係者にもお馴染みのストロングの書物は長大な語り物であるが、魅力的な文章で読者を離さず、特にヨーロッパとの関係で啓発するところが多い。デイヴィスのものは大学出版会から出された浩瀚な書物にもかかわらず、期せずしてベスト・セラーとなってしまった。あらためて歴史（history）は物語（story）だと痛感させられるほど巧妙な語り口に引っ張られて、有史以前の人文地理学的叙述から本文の終わる一一三六頁まで一気に読んでしまったあとに残る最大の印象は、第一にヨーロッパは一つの有機体であるということであり、第二にそれにもかかわらず多種多様であるということであり、第三にその「多様の統一体」であるヨーロッパは自らの凋落を痛いほど意識しているということであった。英国もまたその中にあり、かつての大英帝国の時代のように“Odd Man Out”（偏屈）を決め込むことはもはや許されない。

自身その叙述の劈頭に断っているように、デイヴィスの歴史書に新事実は刻まれていない。注も参考文献も一切顔を出さないストロングの物語もまた、斬新な歴史書とは言えない。しかしそれにもかかわらず両著ともすこぶる新鮮に思えるのはなぜであろうか。おそらくその一番大きな理由は、「近代国家」という透視図法を超えて、ヨーロッパあるいはブリテン島という地理的条件の下に、その「通史」をダイナミックに見せてくれたという甚だ単純な事実に求められるのではあるまいか。たとえばブリテン島の場合、「近代国家」の透視図法と「英文学」のそれとは言うまでもなく一蓮托生の関係にあり、したがって「近代英語」と反りの合わない一〇六六年以前の「古英語文学」は、「英文学」にとって常に問題児と見なされる運命にある。それればかりではない。古英語とアングロ・ノルマン語を凌いで、中世全般から十七世紀前半までおびただしい量のラテン語文学がブリテン島では書かれているにもかかわらず、燦然と輝く「英（語）文学」の光が強すぎて、影の薄い存在に甘んじる結果となった。[24]

ブリテン島は、さまざまな言語を持った多様な民族が織りなすヨーロッパという歴史の一部であることをやめたことがない。したがって、ブリテン島の文学が単一の言語と単一の文化によって成立したことは一度もなかった。[25] 異種のものを統一しようとして考案された「ブリテン」という呼称からしてそもそも象徴的である。

ともすれば、このような見方は「脱近代」論によくある「多元文化主義」の擁護と受け取られかねない。確かに結論は似ているが、問題の取り組み方は全く逆である。まず過去から学ぼうとする情熱があり、現在は過去を通じてしか十分に理解できないという素朴な常識を盾とするのである。

3　古典の効用

帝国主義と国民国家文学との関係は微妙である。帝国主義は覇権を事とし、一国民国家を拡張あるいは超越することを特質とする。その特質は普遍性の契機ともなりうるし、または多様性の契機ともなりうる。いわゆる「英文学」は、一国民国家文学を拡張主義的に普遍化しようとする試みであり、したがって一つの歴史である「英文学史」を紡ぎだし、一つの基準である「キャノン（正典）」を制定しようとした。一俗語文学が古典文学たらんと欲したのである。しかし今や、時代はめぐり巡って、かつての帝国主義はどちらかと言えば負の遺産となり、普遍性への志向に代わって多様性の認識へと、振り子は振れ出した。ただしかし、政治軍事はともかくとして、少なくとも文芸においては、単に多様性につけばなんでも宜しいというものではない。そのことはT・S・エリオット（一八八八―一九六五）の「古典」論がよく示すところである。

一九四四年の「円熟」

エリオットの『古典とは何か？』（一九四四年）は奇妙な作品である。戦時下に組織されたウェルギリウス学会のための設立記念講演というその書かれた状況が異常なら、その中心概念である「円熟」というのも奇異である。奇妙と言えば、大西洋を隔てたアメリカ南部出身にして英国帰化人というエリオットに、講演者として白羽の矢が立てられたというのも、一見して奇妙に見える。しかし、そこは「伝統と個人の才能」（一九一九年）論に窺えるようなエリオットの詩論がこのまさに立ち上げられんとする古典学会の設立理念にぴったりのものであり、そしてすでに確立されていた彼の名声が、学会設立の宣伝にもってこいであると読んだ、学会創設関係者の慧眼を称えるべきなのかもしれない。

「古典とは何か？」という問いに対して、エリオットの答えはある意味で簡潔である。すなわち、「円熟」（maturity）だと言う――「『古典』という言葉で私が意味するところを最もよく伝える言葉が一つあるとすれば、それは『円熟』という言葉である」[26]。しかし当然、「円熟」と言っても一体何に関する円熟かという疑問が出てくるわけで、それに対してエリオットは三つの側面から説明しようとする。すなわち「精神の円熟」（maturity of mind）、「仕来たりの円熟」（maturity of manners）、そして「言葉の円熟」（maturity of language）である。中でも、第一の「精神の円熟」は基本的なものと思われる。それは、歴史および歴史意識を必要とする。歴史意識というのは、しかし詩人自身が属する国民の歴史とは異なる別の歴史が同時に存在しないかぎり、十分に確認することができない。……そのような歴史意識は、ローマ人の持つところだったが、ギリシア人には不可能であった。ギリシア人の偉業は、たしかにローマ人以上に我々の高く評価するところではあるが、とはいえギリシア人は歴史意識を持つことができなかったのである。(27)

「古典」とは「円熟」であり、「円熟」の基盤たる「精神の円熟」は「歴史」に関係して、しかも他の歴史を同時に自らの歴史とともに持っているという意識にほかならないという。これは一般論としてはおよそ訳の分からない議論に違いない。ここで読者聴衆は、まずは狐につままれた気持ちになるわけだが、エリオットの議論はすぐさま特殊個別論的文脈に変じ、疑問はただちに氷解する。すなわちここで言う「歴史意識」とは、詩人ウェルギリウスを生み出した古代ローマ時代の歴史意識であり、「別の歴史」とは古代ギリシアの歴史の謂いにほかならず、しかもそれ以外ではありえないのだ。そして、特殊個別化はさらに進められて、話題はアエネアースの物語となり、「古典＝円熟」論の核心へと至る。

アエネアースの物語の背後には、自他の差異の意識が存在する。その差異の意識は、二つの偉大な文化の間の関係性を記すものであるが、それとともに、究極的には一つの包括的な運命の下にもたらされる和解を記すものでもある。(28)

「運命」(destiny)というのが決定的なキー・ワードである。「一つの包括的な運命の下に」という表現こそ、そもそも「円熟」という言葉から始めたエリオットが我々を導いて行きたかった目的地にほかならないのである。ふつう「円熟」は「運命」に通じない。それが通じてしまうところに、あるいは通じさせようとするところに、エリオットのそして彼の時代の矛盾と願望を読み取るべきであろう。

その矛盾が「円熟」という言葉から「運命」へと至るエリオットの修辞的魔術に窺うことができるとするならば、願望は「古典＝円熟」による「偏狭・辺境性」(provinciality) の克服という形で表明される。『精神の円熟』は、私の中では、『仕来たりの円熟』と『偏狭・辺境性の克服』と結びついている[29]」とエリオットは明言して、「円熟」と「偏狭・辺境性」が裏腹の関係にあることを率直に述べている。それは「偏狭・辺境性」の克服なくして「円熟」なしという補完性を語ると同時に、両者の間にある差異をも示唆する。つまり、究極的に「運命」に与る「円熟」が最終的に人知と人事を超えるものであるとするならば、反対に「偏狭・辺境性」の克服は、必ずしも天命を俟たずとも可能な事柄である。しかし、そもそもその克服すべき「偏狭・辺境性」とは何か。ここでまたエリオットは、「円熟」から「運命」へのずらしと同様、修辞的魔術を動員して、ほとんど知らぬ間に異次元へと読者聴衆を導いてしまう。「知らぬ間に」というのは、上に見た「精神の円熟」と「偏狭・辺境性の克服」とを結びつけた発言の直前に、「偏狭・辺境性」に触れながら、唐突に（しかし）さらりと、それは「キリスト教世界の崩壊、すなわち共通の信仰と共通の文化の衰退、の徴である[30]」と述べているからである。このことにより、「円熟」とは、偉大なギリシアの歴史と文化を自らのうちに継承すべき他者として持つという、ローマの歴史的運命を認識することばかりでなく、その後の西欧キリスト教世界にあっても、そこに共通する信仰と文化の衰退と崩壊を食い止めることに通じていくということに必定なるのである。

「円熟」の深層

「古典とは何か？」という問いを立てて、「円熟」であると答えたのは、まことに意表を突いていて、いかにもエリオットらしい。しかしその一見して斬新に思える見解も、一皮剝けば、特殊西欧のウェルギリウス的古典伝統のことを語っているにすぎず、そうなれば、さほど真新しいものではない。西欧で古典と言えば、一も二もなく古代ギリシア・ローマの文物ということになる。しかしそれは異教の産物であり、その後の西欧キリスト教中世もルネサンスに始まる近代も、その異教性の扱いに苦慮せざるをえないだろうことは想像に難くない。ダンテ（一二六五？―一三二一）が『神曲』地獄篇に「リンボ」という治外法権的飛び地を用意して、ここに福音到来以前の異教の古典作家たちを奉ったのが中世的な模範解答であったとすれば、マシュー・アーノルドの言う「ヘレニズムとヘブライズム」的文化・教養の提唱は近代の模範解答かもしれない。いずれ、西欧の文化伝統における異教古典文化とキリスト教の問題はすんなりとは行かない。

しかし、古代ギリシア、古代ローマ文化、西欧中世キリスト教、ルネサンス近代文化のそれぞれを貫いて、一つの伝統を形作ることを可能にする存在が一人だけ存在する。言うまでもなく、プーブリウス・ウェルギリウス・マロー（前七〇―前一九）である。彼の作品の中でも、黄金時代の再来を告げる救世主の誕生をほのめかす『牧歌』第四歌は、西欧中世ではキリスト降誕として解釈されることになり、ウェルギリウスは一躍「預言詩人」としてキリスト教世界に公認されるに至る。ルネサンスの到来とともに、純然たる古典として再評価されると、その後も近代人文主義教育の中心的存在として長く読み継がれた。異教文化の基盤の上に、本来それとは水と油の関係にあるはずのキリスト教が接木されて、一つの包括的な伝統が生育していったとするならば、その困難な接木を可能にした決定的な媒介が重要であることは明らかだろう。そして、それを唯一可能にするのがウェルギリウスという運命なのである。エリオットは、別のところで（「ウェルギリウスとキリスト教世界」）、自身まさにこのような「ウェルギリウス伝統」に立つことを表明し、さらにその妥当性あるいは説得力については、斯道の権威に倣うとしている。

私が深く関心を寄せるのは、ウェルギリウスに特有の意義を与えた要素なのであり、それはつまり、キリスト教以前の時代の終わりとキリスト教の時代の始まりという、特異な位置に彼が場を占めたということにほかならない。彼は双方の時代を見渡し、旧世界と新世界の橋渡しをする。その特異な位置については、『牧歌』第四歌をその象徴的表現として解釈することができるだろう。したがって、このローマ最大の詩人は、ギリシア人とは違ういかなる点において、キリスト教世界を用意することになったのか、このことを問わねばならない。この問いに対する最良の答えは、故テオドール・ヘッカーが数年前その著作に説いており、その英訳は『西洋の父、ウェルギリウス』と題されて刊行されている。[31]

テオドール・ヘッカー（一八七九―一九四五）というのは、一九二一年にカトリックに改宗し、戦時中はナチス・ドイツの批判者として知られる文化人である。ヘッカーによれば、ウェルギリウスにおけるいくつかのキー・ワードを吟味することにより、如上の問いに対する答えが与えられるという。キー・ワードとはすなわち、「労苦」（labor）、「敬虔・忠孝」（pietas）、「運命」（fatum）、「愛」（amor）であり、容易に予想されるように、それぞれについてキリスト教的諸徳との関連が論じられ、あるものはギリシア的価値との無縁性が指摘される。たとえば「労働」は、ギリシア的「閑暇」(leasure/scholē)の価値観とは相容れず、キリスト教の修道会的美徳に通じ、アエネアースの体現する「敬虔・忠孝」は、キリスト教的謙虚の徳に準じるものがある。「運命」に至っては、ローマ帝国の建設というアエネアースに託された天命がのちのキリスト教世界(ローマン・カトリック)の礎を用意するとする解釈から、(32)神の摂理として把捉される。「愛」については何をか言わん。

こうして、エリオットの「古典=円熟」論は、見た目の新しさにもかかわらず、その内実はと言えば異教古代とキリスト教西欧とを結ぶウェルギリウスという、常套的な「ウェルギリウス媒介論」を踏襲したものにほかならない。あるいは、ウェルギリウス学会設立記念講演のお題としては、当然と言えば当然なのかもしれないのだが、「古典とは何か?」という題名はやや上段に振りかざしすぎた憾みがないわけではない。

媒介論と起源論

古典というものを考えるとき、二つの方針がありうる。一つは、過去の優れたとされる作品が後代の選択(スクリーニング)と追加(コメンタリー)を受けつつ徐々に形成されてゆくと見る「媒介論」であり、いま一つは、優れたとされる作品を生み出した過去の時代に(学問的に直接)遡ることにより、古典を歴史的に再現してみようとする「起源論」である。前者の典型的なモデルはおそらく旧教カトリックの聖人伝説であり、後者のそれは近代的歴史主義の立場(あるいはさらに新教プロテスタンティズムと言ってもよいかもしれない）であろう。エリオットの英国国教会（アングリカニズム）というのは、新旧両派の中間ということになるのだろうが、エリオットの場合はおそらく旧教に近く、その「古典＝円熟」説が前者の「媒介論」に属することは一目瞭然であり、同時に、彼が自説の補強に引いたカトリック教徒ヘッカーのウェルギリウス論が等しく「媒介論」に立つこともまた容易に理解できる。しかし、ウェルギリウス学会の設立に当たって中心的役割を果たした古典学者ジャクソン・ナイト（一八九五―一九六四）までもが、同じくカトリック的な「媒介論」を志向するのを見ると、[33] これは単に信仰に基づく個人の世界観の問題では片付かず、より広く時代的な問題に関係するようにも思える。もとより、この種の議論は証明も資料的な裏付けも困難であり、無用な憶測は控えたいが、広く第一次世界大戦に端を発する危機意識の延長線上にこの「媒介論」の優位を位置づけることは、おそらく間違っていないだろう。

西欧の分裂と崩壊を目の当たりにして、西欧は一つの歴史と伝統から成ることを再確認しようとする文化一元論がおのずと起こったとしても不思議はない。そのような一体論を構想するのに、要となる節目は二つあって、一つは異教古代からキリスト教中世への転換、いま一つはキリスト教中世から世俗近代への移行であることは明らかだろう。前者が既述のように「預言詩人ウェルギリウス論」に代表されるとすれば、[34] 後者は近代西欧の直接的基盤は中世に存するとするE・R・クルツィウス（一八八六―一九五六）の中世論にその好例を見ることができる。E・アウエルバッハ（一八九二―一九五七）の『ミメーシス』[35]（一九四六年）もまた、見掛けは「現実描写」の変遷を分析するように見えて、実は中世（特にダンテ）に完成を見た「フィグーラ」[36]（予表論）という現実と超現実が二重写しになる視座を蝶番にしながら、古代から近代を貫いて描くことにより、西洋文化伝統の一つなることを説いたものと言えるだろう。第一の節目がウェルギリウスによって繋がれたとするならば、第二のそれはダンテによって連結されて行く。大戦期前後の一つの「時代精神」として、アウエルバッハとクルツィウスのダンテへの関心・は、そのままエリオットのダンテへのそれと重なる。

ウェルギリウスとダンテを「媒介」とした西欧文化一元論は、二十世紀前半の「危機」に直面した知識人たちが、それに対処するために構想した一つの共通の方途であったと見て、あながち間違いではないだろう。エリオットの「媒介論」である「伝統触媒論」もまた——「伝統と個人の才能」、「ウェルギリウスとキリスト教世界」、「異教の神々を求めて」[37]、「古典とは何か?」、「ダンテ」など[38]——その大きな時代的クリティカル・モーメント（臨界表象）の一変奏であると見るべきであろう。しかし、特別にエリオットの場合が興味を惹くとすれば、それはアメリカ南部のいわば「古典的辺境」から「古典的中心」の東端たる島国へ帰化し、そこから一つの全的な「古典的伝統」を構想するという、彼の個人的道程の方向性にあるだろう。古典の道（translatio civitatis）は西漸するものであり、それに全く逆行したものだからである。古代ギリシアに発する西洋古典文学が、ローマを経て西欧中世に至り、そこでキリスト教と混交したのち、ルネサンスを契機に近代西欧文化の屋台骨を形成しつつ、さらにキリスト教的植民地主義とともに大西洋を越えてアメリカに至ったことを思えば、エリオットの道程はまさに逆行の先祖帰りである。「古典」が、フランク・カーモウド（一九一九—）の論じるように[39]、古代トロイから北米は西海岸のバークレーに至る「西漸的変遷」として、「帝国の変遷」（translatio imperii）と重なるとするならば、エリオットの東漸的精神遍歴と（西欧）伝統中心主義は、大きな（大文字Hの）歴史（History）

の流れに逆らったものにほかならない。

エリオットの東漸的変遷（translatio）は歴史の流れに逆行するとはいえ、「古典」は通常ルネサンスに再生されたものと見なされており、そもそも時間的には遡行をその特質とする。問題はしたがって遡行の仕方である。「媒介論」の要を成す節目には、ウェルギリウスとダンテが決定的な役割を演じたことは上に触れたが、その両者ともラテン文化圏の住人であることは留意されねばならない。近代の曙であるルネサンスもまた、イタリアというラテン文化圏で興ったことは言うまでもない。そして、それがカトリック圏であることはおそらく偶然ではないだろう。すなわち、「媒介論」はすぐれてラテン文化の伝統に根ざしたものなのである。ところで、イタリアに発した近代の文芸運動は「新古典主義」と呼ばれ、たとえば「三一致の法則」を代表格とする規矩準縄を唱えて西欧近代に大きな影響力を発揮したことは周知のとおりである。その十五―十六世紀における立役者がイタリアだったとすれば、十七―十八世紀のそれはフランスであり、これもまたラテン文化圏であった。

このようなラテン文化優位の古典「媒介論」に対して、十九世紀のドイツが猛然と反旗を翻したこともまたよく知られている。Klassische Philologie として名高いドイツ古典学である。(40) 本文校訂（テクスト・クリティーク）を中心とする文献学（Philologie）という強力な武器を手にしたドイツは、ラテン文化という広大な「媒介」を超えて、直接に――「中間抜きで」（unmittelbar/immediately）――古代ギリシアという「起源」へ向かった。歴史はもはや媒介であることをやめ、科学的に再現されるべき過去となった。それは現在に連なる過去ではなく、現在の起源として意味のある過去にほかならない。西欧文化を長く支配してきた新古典主義（ラテン的媒介論）に対するゲルマン文化からの逆襲である。このゲルマン的起源論は「ギリシア復興」運動と呼ばれるが、その行き過ぎたギリシア崇拝から「ギリシアの暴政」と批判的に言われることもあった。[41] ことほどさように十九世紀ドイツのギリシア古典学は隆盛を極め、その影響と効果は計り知れないものがある。たとえば、二十世紀に決定的な影響力を持ったニーチェという思想家は十九世紀のドイツ古典学という理念と実践がなかったならば、存在しえなかっただろう（彼は「起源」を根本問題としなかったか）。

こう見るならば、エリオットやクルツィウスそしてヘッカーの古典「媒介論」は、十九世紀に吹き荒れた古典「起源論」に対する一種の保守反動と見ることができるだろう。知的先鋭性を感じさせる「起源論」に比して、エリオットの「円熟」とはいかにも鷹揚な概念装置であり、その今日的意義を見いだすのもなかなか難儀であるに違いない。最後に、その意義の可能性について少しく述べておこう。

「偏狭・辺境性」の克服

その後の二十世紀の文芸観において、古典「起源論」はそれなりの理解を得て推移してきたように見えるが、エリオット的な伝統媒介論は姿を消しつつあるのではあるまいか。いわゆる脱構築論に象徴されるような、一連の反伝統主義的流行が繁盛する知的雰囲気の中では、ルネサンス以来の人文主義的伝統は肩身の狭い思いを余儀なくされ、その中心概念であった「作家」たる「人間」などは（社会・政治・文化的に）解体されて、種々に理論的細分化を蒙った（この経緯については本書において以下さまざまに触れる）。

エリオットの『古典とは何か？』は、こうした昨今の文化理論的流行の中では、ノスタルジックな保守反動としか映らない恐れがある。そのあからさまなウェルギリウス論といい、判然としない「円熟」概念といい、およそ当代流行の文化理論の間尺に合わない。しかし、それゆえ一層のこと、エリオットの言う「偏狭・辺境性」の克服ということが重要になるのではなかろうか。もちろん、上に見たように、エリオットは「偏狭・辺境性」の克服を伝統的なキリスト教世界の普遍性に寄り添うことで解決しようとしたのであって、革新的な理論的手段としてはおよそ使いものにならない。彼の思い描くところの「偏狭・辺境性」は、未熟と野暮と周辺を含意するだけでなく、「統一のある共通の信仰と文化」の衰退と崩壊をも示唆するのであって、それをエリオットは「キリスト教世界の崩壊」と明言してしまった。(42)彼の古典主義はしたがって、ロマンティシズムに対立するところの、理性と均整と明晰に特徴付けられるような古典主義ではない。その「古典」概念は、永遠と時が、運命と歴史が、神と人間が、一つの特権的なヴィジョンの下に開示される非理性的で超越的な場にほかならない。ロマンティシズムが一粒の砂のうちに永遠を見るとするならば、エリオットの古典主義はそちらのほうにより近い。この「永遠」は、聖書の比喩的表現でいけば、「時が満ちた」ものであり、すなわちエリオットの言う「円熟」の比喩に通じるだろう。それにもかかわらず、「偏狭・辺境性」の克服の主題がなお我々にとって重要であるとすれば、そしてその意味で我々ができることで我々にほとんど唯一残されていることといえば、それを貴重な比喩として銘記することでしかないだろう。たとえ理念的指標という危うい身分であろうとも、それを銘記しておくことが有用でありまた大事なのではなかろうか。

これは随分と消極的な結論と思われるだろうが、理論と称して「木を見て森を見ない」類の風潮が支配する現今の文芸文化的状況においては、このような理念的指標こそが重要なのだと私は確信する。古典による「偏狭・辺境性」の克服は、無理に理論的に説明しようとするには及ばない。エリオットを土台として、題名も『古典とは何か?』(一九九三年)とそのままに、J・M・クッツェー(一九四〇—)は議論を展開したが、その結論はとなると「古典は存続を通して定義される」という古典的媒介論であった。[43]分析的に議論を深めるよりも、かえって理念的指標の身分にとどめることにより、「偏狭・辺境性」の克服としての古典は意義を増すのではあるまいか。それによって、(西洋)「古典」に関して暗黙の前提となっている「西洋中心主義」までもが打破されるとすれば、グローバルと称される地平においても効能を発揮すると思われる。それによって、「西洋世界」に深く根を張る(あのウェルギリウス的)「運命」性が、真の世俗的な「連続」性へと変容することになれば、ナショナリズムという現在我々がなお直面する最も手ごわい難問に対しても、糸口が開かれるかもしれない。[44]果たして、そのような地平での古典「媒介論」は可能だろうか。

第2章　新歴史主義のニヒリズム

1　「新歴史主義」――傾向と対策

一六〇一年、フランスは片田舎のある村に三十二歳になるジャン・ル・フェーブルという名の寡婦がいた。マリ・ル・マルシスという二十代前半の下女が同居し、彼女とベッドをともにしていた。当時としてはさほど珍しくも異常なことでもなかったという。ある晩、はるかに奇妙で驚くべきことが起こった。マリが、実は男性なのだと告白したのだ。告白しただけでなく、その証拠をはっきり見せた上で、ジャンに結婚を申し込んだ。当初の動揺が去って、相思相愛の仲となった二人は、両親の反対を押し切って、堅い契りを交わし結ばれるが――初夜だけでおもむろに三、四回に及んだという――もとより公の婚姻により結ばれることは叶わない。しかし二人は執拗に公の承認を求め、マリはマランと名を改め男装し、結婚する意志を触れまわった。ところが彼らの意に反して、噂は醜聞となり、裁判沙汰に及んだ。裁判の結果、証人らの証言とセックス・チェックにより、マランは男性であることを否定され、絞首刑を言い渡される。当然ながらマランは上告し、上級審にあたる議会はさらに厳密な身体検査を行う査問委員会を設けた。幸いというべきか、委員の一人にジャック・デュヴァルなる大胆にして知識欲旺盛な医学者がおり、この場合も両性具有に対する願望に近い信仰から、かの部分に指を延ばした。果たせるかな、その接触に反応して「思ったよりも大きく固い男性器官」が存在を主張した。そればかりか、接触を摩擦に高めると、射精に及んだという。かくして、デュヴァルの好奇心のお蔭と言おうか、権威ある専門家の証言が功を奏して、ジャンとマランはめでたく逆転判決の無罪となったのであった。

この奇妙奇天烈なお話は、デュヴァルその人が著した『両性具有、出産、そして母と子の医療について』(一六〇三年)に語られているという。いかにもマージナルでほとんど際物に近い逸話と言わねばならない。しかし、この話が、重要な仕方でシェイクスピアの『十二夜』と結びつくとしたらどうだろう。しかも、両者を結びつける共通項が、翻って『十二夜』に新しい照明を当てるとすればどうだろう。わくわくせざるをえまい。そしてまさにこれが「新歴史主義」のお家芸なのである。

以下、この例に即して新歴史主義の「傾向と対策」を試みてみよう。

新歴史主義の技術、その一

〈なるべく周辺的な歴史的資料を渉猟し、論ずべき文学作品と歴史的および文化的にコードを共有すると思しき資料を選び、それをまず分析せよ〉

上の資料について、かくなる分析を行うとすればこうなる。まず相手に打ち明けられない恋心があり、意を決して打ち明ければ、生命の危険を伴う障害が立ちはだかる。性別の同定をめぐる錯綜。生物的欲求、しかも婚姻という公認を希求するに至る欲求。当初は恋人たちを引き裂こうとするが、結局は婚姻への障害を取り除く役割を果たす権力者の介入。尋常を求める全く異常な衝動。

これだけでも『十二夜』を彷彿させるに足ると言えまいか。

新歴史主義の技術、その二

〈資料と作品が共有するコード、すなわち「(再) 表象／(再) 現前」(representation) の条件となる一連の比喩表象を摑め〉(コード自体、常にある種の言語による「表象」であり、すでに「現前」する言語的組成である。そのコードを用いた資料なり作品などは「再表象」「再現前」と言える)

当該資料と『十二夜』の物語の基底には、肉体と性にかかわるコードが存在する(逆を言えば、肉体も性も無媒介に、超歴史的に理解することはできないし、またそうすべきではない、ということになる)。このコードは歴史的に条件づけられた比喩表象のネットワークそのものであり、それを通じて(ある文化特有の)性的な経験がなされる。これらの比喩表象は、種々異なる社会的な諸表現媒体の枠に縛られることなく、相互浸透する。

この場合コードの一つとして考えられるのは、「両性具有から性別へといわば異性偽装を自然に行う」ものとして捉えられた「肉体と性」にまつわるそれである。繰り返して言えば、無媒介に、超歴史・文化的に存在する「肉体」および「性」概念などありえず、我々の「肉体」および「性」概念と十六、七世紀のそれとは当然異なる。つまり肉体と性をめぐるコードが異なる。性別に関して、現代はあらまし

「発生論的に決定される」と見なすが、当時は「初源的な両性具有から次第に分かれていくもの（しかも最終的に男性に至る方が高位）」とほぼ考えており、そういうものとして肉体全体を捉えていた。さればこそ、デュヴァル先生の干渉・仲介も権威ある証言となりえたのであり、そもそもマリは自分が男だと告白できたのである。

このコードは種々異なる社会的表現媒体の枠に縛られることなく、相互に浸透する。『十二夜』という演劇では、いかに機能するのか。先の資料分析で「性別の同定をめぐる錯綜」とした部分は、明らかにシェイクスピア作品におけるヴァイオラの男性偽装に当たる。とすれば、ヴァイオラの偽装に、「両性具有から性別へといわば異性偽装を自然に行って行く」ものとしての肉体が前提されてはいまいか。果たせるかな、『十二夜』という劇の終わりに至ってもヴァイオラはなお（男装のヴァイオラたる）セザーリオから完全に抜け出ておらず、我々の発生論的性差の前提に立つ限り、どうも納まりが悪い。それに反して、当時のコードに基づくならば、「自然に」展開することとなり、「本来」的に動的な性差の境界が前提とされていたとせねばならないのである。

新歴史主義の技術、その三

〈コードを摑んだら、それを敷衍し、種々の表現媒体にわたって適用せよ〉

コードの相互浸透は、この場合も、多岐に及ぶ。もとより「肉体・性」は自然の再生力に与る。また、「喜劇」が自然の再生と深くかかわる形式であることは二十世紀の文化人類学が文芸批評に与えてくれた貴重な洞見の一つである。とすれば、『十二夜』全体を「肉体・性」として、そのコードの照明の下に見てみることも可能であろう。その場合、少なくとも「自然の再生」は超歴史的普遍認識であることをやめ、歴史的なコードを通じて初めて感知される社会的な力となる。そして、それこそ演劇が内包する集団的エネルギーにほかならないのである。新歴史主義の対象はこの集団的エネルギーである。

新歴史主義の技術、その四

〈彼我のコードの違いを認識したら、その相違から帰結するさまざまな事柄を吟味せよ〉

性差の概念は、彼方のルネサンスの場合、目的論的な展開のうちに理解され、異性偽装を能くする演劇にその芸術的形式を見いだし、片や我方の現代の場合、性差は発生論的な同定において把捉され、個人・個性の心理分析に便利な小説にその文学的形式を見いだした。

以上、具体例を通して、「新歴史主義」の傾向および技術的対策を示したつもりである。上に用いた例は、この思潮の仕掛人とも言うべきスティーヴン・グリーンブラット（一九四三―）の『シェイクスピア的交渉』[1]（一九八八年）の第三章から引いた。もちろん、方法論の骨子を明示するために適宜取捨選択を行った。端的に言って、彼の方法は――そしてそれは新歴史主義一般に言えることだが――構造主義以降に踵を接して登場した諸方法の総合といった感があり、豊かな折衷主義と呼べる。それは彼自身が示した新歴史主義の「七戒」および三つの「生成原理」によく現れている。略解すればこうなる。

一、作者の「天才」に短絡する勿れ。

二、個人的「独創」をもって説明する勿れ。
三、「再表象」を超越的不変なものと考える勿れ。
四、芸術的作品を自律的存在とする勿れ。
五、言表を自立的存在とする勿れ。
六、芸術を社会的諸力から切り離す勿れ。
七、社会的諸力を自然発生的とする勿れ。

（a）現実描写は常に交渉と交換を通して生み出される。
（b）芸術にまつわる交換は、経済的な領域に限定されない。
（c）交換のエイジェントは集団的である。

上記のうち一―三は主に構造主義からの、四―五はポスト構造主義からの、六―七はマルクス主義およびフーコー主義からの、それぞれ遺産であり、また（a）―（c）はアルチュセーリアニズム、受容理論、精神分析学の折衷統合ということができるだろう（次節も参照）。新歴史主義に対する（技術的な次元以上の）対策は、かくして膨大な努力を要する。しかもそればかりではない。

我々にとって最重要の対策は、新歴史主義が抱える歴史的矛盾や問題を先鋭化して意識することである。逆説めくが、それに至る最短の道は、おそらく次の言葉から始めることであろう。

「故人と対話をしたいという願いがまずあった」。

およそこれはペトラルカ（一三〇四―一三七四）の言葉とも、あるいはヴィンケルマン（一七一七―一七六八）の告白とも聞こえる。しかし、この人文主義的な、あまりに人文主義的な信仰告白は、ほかならぬグリーンブラットによるものである。しかも、先に挙げた書物の劈頭を飾る一文であり、心地よい驚きをもって、さまざまな連想を掻き立てる。ペトラルカは、ルネサンスの薄明に、古代ローマ文化の再生を夢見て、その思いを故人に宛てた手紙に書き綴った。(2) ヴィンケルマンはドイツ古典主義の黎明に、宿命のごとく古代ギリシアに憧れ、『古代美術史』（一七六四年）を著した。(3) グリーンブラットは、西洋近代の終焉に、西洋近代の曙たるルネサンス、とりわけシェイクスピアに執着し、「新歴史主義」と称される。

ペトラルカとヴィンケルマンの古代は、西欧の起源と近代の自己認識を映し出す鏡であり、西欧近代という統一体を志向する。そして、この古代と近代の奇妙なもつれあいの中から、啓蒙主義が起こり、歴史主義が台頭し、ニヒリズムが産み落とされた。これも思想史の教科書が説くとおり。そして今や「ポスト・モダン」が云々され、理性、歴史、主体などの西洋近代を支えてきた中心原理が槍玉に挙げられる一方で、権力、欲望、文化相対主義などが当代の立て役者として持て囃される。

言うまでもなく、ペトラルカ、ヴィンケルマンにおける「故人との対話」は、当然、グリーンブラットにおける「故人との対話」と同日の論ではない。グリーンブラットの告白は、このことを百も承知の上のこと。その根本的相違とは、「対話」が過去と現在の連続を形成し、「歴史」という大黒柱の物語に参与しうるか否か、ということであろう。しかるに「ポスト・モダン」に「歴史」はなく、グリーンブラットの企てる「故人との対話」は中心を欠き、限りなく周縁に拡散して行く。それどころか、そもそも「古の偉人」に赴く大義を喪失している。「新歴史主義」の旗手としてグリーンブラットがシェイクスピアとの対話・交渉を選んだ理由は、単なる「保守的な趣味」からだと言うのであった。多様なディスクールでにぎわう新歴史主義の豊饒の背後には、不気味なニヒリズムが控えることを銘記すべきであろう。

2　文化の詩学

ところで、いかにも不粋にそして紛らわしく「新歴史主義」(New Historicism) と言うけれども、その胎動の仕掛け人とも旗手とも言うべきグリーンブラットは、自分の企てを称して（明快とは言えないが）小粋に「文化の詩学」(poetics of culture)[4] と言う。他人が「新歴史主義」と呼ぶのに格別こだわる風は見せないが、この自他の呼称の別は単に粋不粋の問題では済まされそうもない。

「文化の詩学」と称することによりグリーンブラットは何を狙っているのであろうか。「詩学」と言えば、古くはアリストテレスに遡る詩作品の分析的考察を意味し、それに列なる古典主義あるいは人文主義的伝統を想起させる。近年では、既成の学問制度に座りの悪い学際的な試みを漠然と指して言う場合が多い。旧い人文主義の薫りをどこか意識しながら、グリーンブラットは学際へ向かう。おそらくこの場合の「詩学」とは、その広義における「作られた物一般に関する分析的考察」ほどの謂いであり、「文化の詩学」とは「文化」を「作られた物」として分析し考察することと解してよいであろう。誰によって作られたかと言えば、もちろん人々によってである。しかしここで重要なのは、その人々はほかならぬこの「文化」を通してしか人となれないという認識である。ここにおいて「文化の詩学」は狭義の「詩学」と大いにその趣きを異にする。人は「詩作品」を作り出すが、主に「詩作品」を通じて人となるわけではない。「文化」は人々の作り出した「作品」だが、その「作品」を措いて人々は「自己」を形成できない。不即不離の関係にある「文化」と「自己」の相互形成、これこそ「文化の詩学」の根本認識と言うことができるであろう。

この根本認識の身分なり出自はいかなるものであろうか。前節でも少し触れたが、まずすぐ思い浮かぶのは、マルクス主義文芸批評の言う「イデオロギー」と「実践的主体」の相互産出という考え方であろうし、この理論の母体とも言うべきアルチュセールの「イデオロギー」論（「アンテルペラシオン」）(5) などであろう。構造上近親関係にあるバンヴェニストの言表論（「エノンセ／エノンシアシオン」）をこれに加えて、大雑把なレベルで、ついでにフーコーの権力論の「ディスクール」をいれるならば、グリーンブラットの「文化の詩学」がどのような家庭環境で育成されるに至ったのかが或る程度示唆される。試みにその家訓を述べるならば「自律した主体は死んだ。あとは能動受動の相互的生産により織り成される自己があるのみ」となるだろうか。グリーンブラットがここに言う「自己成型」の概念は、一九六〇―七〇年代の知的パリコレ（いわゆる「フレンチ・コネクション」）の遺産の上に初めてなる考え方である。しかしそれだけではない。

「文化の詩学」と言うが、「文化」という言葉はマルクス主義文芸批評ともフレンチ・コネクションとも直接さして縁が深いとは思えない。グリーンブラットが「文化」という言葉を選んだ裏にはどのような了解があるのであろうか。まず第一に、クリフォード・ギアーツに代表されるような文化人類学的視点が考えられる。劇場国家論などに見られる「役を演じる」者としての人間把握は、「権力と個の力学」を演劇的構造との関連で捉える認識において、グリーンブラットの「自己成型」に通底するであろう。第二に、文化相対主義が挙げられよう。「文化」は時代と場所と民族により異なり、本質的に優劣はつけ難い。この前提に立つとき、価値相対主義はもとより、すべての歴史的認識は基本的に相対的な異文化理解となる（十九世紀後半から言われる「歴史主義」）。そして今のところ異文化理解のメタ理論はないので、「ポスト・コロニアリズム」とか「オリエンタリズム」の問題意識を含まざるをえない。文化相対主義に由来するこの認識の不確定性を、グリーンブラットは「交渉（ニゴシエイション）」と呼んでいるが、その態度はすでに「文化の詩学」の「文化」に暗示されていると言える。

第二の文化相対主義は、次章に見るように、夙にアラン・ブルームとアラン・フィンケルクロート（一九四九―）により雄弁に批判され、そのドイツ起源（「ジャーマン・コネクション」）が暴露された。ギアーツの文化人類学の系譜は措くとしても、グリーンブラットの「文化の詩学」には、上述のフレンチとジャーマン両コネクションが流れ込み、アメリカ国産の「ポスト・コロニアリズム」の潮流と合流し、あたかも近代思想の坩堝といった感を禁じえない。しかもさらにそればかりではないのである。「文化の詩学」は急速に制度化されてきた「文芸批評」の枠を出ようとする。今は昔となった、二十世紀中葉に人気を博した「ニュー・クリティシズム」以来、さまざまな派閥、諸々の主義が「文芸批評」というバイパスを鳴り物入りで通りすぎて、それぞれまがりなりにも一家を構える一方で、昔からの文学研究という街道筋では、依然として史的実証主義の老舗が繁盛している。グリーンブラットの「文化の詩学」はこのように棲み分けられた狭い田舎町に満足せず、近隣の隣接学科との流通繁栄を実現しようとする。彼の言う「文化」は文学を含み批評より広い。もちろん「歴史」も例外ではない。このことは特に重要である。

「ニュー・クリティシズム」、つまり作家の伝記と歴史的背景との関連で経験論的に作品を論じることに終始していた従前の文学研究（いわゆる「人と作品」）に反旗を翻し、作品のみを対象とする咀嚼を提唱したこの批評運動以来、「シカゴ派」と呼ばれるネオ・アリストテリアニズム、そしてフランス渡来の構造主義、ポスト構造主義、あるいはディコンストラクションと、一連の文芸理論が続いた。そのような動きにあって、「歴史」はほとんど常に埒外に置かれてきた。(6) 例外らしきものはわずかにマルクス主義批評と受容美学あるのみ。逆に言えば、「歴史」待望論とも言うべき感覚が英米文芸批評にあったということである。その昔、ニュー・クリティシズムがテクストに見いだそうとした「テンション（緊張）」あるいは「アイロニー」から、ディコンストラクションに見る「シニフィアンの無限の戯れ」に至る過程には、確かに大きな知的変革が刻まれていたが、「歴史」の捨象——前者の場合は意識的捨象、後者は理論的なそれ——という点ではほとんど通底していた。

かくしてグリーンブラットが、文芸批評の諸流派を包み込みながら再び「歴史」を俎上に載せる動きを見せたとき、待ってましたとばかりに「新歴史主義」という掛け声が大向こうからあがったとしても不思議ではない。思うに「新歴史主義」という呼称は、文芸批評理論に絶えて久しい「歴史」のダイメンションを渇望する「歴史待望論」からおのずと発せられたものではなかろうか。理論的に見て、もともとないものねだりの発想であれば、その内容が漠として定まらないのも道理であろう。そもそも知らぬ間に古くされてしまった「歴史主義」自体、あい矛盾するさまざまな考え方を内包する。たとえば一方で、壮大な思弁的システムをもって歴史的発展を捉えようとする見方を指すかと思えば、他方では認識の視点と対象の特殊性を強調する歴史相対主義を意味する場合もある。後者は上述の文化相対主義に通じ、グリーンブラットの「文化の詩学」の前提をなす。その意味に限るならば確かに「歴史主義」を持ち出す理由が少しはあるかもしれない。が、それに「新」を冠するとなれば、あまりにも不分明で紛らわしいと言わざるをえない。

以上の理由から、私は「新歴史主義」という呼称にほとんど利点を見いだせない。ただ、百害あって一利なしとも思わない。唯一利点があるとすれば、それは「歴史」が「歴史」として認識された時点へ、言い換えれば「永遠の延長・展開」としての「聖史」から訣別した「人々の活動」としての「歴史」が初めて認識された時点へ、さらに言えば「自己」が超越的価値付けから抜け出て、「絶対的実在」と対峙する時点へと目を向けさせてくれることであろう。言うまでもなく、この時点を西欧では従来「近代」のモーメントとして識別している。

グリーンブラットのデビュー作は『ルネサンスの自己成型——モアからシェイクスピア』[7]（一九八〇年）である。その表題からも明らかなように、グリーンブラットの「文化の詩学」は、その対象を英国近代の黎明期に定める。カトリシズムとプロテスタンティズムの各々が、それぞれの絶対的神聖を主張し、結果として双方ともその正統性の基盤を崩してしまう、というシナリオのもとに著者は宗教改革を捉え、虚と絶対が同居する演劇性の中に、モアとティンダルの自己成型をダイナミックな形で検証してゆく。そこには同時に、著者自身の「自己成型」を育んだ北米文化のルーツに迫ろうとする意識と気迫が漲る。モアとティンダルの「神学的自己成型」のあとには世俗的な宮廷詩人ワイアットに焦点を当てて、宮廷ゆかりの政治的権力とエロティックなエネルギーを通じて形成される「自己成型」を見る。この英国近代の「世俗的自己成型」に、大陸近代の（ポーコックの言う）「マキアヴェリアン・モーメント」との類比をグリーンブラットは見ているのではなかろうか。「文化の詩学」はその対象と共鳴し合うとき最も力強いが、その場合その対象は常に「西洋近代」を特徴付ける諸契機を形成していたり、それに関連している。

『ルネサンスの自己成型』の後半三章は、それぞれスペンサー、マーロウ、シェイクスピアを扱う。作品の細部を穿って大局に及ぶみごとな「語り」とともに、特筆すべきは、「文化の詩学」と「西洋近代」との共鳴現象である。『オセロー』のイアーゴーの策略と、西欧近代の植民地主義に見る戦術とを結びつけ、さらに双方を「近代世界システム」（ウォーラーステイン）の視野におさめる。マーロウの『タンバレン』の主人公に、虚無と背中合わせの「意志」を見る。スペンサーの『妖精女王』の一主人公の行動に、フロイトの文明論を重ね合わせ、今なお続く「本能と規律」の通奏低音を聴く。もとより詳述を許さないが、これらはみな、北米文化を含む「西洋近代」という統一体を形成する運動の諸契機にほかならない。「文化の詩学」と「西洋近代」は、あたかも向き合う二面の鏡の関係にあるかに見える。

さて、上のような観察が正しいとするならば、「文化の詩学」を我が国に輸入しようとする試みはおよそ一筋縄ではいかないことは明らかである。別の伝統に基づく異なる文化間の「文化の詩学」を模索せねばならないからである。もし我々が相変わらず懲りもせず、海外からの文物の輸入を続けるならば、理論的にも実際的にも、きわめて込み入った新「新歴史主義」を考案せねばならないだろう。

いま一つの問題点を挙げて締め括りたい。この節の冒頭で「詩学」に触れて「旧い人文主義の薫りをどこか意識しながらグリーンブラットは学際へ向かう」と言ったが、グリーンブラットにとって人文主義は払拭しきれない意義を持つ。「自身のアイデンティティを構成するのはまずもって自分自身であるという幻想をどうしても捨て去ることができなかった」。このことを著者に悟らせた或るエピソードをわざわざ語ることをもって『ルネサンスの自己成型』を閉じるのだが、その意味は重いと言わねばならない。縁あってグリーンブラットと私信を交わしたとき、ジョージ・スタイナーが英国留学時代のチューターであったことを知るにおよび、喫驚し、同時にすぐさま大いに納得したのであった。

第3章　反「文化相対主義」の光

1　アメリカン・マインドの終焉

Otium と Negotium

いつのまにか「批評」は「商議・交渉」となった。あたかも昨日のクリティシズム、今日のニゴシエイション。この意識は、とりわけ歴史との新しい関係を求める人々に著しく、たとえばグリーンブラットの『シェイクスピア的交渉』（一九八八年）とか、パターソンの『過去との交渉』（一九八七年）などは、(1) その表題からしてあからさまである。Criticism から Negotiation へ。これを「新歴史主義」とか「価値の多様化」といった刷新として標榜する者がたとえ多くはないとしても、これは何がしか重大な変化の表れ、あるいは反映であるように見えてならない。

その昔、「学問研究」(scholarship) と「商議・交渉」(negotiation) は無縁と考えられていた。広く知られているように、scholar/school の語源であるギリシア語 scholē は「有閑」の謂いであり、それをラテン語で otium といった。英語の negotiation は、negotium すなわち nec-otium（暇なし）から派生したものであり、少なくとも古典的発想からすれば、「学問的忙事」などというものはオクシモロン以外の何ものでもない。もっとも、「有閑にあって世事（天下国家）を思うを常とした」（In otio de negotio cogitabat）というキケロの理想はあったし、その再生として、「観想的生」（vita contemplativa）と「活動的生」（vita activa）の実りある融合というルネサンス的理念もあった。しかしこれらの場合、常に otium=vita contemplativa が第一義的に優先されて考えられており、しかも otium は永遠の真理の光を採り入れるための窓にほかならなかった。

ゆるやかな歴史的連想の中で、「有閑」はソクラテスに代表される高踏遊民を想起させ、哲学・思想一般の温床として、その存在価値を正当化してきた。ものごとの道理を批判的に考究するには、うつろう忙事に捕らわれることなく、能《あとう》うかぎり永遠の相に与ることが肝要。そのためには「有閑」が前提とされ、少なくとも理念的には、その延長線上に近代の「大学」が考えられてきた。民主主義のご時勢にあって、大学教師が、他の事はともかく、暇だけは貴族的に享受しえたのも、批判精神と理性が生息するためには「有閑」が不可欠である、と信じられていたからにほかならない。

もちろん理念と現実が一致するはずはなく、十九世紀の大学にようやく一本立ちを果たした人文学をとってみても、「有閑」は軒並み「歴史主義」あるいは「国民国家文化」に奉仕するために利用され、浮き世の歴史を超越する批判精神・理性のよすがとなることはまず稀と言ってよい。ひと昔まえ、我が国で「文学研究」と言えば、気品と威厳を湛えた文献学、そして歴史的解釈と鑑賞、と相場が決まっていた。この歴史主義的アカデミズムに対して、浮き世のジャーナリズム「評論」が存在したが、皮肉な

ことに、批判精神がその仮の宿としたのは、かえって忙中のジャーナリズムのほうが多かったように思える。(2)

そしていつのまにか「批評」がいっぱしのことを言い出し、しかも象牙の塔に実質的居住権を得てしまった。「評論」が在野にあって大学に座を占めることがなかったのに、(3)「批評」が難なくアカデミズムに容れられたのは、海の向こうの状況をみごとに反映したということもあるかもしれないが、それ以上に、「批評」という言葉に窺える批判精神の香りが、絶えて久しい「有閑」の理念を呼び起こした、という誇るべき理由があるのかもしれない。「文学研究」は、生気を失い枯渇した「歴史主義」に胡坐をかいて、動脈硬化を起こしていた。これに飽き足らない学徒にとって、「批評」はこの上ない現状打破の手段と映った。少なくとも、反「歴史主義」という一点において、「批評」は「有閑」の理想に通じるかに見えた。

しかし「批評」は、結局、「歴史主義」に勝てなかった。「批評」は、幸か不幸か、時間と空間（あるいは歴史と文化）を、主体的、理性的に超える思想に出会うことがなかった。反対に、「批評」の発展に糧となった思想は、時代を反映して、非理性の下に主体を解体し、ことごとく「歴史的・文化的相対主義」へと向かわしめる。「批評」は、「歴史主義」の批判を通じて、いわばニーチェと道行きを果たし、行き着くところまでいってしまった。その終着駅が「新歴史主義」と呼ばれるとすれば、まさに歴史の皮肉と言うほかはないであろう。

そしてとうとう本来「有閑」の有効に機能すべき大学から、「ニゴシエイション」を事とする一派が産み落とされた。歴史と文化における相対主義は、「価値の多様化」、「国際化」、「グローバリゼーション」、反「西洋中心主義」、反「人種・性差別」などの抗し難い思潮の勢いに押されて、いわば我々の時代精神となっている。時勢というゆく川の流れに棹さして、「批評」はついに「ニゴシエイション」となった。「ニゴシエイション」とは、ポスト・モダンにおける「批評」の形態である。

二人のアランのベストセラー

「批評」が、時勢に棹さして、文化の多様性を大いに謳いながら、「新歴史主義」あるいは「カルスタ」として番組編成をすれば、反対に時勢に逆らって、「思考の敗北」あるいは「精神の閉塞」を叫びながら、文化的相対主義を厳しく批判する裏番組があって当然かもしれない。少なくとも、ポスト・モダン的状況というのはそういうことらしい。裏番組というにはあまりにも強烈だが、期せずしてまた皮肉にも、大西洋の両岸でともに「空前のベストセラー」となった二人のアランは、等しく「文化的相対主義」を告発して雄弁である。すなわち、フィンケルクロート（一九四九―）『思考の敗北』（一九八七年）とブルーム『アメリカン・マインドの終焉』（一九八七年）がそれである。(4)

反時代的にして硬派。この手のものがなぜベストセラーとなったのか、という疑問は抗し難く起こるが、筋の通った説明はむずかしい。何よりもまずベストセラーという現象は、通常、二人が批判する消費文化のメカニズムに属して、彼らのいわゆる「思考」とか「精神」にかかわらないからである。注目すべきは、ベストセラーという現象ではなく、異なる国の事情にもかかわらず、彼らの歴史認識に窺える等質性である。これに比べれば、告発という現象の同時性は本質的でない（同時性のみを問題とすれば、青木保の『文化の否定性』(5)〔一九八八年〕も含まれることになる）。実際、アラン・ブルームの文化相対主義批判は、昨日今日に始まる思いつきなどでは毛頭なく、(第3節に見るように)一九六四年に書かれた『シェイクスピアの政治学』(6)においてすでに明示されていたものであり、さらにその源泉を辿れば、ドイツからの亡命者である彼の師匠、あの神秘的カリスマとも言うべきレオ・シュトラウス(一八九九―一九七三)の教えに行き着く。

二人のアランに共通する歴史的現状認識は、以下の三点に要約できるであろう。①今日の文化・教育は危機的状況にあり、その元凶は社会に蔓延する「文化的相対主義」にある。②この「文化的相対主義」の生まれ故郷はそもそもドイツにある。③啓蒙主義思想の敗北。これらの三点はもちろん相互に関連する。以下、おもにアラン・ブルームを中心に論じることにする。

①文化・教育の危機

ブルームの『アメリカン・マインドの終焉』は、当然のこととして、アメリカ国民に向けた書物であり、我々が読む場合、ときとして同日の論でないこともある。たとえば大学における学生の教育と教師の雇用に関して、日米ともに深刻な人種・性差別問題はあるものの、制度と実状が質的に異なる。また、いかに戦後アメリカナイズされたとはいえ、文化・教養を支える伝統の拘束力を見るならば、彼我の差は歴然としており、この点に関する限り我々は、どちらかといえば、ブルームの仰ぐヨーロッパのほうに近いと思われる。これらの違いはあるものの、重大な一点において、日米は(そしてヨーロッパも)軌を一にする。すなわち、教育と文化と歴史における多元化と相対化と平均化の推進である。

かつて暗黙裏に尊ばれ、少なくとも基礎必修とされた「古典」は、あらゆる知的分野でその権威を失墜し、場合によってはその不当な「権威・権力」の横暴が暴かれる。きわめて卑近な例を挙げれば、英文学を専攻しようという学生の中に、「英文学の双璧」と謳われたシェイクスピアとミルトンはまず必読であろうなどと考える篤学の士がたとえばどれほどいるであろうか。そう思い立つほどの勉強家であれば、その前に「英文学」という制度それ自体の批判をすでに読みかじっている可能性が高いし、俊英であれば、才能が即活かせるいわゆる「穴ねらい」に赴くであろう。さらに感性に自信のある者は、好みの対象を自由に選択する。おそらくこれが現状ではあるまいか。この現象を裏で支えている論理なり原理があるとすれば、それは根本的に「歴史主義」のそれでしかない。「精神は本質的に（小文字複数の）歴史ないし文化にかかわり属す、と歴史主義は説いた」[7]のであり、したがって時空を超越する価値体系に信を置かない。極論すれば、言語間の翻訳は不可能であり、各々の文化はそれぞれ固有の絶対的価値を主張する。この価値と歴史における相対主義はそれ自身絶対化しうる。すなわちあらゆるヒエラルキーの相対化・平均化（「古典」は、その制度としての権力構造を暴くために、「キャノン」と呼ばれるようになった）。こうなれば、ジェフリー・アーチャーもジェフリー・チョーサーも同じジェフリーで、等し並みに構造分析にかけられる。神も御照覧あれ、これこそ民主主義・平等主義の大原則に基づく英文学のありうべき姿ではないか（ブルームの指摘するように、個々の価値の絶対的相対性は民主主義の政体に調和するどころか、本質的に矛盾する。「独創」が乱立すればアナーキーとなる。これはすなわち「独創」と「立法」――“poet as legislator”〔Shelley〕――にかかわり、きわめてロマン派的問題である）。

「歴史主義」はその帰結として「絶対的相対主義」を招来する。そのアメリカでの表れは、一見我が国よりも深刻に見えるが、質的にそう異なるとは思えない。ブルームはその状況を「ニヒリズム・アメリカン・スタイル」と呼んだ。「歴史主義」の根源（ニーチェ）へ遡っての命名である。

②ジャーマン・コネクション

世界的学園闘争といわれた一九六〇年代後半、アラン・ブルームはコーネル大学で教鞭をとっていた。当時の学内政治の破綻、特に人文科学系の学者たちの無節操と無能、これらを描くときブルームの筆は冴える。多少、怨念が感じられないでもないが、それよりも重要なことは、無節操と無能が「歴史主義」の帰結として起こるべくして起こった、という認識である。

学内政治ばかりでなく、人文科学においてもコーネルは思潮の先端を切っていた。比較文学においてはすでに数年間にわたり、過激なフランス左翼思想のいわば濾過装置となっていた。サルトル、ゴールドマンから、フーコー、デリダまで、弛まなく押し寄せる新しい波はコーネル海岸を洗った(8)。いわずと知れたフレンチ・コネクションである。ブルームは続けて言う。

これらの思想は古い書物に新生を吹き込むことを目的とした。読みの新技術、解釈のための新しい枠組み――マルクス、フロイト、構造主義、その他諸々――は、使い古された書物を手中に収め、革新的意識の下に生き返らせる力を持った。ついに人文科学が活躍し、前進に寄与しうる時代が到来したのだ。単なる好古家、さもなくば、老醜をさらす女ばかりのハーレムを守る宦官に、自ら甘んじる必要はもはやなくなったのだ。それればかりではない。人文科学に根を張ったほとんど普遍的とも言うべき「歴史主義」は、新しいものに飛びついて疑わない、流行にコミットできる精神を用意してくれたのだ(9)。

しかし悦んではいられない。「歴史主義」の結末はこうなった。

人文科学系の大学教師は、言動において、自ら頼むところさえ見いだしえず、どうにもならない状況に直面している。好むと好まざるとにかかわらず、過去の書物を解釈し伝達することが彼らの仕事である。つまり伝統と呼ばれるものの保持に携わるわけであるが、その場所はと言えば、そもそも伝統をなんら特権化することのない民主主義下の大学にほかならない。彼らは有閑と美の信奉者であるが、大学でのパスポートは目先の功利性を措いてほかにない。恒常性と観想が彼らの土俵なのに、現実の大学は行動と即時・即効性を要求する。平等こそ正義、と自ら信じて疑うことがないのに、彼らは極上の秀逸なものを扱う。定義上、彼らの仕事は平等とは無関係であるにもかかわらず、民主主義に同調するため、罪の意識が平等主義との関係を求める。つまるところ、シェイクスピアとかミルトンが一体我々の問題解決になんの役に立つというのか。しかも、彼らの作品を覗いて見れば、こともあろうにエリート主義、セクシズム、国粋主義など、まさに我々が克服せんとする偏見で溢れるばかりではないか(10)。

フレンチ・コネクションの真の姿はジャーマン・コネクションで、その結末は絶対的相対主義というニヒリズムの日常化にほかならない。このような思想史的認識は、格別斬新なものではなく、フィンケルクロートにも共通する。ブルームがニーチェを強調するのに対して、フィンケルクロートは、ヘルダー(一七四四―一八〇三)に遡って、今日的状況の元凶を見る。

③啓蒙主義思想の敗北

ヘルダーの唱えた「民族精神」(Volksgeist) としての「文化」は、啓蒙思想の普遍的な「人類」から、より身近で特殊地域的な民族・国へ「人」の帰属を変えることにより、「人」を感性的に解放した。つまり、より普遍的な「人類」といったレベルにおける「歴史・文化」の構築を目指す啓蒙思想に対する挑戦である。ここに民族文化主義と啓蒙主義の争いが始まった。そして現在の歴史的高処から見るかぎり、その結果は啓蒙主義の敗北、すなわち「思考の敗北」となる。ブルームは自ら翻訳したプラトンの『国家』を自家薬籠中の物とするが[11]、その伝でいくなら、ヘルダーにおける「文化」は「洞窟」に等しく、啓蒙主義 (Enlightenment) 思想はまさに外の「光」にほかならない。そして西洋の伝統では、「光」は「有閑」のうちにさした。ジャーマン・コネクションは、文化・歴史という洞窟を用意し、ニゴシエイションへと道を開いた、ということになるのであろう。

新歴史主義 対 新啓蒙主義

「有閑」にさす「光」は、「洞窟」内の論理で示すことがむずかしく、しばしば神話と呼ばれ、かえって理論的に批判されてしまう可能性がある。ニゴシエイションを事とする「新歴史主義」の物々しい理論的武装に対峙して、同じ土俵で、超越的な「光」の必要性を説くことは、ほとんど不可能に見える(この意味で、啓蒙主義と歴史主義の対立を、おそらく集約し体現するであろう、ハーバーマス〔一九二九―〕とリオタールの論争を見守ることは重要であろう)[12]。ただし、「新歴史主義」の旗手グリーンブラットが、ニゴシエイションの相手としてシェイクスピアを選び、その選定理由は「保守的な趣味」にすぎないのだとほのめかすとき[13]、ゲーテとともに「もっと光を」と呟く者がいてもよいであろう。もちろん「光」

はよく見えない。しかも、啓蒙の「光」の名の下に、西洋中心主義が罷り通ってきたことも承知している。サイードに倣わずとも、極東に対する西洋のディスクールを分析批判することは、必要ですらある。問題はその際の視点である。「光」が見えにくいとすれば、少なくとも「絶対的相対主義」に赤ランプを点けておくのがよい。これを新啓蒙主義と仮に呼ぶならば、ブルームの語る次の言葉は、そのための実践的心得として肝に銘ずべきであろう。

慎みなく無分別に寛大であることのみを追究して、寛大さにまつわる政治的、社会的、文化的問題が、人間と自然の目的に関わることを確認しなかったがために、寛大さを無意味にした。[14]

『アメリカン・マインドの終焉』は、アメリカ人に対する警鐘として書かれているが、絶対的相対主義という陥穽に対する注意書きとしてならば、同様に日本人の精神にも当てはまる。ヘーゲルを独自の視点から咀嚼したコジェーヴは、「ポスト人類史」の時代には「アメリカ人」と「日本人」の二種類の人間類型しか存在しないという診断を出したが、[15]見るところどうも「アメリカ人」のみとなった感が否めない。

2　シカゴ・コネクション

ところで、ソール・ベローに『ラヴェルスタイン』（二〇〇〇年）と題された伝記もどきの小説がある。[16]

決して格好よくも若くもない、しかしどこか決定的にカリスマ性のある大学教授を主人公として、その尋常ならざる晩年を綴るというもので、どうころんでも俗受けしそうもない作品である。作中わずかに触れられる、父親との決定的な対立と決別が主人公の一生を左右したものかどうかは、虚構と現実の別なく、もとより定かではないが、ともかく彼は一本立ちをしても家庭を構えることなく、アジア系の美青年との同棲生活を送りながら、シカゴ大学で政治哲学を講じ、少数の優秀な精鋭を育て、一種秘密結社風の学派を成す。その講義内容は残念ながら作中に明かされてはいないが、プラトンからマキアヴェッリ、アリストテレスからルソーに及ぶ古典主義的なものに立脚すると想像される。彼に魅せられた学生が家を訪ねれば、クラシック音楽が耳をつんざくほどに響き渡る。教え子の中からは、ホワイトハウスや国防総省などの要職に就く者が輩出し、電話魔の彼は彼らとの交信を日々欠かすことがない。数年前には、かねてよりの持論に基づき、「ポリティカル・コレクトネス」に代表される政治的左派にして文化的相対主義の流行を批判して書いた本がゆくりなくもベストセラーとなった。その結果、一躍超有名人となるばかりでなく金満家ともなったのだが、それはただ単に持ち前の貴族趣味を増長させるだけであった。彼はパリを愛し、出かければ超豪華ホテルを定宿とせずにはいられない。美青年を愛し、おろかにも超高級車をプレゼントせずにはいられない。

『ラヴェルスタイン』は、およそこれを読んで面白いと思う人の気が知れない、とまさに思わせるような書物である。この作品を楽しむには、読者はソール・ベローがそこに描こうとした主人公が誰であるかをまず知らなければならない。「伝記もどき」という形式はこの小説に不可欠の要素なのである。

実は『ラヴェルスタイン』は、前節で論じた『アメリカン・マインドの終焉』で名声を得たアラン・

ブルームその人を描こうとした小説である。私事にわたって恐縮だが、一九八〇年代のあるとき、ひょんなことからレオ・シュトラウスの書物に触れ、その思想に反発を覚えながらもこれを決定的に捨て去ることができないといった状態が続いた。そうこうするうちに、偶然と言うのは面白いもので、その弟子にあたるブルームの上掲書が世界的ベストセラーとして騒がれたのだった。近代は文化相対主義により毒されていて、それから自由になるためには、「真理をよりよく見通した」古代ギリシアの古典と真剣に付き合うほかはないのだ、というのがシュトラウスの考えであった。シュトラウスが目の敵にした「文化相対主義」が正確にいかなるものか、ここで述べる余裕はないが（第V部第2章を参照）、少なくとも、超越的な価値を忌避し、しかし（一種絶対的な）平等原則と価値相対主義を当然とする我々「近代・近代以降」の時代に生きる者には、それがきわめて近しい視座であることは容易に感得されるだろう。たとえば、西洋の学者が文化を論じて「西欧中心主義」（Eurocentrism）の素振りを少しでも見せようものなら、猛烈に反発しないまでも、我々が必ず違和感を覚えるとすれば、それは「文化相対主義」の空気を吸っているからにほかならない。その昔シュトラウスをかじって、まず私が「反発を覚えた」のも、まさにこの共通の前提を疑うところに起因する。ところが、ブルームも、もちろんシュトラウスも、この文化相対主義をこそ批判の対象とするのである。

まことに唐突ながら、二〇〇〇年の夏のこと、英国ストラトフォード・アポン・エイヴォンで想起した米国シカゴの風景に、ここで触れなければならない。言うまでもなく、ストラトフォードとシカゴとは無縁であり、また私は今までシカゴを訪れた経験もない。しかし、この心象風景を頼りに、我々のシェイクスピア研究の視点について模索したいと思う。

隔年にストラトフォードで開催される国際シェイクスピア学会（ＩＳＡ）というのがあって、そこでは、あらかじめ提案されたセミナーのいずれかに参加し、事前に配布されたペーパーをめぐって議論することが義務づけられていた。二〇〇〇年の学会では、セミナーの選択にあたって、特に面白そうなものが見当たらなかったので、次善の策として「批評の未来」と題するセミナーを取り、イマニュエル・ウォーラーステインの論文「ヨーロッパ中心主義とその化身」[17]を下敷きにした議論を提出した。[18]「ポスト・コロニアリズム」の流行にかぶれ、直接にしろ間接しろ、無批判な西欧中心主義批判に淫するがごとき議論にうんざりしていたこともあって、シェイクスピアを「西欧」にお返ししましょうという主旨のことを述べたつもりである。つまり、私は反「文化相対主義」の立場に立っていたことになるが、それをしかし明確に意識していなかったのも事実である。

その昔そうであったような貧乏留学生ではもはやなかったが、ストラトフォードでは安宿に泊まった。初日の朝、広くない食事部屋で相も変わらぬイングリッシュ・ブレックファーストを摂っていると、宿屋の女将が「あなたと同業者のデイヴィッドよ」とアメリカ人学者を紹介しながら、テーブルに向き合うように座らせた。フル・ネームを尋ねてすぐ襟を正したのは、その紳士がベヴィングトンと応えたからであった。デイヴィッド・ベヴィングトンと言えば知る人ぞ知る、シカゴ大学教授にして米国シェイクスピア学界の重鎮にほかならない。安宿が幸いして、以後毎朝、エクストラの個人セミナーを得たのだったが、その無上に楽しい会話の中で、話はいつか当然のようにしてシカゴ大学に及んだ。となれば、話題の種に乏しい私は、野暮と知りつつ、シュトラウス、ブルームそしてソール・ベローのことを口にする。旅の一冊というので『ラヴェルスタイン』をたまたま読んでいたということも重なった。一般に、

「シュトラウシアン」（シュトラウスの弟子、孫弟子、曾孫弟子筋の人々はこう呼ばれる）は妙な選良意識があって嫌われることが多く、大学関係者との会話では避けるべきトピックとされているのだが、それも忘れてただ「シカゴつながり」という連想に導かれてブルームなどの話をした。ベヴィングトン先生は如才なく応答し、ソール・ベローに多く触れたように記憶する。

これは私の単なる偏見かあるいは情報不足のせいかもしれないのだが、シェイクスピアを研究するという名誉ある仕事に従事する同業者との会話で、アラン・ブルームが持て囃されたという記憶は全くない。なぜシェイクスピアリアンは彼を相手にしないのだろうか。ブルームがシェイクスピアの専門家でないからという議論は成り立たない。恩師シュトラウスに捧げられた（次節に論じる）『シェイクスピアの政治学』（一九六四年）を皮切りに、『リチャード二世』論（一九八一年）、そして死後出版された『シェイクスピアの語る愛と友情』（二〇〇〇年）[19]と、彼のシェイクスピア論は、質量ともに、彼をしてシェイクスピアリアンたらしめるのに十分であると言えるからである。それならば、シェイクスピアリアンとしてアラン・ブルームが不人気である、あるいは無視される理由は何か。想像するに、その第一はいわゆる「大きな問題」（Big Questions：古典古代以来、哲学者や文人が共通に論じてきた大問題）に連なる議論を行う——あるいはそれしか行わない——ためではあるまいか。たとえば上述の『シェイクスピアの語る愛と友情』という美しい本を繙き、注の頁を眺めるならば、そこにプラトン、マキアヴェッリ、モンテスキュー、ルソー、ニーチェといった偉大な思想家の名がずらりと並ぶのに、シェイクスピアの研究書は、それに反して、皆無に等しいことに驚くだろう。第二の理由は、シェイクスピアを読んで、近代が失った重要なものをそこに見いだそうとするブルームのシュトラウシアン的姿勢のためではなかろうかと推測する。すなわちこれは、近代あるいは現代の価値観や興味やさらには個人的立場に引き付けて読もうとする、「現代思想」的な批評と鋭い対照をなすであろう。

シェイクスピアリアンの端くれとして、もちろん、後者の姿勢に共感を覚え、知的に惹かれるところは少なくない。しかし、このストラトフォード・アポン・エイヴォンでの奇妙なめぐり合わせ以来、「シカゴ的心象風景」がやけに心に取りついてなかなか離れないのは、どうしたことだろうか（この続きは第V部第1章1を参照）。

3　アラン・ブルームのシェイクスピア

上に触れたように、ヒトラーの迫害を逃れて、米国に亡命した多数の優秀な知識人の一人にレオ・シュトラウスがいて、この哲学者が育てた一群の弟子たちはシュトラウシアンと呼ばれる。今ではその孫弟子さらには曾孫弟子たちが結社のような組織を形成して、折に触れて物議をかもす。私が初めて実際にシュトラウシアンと呼ばれる存在に遭遇したのは一九八〇年代の半ばのこと、領袖というか鼻祖というか、本家のシュトラウスについてはその著書を一冊読んだだけで、さまざまな裏事情について全くの無知であったときである。当時、東北大学文学部に勤務していた私は、（当時）若手であった野家啓一氏と意気投合して、日米教育委員会から派遣されるフルブライター（フルブライト・プログラム派遣教授）を囲んで国際的読書会をやろうということになった（当時すでに若手ではなかった岩田靖夫先生も、気がつくと主要メンバーとして鎮座しておられ、この会はその後しばらく続いた)。入れ替わり立ち替わり仙台に来てくれるフルブライターの一人に、若い政治哲学者がいて、たまたまこの人がシュトラウシアンだったのだ。こちらはと言えば「(一九)六八年」の洗礼を受けた(西欧中心主義の批判的相対化に理有りと信ずる)身であり、レヴィ=ストロースの「野生の思考」を盾に、構造主義的文化相対論はそれなりに自明と考えていた。しかし、突如目の前に出現したシュトラウシアンは、お前は文化相対主義あるいは価値相対主義という近代の病に罹っているのだと宣告した。この診断には少なからず驚いたが、彼が自信をもって薦める総本山シュトラウスの著作に、卓抜な解釈と思考力を認め、その魅力を感じながらも、私は最終的に折伏されなかった。

若いシュトラウシアンが帰国すると、期せずして、アラン・ブルームの『アメリカン・マインドの終焉』が世界的ベストセラーとなり、私は再び「近代の病」を思い起こすこととなった(本章1を参照)。すでに述べたように、アラン・ブルームはレオ・シュトラウスの愛弟子にあたり、いわゆる第一世代のシュトラウシアンの代表選手である。[20] 一九八〇年代に行われた文化をめぐる新旧論争のさなかに、ブルームは敢然と保守本流を名乗り、台頭しつつあった歴史・文化相対主義的傾向を批判して、一世を風靡したことも先述のとおりである。偉大な西欧文化の源流に位置し、普遍的価値を有するギリシア古典を大学教育のカリキュラムから外し、代わりに歴史の浅い周辺文化の文物を平等主義と価値相対主義の名において導入するなどもってのほか、というわけだ。要するに、昨今の我が国で「カルチュラル・スタディーズ」とか「ポスト・コロニアリズム」などと呼ばれる流派とは、真っ向から対立する思想にほかならない。このアンチ文化相対主義の思想は、師匠であるレオ・シュトラウス譲りのものであることは言うまでもない。

師匠のシュトラウスには、アメリカという伝統の稀薄な新天地にあって、ヨーロッパでは成し遂げられなかったであろう古典主義的教育を実践してみようという目論みがあった。ギリシア古典をたとえば真剣に受け止め、それを精密に読む方法を学ぶならば、そこに盛られている普遍へ至ろうとする意思あるいは超越的真理を求める心的態度を体得しうる。これは一種の歴史主義的解釈の方法であるが、これは近代に優勢になったもう一つの歴史主義（歴史・文化相対主義）を批判するのに有効だろう。「歴史」と「文化」と「言語」と「テクスト」の外におよそ人は立てないと説く近代的思潮に抗して、それはあのプラトンの「洞窟の比喩」に言う、影を見て光を見ない連中と同じだ、とシュトラウスは喝破する。今も昔も、哲学の役割は「洞窟」から出て真理を希求することにあるのだと。(21)

シュトラウスの薫陶を受けた愛弟子ブルームが、歴史と文化に関して相対主義を排し、古典主義的保守主義に立ったとしても全く不思議はない（ただ一つ弟子の犯した逸脱は、『アメリカン・マインドの終焉』の成功により、はからずも自ら軽蔑する「俗悪な大衆」に迎合してしまったことだろうか）。そのシュトラウシアンを代表するブルームが、シェイクスピアを論じて存外多作であったことは、あまりよく知られていない。どちらかと言えば、ブルームは寡作な学者であった。本人に主著は何かと尋ねたならば、おそらくプラトンの『国家』とルソーの『エミール』の翻訳だと答えるに違いない。翻訳が主要業績などと言えば、少なくとも現在の我が国の大学では人事選考に通らないはずだが、ブルームはユダヤ人としてそれまで人種コードがあったアイヴィー・リーグの一員（コーネル大学）に初めて職を得た人物の一人である（古典的作品の読み・翻訳が評価されたということだろうか）。先述のベストセラーは学術書ではなく、『巨人と小人』[22]（一九九〇年）と題された書物も評論集というカテゴリーに属すると考えられる。そうすると残る研究業績としては、シェイクスピア関係の二著ということになる。中でも『シェイクスピアの政治学』は、ブルームの論考の中では最も学術的と称しうる佳作である。[23]

シェイクスピアと政治学という組み合わせは、一見、奇異に響くかもしれない。シェイクスピア研究は膨大な市場と化して久しく、「シェイクスピア・インダストリー」とまで呼ばれるこの国際的営為の中では、やれ「シェイクスピアとフェミニズム」だの、やれ「シェイクスピアとグローバリゼーション」だの、あるいは「別のシェイクスピア」だの、果ては「仏教から見たシェイクスピア」だのといった主題が真顔で論じられており、実際「政治的シェイクスピア」という表題の書物は革新的トレンドを目指す研究者の必読書とまでなっている。その意味で、『シェイクスピアの政治学』はなんら驚くに足らない。

皮肉と言うべきか、ブルームのシェイクスピア解釈で驚くべきは、その徹底した歴史主義的姿勢である。『シェイクスピアの政治学』はヴェネツィアを舞台とした二作品（『ヴェニスの商人』、『オセロー』）と古代ローマを背景とした作品『ジュリアス・シーザー』を扱うが、解釈に際してブルームは、それぞれの時代背景の意義と重要性を見逃さない。アリストテレスの「人は政治的動物」である、すなわち「都市（ポリス）」に限定を受けた存在であるという定義が、ブルーム的解釈学の根本原理を提供する。

ルネサンス期前後のヴェネツィアは、東西交易の要衝ということもあって、西欧世界で最も自由な都市であった。そこにはキリスト教徒のほかに、ユダヤ人も生活を営むことが許され、さらにキリスト教徒に改宗すればムーア人でさえ公的身分に就くことが法的に可能だった。これは少なくとも当時のイギリスでは享受しえない政治環境であった。この自由はしかし、思わぬ軋轢と衝突とさらには悲劇を生み出す原因にもなった。すなわち、惜しみなく与える愛を至上の徳と信じるキリスト教徒（アントーニオ）と、律法の遵守こそ至上の義務と信じるユダヤ教徒（シャイロック）との衝突は、ヴェネツィアという政治環境を措いて想像し難い。ヴェネツィアはしかし、この宗教間の衝突に解決を与えない。我々は有名なポーシャの機知溢れる裁定により一件落着の印象を得るかもしれないが、彼女は、

シャイロックとアントーニオが争うもととなった諸々の問題を解決するという点では、原則的には何もしていない。そして解決の道はどこにもない。我々にできることは、それらの問題を忘れるために、急ぎベルモントに戻ることだけである。ベルモントは愛の都である。だが、それは実在しない。ユートピアなのである。(24)

シェイクスピアは、芝居という実験場で、文明・宗教の衝突を具体的に起こしかつ展開し、その結果、その現実的解決はとりあえず不可能だとした、ということになろう。

さらに本当は怖いシェイクスピアとなれば、ムーア人でありながらキリスト教徒となってヴェネツィアの傭兵隊長に出世したオセローの悲劇である。ヴェネツィアという都市は、キリスト教共同体の普遍性において、オセロー的な存在を許した。オセローはさらなる普遍性へ向けて一歩を踏み出してしまう。ヴェネツィアの名家の白人令嬢との結婚である。ヴェネツィアは「コスモポリタン」な人物を受け入れるが、その都市が培ってきた伝統文化や常識を犠牲にしてまで、その人物に奉仕する気はさらさらなかった。デズデモーナの父親は、オセローと娘の結婚が原因で死んでしまう。オセローも自身のコスモポ

リタン振りの限界を自覚するとともに、野性が露呈してゆく。都市の伝統文化にあるしきたりの強靭さと、コスモポリタニズムの皮相さの両者を、巧妙にそして悪辣に利用するのがイアーゴーの悪と言われるものの中身にほかならない。

本来その地に属さないものは、いつかある時点で、その地本来のものの気質に反するようになる。[25]相対主義的歴史主義を批判したシュトラウシアンは、ここで、あたかもミイラ取りがミイラになったかのように、完璧な歴史主義者になったかの感があるかもしれない。しかしそれは違う。相対主義の「洞窟」から抜け出ることはおよそ簡単なことではない。ただ振り向けばそこに真理の光が垣間見られるなどというほど甘くはない。「洞窟」からの脱出は、その中に置かれた状況をつぶさにそして忍耐強く観察し分析することを通じてしか可能にならない。プラトニストはコスモポリタニズムを忌避する。ブルームの『オセロー』論と同じく、『シェイクスピアの政治学』の白眉とも言うべき『ジュリアス・シーザー』論も、きわめて緻密な分析とバランスのよい判断から議論がなされていて、透徹した歴史主義が貫かれている点でも同様である。「シェイクスピア劇のローマ人はイギリス人ではなく、本物のローマ人、すなわち、近代人とは性質の異なる情念と目標を抱く別種の人間である」[26]という解釈の根本原理は、改めて確認しておく必要があるだろう。この重大な差異について、見るところ、我が国のシェイクスピア研究者の多くが無頓着であるのはわずかに驚きを禁じえない。

第Ⅱ部　政体と臨界

ルーカス・クラナッハ（父）『ルクレティアの自殺』
1538 年（Bamberg, Neue Residenz）

第1章　月のヴァレーリアあるいは『コリオレイナス』

1　理論と臨界

テオリアの泉

「理論のない解釈などない」のだとよく言われた。そこには、理論が見えないとすれば頭脳があまり鋭敏でないからだという含意まであった。一九七〇年代から八〇年代半ばのこと、理論が旧弊打破の動きと手を携えた稀有な時代であった。その後、新歴史主義と称される「事実」への回帰の動きの中、理論は前面から次第に後景に退いたが、その黒衣状態をいいことに、理論的素養を積まない粗野な（旧）歴史主義的傾向が間歇的に息を吹き返したかに見える。理論のための理論といった言説は困りものだが、無勝手流の歴史主義や夜郎自大の印象主義あるいは経験主義の復活はさらに迷惑だ。理論に対する不感症は、自己充足的ナルシシズムに繋がるからである。そもそも理論とは、偶然と変化と不分明が支配する把捉しがたい現実（コンティンジェンシイ）を超えて、その臨界と外部を垣間見せてくれる装置にほかならない。批評理論（Critical Theory）もその例外ではない。批評理論は西洋の産物であって、その淵源を辿っておおまかに言えば、ヘブライズムとヘレニズムに至るだろう。特殊な超越論の伝統であり、我々には馴染みの薄いところである。中世初期のボエティウス（四八〇—五二四）は、これを親しみのある寓意に仕立ててくれている。

彼女の着物は、極く細い絲を巧みな細工で丈夫な生地に仕上げたものであった。そして、後に彼女の語るところから知ったことだが、それは彼女自身の手織りの品であった。その着物の表面は、古めいた絵画が通常さうであるように、長く手も入れないための或る曇りのやうなものが漂っていた。着物の下部にはギリシア文字のπが、上部には同じくθが織り込まれてあった。そして、両文字の間には、梯子の恰好をした一種の階段がはっきり見られた。この階段に依って、下部の文字から上部の文字へ上昇するのであろう。(1)

「彼女」とは「哲学」（フィロソフィア）であり、その「着物」は哲学の特質と構造と歴史を物語る。π＝プラクシス（実践）に基づいてθ＝テオリア（観想）に至る道を一歩一歩緻密にようやく築くが、それは人々の蔑ろにするところであった。留意すべきは「θ＝テオリア」の優位である。運命の浮き沈みに翻弄される現世という「プラクシス」の世界は誤認にすぎず、真の認識は全能にして永遠なる神とともにある真の実在にこそあり、その認識は「テオリア」を想念しない限り獲得されない。このような「テオリア」の優位の伝統は、のちに「西洋哲学」という登録標章が付けられることになっても、脈々と流れて隠然たる力を保持する。批評理論という一支流を生み出した源泉も、同じ伝統に連なる。

もちろん、「テオリア」と「プラクシス」の二項対立は西洋の専売特許などではなく、どこにでも見いだされるだろう。しかし、西洋の「テオリア」はユダヤ・キリスト教的超越神の下地とギリシアの「ロゴス」という峻厳なる論理的言語の素地とが空前絶後の合流を果たして、独特の堅固な伝統を形成した。(2) この端倪すべからざる伝統は、近代に世俗化されて「哲学」と名を変えても、あるいはさらにその末席に連なる形で「批評（理論）」と綽名されても、その根本的性格は変わることがない。

「テオリア」に倣いて

西洋流「テオリア」の源流の一つであるキリスト教をいち早く弾圧した徳川幕府は、ある意味でその本質を正しく見極めていたのだろう。かくして「テオリア」は結果的に排除された格好で、明治の文明開化を迎えることになる。明治の日本に、ボエティウスの「フィロソフィア」に相当するものを探すとするならば、中江兆民（一八四七―一九〇二）の『三酔人経綸問答』（一八八七年）に登場する「洋風紳士」となるのではあるまいか。

> 着もの、はきもの、上から下までみな洋風で、鼻すじ通り、目もとすずしく、身体はすんなり、動作はきびきびとして、言語明晰である。この人はきっと思想という部屋で生活し、道義という空気を呼吸し、論理の直線のままに前進して、現実のうねうねコースをとることをいさぎよしとせぬ哲学者にちがいない。(3)

ご存知のように、この「洋風紳士」はヨーロッパ文明の「テオリア」に接して、「ああ、民主制！　民主制！」[4]と理想を説いてやまない。そのラディカルな理想主義は、返す刀で本家本元である西洋の現状にも向けられて、ヨーロッパの矛盾を突くことさえする。「ヨーロッパ諸国はすでに自由、平等、博愛の三大原理を知っていながら、民主制を採用しない国が多いのはなぜか[5]」。されば、そんな野蛮なヨーロッパは放っておいて、さっさとこちらが真の文明開化を行えばよろしい。「文明の進歩におくれた一小国が、昂然としてアジアの端っこから立ちあがり、一挙に自由、博愛の境地にとびこみ、要塞を破壊し、大砲を鋳つぶし、軍艦を商船にし、兵卒を人民にし、一心に道徳の学問をきわめ、工業の技術を研究し、純粋に哲学の子となったあかつきには、文明だとうぬぼれているヨーロッパ諸国の人々は、はたして心に恥じいらないでいられるでしょうか[6]」。しかし、富国強兵が正しく叫ばれた我々の近代の入り口に、この「テオリア」の非現実性は火を見るよりも明らかであり、兆民は豪傑君という佐幕派残党の不満分子を利用して大陸進出を図ろうとする現実主義者（「プラクシス」）を登場させ、その上で両者のバランスを南海先生に託して「三酔人」の問答を閉じる。よく言われるように、この兆民の時局分析は鮮やかに予言的であり、三者の立場は我々の近代を貫きつつ、歴史の悲惨と幸運と矛盾をさまざまに切り抜けて今日に至る。

問題は「テオリア」である。洋風紳士の学習した「民主制」の理念が、明治政府と昭和軍国主義に蹂躙されたのち、第二次世界大戦後に米国から与えられる形で蘇生したことを振り返って、その根本的脆弱さを確認することは、確かに陳腐だが重要な作業だろう。もちろん、この場は「経綸問答」を行うところではなく、あくまで文芸批評の問題にかかわっているわけだから、その領域における「テオリア」の強度なり脆弱性が課題の対象となる[7]。

ここで試みに、文芸の領域において「三酔人」的水脈を想定してみるのはまんざら無駄ではないだろう。洋風紳士はどう見ても近代の人文主義的理念に相当するだろうから、そうなれば豪傑君はさしずめ国民文学的志向に、両者の中庸を行く南海先生は古典と国民文学を取り持つような立場となるだろうか。「英文学」という学問は、言うまでもなく国民文学的志向によって色濃く特徴付けられており、したがって近代の現実主義によって支えられてきたような学問にほかならない。おそらくこの辺に、英文学の強みと利点があったのであり、またグローバリゼーションが叫ばれる今日における戸惑いの原因もあるのではあるまいか。

シェイクスピア的転回

だいぶ長い前置きになってしまったが、シェイクスピア研究・批評に移ろう。ただし、これからの私の主張はやや込み入った話になるので、あらかじめ要点を述べておく。西欧の伝統に深く根ざす「テオリア」と「プラクシス」のダイナミズムは——これは対話的あるいは弁証法的と言ってもよいのだが——英文学という一大領域にもシェイクスピア研究という小分野にも見ることができるばかりでなく、実はシェイクスピアの作品自体にも等しく確認しうるのであり、そのことは単に西欧的伝統の根強さを示唆するにとどまらず、西欧近代に内在する重要な特性を物語る（次節を参照）。西欧近代には、ある種の方向性と限界（他者性）の意識が特徴的に認められるように思うが、それはおそらく「テオリア」の伝統があってのことにほかならない。そして西洋近代に倣って発展しようとした日本近代の「テオリア」受容については、先にほんの少し触れたとおりだが、日本のシェイクスピア研究という分野では果たしてどうだろうか。

　さて、シェイクスピア研究を含む英文学が本家の英国にあっても近代後期に至ってようやく制度化されたことは周知の事実だが、その際学問としてのモデルを提供したのは古典（ギリシア・ラテン）文学研究だった。すなわち、ルネサンス以来培われてきた人文主義に立つ研究と教育であり、その中心には文献学に基づくテクストの確立と、世俗化に伴う諸価値の再検討があったと言うことができる。もとより、近代におけるシェイクスピアの影響力は大きく、フランスに続いてドイツそしてアメリカなどに広がりを見せるが、それら外国における受容史の研究が始まったのはようやく二十世紀の後半からであり、由緒ある英文学の一部としてのシェイクスピア研究は、英国という国家の国民文化形成と歩調をともにする。人文主義的モデルに倣って、シェイクスピアという古典的テクストが編まれて行くと同時に、解釈においても古典的規範の適用が試みられる。たとえば、シェイクスピアと同時代の大陸に行われた新古典主義的「三一致の法則」は、シェイクスピア本人によって早々と斥けられていて使えない。となれば、ソフォクレスなどのギリシア悲劇を分析した方法を援用することができないものかと考えても不思議はなく、実際、A・C・ブラッドレー[8]（一八五一―一九三五）以来さまざまな試みがなされてきた。この種の古典的あるいは人文主義的普遍性を志向する研究が一方にあるとすれば、他方、英国の土着的伝統をシェイクスピアに検証しようとする国民国家派も登場する。『エリザベス朝悲劇における中世的伝統』[9]などというのが好例だろう。なにしろ英文学である以上、当然と言えば当然である。シェイクスピア研究における「テオリア」（人文主義的水脈）と「プラクシス」（国民文学的志向）のせめぎ合いが見せる一つの断面と言わねばならない。

シェイクスピア作品における「テオリア」

繰り返して言うが、理論（テオリア）とは、偶然と変化と不分明が支配する把捉し難い現実を超えて、その臨界認識を垣間見せてくれる装置にほかならない。ボエティウスの「フィロソフィア」、兆民の「洋風紳士」の伝でいけば、シェイクスピアでは『コリオレイナス』に登場するあの謎めく「ヴァレーリア」となるだろうか。

> コリオ［レイナス］　パブリコラの妹御《いもうとご》。羅馬の明月！　純潔な雪を料《もと》にして、霜の力で凝結して婢娥《ダイヤナ》の御堂に懸かる氷柱《つらゝ》にも比ぶべき清い御婦人！　あゝ、ヴリーリヤ［ヴァレーリア］どの！[10]
>
> （第五幕第三場六四—六七行）

場面は劇のまさにクライマックス。武将コリオレイナスはほぼ完全無欠であったが、それゆえ、卑劣で人品劣るローマの民衆に媚びることだけは、その潔癖さゆえに許すことができず、結局ローマ社会の名誉の階梯を登るどころか、自らローマを見捨てて去る。さらにあろうことか宿敵であったオーフィディアスと合流した彼は、祖国ローマに仕返ししようと軍を率いて城門に迫った。ローマ側は説得工作に出たが、難航する。最後の手段として登場したのが、母と妻と子供そしてヴァレーリアであり、最終的には母ヴォラムニアの力に屈してコリオレイナスは退き、オーフィディアスに殺される。ご存知のお話である。

しかしこの活人画（タブロー）とも見えるクライマックス・シーンに、なぜヴァレーリアが加わって佇むのか。しかも彼女は何も言わずに、ただ彼女に対するコリオレイナスの印象的な呼びかけがあるのみである。その純潔性をさらに蒸留するかの表象にもかかわらず、ヴァレーリアをコリオレイナスの「モトカノ」だなどと口走る面白い解釈があると思えば、母・妻・乙女の三人の姿に三位一体（父・息子・精霊）の女性版を連想しつつ、ローマの女性の全種を象徴するのだとするもっともらしいものもあるが、いま一つ説得力に欠ける。[11] これが正しい解釈だなどとコリオレイナス並みに喝破することなど当然ありうるはずもないが、私の読みはこうである。

ローマ共和政の始原には、名婦ルクレティアの凌辱とその雪辱としての暴君タルクウィニウスの追放という象徴的事件が絡む。それはシェイクスピアが詩作品に描きまた種々の作品中にしばしば触れるところでもあった。暴君の追放にあたっては、（のちに暴君シーザーを倒したマルクス・ブルータスの先祖とされる）ユニウス・ブルータスがその任に当たって名を残したが、「パブリコラの妹御」として名の挙がったパブリコラの先祖もまた、ブルータスとともに暴君追放に力を貸した人々の一人であった。ローマ共和政は、政体としては暴政の正義による矯正であったが、象徴的事態としては凌辱の貞潔による浄化にほかならない。となれば、ヴァレーリアという存在は純潔性を象徴するばかりでなく、同時に暴政によって穢れたローマの浄化と新生を体現するだろう（詳しくは次節を参照）。一言で言うならば、彼女は共和政ローマが拠って立つ理念そのものであり、T・S・エリオットの便利な表現を借りるならば、その理念の「客観的相関物」（objective correlative）にほかならないのである。劇のクライマックスに、そのような彼女が佇み、コリオレイナスが上記の引用のように呼びかける理由は、コリオレイナスが武将としてそのために命を掛けて戦ってきた理想・大儀——それが歴史ある共和政ローマのそれ以外にありえようか——を確認するためである。ここでの我々の議論に即して言えば、それは一つの「テオリア」にほかならない。コリオレイナスは、しかし、最終的に母ヴォラムニアに抗することはできなかった。私はここに、道理を超えた大地の母性という土着的な力の勝利を見る。我々の時代に引き付けて言えば、さしずめ理性を超越するナショナリズム的な磁力に相当するだろうか。

問題はこれに尽きない。ヴァレーリアがローマ世界の臨界を示唆する一つの「テオリア」だとしても、それはあくまで「ローマの明月」であり、シェイクスピアの宇宙観では月下の圏域(sublunary sphere)は自然の女神が司る無常の世界にとどまる。ヴァレーリア的「テオリア」はいま一つ上位の超越的次元(translunary sphere)を暗示せずにはおかない。その意味では、三位一体の女性版をここに見た洞察は鋭かったのかもしれない。ヴァレーリア的「テオリア」がほのめかす限界は、そのままコリオレイナスの自己充足した自己形成を反映するだろう。

海の向こうから訪れる批評理論の流行を追う時代はすでに終わった。実際、目を見張り耳をそばだてても、新たな報せは見当たらない。そして周りをよく見渡すならば、海外新潮を待つまでもないことが納得されるのではあるまいか。それはたとえば、一方であの「洋風紳士」が天皇制の放棄さえ厭わなかったことを想起し(12)、他方で「ローマの明月」の示唆する臨界が我々の近代世界と相同の関係にあるとするならばいかなることになるのかを想像すればよい。「理論のない解釈などあってはいけない」のである。

2　月のヴァレーリア

コリオレイナスが対ヴォルサイ戦に出陣し、妻ヴァージリアと母ヴォラムニアは家を守る。そこへヴァージリアを誘い出そうと来訪する貴婦人。コリオレイナスの息子へのお世辞のつもりで、父親譲りの気性から癇癪を起こし、蝶を引き裂いた様を語る女性。彼女の誘いに対して、ヴァージリアは、夫の帰還するまでは家に留まり、銃後の守りを果たしたいとばかりに固辞すれば、ペネロペーのようだと冗談まじりに揶揄する（第一幕第三場四八―一一〇行）[13]。我々にとって、これがヴァレーリアの第一印象である。

第二は、有名な「腹の譬え話」を語り、「お腹中心主義」を説く老人メネーニアス・アグリッパが提供する。コリオレイナスの凱旋を見ようと、ヴォラムニア、ヴァージリアそしてヴァレーリアが連れだってやって来る。彼女たちと出会ったアグリッパは、二人の奥方のあとに続けて、ヴァレーリアに呼び掛けて言う、「まさしくお月様、大地に御降臨なられてもこれほど気高くは見えますまい」（第二幕第一場九四―九五行）。甚だ唐突にして印象深い。

第三はさらに強く脳裏に焼きつく。華々しい戦功にもかかわらず、矜持と潔癖から国を追われたコリオレイナスは、流刑の恨みから今や復讐を誓い、敵であったヴォルサイ軍を率いて故国ローマをまさに攻め落としに掛かろうとしている。この危機的状況に、彼をなんとか思いとどまらせようと、ヴォラムニアとヴァージリアが赴く。ヴァレーリアもこれに加わる（結果は、周知のように、ヴォラムニアの説得が功を奏し、ローマは救われ、コリオレイナスは破局へと転げ落ちることになる)。この緊張を孕むクライマックス・シーンにおいて、しかし、ヴァレーリアは一言も発しない。それにもかかわらず彼女の存在感はひしひしと我々に伝わる。それは取りも直さず、コリオレイナスの異常なまでに鮮烈な台詞による。

パブリコラの妹御、
ローマの月、貞潔なこと
処女雪が厳寒に凍り、
ダイアナの神殿に掛かった氷柱《つらら》のよう!
ヴァレーリア!

(第五幕第三場六四—六七行)

「ローマの月」は上に触れたメネーニアスの「お月様」を想起させ、「処女雪」と「氷柱」と相まって、ダイアナ女神の神聖な処女性を限りなく強調する。しかし、この奇妙なまでに強烈なイメージは何を指し示すのだろうか。そしてローマとの関係は。「月のヴァレーリア」とは一体何か。

プルタルコスによれば、ヴァレーリアの身上調書は次のようになる。「パブリコラの妹君。このパブリコラは、戦時平時を問わず、ローマに貢献するところ大であったが、すでに彼を扱った章で触れたように、この頃までには他界していた。彼の妹ヴァレーリアはローマ人の信望を集め、敬われていた。慎み深く賢明であり、家名に恥じぬ貞女であった」(14)。この文章を引いたプルタルコスの『コリオレイナス伝』では、コリオレイナスの逆襲からローマを救うために、神のお告げに促されたヴァレーリアが、ヴォラムニアとヴァージリアの家に赴き、彼女たちを説得することになっている。つまり、コリオレイナスの説得に当たってヴァレーリアのイニシアチヴが強調されている。しかし、我々の「月のヴァレーリア」は姿を見せない。純粋の処女性へと昇華して、大地を離れ月の女神ダイアナに変身しないのである。ただし、「家名」、『英雄伝』の別章で扱った「パブリコラ」への言及は重要なヒントを与えてくれるかもしれない。別章の「パブリコラ」とは『ポプリコラ／プブリコラ伝』を指す。フル・ネームをプブリウス・ウァレーリウスといったが、清廉潔白な行いにより民衆(ポプルス)の衆望を集め、ポプリコラと呼ばれた。数ある徳行のうち、特筆さるべきは、ルクレティア凌辱事件の際にユニウス・ルキウス・ブルートゥスとともに決起し、暴君タルクウィニウス・スペルブスを追放したことであろう。しかも、決起にあたって「ブルータスは誰よりも先にウァレーリウスの許へ行った」[15]のであった。爾来、ウァレーリウス家はタルクウィニウス一族と対決する運命にあり、暴君追放と虐政打倒の名誉を担う。このことは、リウィウスの『ローマ史』に詳しく、シェイクスピアも(フィレモン・ホランド[16]の英訳〔一六〇〇年〕を待つまでもなく)知っていたに違いない。そして、この「暴君追放と虐政打倒を果たした名誉」こそウァレーリウス家の「家名」にほかならない。しかしそれだけではない。

意義深きはルクレティアの凌辱である。凌辱は権力者による家・婚姻制度の破壊にほかならない。しかるに、家・婚姻制度の意義は、ローマ建国の神話・歴史から見た場合、非常に重い。すなわち、ローマの起源は、ロムルスにとどまらずレームスとの兄弟殺し以前に及び、彼らの出自にまで遡る。一つの神話によれば、女神ウェスタに身を捧げた処女ウェスタ―リスの一人を軍神マルスが凌辱し、その結果ロムルスとレームスが産み落とされたという。ローマでは、初めに凌辱ありき。この初源的凌辱とそれに続く兄弟殺しを贖うことは、ローマにとって、建国と立国のテーマに直結するはずである。そして、唯一絶対の超越的な神の存在しなかったローマでは、この贖いと立国に必要不可欠のものが「家」と「婚姻」の理念であったことは容易に理解できる。したがって、家／婚姻制度を踏みにじる凌辱は、単なる犯罪にとどまらず、立国の精神にかかわる亡国の企てに等しい。この意味で、ルクレティアの凌辱とは、まさに初源的凌辱の重大な変奏にほかならず、タルクウィニウスの追放は、暴君の打倒であると同時に建国精神のルネサンスと言えるだろう。以上のこともまたリウィウスの『ローマ史』から読み取りうるはずの事柄である。(17)

「月のヴァレーリア」に話を戻そう。ルクレティアの凌辱を機に、タルクウィニウスの暴政を打倒すべく、ユニウス・ルキウス・ブルートゥスと決起したプブリウス・ウァレーリウスの妹。つまり、ローマ建国の精神に則り、「暴政／凌辱」に対抗して、「家／婚姻」の理念を擁護したウァレーリウス一門の名に恥じぬ貞女。これがプルタルコスとリウィウスから読み取りうるヴァレーリアである。しかし、「家／婚姻」を守る貞女は、「月／ダイアナ」のごとき純潔主義の権化とすなわち同じではない。「家／婚姻」の理念を全うしたルクレティアは、我々の「月」のヴァレーリアと明らかに異なる。双方とも建国の精神は共有するものの、貞潔の質において同日の論でない。とすれば、貞潔には、「家」にかかわるものと「月」に属するもの、の二種類が考えられるということになる。(18)一方は、大地と肉体に深くかかわり、他方は、天と精神のみに属する。言うまでもなく、両者はともに『コリオレイナス』に現れて、それぞれヴァージリアとヴァレーリアに体現される。先に触れたように、劇中ふたりが初めてヴォラムニアの許で話を交わす場面で（夫の帰還まで家を出ない）「家のヴァージリア」が強調されるのも、おそらくこの理由による。それに対してヴァレーリアは、ペネロペーの故事を茶化して、冗談まじりにヴァージリアを「家」から誘い出そうとする。もちろんヴァレーリアは「家／婚姻」に敵対的であったり否定的であったりするわけではない。そうではなくて、彼女は「家／婚姻」を超越してしまうと言ったほうがよい。思うに、絶対的な「月」の光の下に、「凌辱」を贖う役割を担うのではあるまいか。この「ローマの月」から見れば、ペネロペーといえどもこの世の肉体にどっぷり漬かっているとしか映らないのであろう。

この浮き世ばなれした「ローマの月のヴァレーリア」に、コリオレイナスは、上に見たように、尋常ならざる呼び掛けをもって対面する。その呼び掛けには、尊敬の念と同時にある種の共感が込められている、と見なければならない。「処女雪」が「厳寒」に「凝結」して「氷柱」をなし、「ダイアナの神殿」に掛かる。この徹底的に浄化・昇華をおし極めて行く峻厳な純粋性は、少なくともコリオレイナスにとって、「美」でなければならない。そしてこの峻厳な純粋性が透徹した美である限りにおいて、コリオレイナスはヴァレーリアの神性に共鳴しているのである。

コリオレイナスは「ローマの月」を指向し、その峻厳な純粋性に共鳴する。

この命題が正しければ、コリオレイナスは「家／婚姻」の理念をなんらかの仕方で超越するはずである。なぜなら、「月のヴァレーリア」は「家のヴァージリア」を超越し、コリオレイナスは前者「ローマの月・ヴァレーリア」を指向するのであるから。それでは、どういう形でコリオレイナスは「家／婚姻」を超越するのか。第一はきわめて明白である。自らの峻厳な純粋性の促すところに従って、ローマを去り、家族を捨て、ヴァージリアと事実上別れたことがそれである。第二はそれほど明らかではないが、「家／婚姻」の理念を「戦場」のそれに転化させ、何よりもまず「戦場」に心の拠り所を求めたことが即ちそれである。再び、奇抜な比喩で書かれた台詞がそれを示す。場面は出陣したコミーニアスとコリオレイナスの戦場での再会。後者が喜びを表しこう言う。

この腕に抱かせてください、
妻をめとったときのようにしかと、
婚礼の一日が済み、蝋燭の灯が初夜の床へと誘うときのように喜びに満ちて。
（第一幕第六場二九―三二行）

コリオレイナスにとって、戦場における同志との再会は結婚初夜の喜びに等しい。たとえここにおいて「家／婚姻」の価値そのものは超越されていないかに見えるとしても、それが「戦場」のそれに転化され包摂されていることに変わりない。ヴァレーリアに見た峻厳な純潔性への希求は、コリオレイナスにおいて同じく仮借のない戦場での武勲追求となって現れる。実際、そのように彼は母親に育てられたのであろう。ヴォラムニアは言う。「よしんばあの子が自分の夫になった場合でも、名誉を得るために出陣して家に居ないときのほうがはるかに嬉しいと思いますよ、しっぽりとベッドで抱かれるよりも」（第一幕第三場二―四行）。

戦場での名誉・武勲の追求は、「家／婚姻」理念の超越と峻厳な純粋性の希求において、「月のヴァレーリア」の超絶的な精神性に通じる。ローマの明月＝名誉。

しかし、これを裏返して言えば、コリオレイナスの名誉希求は、「月」に属して、大地に「政体／人体」に全くかかわらない、ということにほかならない。超絶的名誉。これは唯一絶対の神の下でのみ可能な事柄である。逆に、キリスト教の神を認める以前のローマ世界では、「名誉の階梯」(cursus honorum) が社会制度として確立していた。社会的な出世はすなわち名誉の増大であり、名誉は「家」・「社会」・「政体」と相即不離の関係にあった。[19] 「名誉」は「名」となり、「名」は「名声」となって民衆の「声」となり、民衆の「声」は往々にして「流言蜚語」となるであろう。[20] しかも、民衆の「声」は「政体/人体」の「下位」[21] から発し、必定、時として醜悪にならざるをえない。かくして、ひとたび名誉の階梯を登りつめんと欲すれば、民衆の「声」をも獲得せねばならない。[22] コリオレイナスには、しかし、これが堪えられなかった。彼の名誉希求は、「政体/人体」を超絶し、「社会の名声/民衆の声」を意に介さなかった。コリオレイナスは月に吠えたのである。あの「ローマの月」に向かって。

コリオレイナスは「月のヴァレーリア」を忘れることができなかった。

3　息の構造

アンテルペラシオン・コリオラネーズ

プルタルコスの『英雄伝』に取材した、このシェイクスピアの悲劇の主人公は、しかし、事の初めからコリオレイナスであったわけではない。彼は「コリオレイナス」となって、悲劇的運命を辿る。コリオレイナスには、前史がある。すなわち「ケイアス・マーシアス」がまず存在した。ケイアス・マーシアスはコリオレイナスとなる。そしてこれは単なる改名ではない。反抗するヴォルサイ人を討ち、その市コリオリを征服することにより、ローマに貢献するところ大きく、これにちなんでケイアス・マーシアスは「コリオレイナス」と呼ばれる栄誉を担うことになる。コリオレイナスへの改名は、ローマ市民による公の顕彰にほかならない。好むと好まざるとにかかわらず、「コリオレイナス」は単なる固有名詞にとどまらず、あくまでローマという公的領域に根をおろした、いわば共有名詞の身分にある。しかもこの公的領域は、暴政を排除することに始まる共和政ローマの発展史において、そのきわめて重要な段階に当たる、護民官制度の導入された時期のそれである。

権力の絶対的一極集中とその私的濫用を本質とする暴政に対して、共和政の神髄が、主権と権力の公的分散およびその承認にあるとすれば、護民官制度の導入は、このような公的分散のさらなる拡大を意味する。まさにこのような時期に、ケイアス・マーシアスは戦功によりコリオレイナスとされたのである。(23) マーシアスは、コリオレイナスと呼ばれ――interpeller――始めたとき、ローマという公的領域のイデオロギー組織に組み込まれながら生み出された。なぜか、構造主義的マルクス主義の概念――「アンテルペラシオン」(24)――は、古代ローマによく似合う。

コリオレイナスを理解するには、まずケイアス・マーシアスと、彼がその中でコリオレイナスとされる政体を把握する必要があるだろう。

評判と政体

『コリオレイナス』冒頭の場面が、市民の間におけるケイアス・マーシアスについての「評判」という、「公的領域」におけるやり取りから始まるのは、おそらく意味のないことではない。「公的領域」は必定また「政体」の問題に通じるであろう。

　市民の間で、マーシアスの評判は毀誉褒貶二つに分かれる。「市民一」に代表されるように、マーシアスは市民の敵だという、おそらく支持率の高い否定的な見方がある一方で、「市民二」に窺えるように、国のために彼のなしたさまざまな貢献を積極的に評価しようとするシンパの意見もある。前者はマーシアスをもって、市民一般の貧困と困窮の犠牲の上に安逸をむさぼる支配階級貴族の代表として捉え、彼を殺せば天井しらずの小麦価格も安くなると扇動する。[25] さらに、マーシアスの挙げた武勲の根本的な動機についても、国のためではさらさらなく、単に母親を喜ばせ、自ら悦に入るためにすぎないとする前者に対し、後者は、マーシアスの自慢癖は生来の抜き難い性格であり、国への実質的貢献のほうを積極的に評価すべきだと主張する。

　そこへ「市民一・二」がともに高潔な貴族と認める元老院議員のメネーニアス・アグリッパが登場し、有名な「お腹の寓話」を説く。

　その昔、ひとり何もせずただひたすら食物をため込むだけの「腹」に対して、その他の四肢と器官は腹に据えかねて暴動を起こした。それに対して、「腹」はこう答えた。食物を蓄えることこそ我が役目、しかもそのお蔭で身体のあらゆる部分に栄養が行き渡るのだと。これを当面の状況に即して解釈すれば、「腹」は元老院、暴動を起こした諸器官は暴徒の市民、しかも市民一のごときは最も卑しい「足指」になる。「公共の利益・福祉」[26]（The weal o' th' common：一五〇行、pnblic benefit：一五一行）についてよく考えるならば、すべては「腹」に当たる元老院が存在すればこそ。このようにアグリッパは説くのである。

アグリッパの言う元老院を中核とした共和政体論は、いわば主権在「腹」論ということになるだろう。アグリッパの寓意を中断した、「市民一」の言葉がはしなくも——同時に意義深く——暗示してしまうように、主権は「王冠を戴く頭」[27]（王＝頭）（The kingly crown'd head：一一四行）にあるのではなく、あくまで元老院たる「お腹」に存するという主張である。もとより王を国家の「頭」に譬えるのは、君主政体論の常套的比喩である。「頭」は人体の器官の中で最も神に近く、したがってそれに比される王は超越的主権を有し、ただ神にのみ服従する。それに反して、共和主義者アグリッパは、非超越的な「お腹」中心主義を展開する。ある意味で尾籠でさえある「お腹」を市民一は悪意を込めて「体の掃きだめ」（the sink o' the body：一二行）と呼ぶ——少なくとも、バフチンの言う「肉体の下層」に属し、動物に限りなく近く天使からははるかに遠い器官である「お腹」は、アグリッパによれば、本来すぐれて精神的（「頭・心」の）関心事であるはずの「公共の利益・福祉」のよって来たる源泉にほかならない。「お腹」は栄養を分配するばかりでなく、身体全体のバランスをも案配し調整する機能を与えられる。つまりアグリッパの言う「お腹」は、「頭」あるいは「心」の機能をも付与されており、大げさに言えば、心身二元論の超克を目指した視点に立つ。

しかし「政体論」における「心身二元論の超克」というテーマがあるとすれば、それはおよそ厄介な問題に違いない。その最大の理由は、（とりあえず西欧の中世からルネサンスに至る時代を考えた場合）聖俗を問わず「権力の正当化」においては常に、「頭・心」中心主義が前提とされていた、とおそらく言うことができるからである。この考え方の基底には、ネオ・プラトニズムとキリスト教の共有する心尊身卑の思想が潜在的にあることは言うまでもないであろう。「頭・心」こそ人間を下等な動物から区別するところの器官。したがって、神あるいは時空を超えた絶対的実在に近づくための入り口にほかならない。

周知のように、西欧政治思想の伝統では、「教皇権」と「王権」が対立し、各々はその権力の正当化に腐心した。「教皇」側は当然のように、神による御墨付きを強調し、その超越的絶対性を主張する。宇宙の「頭」が神であるように、キリスト教会の「頭」は教皇であり、歴史的に神授の正統性を有する。世俗権力である「王」の側も負けてはおらず、神授の正統性は歴史的に決まるものではなく、正しく神の道に就き、神のごとく「頭」として国を治める「王」こそ正統であると駁論する。すなわち、聖俗ともに「政体」（政治的身体）の精神的統括原理である「頭」に類比を求め、権力の正統性（永続性・超越性）を正当化する。しかもこの場合の「頭」とは、純粋に比喩的（非肉体的）な意味でのそれである。

中世・ルネサンスの政治理論では、「王の二つの身体」とよく言われる。[28] 世俗権力である「王」は、「政体」（政治的身体）と「肉体」（自然的身体）の双方を併せ持ち、後者は死すべきものであるのに対し、前者は基本的に永続的、超越的存在であるとする見方である。もちろん「政体」は、神に限りなく近い絶対的超越性を備える「王権神授」的なものから、救済史をアリストテレス流に世俗化したような「人類史の完成」といった理念からなる、いわば非絶対的超越性に基づくものまで、さまざまである。しかしそれにもかかわらず、「政体」概念は本質的に「肉体的」属性を持たず、ほとんど常に比喩としての「頭・心」中心主義に支えられ、その延長線上に位置すると言わねばならない。

それならば、「政体」の肉体性を重視した見方はいかなるものであろうか。おそらく、このようなものを構築しようとしても、権力の正当化に必要な超越性（権威とか理念）が得にくいために、きわめて困難な企てになるに違いない。アグリッパの寓話的政体論は、しかし、その数少ない企てのように見える。たしかに、「頭・心」の機能を兼ね備えた「腹」というのを、いかにイメージすべきかは、にわかに明らかではなく、アグリッパの「お腹中心主義的共和政体論」は、見かけ以上に問題を孕んだ概念と言わねばならない。そしておそらく、アグリッパ自身、事の重大さに気づいてはいないのである。

当然、「市民一」は、寓意に基づくこのようなアグリッパの説得により折伏されない。彼から見れば、貴族階級はまさに——近代的用語を許されるなら——「搾取」を事とする貪欲な動物的「腹」にすぎない。仮にアグリッパに従って、元老院が「お腹」だとするならば、それは「肉体のはきだめ」としか映らないのである。「市民一」にとって、「政体」(body politic) とは、本能的な欲望の支配する単なる肉体を体現するにすぎない。このように、いわば「機械仕掛けの欲望」に似た「政体」にあって、「市民一」もまた、「空腹」という動物的欲望に追い立てられて、暴動を扇動するのである。

このように、全く互いに相容れることのないアグリッパと「市民一」ではあるが、ともに肉体重視、特に「肉体の下層」を中心に据えた観点に立つことにおいて、両者は奇妙な一致点を見いだす。「公共・福祉・利益」はすなわち「頭」の問題ではなく、基本的に「腹」——元老院と空腹——の問題なのである。

このような「お腹」中心主義に彩られた「政体」空間において、ケイアス・マーシアスの評判がまず取り沙汰されることは、十分注意されねばならない。「肉体」をミクロ・ボディとするなら、「政体」はマクロ・ボディということになり、このようにして「政体」が何よりもまず「肉体」の一変種と考えられるならば、その中で取り沙汰される「評判」は根本的に、「判断」や「名声・噂」である前に、まず

「声」であり、さらに言えば「お腹」に直結するところの口から発せられる「息」でなければならない。上し、まさにそのとき初めて、ケイアス・マーシアスが登場するのは、おそらくまた偶然ではないだろう。

アグリッパと市民たちのやりとりから、「政治的肉体」における「肉体の下層」と「息」の問題が浮う。

「息の構造」

マーシアスの最初の台詞は、市民たちの「世評」(opinion：一六四行)にかかわる。マーシアスによれば、彼らの「世評」などというものは、しまいに疥癬になってしまうような「皮相な痒み」にしかすぎず、改善の見込みのない質の悪い病気なのである。マーシアスの罵言はとどまるところを知らない。戦時においても平時においても、市民は頼りがいがなく、正義というものを顧みず、偉大なものを嫌い、節操のない欲望に支配され、常に日和見主義に立つ。元老院の統制なしに放っておけば、内輪もめを繰り返す輩《やから》にすぎない。確かにマーシアスには、これだけの罵詈讒謗を市民に浴びせかけてもよいほどの実績があり、市民は市民で(続く場面で明らかなように)そう非難されても仕方のないところがある。しかしそれでもこの場合、いわば敗者の恨みが窺えないでもない。マーシアスが他の場所で目撃した暴徒の市民たちは、きわめて優勢で、支配階級の貴族たちに請願を認めさせることに成功したからである。請願の内容は、市民の選んだ五人の護民官を就任させることであった。

護民官制度は、もとより市民の意見を擁護するためのものであり、この導入強化はローマという「政体」の「公的領域」を変質させずにはおかない。アグリッパの「お腹」と「頭」の二元論を克服した、元老院中心主義の「政体論」から言えば、「公的領域での世評」とはおそらく、「頭」の中で昇華されたような「名誉・名声」であると同時に、「肉体の下層」である「お腹」の中で消化されかけたような「噂」でもあるだろう。後者をさして、質の悪い皮膚病だと言ったマーシアスは、したがって「肉体の下層」にも政体の下層にも全く意義を認めない。当然、アグリッパの腹・頭一元論に立脚した共和政体論が提起する問題など彼が理解するはずもなく、ひたすら形而上的な「名誉・名声」を求めて武勲を挙げ、コリオレイナスとなるのである。そもそも彼は、「頭」と「お腹」が一体であることに無頓着であり、名声も噂も、ともに根本的には「息」にすぎないことが、(『ヘンリー四世』の)フォールスタッフと違って、分からないのである。

このような事態にあって、社会的下層の市民が自ら護民官を選び、元老院に送り込んだということは、意味深長であろう。元老院は、アグリッパによれば、政体を維持管理する「お腹」である。だとすれば、護民官の導入は、そのような「お腹」の権限に、「下層」の意向がかなり影響するということを意味する。政体にある肉体性の強調と言ってもよい。

もともと共和政ローマという元老院中心の政体においては、「名誉・名声」ということが広く社会的原動力の源として重要な機能を果たす。対外的に、ローマの敵を倒しこれを征服することは、軍功としてもちろん名誉なことであり名声に値する。国内的に、元老院のメンバーになり、さらに位階に従って昇進することもまた、立身出世の道あるいは「名誉の階梯」として当然、名誉・名声に通じる。留意されてしかるべきは、軍功も出世も、それが名誉とされるのは、ローマという公的領域の発展に貢献し、その中で承認されればこその話にほかならない、ということである。端的に言えば、このようなローマの名誉・名声は、時間的にも空間的にもあくまで相対的なものにとどまるということである。ローマという公的領域の中、あるいは下には、「母親を喜ばせるため」とか「単なる名誉欲のため」とかいう私的な動機が考えられ、実際市民一にとって、マーシアスはそれ以外のなにものでもなかった。反対に、ローマという公的領域の外あるいは上に、たとえばキリスト教の神のような、超越的で絶対的な信奉すべき存在があるかといえば、全般的に言って確たるものは見当たらない。しかしマーシアスに限って見ると――実際には、前節で論じたように、ヴァレーリアについても同様のことが言えるのだが――、何がしかそれに似たものを、彼が看取していると言ってもおそらく過言ではない。彼にとって、名誉に値する軍功は、すなわちそのまま絶対的名誉なのであって、ローマという公的領域における承認を必要としない。結局は誤った判断であったにせよ、ローマという文化的・政治的空間を超えて「高貴な特質」を敵の大将オーフィディアスに見てしまうマーシアスは、ローマ・非ローマを超える価値に魅せられて勲功を挙げ、ローマという相対的な「政体」でコリオレイナスとして顕彰されることになるのである。

およそ肉体であることは、相対的な次元に甘んじることを意味する。護民官制度が導入強化され、いわば肉体性を強調されたローマという公的領域にとどまるかぎり、その中で名誉・名声を求めることは超越的な行為になりえない。名誉・名声は「息の構造」に組み込まれており、かくして腹部から放たれるがごとき「臭い息」でも、これを無視することができないのである。「コリオレイナス」とは「息の構造」に基づく産物である。

護民官の構造分析

皮肉なことに、ケイアス・マーシアスは、全く意図せずして、実はローマという「息の構造」に首尾よく納まってしまう運命にある。ヴォルサイ人が武器を取ったという報告に、待ってましたとばかりに、コミニアスの指揮の下、彼は馳せ参じて、退場。舞台に残った二人の護民官のシィシィニアスとブルータスは、マーシアスの噂をし、ブルータスが「名声」(fame：二六二行)について語れば、シィシィニアスは「世評」(opinion：二七〇行)に触れる。

第一人者の下に位置するほど「名声」を得やすい状況はない、とブルータスは言う。マーシアスとコミニアスの関係を念頭に置いての発言である。つまり、たとえこの戦いが負け戦になった場合でも、その責任はマーシアスにではなく、指揮官であるコミニアスに求められることになるであろう。そればかりか、逆に人々は言うだろう、マーシアスが指揮に当たっていたらこんなことにはならなかったであろうにと。ナンバー2の特権。言うなれば、「名声の構造的享受」に関する分析である。マーシアスは、自らが求める名声をすでに十分享受しているにもかかわらず、逆境にあっても、さらに恵まれる境遇にある。他方、反対に勝ち戦になった場合の反応について、シィシィニアスはこう考える。事がうまく運べば、(おそらくマーシアスは武勇を発揮する立場にあるので)世の「評判」はマーシアスに付き従い、指揮官コミニアスの功績など影が薄くなってしまうことだろう。これもナンバー2の特権。勝敗がどちらに転ぼうとも、二人の護民官の考えでは、マーシアスは名声をさらに挙げてしまう結果となる。

このような考えには、マーシアスの武勲が名声に値するという「名声実体論」の基盤もあるだろうが、それ以上に「名声構造論」の側面が強く働いている。ローマという公的領域におけるナンバー2の特権的位置の認識がそれであり、マーシアスはみごとに「息の構造」の中で捕捉されている。護民官という、「政治的肉体の下層」を代弁する者が、このことを語るのも、「政体」における「息」の意義の強化と考えれば、故なしとしない。

コルプス・クリスティー＝政体＝母

マーシアスは、しかし、最後まで「息の構造」を理解せず、あの残酷とも言うべき「母の嘆願」の場面に至るまで、自らが「政体」の産物であることを認めない。母の論理は「肉体」の論理である。母の住む「政体」ローマを攻め落とせば、母体を滅ぼすばかりでなく、その「息」まで絶やすことになる。それは同時に、マーシアスが絶対的に信奉し、それゆえにコリオレイナスとされた「名誉・名声」の死でもあるだろう。コリオレイナスというある種の絶対的存在と、ラディカルな肉体性・相対性（政体＝母体）が緊張を孕んで向き合う。絶対と相対がせめぎ合って一幅の絵を構成する。肉体性の認識がこれほど重く辛く感じられねばならない状況は、およそ稀であろう。厳密に言えば、そのような状況は（おそらく洋の東西を問わず）歴史的に一回しかなかったはずである。キリストの受肉である。[29] コリオレイナスは、ある意味で、キリストの降誕以前に、キリストの受肉の苦しみのごく一端を垣間見た人物と言うことができるかもしれない。

言うまでもなく、彼の不遜も等しく無限大であった。

第2章　政体と主体と肉体の共和原理
あるいは『ジュリアス・シーザー』

時代を超える真善美などというものがわずかでも信じられる場合には、およそ歴史的特質などというものが重大な意味を持つはずがない。ところが、真と善と美とをそれぞれ批判して分かち、それぞれの歴史的特質を語らずにいられないのが、我々の住む近代なのである。さらにせっかちな人は、その歴史的特質をも分解してポスト・モダンと呼ぶ。

いま仮に文芸作品の歴史的特質ということに限って見るならば、作品と時代をめぐって大きく二つの扱い方が理論上考えうるであろう。一方で、作品中心主義に立ち、作品に固有の実在性を認め、しかも歴史を通じてその本質がいわば「開示」されるとする立場が可能であり、これを今「作品中心主義的実在論」と呼ぶならば、他方その対極には「時代中心主義的作品解体論」とでも言うべき視点が可能であり、このほうは、作品よりも時代環境を優先し、作品は時代を反映するとまでは言わないまでも、いわば時代の折り目に沿って作品をほぐして見ようとするものである。言うまでもなく、後者は「新歴史主義」と呼ばれる視点で、ミシェル・フーコーに代表されるような歴史感覚（「系譜学」）を基礎とし、基本的に歴史を非連続の下に捉えながら、作品を共時的サブテクストに拡散させて見せる。前者は「受容美学」と名付けられる見方で、ヘーゲルに見られるような「弁証法」により裏打ちされ、歴史を連続性の相の下に捉えながら、受容者の解釈の地平に像を結ぶであろう作品の通時的発現（意義）の様態を吟味しようとする。

歴史を通して作品がその本性を開示してゆくなどという、魅力的だが今日ではどことなく物騒に響く立場は敬遠するとしても、相対化した意味で言う「作品の意義の発現」という解釈学的受容美学の見方は傾聴に値するであろう。特に、対極にある「新歴史主義」の歴史観に、今と過去を結ぶ明確な糸らしきものが欠如していることを思えばなおさらである。[1] ここで私は『ジュリアス・シーザー』を論じたく思うが、時代と文化における彼我の差を超越した形で、単にそれをエリザベス朝のサブテクストに揉みほぐしたいというような知的誘惑をことさら感じない。『ジュリアス・シーザー』という作品はもちろん実体ではないし、近代という歴史にその本性を開示したとも思わないが、（我が国をも含めた）近代という受容者の地平に発現するその「意義」のほうにさしあたり今は魅了されるのであり、それはおそらくここに少しく論じるに値すると信ずる。

1 政　体

坪内の名調子

『ジュリアス・シーザー』の本邦初訳は『自由太刀余波鋭鋒』と題され一八八四年（明治十七年）に上

梓されたが、その掉尾を飾るにあたって、坪内逍遥は院本に倣ったその翻訳にふさわしく、原典に少なからず加筆して次のような名調子で締め括った。

逆徒亾《ほろ》び失たる上は、もはや天下は太平安楽、イザ凱陣、と指令の聲、四方に渡る徳風は、枝をならさず四海波、静々〱治まる羅馬國、其帝政の基礎を、開きし君の身の内に、備はる智畧末長く、朝日時代と竹帛に、ほまれを残し名を残し、憾を残す自由の太刀、折れて治まる時勢こそ、軽佻浮薄の國人の、萬古の誡となりにけれ。[2]

知略備わる君主の徳風が及ぶところ四海波静かにしてすなわちこれローマ帝国。オクタウィアヌスがその後アウグストゥス帝となって築くことになるかの「ローマの安寧」(Pax Romana) をほのめかすが、この帝国の理想は時代をほとんど超越して、はるか極東の「大帝国」の理念と共鳴するであろう。この若き「君」が帝政の基礎を築いた時代とは、すなわち自由の太刀が折れて治まるがごとき乱世であり、自由の太刀を手にするのは逆徒にほかならない。そしてそれを許すのは軽佻浮薄な国民だという。名調子に乗せて、「自由」と「共和原理」の思想はあっけなくも骨抜きにされ、逆に君主政さらには帝国主義がいよいよ謳歌されてゆく。

明治十七年といえば、「秩父事件」で知られるように自由民権運動の怒濤が最後にたぎった年に当たる。[3] それはまた我が国の帝政の礎が築かれんとしていた時代でもあった。さしあたり訳者坪内の意図はどうあれ、現在の歴史的高みからすれば、「君」は特別の意味を持ち、その「徳風」が及ぶところは、四海波静かかどうかは別として、東洋の帝国にほかならず、他方「自由」の太刀を手に戦う民は軽佻浮薄の逆徒と断罪される運命になるだろう。五年後の一八八九年（明治二十二年）には帝国憲法が発布され、なんの因果かちょうど百年前にあたる一七八九年の革命理念であった「共和原理」[4]の思想は雲散してゆく。

爾後、近代日本における共和政への夢は露と消え、君主政の下に「竹帛」（歴史）が展開することとなったのは周知の事実である。

自由萬歳

『自由太刀余波鋭鋒』の末尾に施された潤色は、「共和原理」の理想をほとんど払拭するかに見えるが、読者聴衆は徳風そよぐ「君」の理想像を描きながらも、同時に作中に印象深く提示された専制君主とその打倒の劇的場面を思わずにはいられないであろう。

（申〔シンナ〕）自由萬歳、々々々々、虐主倒れ、専制跡なし、ヤア人々、はやく四方の辻に出て、此義を府下の人民に、大音聲にて報道なされい（軻〔キャシアス〕）誰にてもあれ二三名、公演臺にかけのぼりて自由不羈を報せられよ（舞〔ブルータス〕）ヤア〻〻羅馬府下の人々、議官各位もお騒きあるな、虐主を已に殪せし上は、もはや天下は平安なり、[5]

のちに坪内は、より原典に忠実に訳して「自由萬歳！　自由萬歳！　専制政治は死んぢまった！」[6]（第三幕第一場七八行）とするが、右に挙げた「自由萬歳、々々々々、虐主倒れ、専制跡なし」のほうがおよそ明快と言わねばならない。『自由太刀余波鋭鋒』を俯瞰的に思い起こす読者聴衆の心には、末尾に謳われる名「君」と作品半ばに描かれる「虐主」の対照が浮かび、あるいは半ばにこだまする「自由萬歳！」と末尾の「憾を残す自由の太刀」の対照が去来し、さらには共和政下における「天下は平安」に対する君主の下における「天下は太平安楽」の対照がなにかしら割り切れない形で残るに違いない。このような対照の妙は原作にはなく、ひとえに坪内翻案の改良と言わねばならないが、そもそも「君主政」と「共和政」という対照はもともとローマ史を扱う「ローマ史劇」というジャンルそのものに内在する主題的一大特徴であることも忘れてはならない。そればかりではない。古代ローマ史がこのような政体論における二項対立を意識させるとすれば、まさにそのようなものとして古代ローマ史を発見したのが近代というものであった。「君主政」と「共和政」の確執は確かにローマ建国史においてひときわ重要なモーメントであるが、そのモーメントの意義を再認識したのは近代的意識であった。(7) さらに再認識は単なる認識にとどまらず、誰もが知るように、「共和政」は理念となりそして歴史的実践にまで及ぶことになる。

すでに見たように、シーザーを倒した直後、まずシンナが「自由萬歳！　自由萬歳！　専制政治は死んぢまった！」と触れ回るよう叫べば、キャシアスも続けて「自由、自主、解放」と呼ばわりなさいと言い、ブルータスもまた最後に「平和、自由、自主、萬歳」と斉唱しようと言う。シェイクスピアと比べるならば歴史の高みに立つであろう我々は、現在この場面を見、あるいは読み、ブルータス一党の合い言葉を聴くとき、フランス革命とピューリタン革命をはじめとして、さまざまな近代史を特徴付ける革命とその理念を必定想起せざるをえない。と同様に、近代という歴史の舞台において倒されるべき「虐主」、独裁者の具体的な存在にも種々思い至るであろう。実際、西洋における『ジュリアス・シーザー』の上演史を一瞥するだけでも、この場面が象徴する自由解放の理想が近代を通してさまざまに触媒反応を起こしていることは明らかである。(8) 西洋近代はどうやら第三幕を肯定的な形で肉付けし、場合によってはさらにそれを肥大化させたと言えるのかもしれない。

それに対して、坪内は日本の近代という突貫工事の安普請の中で、作品末尾を肥大化させて君主治下の「天下は太平安楽」と謳い上げ、それを正調として、西洋好みの第三幕、共和政下の「自由萬歳」(「天下は平安」)の声を消し去ろうとしたかに見える。しかしともあれ、「共和政対君主政」という問題意識は東西に共通の枠組みであり、そのかぎりでは、あるいはそのかぎりにおいてのみ、ともに「近代」というものに連なるのである。

その意味で、ことに政体論に関連して、その特殊近代的特質をここでいま少しこだわって考えておくことは、おそらく無駄ではないだろう。

近代というディスクールの構造

もとより独裁とは権力を一人の支配者が掌握し、それを濫用することだが、もし一極に集められ権力を賢明に用いるならば、それは君主政と呼ばれ、歴史的に広く認められるばかりでなく、しばし賞賛の的となることさえ少なくなかった。君主政と独裁はそれこそ水と油のように相容れないものであるが、権力の一極集中管理という構造からいうと、ともに選ぶところがなく、さらに獲得された権力を世襲化し閨閥的に長く継続させようとする抜き難い傾向は両者に共通する特徴である。構造として、独裁・君主政の対極に位置する政体は言うまでもなく共和政である。共和政は制度として、権力の分散と非継続性を内在化しようとするもので、それゆえしかし、政体としては不安定であるという憾みがあり、特に外敵に対し、そのきわめてもろい体質を露呈する。

独裁的な暴政に直面して、君主政への修正主義路線をとるか、あるいは構造的改革を求めて共和政を探るか、それはそれぞれの都市共同体なり国家のおかれている歴史的・政治的状況が大いに左右するであろう問題であり、さらには民族的伝統にまでかかわるかもしれない。おおまかに言って、イギリスの歴史が立憲君主政への修正主義を目指すものであったとすれば、初期ローマの歴史は、独裁的暴政に直面して、共和政への選択を行うという構造的変革であった。政体論的に言ってしまえば、ローマ建国史は専制君主政と共和政との間に何回となく繰り広げられる争奪戦の歴史である。

右に述べたことは今やことごとく教科書的知識になっているが、ローマ史に淵源を持つこの「君主政か共和政か」という政治的問題意識に関して、その出自なり系譜を大ざっぱにでも辿ってみることは、シェイクスピアの暴政論を考える上でおそらく大事であろう。先取りして言ってしまえば、このような政体選択のことがらが問題として意識の地平に上ったのは、まさに近代の特徴的できごとにほかならないのである。しかも幸いなことに、それを辿るのに、そう込み入った作業を必要としない。

その昔、ティトゥス・リウィウスの壮大な構想の下に生まれ、そしてその後中世の混乱の中にあるいは散逸、あるいは断片化の憂き目にあい、ようやくルネサンスの薄明がさすかささぬかといった時期にいたり、倦むことを知らないペトラルカの古代への情熱のおかげでなんとか整った形を取り戻し、ルネサンス盛期には現実の政治から身を引かざるをえなかったニッコロ・マキアヴェッリが閑暇のうちに手にし熟読吟味の末、評釈のような格好で政治論を構想した書物——ついでに言えば、科学史から思想全般そして文芸にわたって縦横に思索を展開するミシェル・セールが、マキアヴェッリの先例に倣って、『ローマ──建国の書』を書く上で下敷きに使った書物──と言えばもちろんリウィウスの『ローマ史』であり、マキアヴェッリが綴ったその政治論と言えば言うまでもなく『ローマ史論』(原題は『イ・ディスコルシィ』*I Discorsi*) である。歴史の教科書が言うように、ルネサンスが古代文芸の復興であるとすれば、リウィウスの『ローマ史』の発見と再編と解釈くらいそれを如実に示す事象はないであろう。それは近代の行った発見であり、また同時にその発明でもあった。ペトラルカという、いわば半近代がそれを発見し編み直したとすれば、マキアヴェッリという純正近代がその解釈(つまり近代的な意義)の大枠を用意したと言える。

ところで、マキアヴェッリと言えば『君主論』であり、君主のタイポロジーに始まり、新興の君主がいかに権力を獲得し確保するかを論じるその冷酷なまでに現実的な政治論は、思想の大衆化による歪曲を通じて全体の理論的枠組みから離されて、権謀術数の側面のみが強調されて世にマキアヴェリズムとして有名であるが、そのマキアヴェッリが君主政論の執筆ののち、ほかでもない『ローマ史』に注意を向けたのは、とりもなおさず今度は共和政の問題に関して思索をめぐらそうと思ったからであった。しかもその思索の形態は、閑暇における古代人との対話という特殊ルネサンス的なものであり、血なまぐさい現実政治の観察から書かれた『君主論』と好対照をなす。かくして共和政論『ローマ史論』が誕生し、君主政論と相補いつつマキアヴェッリの政治思想の輪郭が形成されるとともに、政治意識における近代の地平もその表現を獲得するに至る。君主政か共和政か、これは特殊近代的な解釈の地平、ディスクールであり、マキアヴェッリの「ディスコルソ」(discorso) はこのディスクールに深くかかわる。(9)

シェイクスピアの場合

近代の政体論的ディスクールの土台を提供したと言えるリウィウスの『ローマ史』が、原語であれ英訳（一六〇〇年）であれ、シェイクスピアの目にとまったかどうかは確定できないが、いずれにしろ彼もまたルネサンス人の御多分に漏れず「古代ローマ史」との対話を試みた。その際、対話の橋渡しをしたのは、トマス・ノースによって仏訳から英訳されたプルタルコスの『英雄伝』であったことは言うまでもないが、そこに含まれる古代ローマにまつわる数篇の伝記から、シェイクスピアは我々の言う近代の政体論的ディスクールを確認したはずである。もちろん、彼における古代との対話は政体論にのみ限られることはなかったであろうし、また政体論に限定してみたとしても、単に「君主政」と「共和政」の確執にとどまらず、さらに細かく、たとえばコリオレイナスの時代に当たる「護民官制度」の導入といった局面にまで注意を向けた可能性がある。ルクレティアの凌辱は、ルネサンスの古代との対話以前に、中世以来の「名婦列伝」の連綿たる伝統を持つが、暴君タルクウィニウス・スペルブスの追放に始まる共和政ローマの誕生、護民官制度の導入、そして共和政の崩壊といった古代ローマの歴史の中で際立った節目に、シェイクスピアはたがわず関心を示しているのである。

しかし当然ながら、シェイクスピアの古代ローマとの対話はマキアヴェッリのように政体論あるいは政治理論の構築を目指したものではない。といって近代の関心のありようから超然としていられるはずもなかった。彼は近代の政体論的ディスクールのまっただ中にありながら、もう一つの近代的問題を考えていたように私には見える。すなわち「主体」をめぐる問題群のことである。

2 主体

古代の主体と主義信条

シェイクスピアの描いた古代ローマは、近代のとりわけ十九世紀以来の「歴史学」的視点からするならば、およそ歴史的遠近法に即さず、さらに時代錯誤的でさえあることは周知のとおりである。『ジュリアス・シーザー』のみに限って見ても、二幕一場のト書きに見える「時計」の存在は、我々の中にある素朴な歴史実証主義者の優越意識をくすぐるのに十分であって、それだけでシェイクスピアの「歴史意識」を一笑に付す傾向がないわけではない。しかし、こと人物造形に関するかぎり、特にその主義信条に関して、古代ローマを描くシェイクスピアの「歴史意識」は先鋭であったと言わねばならない。前章に見たごとく、コリオレイナスの葛藤は、キリスト教的世界観の前提を捨象して考えた場合にのみ本質的なインパクトをもって迫るであろうし、のちに見るように、ブルータスの判断と行動もその固有の「哲学」と特殊ローマ的主体形成に照らして見ることによってのみ真に理解しうるものである。ことに『ジュリアス・シーザー』の世界は、古代ローマ特有の主義信条を奉じる人々によって彩られる。

エピクロス主義者のキャシアス、懐疑論者(アカデメイア派)のシセロ、ストア主義者の小ケートー。それぞれは簡潔な説明と具体的な言動を通じて明確に浮き彫りにされている。第一幕第三場、雷鳴とどろき電光走る「火の降る嵐」といった天変地異に、シセロは「成程、不思議な時節柄です。併し人は、とかく、めいく思ひ思ひに、事物の本来には無関係な解釈を下すものです」といった懐疑論者の姿勢を示す。同じ超自然的な現象を前にして、キャシアス・ザ・エピキュリアンは毫も驚かず、その主義を貫いて心の平静を失うことがない。恐れおののくのが当然だというキャスカに対して「若し君が其真因を考へたなら、……天が、つまり、此奇怪な現象を以てして、人間界の状態の不自然なのを諷示し警告するのだといふことが解る筈だ」（六二―七一行）と口にするキャシアスは、この世の因果により超自然的現象を説明する。エピクロス主義は快楽こそ幸福に生きるためのアルファにしてオメガにほかならないとするが、その場合の快楽とはエクスタシー（ecstasy）ではなく、あくまで実存（existence）の問題であり、したがってあらゆる超自然的なことがらに理不尽な形で囚れることがない。

ところが、フィリパイの戦いを直前にして、誰憚ることのないエピクロス主義者キャシアスの心は少なからず揺らぎかける。「君の知ってる通り、予は平生エピキュラスを信じ又其説を奉じてゐたが、今は心が變って、物の前兆といふことを信じかけて来た」（第五幕第一場七六―七八行）と告白するに至り、前兆という超自然的な力に翻弄されかけるのである。

ブルータスもまたこの危機的状況に臨んで、その長く信奉してきた「我が哲学」を捨てるに及ぶ。

ブルータスの「哲学」と「精神」の間

戦場にあっても寸暇をおしんで読書にふけるというくらいブルータスは大の読書家であるが、もちろん単なる本の虫にすぎなかったわけでは決してない。彼にあっては、読書は「哲学」に連なり「哲学」は行動の規範に通じると考えてよい。ポーシャの死を必死に耐えようとして堪えきれず、思わず愚痴めいたことをこぼしてしまうブルータス（第四幕第三場）に対し、キャシアスが「偶然の不幸なんぞは、例の哲学でお諦めなさるのが當然ぢゃありませんか？」（一四五―四六行）と言うとき、哲学は実践哲学の謂いにほかならない。「例の哲学」とはおそらく冷徹な克己主義で知られるストア主義であろうが、のちの第五幕第一場の台詞から知られるように、同じストア主義でも、汚名を忍んで生きながらえるよりは名誉ある自害を選ぶ小ケートーのストア主義とは内容を異にする。あらゆる偶然の不幸を超然と堪え、与えられた生命があるかぎり、何ごとも「忍耐して下界の吾々を支配する或高い力の摂理を俟つ」（一〇六行）、これがブルータスの「哲学」が形作る信念である。

ところがフィリパイの戦いを前にして彼の信条はきっぱりと変わってしまう。

ブルー［タス］　曾てケートーの自殺を……其理由は明かでないが……非難した其哲学上の原理に照して考へると、将に来らんとする災厄《わざはひ》を恐れて、自ら命数《めいすう》を縮めるのは卑怯な振舞だと思ふ、むしろ忍耐して下界の吾々を支配する或高い力の摂理を俟つのが當然です。

カシヤ［キャシアス］　ぢゃ、敗軍となった場合に、貴下《あんた》は捕虜となって、ローマの街頭を引廻されるのを甘んじようといふのですか？

ブルー［タス］　いゝや、決して。貴下は立派なローマ人だ、ブルータスがローマへ引かれてゆくなぞとお思ひなさるな。そんな目に逢ふには、彼れの精神《こゝろ》が大き過ぎます。

（第五幕第一場一〇〇―一一二行）

政治家・軍人として自ら怠りなく「哲学」にいそしみ、言動を切磋琢磨してかの小ケートーのストイシズムをも批判する主義信条を築き実践してきたブルータスが、敗軍の将となってローマを引き回されるのだけは堪えられないという。それには彼の「精神」（mind）が大きすぎるというのである。

これはしかしどういうことであろうか。彼の「哲学」が彼の「精神」の問題でなくて一体その他のなんでありうるのか。「忍耐して下界の吾々を支配する或高い力の摂理を俟つ」という哲学的信仰をも打ち破るがごとき「精神」的問題とはいったい何か。「哲学」と「精神」の分裂とはどういう事態なのか。これを理解するためには、第一幕第二場へ戻ってみなくてはならない。

ブルータスの精神構造

「哲学」はブルータスが過去の英知との対話のもとに選択し築き上げた自律的主義信条であり、本質的に「意識的」な行為の産物であるとすれば、彼の言う「精神」は、そもそもその誕生において「自意識」には映らなかった心の促しにほかならなかったと言うことができよう。先取りして言うことが許されるならば、彼の「精神」とは他者との関係において初めて明確に意識化され、しかも人間・社会関係において実体化あるいは歴史化されうる可能性をも秘め、したがって最終的には「哲学」に勝るとも劣らない程度にまで自覚・意識化されるに至るもの、となろう。

ブルータスの精神形成の三段階

①鏡とローマ

カシヤ［キャシアス］ですから、ブルータス君、まァお聴きなさい、貴下《あんた》は自分で自分を照らして見る事は出来ない、だから、わたしが鏡になつて、貴下の心附《こゝろづ》いてゐない貴下みづからを貴下に見せようとするのです。

（第一幕第二場六五―六九行）

ブルータスが意識している個人的な「哲学」とは違った、意識下の、しかも他者を通じてのみ認めることができる自らのありうべき姿を示そうとキャシアスは言う。さらに「他者」とはこの場合キャシアス一人にとどまらず「ローマの諸名士」といった社会的広がりを持つ。この社会的な「他者」を代表してキャシアスが示唆したこととは、一方でシーザーの内実を伴わない専制君主ぶりであり、他方において共和政の父たる「かのブルータス」の血をブルータス自身が引くというローマ史の事実であった。

カシヤ［キャシアス］［なるほどローマは大広間（おおひローマ）だ、たった一人だけを容れるならばな］。おゝ！　貴下も予《わたし》も豫《かね》て親共から聞いてゐた筈だ、昔ブルータスといふ人がゐて、王を戴く位なら、悪魔をローマに君臨させたはうが優《まし》だといったと。

（第一幕第二場一五六―六一行）

「ローマ」（Rome）という「大広間（おおひローマ）」（room）(10)は専制君主一人でいっぱいである。それに対して、他者の社会的鏡に映し出されたブルータスの意識下の深層とは、時間的に断絶された過去の歴史的できごとであり、しかもそれはユニウス・ルキウス・ブルートゥスによるタルクウィニウス・スペルブスの追放にはじまる共和政ローマという別の「広間（ひローマ）」であり、ローマ史特有の事象なのである。したがって、他者を鏡に形成されてゆくブルータスの精神とは、共和政ローマの再生という歴史的・文化的に限定された主体産出と言うことができる。ブルータスという一個人を通して、政体は断絶の歴史を超えて再生するのである。

そしてこのことは、ブルータスの「精神」が二重の意味で「脱中心的」あるいは「中心離脱的」な構造を持つことを意味する。自らにないものが形成されるというわけではむろんないが、その起源において「他者」に始まり、常に社会的関係において形成されてゆく精神主体。しかもそればかりではない。過去の共和政ローマの理念の再生として、時間的断絶を乗り越えて「ルネサンス」という構造をもたらそうとする精神主体。(11) 再生ゆえに一つの主体の産出に通じるかと見えて、共和政という本質的に他律的なその理念ゆえに、自律的統一の甚だ困難な精神主体。ブルータス的精神とは、その理念からしても構造からしても、本来的に「脱中心的」であると言わねばならない。彼の「精神」はいわば共和政的な主体――共和政の「広間（ひローマ）」の産出――にほかならない。

念のためさらにつけ加えておかねばならないのは、このことでブルータスという肉体における政体と主体の一体化を想像してはいけない、ということである。共和政的主体と共和政的政体との合一は見当たらない。先に見たように、「精神」と並んで「哲学」があったことを忘れてはならない。

これとは全く対照的に、シーザーの主体は、彼の肉体において、政体とまさに同一のものでしかない。彼の主体は自らが不動の「北極星」であることを意識し、そう言い聞かせている。「夥しい数の人間がおの〲血肉を又智を具へてゐる、しかも其多数の中で如何なる事にも動かされないで厳として其地位を保ち得る者はといふと只た一人だ。それは予だ」（第三幕第一場六六―六九行）。このシーザー的主体には、他者は構成要素として関与せず、単に自らの不動の恒常性といわば自己充足を確かめるための道具でしかない。繰り返すが、「ローマ」という「大広間（おおひローマ）」は彼一人でいっぱいなのである。同じ事態をアントニーの雄弁はこう表現する。

あゝ、勇敢な鹿（hart）よ、汝《おまひ》はこゝで追詰められて、こゝで命を落した、さうして其猟師等《そのかりうどら》は、汝の最期の血で韓紅《からくれなゐ》に染まって、此處《こゝ》に立ってゐる。おゝ、大世界よ！ 汝は辛《やツ》と此大鹿《このおほじか》を容《い》れ得る所の森たるに過ぎなかった、さうして此大鹿は、おゝ大世界よ、其森の主［中心］（heart）であったに。

（第三幕第一場二〇四―〇八行）

流れ出る血に染まりながち息絶えた肉体、その死体が仮にしとめられた「大鹿」（hart）にあたるとすれば、その大鹿に比べるならばきわめて狭い狩猟場の「森」は「大世界」となり、しかもその「大世界」の主［中心］（heart）にほかならなかった、という。「ハート」という地口——鹿（hart）と主［中心］（heart）——を通して、「身体」＝「大世界」＝主［中心］という専制君主政の基本構造が我々のパトスに訴えながらみごとに浮き彫りにされる。ここでは時間も歴史も停止して、いつでも永遠に参与し「万世一系」へと道を開く感がある。

これはまさにブルータスの精神構造とは対極に位置する主体の在りようと言わねばならない。

②自覚化

ローマという「大広間（おおひローマ）」いっぱいに覇権を握るシーザーに対抗して、共和政という「大広間」を再生させようとするブルータスの企図は、キャシアスという鏡の出現により始まった。しかし鏡に映し出された企てを実現することは、すなわちいわば「鏡像的」現象を社会的な「象徴的」認識、さらにそれに基づく行為の次元へと高めていくことを意味するであろう。(12) ブルータスの場合、「鏡像的」次元からしてすでになかば社会的であるが、さらに個人の社会的形成を意味する「象徴的」次元での精神形成を示す二つの段階が明示される。第一は言語的主体形成に、第二は演劇的主体形成にかかわる。

言語的主体形成は、それにふさわしくも、「手紙」という間主観的（intersubjective）な媒体を契機として行われる。これも元はと言えばキャシアスの謀りごとではあるが、投げ込まれた匿名の手紙に、ブルータスは自己の内面を読むのである。

「ローマは徒らに、云々。」……こりゃ斯《かう》補《おぎな》はんけりゃならん。ローマは徒らに一個の人間を畏《おぢ》怖《おそ》れて、其奴隷たる境涯に甘んぜざるべからざるか？……何、ローマが？……先祖のブルータスは、ローマの街から、その頃、王と呼ばれてゐたタークヰン一家《か》の者を追出してしまった。……「口を開け、手を下せ、弊《へい》を除け！」……俺に口を開け、手を下せと頼むのか？……おゝ、ローマよ！　承知したぞ。もし果して弊を除くことが出来れば、汝《おまひ》の願望《のぞみ》は悉くブルータスの手で遂げられるのだ！

（第二幕第一場五〇―五八行）

すでにブルータスの心の中では、手紙の差し出し人は共和政ローマそのものと変じ、ここに彼の「象徴的」精神形成は達せられたことになる。

③お芝居は真面目が大事

プルタルコスの「カエサル伝」および「ブルートゥス伝」と『ジュリアス・シーザー』との比較検討

は思ったよりも多くのことを明かしてくれるが、中でも示唆に富む対比は芝居に関する見方であろう。プルタルコスによれば、問題の三月十五日に元老院が開催される場所は、大劇場に付設された小ホール(porch)で、そこには「多くの人々が座れるように満場に座席があり」、またこれを建設した功績を称えて「ポンピーの像」が置かれていたという。(13) 暗殺の舞台は文字どおり舞台にほかならない。「舞台」と聞いて、シェイクスピアの想像力はおそらく広がったにちがいない。シェイクスピアにあってプルタルコスにないもの、それは「お芝居」の重要性、そして芝居を演じることに伴う逆説的「真剣さ」の認識にほかならない。英語では、「役割を果たすこと」と「配役を演じること」は同じ to play the part (role) であることを思い起こすべきである。倫理的な「行為の遂行」(performative act) と演劇的な「お芝居」(performance) の間には、虚構と現実の深い溝が横たわるかに見えるが、それがそれほど自明でないことはジャック・デリダがJ・L・オースティンの言語行為論、とりわけ「遂行的言語行為」批判を通して見せたところである。(14) しかし虚構と現実の間の曖昧な境界線については、そもそもシェイクスピアがはるか以前にもっと粋にはるかに美しく扱ったテーマの一つであったことは言うまでもないだろう。

他者により認識の契機を与えられ、共和政ローマというさらに大きな他者により形成された精神、そして自覚的に把捉された企図とともにある主体ブルータスが迎える最終段階は、まさに「お芝居」による「遂行的行為」の実践にほかならない。専制君主シーザー打倒の企てに、宣誓は無用とブルータスは言う。計画の遂行には演技が一番、パフォーマンスにはパフォーマンスにまさるものなし、というわけである。

諸君、生々とした快活な顔色《がんしよく》をしておいでなさい、顔に計畫を見せびらかさないやうに。我國の俳優共のやうに、飽迄も活潑に、陽氣に、沈着に、立派に行動なさい。

（第二幕第一場二二四—二二七行）

「約束の履行」と「狂言」は法律的にはとても同日の論ではないだろうが両者はともに「パフォーマ「パフォーマンス」ということでは選ぶところがない。ブルータス一党の企図の場合、「約束の履行」が果たされたあとにおいても、この二重性を孕んだパフォーマンスの主題は続く。

カシヤ［キャシアス］　さァく、屈《こゞ》んで手をお浸しなさい。……あゝ、此後《こののち》幾百年を経る間に、今日我黨が演じた此壮烈な舞臺面《ぶたいめん》が、又幾たび演ぜられることやら、まだ生れない國土に於て、まだ知られない國語を以て！

ブルー［タス］　又、幾たびシーザーが（劇に仕組まれ）戯れに血を流すことやら、今ポンピーの像下《ざうか》に倒れて、塵埃《じんあい》同様に見えてゐるシーザーが！

（第三幕第一場一一一—一一六行）

パフォーマンスは本質的に「反復」が可能でなければならない。しかし、ある行為の反復可能性は行為主体と行為自体の乖離ないし断絶を意味し、確かに「お芝居」にあっては不可欠の要素に違いないが、約束の「履行・遂行」のような個人的道義の問題にかかわる場合には、逆に御法度とさるべき特質である。この問題をめぐるサール＝デリダ論争はさておき、「パフォーマンスのあいまいな二重性」についてともかく押さえておかねばならない重要な点は、第一に、右に引いた場面が我々（近代あるいはポスト・モダン）の読者観衆に想起させずにはおかない近代的「自由の精神」の問題であり、第二には、先に触れたようにフィリパイの戦いを直前にしたブルータスに見た自己分裂と、このパフォーマンスとの関係である。つまり、習い性となり、今や第二の自己を形成する「共和政的精神主体」と従前の「哲学」的主体との間に引き裂かれたブルータスという現象の問題である。そして二つの問題はおそらく別物ではなく、互いに複雑に絡み合い、「近代」における主体と政体の諸問題に連なるように思われる。

3 肉　体

パフォーマンスとローマ

個人主義的に自己形成された「哲学」的主体と、他者により形作られた「精神」の間に危うく分裂しかけた「ブルータス的主体」。哲学という「観想的生」(vita contemplativa) のうちに築き上げた個性と、他者との関係からなるパフォーマンスという「活動的生」(vita activa) を通じて生み出された「精神」の間に引き裂かれそうになった「ブルータス的主体」。最後にはしかし、「哲学」を捨て、「精神」を取ることにより彼はパフォーマンスにすべてを託した。そのパフォーマンスとは、一方で、シーザーにより独占されかけた「大広間（おおひローマ）」に再び共和政ローマの広間を作り出すという「脱中心主義」的計画の実践であり、他方では、その失敗に及んでもなお、「脱中心主義」的実践を通して生み出された「精神」という配役を演じきることにあった。ブルータス的パフォーマンスとは、共和政ローマの再構築を担う肉体にして主体にして政体そのものを演じることなのであり、したがって共和政の夢が破れた場合、その「ローマ」でおめおめと敗者の恥辱をなめるわけにはいかないのである。「そんな目に逢ふには、彼の精神が大き過ぎます」と彼自身に言わせたのはまさにパフォーマンスにほかならぬと言うべきである。

シェイクスピアリアン・モーメント

「自由萬歳」を合言葉に専制君主の打倒を目指すブルータス的パフォーマンスは、まさしく肉体と主体と政体の問題であり、そのことはすなわち「近代」という矛盾を孕んだ一大問題に通じざるをえない。キャシアスが「自由萬歳！　自由萬歳！　専制政治は死んぢまった！」と叫び、ブルータスが「平和、自由、自主、萬歳」と声を上げる第三幕第一場のシーザー暗殺の場面に、我々読者・観衆が思わず「近代」を感じてしまうことはすでに述べた。しかしその「近代」の中身はおそらく、公には国家の平和、私的には個人の独立自主といった本質的に矛盾撞着した要素からなる甚だ危うい代物であろう。公には「脱中心主義的」な共和政を謳い、私的には自律的な個人中心主義を唱える。ブルータスはしかし、近代の曙に――あるいは近代の曙ゆえにかもしれないが――個人中心主義を捨て、共和政的主体に自らを託した。彼の主体は、パフォーマンスを通じて、共和政ローマの大広間に拡散した。逆にその後の近代の歴史においては、自律的個性がいよいよ中心主義的色彩を深めていったことは、西洋思想史のよく教えるところであろう。個人は自主独立を強め、パフォーマンスから離れていった。そのような「近代」を批判して、たとえばデリダが主体形成における「お芝居」の契機を強調したり、あるいはジャック・ラカンが精神形成における「象徴」的次元というわば社会的「役柄」の機能を持ち出したりして、パフォーマンスへ戻ろうとするのは、ある意味で論理的であるとさえ言える。専制君主的ディスクールに純粋に対抗しようとすれば、政体はもとより、主体そしてさらには肉体においても共和政を敷く必要がある。主体は自律を傲慢と認識し、肉体はパフォーマンスを通じて脱中心主義の境地を開かねばならない。これが実際に可能かどうか、しかも実践した場合、有益かどうかはもとより分明ではないが、このことに関して、西洋近代は少なくとも純粋に論理的ではなかった。

虚ろな中心

君主政と共和政という近代の政体論を特徴づけるディスクールの中で、シェイクスピアは『ジュリアス・シーザー』を構想したが、その世界はゆくりなくも肉体・主体・政体を貫く「近代」固有の問題を提起するものであった。それをいま仮に「シェイクスピアリアン・モーメント」と名付けるならば、その問題群は我が国の近代にも当然深くかかわり、本章の冒頭で触れた坪内の翻案末尾に見える名調子にまでその影響は及ぶのである。そればかりではない。本質的な意味で「シェイクスピアリアン・モーメント」は今なお「我々」とともにあり、きわめて複雑な音響効果を生み出していると言わねばならない。

ある見方からすれば、西洋近代の個人中心主義は西洋固有の抜き難い形而上的な中心志向の論理的帰結と考えられなくはない。少なくとも西洋の都市に即して見た場合、形而上的な本来的志向が都市構造に実現されていると、ロラン・バルトはその『表徴の帝国』[15]に言うが、大方は異論がないであろう。バルトはまた西洋の都市との比較において極東の大都市を観察して、次のように言う。

いま話題にしている都市（東京）は貴重なパラドクスを提示する。確かに東京には中心があるが、その中心は虚ろなのである。[16]

「シェイクスピアリアン・モーメント」を意識しながらこれを読む現代の日本人は、政体と主体と肉体に関して思索をしばしめぐらして、君主政があたかも共和政的構造に変じ、主体と肉体が、まさにブルータス的パフォーマンスのしがらみで構成されていることに思い至るのではあるまいか。しかしおよそこれを分析的に明示することはなかなか難しい。[17]

第3章　イアーゴーの庭あるいは『オセロー』

1　イアーゴーの庭

西欧キリスト教の立場からすれば、一四五三年のコンスタンティノープル陥落以来、オスマン帝国の脅威が深刻であったことは想像に難くない。その十六世紀のことだろう、ご存知ムーア人のオセローは、キリスト教徒となってヴェネツィア司令長官の要職にまで上り詰め、すでに初老を迎えながらもヴェネツィア上流貴族出身の若き美貌の令嬢デズデモーナを娶る。宗教の壁はかろうじて超えてはいるものの、年齢、階級、人種など、この結婚をすんなりと認めさせるには、根深い意識と意識下の障壁をさまざま超えなければならない。しかもこの物語が作られ受容された時代は平等原則などというものが公然と語られることのなかったルネサンスのイギリスであった。劇中の世界でも、デズデモーナの父親はこのスキャンダラスな結婚に耐え切れず、彼らの悲劇的な結末を見るまでもなく、それ以前に他界してしまったと伝えられる。

悲劇に終わるオセローとデズデモーナの結婚が、当時の現実世界ではありえなかったであろう「愛の平等」という一種革命的ロマン主義の産物であったことは、のちに問題にする。まずはイアーゴーである。

司令長官オセローの率いるヴェネツィア軍にあって、イアーゴーはその副官の地位を狙っていたが、オセローはキャシオを抜擢する。これを妬んだイアーゴーは（妻エミーリアをオセローに寝取られたと疑っていたこともあって）、自らを悪魔の手先と任じてオセローとキャシオに復讐を誓う。ここで改めて述べるまでもなく、その復讐の謀りごと（プロット）が『オセロー』という芝居の骨子となっている。昇進を阻まれたことと妻を寝取られたという疑念、この二つが復讐の動機とされているが、ともに正義が踏み躙られたというような重大事態からは程遠く、イアーゴーのプロットは不当な復讐である。それは正当な認識に基づかない復讐でもある。正当な認識と正義とを欠く復讐、おそらくこれこそシェイクスピアが「嫉妬」という感情に与えた定義に違いない。オセローの嫉妬もまた多く誤認に基づく。しかし問題はそこにとどまらず、そのような不当な認識を否応なく生み出すところの社会と国家と世界の問題でもあることは、シェイクスピアに学ぶまでもなく、卑近に我々の経験するところである。オセローに対するイアーゴーの復讐のプロットが成功した裏には、社会通念という「集団無意識」の潜在力があったことを見逃してはならないだろう。[1] オセローとのやり取りに関して、イアーゴーの発する最後の台詞は、その意味で象徴的である。「御自分でも成程、さうもあらうと、お思ひなすったことを言ったまでだ」[2]（第五幕第二場一七五―七六行）。そして仕舞いに、「問ふのは無用だ。知るだけの事は知ってゐなさるんだ。もうこれからは物は言はない」（第五幕第二場三〇〇―〇一行）。

プロットはプロットの常として、意思と計画と偶然と運命から構成されるだろう。自由な個人に許された「意思と計画」はなんらかの動機を前提とし、理性と手段（技術）を実現のために要請する。「偶然と運命」は人間的自由の限界を認識させるとともに、一方で理性的必然による超克へと人を挑発し、他方で超え難きものの覚悟へと人を促す。「超え難きものの覚悟」が演劇的に最も深く、最も透徹した形で表現された好例がギリシア悲劇だとするならば、「理性的必然による超克」の最たる例は近代科学ということになるだろう。プロットとしての近代科学は、理性と技術を駆使して偶然と運命に立ち向かい、理性的必然による超克を果たそうとする。プロットとして近代科学を考えた場合、その深刻な問題は、そしてこれは近代的思考一般の問題と重なるわけだが、その「意思と計画」の前提となる動機にかかわるのではあるまいか。すなわち、イアーゴーの場合のように、不当な認識に発することはないか、という疑念である。

しかしまずは、イアーゴーのプロットに戻ろう。オセローに対する意趣返しのいわば前段階として、イアーゴーはまずロデリーゴというデズデモーナにぞっこんで少々頭の回転の遅い男を騙して、キャシオと喧嘩させるよう仕組む。ロデリーゴはすでに結婚してしまったデズデモーナを追って、ヴェネツィアからキュプロス島まで来たが、やはりもう見込みはない。いっそもう身投げでもして死にたいと嘆く彼に対して、悪魔的冷静さを保つイアーゴーはそれを思いとどまらせようとする。「こんなに未練なのは恥辱《はぢ》だとは思ふけれど、僕にゃそれを忍耐し得る徳が無い」というロデリーゴに、彼はこう言って諭す。

徳だ！　ヘッ、何と馬鹿な！……かうなるのも、あゝなるのも、皆《みンな》人間様御自身のお細工《さいく》なんだよ。人間の肉體《からだ》は花畑で、精神《こゝろ》は其《その》（手入れをする）庭師なんだ。蕁麻《いらぐさ》を植ゑようと、萵苣《ちさ》を蒔《ま》かうと、ヒソップを生《はや》して麝香草《じやかうそう》を引抜《ひッこぬ》かうと、たッた一種《ひといろ》だけにしておかうと、いろんなものをゴッちやに植ゑ込まうと、うッちやっといて痩地にしようと、精出して肥料《こやし》をくれようと、はて、善くするのも悪くするのも、吾徒《こちとら》の勝手なんだ。人間の一生を天秤だとする、若し情慾の皿だけあって、それに釣り合ふ理性の秤皿《はかりざら》て者が無かったなら、終始《しよッちゆう》、卑劣な情慾《じやうよく》て奴の為に愚劣《ぶま》な事ばかり為出来《しでか》すんだらうが、御方便《ごはうべん》に、理性て者があるんで、荒れ狂ふ情だの、突き刺すやうな肉慾だの、悍馬《ぢやくうま》のやうな淫亂根性だのを冷却《れいきやく》させることが出来る。君が戀と呼んでるのも、其奴《そいつ》の斷片《かたわれ》か、小條《ずはえ》だらう。[3]

（第一幕第三場三一三―二四行）

このイアーゴーの台詞は、彼の行動原理を語ってなかなか明快と言うべきで、彼のプロットにおける「意思と計画」を支える信条と見てまず差し支えない。人間の事柄は人間が決めうるという、ある意味でルネサンスの「ヒューマニズム（人間中心主義）」の本流を行くような発言でもある。「かうなるのも、あゝなるのも、皆人間様御自身のお細工なんだよ。人間の肉體《からだ》は花畑（gardens）で、精神《こゝろ》（wills）は其（手入れをする）庭師（gardeners）なんだ」。ここで坪内逍遥が「花畑」と訳したところの原語は gardens「庭」であり、同様に「精神《こゝろ》」の原語は wills で――この言葉は当時きわめて多義的に用いられていたが――この場合（第一義的には）明らかに「意思」の謂いであろう。精神と肉体という西欧の伝統的二元論に立って、肉体が庭で精神はその庭師、しかも庭は庭師の思いどおりになるのだとするイアーゴーの発想は、ちょうど近代科学を創出するところの自然と対峙した精神のありようを如実に示すと言って、あながち牽強付会ではないだろう。

それだけではない。西洋文化にあって「庭」(garden)はおのずと原型的な庭、すなわち「エデンの園」を連想させずにはおかない。「エデンの園」の連想はまた同時にその喪失の物語を想起せずには済まされない(第Ⅲ部第1章を参照)。人間の肉体が「庭」だとすれば、それはすでに堕落した状態にあるもので、その根本的な「楽園回復」は、単なる人間の「精神」や「理性」といった庭師の能くするところではない。それには、絶対にして超越的な神の恩寵と、受肉したキリストという救済者の庭師が必要とされる。原理的に見て、人間は「理性」(reason)をもってしてもあるいは「精神・意思」(will)をもってしても、そのような庭師には到底なりえない。肉体を「庭」に譬え、「精神・意思」を庭師に擬えたイアーゴーは、したがって、キリスト教西欧が抱えてきた二元論の原理的矛盾にゆくりなくも触れてしまったと言わねばならない。

あるいはしかし矛盾ではないのかもしれない。この「肉体」としての「庭」は、すでに近代自然科学の対象とほぼ同等の地平において捉えられていて、人間の「精神」(意思)は理性の助けを借りて、「情欲」という雑草のごとき混沌を制御しながら、自由に作庭すると捉えることもできる。いわゆる「世俗化」の過程を経て立ち現れる「近代的な主体」に依拠する見方にほかならない。楽園喪失と楽園回復といった超越的次元と、一種なし崩し的な仕方で無関係に成された「作庭」計画ゆえに、この場合の「近代的な主体」たる庭師の身分は、常にその正当性が問題になっても不思議はない。それを正確に反映するかのように、坪内が「精神《こゝろ》」と訳し、我々であればさしあたり「意思」と訳すだろう“will”という言葉は（のちに触れるシェイクスピアの「ソネット一三五番」に見られるように）、そのまま同時に「肉欲・情欲」の謂いと捉えることが可能なほどみごとに曖昧であった。"will" という言葉が持つ「意味領域」の遊びは、「精神《こころ》」という庭師の正当性の危うさにそのまま通じる。

もう一つ解釈の可能性がある。それはイアーゴーの立場から与えられるもので、我々にとってはるかに深刻な問題を提起する。イアーゴーとはすなわち、自ら公言して憚らないように、地獄の手先にほかならない――彼のプロットは「俺と悪魔連の智慧で」（my wits and all the tribe of hell：第一幕第三場三四四行）果たされるのだ。この人間主義に立脚する「肉体の庭」は、別の負の超越的根拠を付与されて、その正当性を主張する。悪魔の手先たるイアーゴーの観点からすれば、この世の「庭」は「堕落後」(postlapsarian) 以外の何ものでもなく、いかに「精神・意思」としての庭師が力を発揮して作庭しようとも、もはや根本的に改善の余地はない。この観点からするならば、「肉体の庭」は、冷徹な理性があろうがなかろうが、まさに地獄の延長としてのみ存在することになる。

2 世俗的公共圏というプロット

「イアーゴーの庭」は、精神と肉体、理性と情欲からなる一つの有機的ミクロコスムとして考えられているが、「肉体と情欲」に内在する奔放な生命力を統御することが期待されている庭師たる「精神と理性」の正当性は、語り手がイアーゴーであるだけに、甚だ危ういものがある。「イアーゴーの庭」は、失われた楽園のパロディーとして機能するか、世俗化の過程を代弁するかのように近代自然科学の主客二元論の精神構造を表すか、あるいはまたあたかも神の死を先取りしたかのような現世地獄論の表明となるか、さまざまな解釈を許すだろう。そのいずれであれ、庭師（「精神」）の正当性は大いに問われなければならない。

この問題を、イアーゴーのプロットという視点から考え直してみるならば、次のようになるだろう。イアーゴーは、不当な認識に基づく判断（昇進の不満と間男疑惑）を動機として、キャシオとオセローに復讐を企てる（意思と計画）が、その際、理性を使いさまざまな手段を講じて「偶然」という本来人知を超える力に対抗しようとする。キャシオとデズデモーナの道ならぬ関係をオセローに信じ込ませるのに決定的だった、あの有名なハンカチの使用はその好例である。デズデモーナが偶然に落としたハンカチを手に入れたイアーゴーは、それをキャシオが「偶然に」拾うように仕組み（必然）、さらにそれを手にするキャシオをオセローに目撃させることにより、擬似的な必然を作り出す。たとえばこれが、先に触れたイアーゴーの行動原理の応用だとするならば、「庭」は「プロット」となり時間化され、「庭師」は精神あるいは理性を従えるものの、冷静に情欲を抑えるのではなく、反対に嫉妬の炎をむらむらと燃え立たせる役を担うと言うことができるだろう。これはまさに、悪魔と結託した庭師イアーゴーの画策した「地獄のプロット」にほかならない。「プロット」という言葉には空間的な意味もあって（「一区画の土地」）、その意味に解するならば、イアーゴーの作り出した「プロット」は地獄の延長線上に広がることになる。ちなみに、このイアーゴーの「プロット」は、最終的に法の裁きを受けることになるものの、キャシオにかかわる部分を除けば成功裏に運び、オセローとデズデモーナの悲劇を産み落とした。

この地獄の延長線上に連なるイアーゴーの「プロット」に私がこだわるのは、それが近代の世俗的公共圏とでも呼ぶべきものに深く関連するのではないかと直感的に思うからである。「近代の世俗的公共圏」というような野暮な言葉で呼んだところの時空領域は、要するにその後（神学と切り離されて論じられる）「政治」とか（形而上学と切り離されて論じられる）「社会」とか呼ばれることになる次元・領域と重なると了解してもらえればよいだろう。[4] 近代において「政治」と呼ばれる領域が意識され、さらに対象化されてゆく経緯においては、他者としての神あるいはそれに類する超越者の「脱魔力化」という事態が同時進行していたことは改めて繰り返すまでもないだろう。

「近代の世俗的公共圏」を特徴付ける顕著な特質は、端的に言えば、超越的原理の稀薄化であり社会的規範の相対化に求めることができるだろう。「超越的原理の稀薄化」とは、マックス・ヴェーバー的な言い方をすれば「脱魔力化」の傾向ということであり、[5] すなわち人を束ねて組織を作る（「まつりごと」の）際に、超越的・魔術的な祭礼の類（「まつりごと」）を忌避する傾向である。イアーゴーの「プロット」に即して彼の言い分に従えば、「ねえ、人間は智慧で爲事《しごと》をする、魔術でやらかすんぢゃない、とすると、智慧の爲《し》上《あ》げにゃ時間がかかる」（第二幕第三場三五七―五八行）ということになる。[6]「智慧」の原文は“wit”で特別問題はないが、「智慧の爲《し》上《あ》げにゃ時間がかかる」は“wit depends on dilatory time”とあり、この「爲《し》上《あ》げの時間」に相当する“dilatory time”は耳慣れないだけに、やや注意が必要かもしれない。“dilatory”という言葉は、動詞“differ/defer”（異なる／延期する）に由来するもので――デリダの読者であれば、あの脱構築ゆかりの“différance”（差延）と同じ系譜に属する言葉と察せられよう――

反「同一性（アイデンティティ）」、逸脱・拡散性を示唆する。「智慧」は、理性的手段を講じて「偶然」に対処しつつ、目的を果たそうとするが、それには「展開する時間」が必要だということだろう。これはたとえば、旧約聖書の「預言」や古代ギリシアの「お告げ」が、「時満ちて」成就されるのと比較するとき、ある意味できわめて対照的であると言うことができる。「預言」や「お告げ」の成就は、「同一性」の確認であり、その「同一性」の中に時間は消滅するからである。そして九鬼周造が美しく論じたように、「同一性」は必然性であり、[7] すなわち「天理」に通じる。それに反して、“dilatory time”（異なりながら延ばされる時間）はあくまで「偶然性」との関係において展開するのである。イアーゴーの「智慧」とは当意即妙に「偶然」に対処する方法にほかならない。

「近代の世俗的公共圏」を特徴付けるいま一つの要素である「社会的規範の相対化」は「超越的原理の消滅」から結果するだろう。人の住む「世界」の超越性（絶対性）が薄れれば、それを我が物にして（相対化）欲望の発露としようとする企図（エンタープライズ）がまかり通る。イアーゴーのプロットが力を発揮する次元では、このような相対化がすでに進行していなければならない。『オセロー』という悲劇の終盤に、そろそろ死の予感を得たデズデモーナとエミーリア（付き人でイアーゴーの妻）が、一般に妻の不貞の可否を論じて会話を交わす場面がある。この全世界を手に入れることができようとも、絶対に不貞などありえないとするデズデモーナに対して、エミーリアは幾分冗談交じりにこう言う。

> 勿論、わたくしだって、合《あは》せ指輪のたッた一つや薄絹の三四尺や上被《うはぎ》や女袴《ペッチコート》や帽子ぐらゐの些屑物《つまらないもの》と取換ッこぢゃ致《いた》しゃしません。ですが、全世界といふんでせう。誰れだって間男《まをとこ》ぐら

ゐはしませう、……亭主を王さまにすることが出来りゃァ。その爲になら煉獄とやらへ入れられてもかまやァしません。(8)

(第四幕第三場六九—七三行)

不義不貞を犯したとしても、それによって夫が全世界を支配する権力者となれるのであれば、この世で罰せられることがないばかりか、この世のありとあらゆる富や快楽をほしいままにすることができる。あの世にしても地獄堕ちではなく、せいぜいが「煉獄」を覚悟すれば宜しい。冗談交じりとはいえ、この現世主義的感覚は、イアーゴーのプロットが展開する次元として、その留意すべき特質と言うべきだろう。西欧中世後期における「煉獄」の誕生と、それに続くイギリス・ルネサンス期の「煉獄」後日談について、ここに詳しく述べる余裕はないが、幸い『ハムレット』とのかかわりで研究がすでに行われている。(9)

一言で言ってしまえば、エミーリアの台詞にも窺えるように、「煉獄」とは、「この世」と決定的に断絶した天国を取り結ぶ、現世延長型の「あの世」ということだろうか。「この世」の人間主義的相対化の威力が「あの世」に及んだものと乱暴に言うことも可能かもしれない。

このように相対化が浸透する世俗的な圏域では、日本の伝統で言う「世間」が形成されても不思議はない。「主体」あるいは「自己形成」は、善悪と正義の彼岸を越えて、「世間体」の問題になる。せっかく副官に推挙されたキャシオであったが、イアーゴーの罠にはまって不祥事を起こし失脚するが、その窮状に同情したデズデモーナは復職に向けてオセローに取り合うと約束する。オセローはキャシオに冷たく接するが、今後はただ世間体を憚って(軍隊の掟は遵守せねばならないので)そうするのみにしましょう、とデズデモーナは言う。「貴下《あなた》は夫を愛しておいでゝもあり、久しいお知合いでもありますもの、大丈夫です、よし（當分）御疎遠にいたすにしても、それは只世間體だけといふやうなことにさせませうよ」。それに対してキャシオは、「さア、ですが、その、世間體と申すことが長く續きます間には、そいつが水ッぽい、つまらん餌食でも肥ります、些細な事情が原《もと》でも生長《おひた》ちもします」[10]（第三幕第三場一〇―一六行）と応えるが、ここで坪内がみごとに「世間体」と訳した原語は“a politic distance”および“policy”であって、すなわち「政治」がらみの言葉にほかならない。興味深いことに、現代英語で「政治的」を意味する“politic/al”なる言葉は、シェイクスピアではほとんどその意義を持つことがなく、大体何がしか悪い意味において用いられる。[11] 上記の『オセロー』の場合は、「近代の世俗的公共圏」に限りなく相応しい意味で用いられている稀有な例と言わねばならない。

「イアーゴーの庭」は、精神という庭師が理性をもって管理整備する肉体とされる。この考えの前提には、人体という小宇宙（ミクロコスム）は神の創造した大宇宙（マクロコスム）と照応関係にあるという古来からの有機体論的見方がある。混沌に秩序が与えられて大宇宙が創られたように、前者の小宇宙たる人間も肉体という混沌に精神が秩序を与えることにより、大宇宙のハーモニーと呼応する。精神による肉体管理論は、小宇宙たる人体と超越的実在たる大宇宙との呼応関係に基礎を見いだす。そしてその呼応関係の機能を保障するものは、小宇宙の管理者である精神と大宇宙の創造者にして管理者でもある神との相同的関係であり、主従的代理関係である。

さて、このマクロ・ミクロコスム照応論には強論（ストロング・セオリー）と弱論（ウィーク・セオリー）があると言えるだろう。前者の強論は、大宇宙の調和に小宇宙たる人間が従えば、すなわち大宇宙の自然の法則に和をもって小宇宙の自然（人間性・ヒューマンネイチャー）が従うならば、原初的「エデンの園」での大過もいわば償われ、一種の「楽園回復」が果たされるとする。換言すれば、救済という問題と現世的活動とが完全に切り離されることがなく、自力本願の可能性を残す。これは中世後期の俗に「十二世紀ルネサンス」と呼ばれる多分にネオ・プラトニズム的思潮にその顕著な例を見いだすことができ、その後少なくとも十七世紀前半までは影響力のある世界観であった。[12]いま一つの弱論は、「エデンの園」での堕落とそこからの追放を決定的なものと見る考え方で、強論とは対照的に、救済の問題は徹底的に神の恩寵に委ねられるという完全なる他力本願の思想であり、近代初期のカルヴィニズム（予定説）にその好例を見ることができるだろう。[13]強論がミクロ・マクロコスムの間にある「存在論的連続性」（continuité ontologique）により特徴付けられるとすれば、弱論は宇宙論的照応関係を失った孤独な人間の心に宿る「内なる楽園」（paradise within）[14]によって端的に示唆されるだろう。ひとり聖書のみを頼りに神との対話を試みるプロテスタンティズムの姿であり、すなわち超越性の内面化にほかならない。大宇宙論からの離脱とこの超越性の内面化は、一蓮托生の関係にあり、ともに近代の世俗化の過程と重なるが、ここで重要なのは、「超越性の内面化」が主客の対立を先鋭化させ、特に「自然」世界を「主体」たる人間の支配と搾取の対象とする特殊近代科学的・資本主義的な見方が台頭してゆくということだろう。

「イアーゴーの庭」は「精神と肉体」からなるミクロコスムに違いないが、伝統的なマクロ・ミクロコスムの調和的照応論をすでに逸脱する。庭師「精神」が調和を忘れて、自由に庭を荒廃させることは照応的宇宙観の下では許されないからである。「イアーゴーの庭」は「精神と肉体」を併せ持つ有機体として、主客の対立分離に基づく客観的あるいは対自的「自然」、近代自然科学の対象たる「機械論的自然」とはいまだ言えないが、それに至る途上の物語だろう。「イアーゴーの庭」はしかし、「超越性の内面化」という意味では、善悪と正義不正の別において全くさかしまの関係にはなるが、近代のプロテスタンティズムの自律性に通じるものがあると言ってもよいのかもしれない。プロテスタンティズムの倫理と資本主義の精神が重層的に関連決定付けられることから示唆されるように（M・ヴェーバー）[15]、近代における「超越性の内面化」は、永遠の相から抜け出て、「世俗化」（語源は saeculum「この世の時代」）すなわち「世俗の時間」という問題に転化してゆく。「イアーゴーの庭」の庭師たる「精神」の行動原理から、智慧に基づいて偶然に対処しながら、「差延的時間」が切り開かれてゆくことはすでに述べたとおりである。同一性と必然性（永遠と運命）から遠く隔たったこの世俗的次元では、「世間体」（policy）が肝要だということも先述のごとくである。

3　「楽園」と自然と「ウィル」

「イアーゴーの庭」が近代の世俗的公共圏を構造的に示唆するであろうことは以上のとおりである。ここでいま一つ問題として注意を喚起したいのは、「庭」の比喩が暗示する「自然の豊穣」という事柄である。次章でより詳しく述べるところであるが、伝統的シンボリズムから、「庭」は必定「エデンの園」の神話を連想させ、そこからさらに、常春豊穣の楽園幻想とともに悪のエロスといった問題を想起させずにはおかない。

今一度、あのロデリーゴを丸め込む「イアーゴーの庭」の台詞に戻って、その原風景を想起してもらいたい。第一に、その「庭」（肉体と精神からなる有機体）は、「善くするのも悪くするのも、吾徒《こちとら》の勝手」である。第二に、その「庭」たる我々は、もし正しく理性を用いないならば、「卑劣な情慾《じやうよく》て奴の為に愚劣《ぶま》な事ばかり為出来《しでか》す」結果となる。ところで、ロデリーゴの「戀」（love）と呼んでいるのも、その「卑劣な情慾」あるいは「淫亂根性（lusts）の斷片《かたわれ》」にすぎない。かくして、イアーゴーの論法によれば、ロデリーゴはイアーゴーの言う「理性」に従って行動するのが一番だ、ということになる。悪徳合理主義者イアーゴーの世界では、美徳の意義が否定されるだけでなく、「戀・愛」（love）と「淫亂根性」（lusts）の区別が問題にならず、双方とも等し並みにあっさりと切り捨てられる運命にある。しかし、少なくとも西欧の文化伝統において、愛（性愛と純愛）と無縁の「庭」などというものはおよそ想像しにくい。我々は「イアーゴーの庭」によって無視され、捨て去られ、破壊された別の「庭」を確認しておかなければならない。

さて、ムーア人の軍人オセローがデズデモーナと作り上げた二人の世界は一種の「楽園」にほかならない。いかに高潔な人物といえども、ムーア人の傭兵という身分にあるものがヴェネツィアの貴族令嬢と結ばれるには、この世離れした尋常ならざる馴初《なれそ》めの物語が二人の間に介在しなければならなかった。（デズデモーナの父親ブラバンシオなどは、娘をたぶらかすのに「魔術妖術」の類を用いたに違いないと信じ、オセローと娘の結婚が成就するや、それが原因で死んでしまうのだから、いかに二人の関係が尋常なものでないかが分かろうというものだろう）。その馴初めの物語とは文字どおり「物語」であり、第一幕第三場にオセローが元老院のお歴々を前にして語る「手前の履歴話」(story of my life) がそれである。少々長い引用になるが、その重要さに免じて許されたい。

> 年から年へと経来《へきた》りました戦争や、城攻《しろぜめ》や、勝敗の模様なぞを。手前はそれを悉く話しました、幼年の際《をり》の事から、話せと求められました其間際《そのまぎは》の事までも。不幸極まる災厄、海上乃至戦場での怖ろしい出来事、間一髪で危険を脱しました話、残忍な敵に捕へられて奴隷に賣られ、後に身請され、諸國を遍歴いたした話、だゝッ廣い洞穴《ほらあな》、或ひは荒れ果てゝ人跡のない荒野原、或ひはけはしい石山、或ひは天にとゞきさうな山や大岩の事等を話しましたのが手續きでありまする。それから又、同胞相食ふキャニバルの事、食人族の事、肩の下に首のある人種の事なぞも。それをデズデモーナは熱心に聴きたがったのであります、ところが、家事向《かじむき》の用があって、とかく、呼び立てられます。それを又、急いで済しまして戻って参って、恰も、貪り食《くら》ふがやうにして手前の話を聴いたのであります。で、それを観まして、或時、好き機會に於て、手前の一生の閲歴《えつれき》を更に詳細と話しくれと改めて望ませまするやうにしむけました、斷片的《きれ〴〵》には聴いてゐたが、一貫しては聴いてはをらんからと申させるやうにしむけました。それを手前承諾いたして、先づ、幼少の折の艱難辛苦を話しまして、折々彼女《あれ》に涙を落させました。話し終りますと、彼女《あれ》は其報酬に夥《おびたゞ》しく溜息を致しまして、實に不思議な、非常に不思議な、氣の毒千萬な事、實に〳〵氣の毒な事ぢゃと申しまして、あゝ聴かなんだらばよかったと申しながらも、あゝ、若しさういふ男を天がわしに下されたならばなァと申して、手前に感謝し、若しも手前の友人に、彼女《あれ》を愛する

者があったら、手前の履歴話を話せと言へ、さうすれば彼女《あれ》は忽ち其人を切愛《せつあい》するやうになるであらうと申し聞《き》けましたのであります。で、それに力を得て、手前は意中を打明けました。彼女《あれ》は手前の艱難に同情して手前を愛し、手前は同感してくれましたゆゑに彼女《あれ》を愛したのであります。これが用ひました唯一つの妖術なのであります。（第一幕第三場一三〇―六九行）

オセローの作為はさておき（「しむけました」）、両者の心を取り結んだ「二人の世界」の形式と内容は明らかだろう。さまざまな異国を経めぐる危険一杯の冒険譚。主人公の行く手には、この世ならぬ風景の下に奇怪な存在が待ち受けるが、語り手の主人公はこれらの艱難辛苦を切り抜ける。言うまでもなく、これは形式内容ともに、「ロマンス」と呼ばれるジャンルに属するものにほかならない。通常、このような荒唐無稽の物語を聞いて、それを鵜呑みにするとは思えないが、作中ではヴェネツィアの元老院の御歴々に対してまで説得力を持つ勢い、いわんや恋心が芽生えたうら若き乙女のデズデモーナがこれに魅了されないはずはない。このオセローの「履歴話」に「貪り食ふがやうに」聞き入った彼女は、物語の主人公の「艱難に同情して」彼を愛したのだった(16)。

このようにこの世離れした「ロマンス」的言説によってオセローとデズデモーナの世界が構築されているという認識は、彼らの悲劇を理解する上で役に立つばかりでなく、イアーゴーの破壊的行為がもたらす意味の広がりを知る上においても重要だろう。そもそもムーア人の男とヴェネツィア人貴族の令嬢との結婚というほとんど不可能事に見える事柄が実現すること自体、それこそ「ロマンス」的と言わねばならない。もちろん、それを可能とする政治風土の下地がヴェネツィアにはあると考えて、シェイクスピアはそこに舞台を設定したに違いない。純然たる「ロマンス」の世界では悲劇は起こりえない。悲劇はしかし文明都市ヴェネツィアではなく神話的雰囲気を帯びたキュプロス島で起きる。その地にオセローに先立って到着したデズデモーナは、あたかも女神であるかのように迎えられる。

キャシ［オ］　あゝ、御覧なさい、船の寶物が上陸《あが》りましたぞ！……サイプラス［キュプロス］の諸君、奥方です、お下《しも》にく。……（デズデモーナに）奥さま、おめでたうございます！　天の御恵み、お前にも、お後にも、どの方面にも、遍《あまね》くあれ！(17)　（第二幕第一場八二―八六行）

ひざまずく人々の間にあって、彼女の周りに花吹雪が舞う光景が目に浮かぶのではなかろうか。この神話的な雰囲気は、オセローが到着するや、天地と混沌にまでかかわる宇宙的な次元に達し（第二幕第一場一七三―九一行）、さらにその後にキュプロスでの新婚の夜が明けると、ある種変容をとげて別様の次元を以て出来《しゅったい》すると言えるだろう。すなわち豊饒を寿ぐことがそれである。ヴェネツィアの都市文明は、人種や因習や（さらには『ヴェニスの商人』に見えるように、宗教をも）超える人間関係を理性的に可能にしたが、おそらくそれはその裏で「自然」と「人間の自然（人間性）」に宿る根源的な力をいかほどか犠牲にしなければならなかったのではあるまいか。理性的な都市の論理がその発露のために貶めそして隠蔽していった根源的エネルギーは、おそらくキュプロス島の自然に解放されてだろうか、二人の新婚生活の豊饒を寿ぐ無礼講の笑いという形をとって、わずかながら解放されることになる。これを行うのはもちろん道化（道外）の仕事である。新婚を賀して家の前で演奏を行うという慣例にならって、キャシオはオセローの屋敷の前に楽師一行を連れてくる。

道外《どうけ》　ねえ、師匠たち、其楽器はネープルズへでも往ってゐたのかい？　怖ろしく鼻にかゝるねえ。

楽人甲　どうしてゞす？

道外　そりゃいつでもそんな風に、ブー〳〵鳴るのかい？

楽人甲　はい、さやうです。

道外　あ、なるほど、そこに一件《けん》（*tale*）が下《さが》ってゐるんだ。

楽人甲　え、一件《けん》とは？

（*tale* と *tail* の口合《くちあひ》である。……*tale* は「話柄《わへい》」、即ち一件の義ともなる。*tail* は體の下部に垂下《すゐか》してゐるもの、即ち男性器、これも一件と俗には謂ふ。ブー〳〵いふ箇處の附近に垂下してゐるといふ卑陋な洒落。）

道外　はて、俺が知ってるブー〳〵鳴る楽器の傍《そば》にゃ、大概、一件《けん》がぶら下ってゐる。[18]

（第三幕第一場四—一〇行）

シェイクスピア作品における道化の存在とその役割についてはすでに多くが語られていて、ここで繰り返すまでもないが[19]、『オセロー』の道化については、私は浅学寡聞にしてあまり論じられるのを知らない。ここでの道化の役割はしかし明らかだろう。「ネープルズ」（ナポリ）は、（イタリア人には申し訳ないが）梅毒の元凶として名高く、（ペニシリンの発明される以前に）その病気にかかれば鼻は崩れて声は「鼻にかかる」といった次第。「ブー〳〵鳴る楽器の傍」に掛かっている「一件」と言い、ありていに言って単なる尾籠な「シモネタ」だが、道化の笑いがほのめかす方向には、ミハイル・バフチンがそのラブレー論で言い当てた「身体の下層」(lowly bodily stratum)の問題が控えていると見るべきだろう。[20] 文明的理性はそれを秩序化し浄めあるいは隠したがるが、その汚く猥雑で隠微な混沌はすなわち自然における再生と豊饒のエネルギーの根源でもある。オセローとデズデモーナの「ロマンス」は、悲劇と変じる前に「自然神話」的な想像力の世界に遊ぶ。この種の物語の次元では、「恋・愛」(love)と「淫乱根性」(lusts)とは弁別されることなく、かつまたイアーゴーの(悪徳)理性の論理によって排斥されることもなく、自然と文明の融和の中に理想的な(あるいは夢想的な)一つの世界を形作る。道化は自然と文明の微妙で壊れやすい関係について熟知しているが、オセローもデズデモーナも、そのような道化の存在と機能に関しておそらく知る由もなかろう。そしてそのような無垢なる無知が彼らの危うい「楽園」的ユートピア幻想を支える。

　自然と文明が調和し、混沌たるエネルギーと整然たる秩序が融合するこの世離れした「楽園」幻想を心に留めながら、最後にいま一度「イアーゴーの庭」に立ち戻ってみよう。

> かうなるのも、あゝなるのも、皆《みンな》人間様御自身のお細工《さいく》なんだよ。人間の肉體《からだ》は花畑(gardens)で、精神《こゝろ》(wills)は其《その》(手入れをする)庭師(gardeners)なんだ。

問題は、先にわずかに触れたように、坪内が「精神《こゝろ》」と訳した言葉"wills"にほかならない。「ウィル」なる言葉は、『ソネット集』中に俗に「ウィル・ソネット」と称される地口の傑作「第一三五―一三六番」に好例を見るように、意味の多義性をもって知られる。大方の注釈によれば、その言葉は①願望、意欲、

②淫欲、肉欲、③意志、意向、④男根、⑤女陰、⑥名前「ウィリアム」のすべてを指すと言われる。[21] すなわち、意志と肉欲の半ばする、心身二元論風にすっきりと二極に分けることもできなければ、主客の別もはっきりしない曖昧な意味作用の部分を包含する。およそイアーゴーの物言いも、それに相応しく単数の「ウィル」ではなく複数の「ウィルズ」となっている。つまり、人の身体が「庭」だとすれば、それを枯らすも活かすも庭師次第なのだと歯切れの良さそうなことを言うが、その庭師の身分たるや実は主客相半ばする「ウィル」なのである。

もちろん、イアーゴーの意図するところは（悪魔的）「意志・意向」にあって、肉欲にないことは明らかだろう。しかし、卑しくも人間の身体の庭師を自称する者であるならば、その「下層」の重要性をも視野に入れ、二元論では割り切れない「ウィル」の部分をも配慮する者でなければならないだろう。「イアーゴーの庭」が近代の世俗的公共圏に通ずるものであるとするならば、その地獄的特性のみならず、その反自然性、反根源性的特性の問題をここに読み取るべきなのである。

第Ⅲ部 トポスと臨界

ロレンツィオ・コスタ『イザベラ・デステの宮廷のアレゴリー』1530 年（Paris, Musée du Louvre）

第1章　楽園の伝統と世俗化

1　楽園の広がり

楽園の伝統はおそらく東方起源に違いないが、ここではその西欧的展開を述べるにとどめる。その際立った特徴は、時空双方に及ぶ楽園の世俗化であり、個と公のダイナミックな関係、すなわち、私人の心の中から都市空間にわたって玉ねぎ状に広がるとも言える「囲い」の入れ子にほかならない。

四月がそのやさしきにわか雨を
三月の旱魃《ひでり》の根にまで滲みとおらせ、
樹液の管《くだ》ひとつひとつをしっとりと
ひたし潤し花も綻びはじめるころ、
西風もまたその香しきそよ風にて

雑木林《はやし》や木立の柔らかき新芽に息吹をそそぎ、
若き太陽が白羊宮の中へその行路《みち》の半ばを急ぎ行き、
小鳥たちは美わしき調べをかなで
夜を通して眼をあけたるままに眠るころ、
――かくも自然は小鳥たちの心をゆさぶる――
ちょうどそのころ、人々は巡礼に出かけんと願い、
……

楽園と自然

春が来て冬枯れの大地にしっとりと雨が降れば、甘いそよ風が吹き冬木立は新緑に染まる。自然は再生して花咲き鳥歌う。すると人間どももまた巡礼の旅に出かける。英詩の父と呼ばれるジェフリー・チョーサー（一三四〇頃―一四〇〇）の代表作『カンタベリー物語』の冒頭の一節である。(1)

鳥たちが「美わしき調べをかなで」るのは、もちろんつがいを求めてのことであり、自然の再生という自己保存のサイクルを繰り返すための儀式にほかならない。動植物は自然のサイクルを守って律儀に再生を果たすが、人間はサイクルなどお構いなしの貪欲さ、などと無粋なことを言う代わりに、人々は巡礼に出るのだと洒脱な詩人は切り出す。巡礼の旅はもとより物見遊山などではないが、そこにはあたかも自然の再生を祝うお祭りの感覚が伴う。十四世紀のイギリス社会を映すかのように、これからカンタベリー詣でをしようというさまざまな階層の代表者がたまたまロンドンの旅籠に集まる。巡礼の旅の

すさびに各人が物語を語り合って、一番面白かった者は最後にご馳走に与るという取り決めをし、その枠組みの中で語られた物語集が（未完の）『カンタベリー物語』そのものとなっている。さしあたりここで重要なのは、その物語の原動力（プリームム・モビレ）が「春」という自然の促しにほかならないということである。「かくも自然は小鳥たちの心をゆさぶる」その「自然の衝動」に促されて「人々は巡礼に出かけんと願」うのである（詳しくは、本部第3章を参照）。

公私の楽園

二十一世紀の今日では、さすがに巡礼に出る人をイギリスで見かけることはない。しかしいまだに春が来て夏が訪れれば、イギリスの町々は艶やかな花々でさまざまに飾り立てられる。さながら楽園を思わせるその光景を実際に目にされた方も多いことだろう。家々の窓辺に飾られるプライベートな花々のいわば独唱もさることながら、公園や街路ごとに設えられるパブリックな花々が奏でるまさに交響曲に、我々東洋人は何かしら羨ましいものを感じるのではなかろうか。都市の活動と自然の営みとの間に、個人の空間と公共の場との間に通路が穿たれていて、それらは同じリズムに共鳴しているように見える。

楽園幻想は洋の東西を問わず当然存在する。西洋のそれはしかし、公私あるいは共同体と個人を貫くという面が特徴としてあるように私は思う。たとえば庭をあくまでプライベートなものとして個々人がそれぞれ創造して楽しむという習慣は、個人の経済状態に応じて、言うまでもなく形作られている。しかし個人的行為を超えて、市民という格において公園という公共の庭の建設にかかわりそれを共有し、さらに町や都市全体を広い意味での楽園創造の試みとしてともに演出し楽しむという慣習があって、それが少なくともイギリスやフランスといったヨーロッパの共同体には根付いているように見える。仮にその共同作業の淵源を求めるならば、それはおそらく、そもそもかの地の都市が城壁という「囲い」を原理として成立したということに由来するのではないかと想像する。都市を作るということは、まず壁をめぐらして外部から隔絶した共同体を作り出すことにほかならない。もちろん、公園も個人の庭も同様に「囲い」から成る。私庭に始まり公園を経て城砦都市に及ぶ、いわば「囲い」の「入れ子（チャイニーズ・ボックス）」の様相を呈するのである。

あるいは事の起こりは逆の順序だったのかもしれない。そもそも共同体を成立させるための「囲い」があって、次第に小さな「囲い」を経て個人の庭に至ったのかもしれない。しかし結果は同じだろう。ともかく、ある種の超越性の内在という構造が問題になるのである。

楽園と文明

都市化と文明化が進めば、人は次第に自然から乖離してゆき、自然の諸相を平然と忘れてゆく。それは道理というもので、その端的な表れはたとえばお祭りという自然のサイクルを確認する年中行事の衰退によく見て取れるだろう。イギリスの場合も、かつてのように春に巡礼の旅に出る人はいない。その代わりしかし、春と夏の到来に合わせて主だった町々は花の衣装を身にまとう。文字どおり復活祭を自然の再生のシンボルである色とりどりの花々で祝うのだ。その起源において自然と対決したせいだろうか、都市は自然との折り合いを忘れず、自然との共生に配慮しているかに見える。自然との折り合いは時間と空間の双方に及ぶ。花々とともに春に自然のリズムを確認するのが時間的な自然との折り合いだとするならば、堅牢な石造りの建築物に接して緑の芝をはじめとする草木を欠かすことがないことも、空間的な自然との折り合いと言うことができるだろう。実際、直線的に切り出され磨きに磨かれた石に接して花々と草木の置かれた光景ほど、西洋的という印象を与えるものは他にないのではなかろうか。切り出された薄茶の石のブロックに接した芝の緑、このありふれた光景に私は西洋の楽園幻想の一端を見る。たしかに、自然との折り合いというには自然を馴化しすぎているという憾みがないわけではない。しかしおそらくそれゆえに一層折り合おうとする精神も強まるのではなかろうか。

楽園の世俗化

楽園を語ろうとして、まず春に象徴を見る自然の再生に触れたのは、時の流れという不可避の条件の下にある我々人間にとって、楽園に近似したものを想像しようとするならば春が最も手近なものだからと言うことになるだろう。もとより楽園幻想の最大公約数を求めるならば、時間的にも空間的にもこの世を超越したもの、すなわち時間を止めて「常春」にあり、はるか彼方のこの世ならぬ至福の場所に位置するものとなるだろう。天上の楽園あるいは地上の楽園と呼ばれるゆえんもそこにある。それらの幻想あるいは憧憬は文学作品の中に描かれることもあり、その一部については以下に垣間見るつもりである。しかし私がここで強調したく思うのは、西洋世界にあっては楽園幻想が個人の心の憧憬を超えて、社会や都市あるいはさらに国家といった公の次元へとその広がりを見せ、しかも自然のリズムと呼応しながら、いわば「楽園の世俗化」を果たしているということにほかならない。創世記に始まり黙示録に終わるキリスト教的世界観が世俗化して「歴史」となり、果ては「歴史の終焉」などという奇妙な考えを唱えさせたように、楽園もまた世俗化して「自然の再生のリズム」と「文明の過程」と折り合いをつけて行った。たとえば西洋の都市に、美しくなろうとする理想へ向けての意志が窺われるとするならば、おそらくこのような「楽園への意志」が強固に存在するからではあるまいか。

「楽園への意志」ということになれば、ダンテ（一二六五―一三二一）の『神曲』を語らないわけにはいかない。人生の半ばに道に迷い途方に暮れたダンテが、地球の中心へと地中深く続く「地獄」を経めぐり、ついで一転して地上に山をなす「煉獄」を登り、さらにその頂上に位置する「地上の楽園」から飛翔して宇宙の最果てに超越的に存在する「天国」へと至る壮大な行程を歌う『神曲』は、そのまま魂の浄化救済を通じて失われた楽園の回復を果たす物語でもあるだろう。「地上の楽園」（「煉獄篇」第三十二―第三十三歌）には一本の「大樹」があるが、ダンテらの一行の到来とともに枯れた状態から新たに甦る。かつてアダムとイヴがその果実を口にし、その結果人類の堕落が始まったとされる智慧の木でもあり、同時にまた生命の木でもあるのだろう。

大いなる〔日の〕光が、天上の双魚宮の後方に輝く
〔白羊宮の〕光とまじりあって降りそそぐ頃、
　地上の草木は
　蕾をふくらませ、その色彩がすべて
　新しくよみがえる。太陽が天馬を駆って
　その次の星座にはいりこむまだ前の時節だ。

それと同じように、それまで寂れていたその樹が、
新たに生彩を帯び、薔薇よりもかすかに、
菫よりも濃く、花の色がほころびそめた。(2)

（「煉獄篇」第三十二歌五二―六〇行）

堕落とともに枯れ果てた「大樹」は、神の恩寵とベアトリーチェの愛を受けたダンテの壮大な巡礼の旅を通じて、新たに命を吹き返す。その再生の様を描くダンテの比喩は、チョーサーの描く「春」を知る我々には、まことに示唆的と言わねばならない。天動説に立つ当時の天文学では、太陽は一年の間に黄道「十二宮」と言われるコースを経めぐるとされ、春には白羊宮に入る。白羊宮は象徴的に自然の再生を告げるものであり、その象徴言語は先に引いたチョーサーが同様に使用するところであった。生涯に二度イタリアを訪れる機会に恵まれたチョーサーは、当時のヨーロッパ文化の新たな伝統となっていたダンテをもちろん読んでおり、ひょっとすると意識的にこのダンテの「煉獄」における魂の再生を自らの世俗的な巡礼の物語の下敷きに想定していたのかもしれない。この「地上の楽園」で魂を浄化一新したダンテは、実際自然界の新緑のごとく再生していざ天国へ向けて宇宙飛翔の旅に出るのだった（「私は新緑の木の葉を新しくつけた／若木のような清新な姿となって、／聖く尊い波の間から戻って来、／星々をさして昇ろうとしていた」〔二四二―四五行〕）。特別に選ばれた者として、ダンテが再生を果たしながらこの世の楽園を去って超越的な神の楽園を目指せば、それとは対照的にチョーサーはこの世に留まり、自然の再生のリズムと文明化・世俗化の下に楽園の可能性を模索する（あるいは不可能性を検証する）かに見える（この点については、次節に述べる）。

2　二つの楽園

パラダイスの変遷

もの の本によれば、「パラダイス」という言葉は元来ペルシア語（pairidaeza）に由来し、「囲われた王の庭」ほどの意味であったらしい。ヘブライ語では pardes、ギリシア語で paradeisos、ラテン語で paradisus、そして英語で paradise となった。言うまでもなく、ヘブライ語はユダヤ教の言葉であり、旧約聖書に描かれた「エデンの園」の伝統が「パラダイス」の意味に加わることになった。あのアダムとイヴの楽園喪失の神話である。ギリシア語とラテン語は元来キリスト教とは関係のない燦然たる古典文化の言葉であり、そこにも「黄金時代」神話という独自の「楽園」幻想の伝統があった。人類史に関して、楽園的な「黄金時代」に始まり、その後「銀、青銅、鉄、英雄」という風に次第に悪化すると捉える退嬰史観に立つ見方で、そのすでに失われてしまった「黄金時代」には、永遠の豊穣の下に人々は苦役と争いを知らない暮らしを享受していたとする。その後、異教の言語であったギリシア語とラテン語は、キリスト教の台頭に伴い、それぞれ新約聖書（共通ギリシア語）の言葉、そして西欧キリスト教会の公用語となったことは周知のとおりである。かくして、「楽園（パラダイス）」という言葉は、主にユダヤ・キリスト教的伝統にある超越的な「天上の楽園」と、主に古典ギリシア的伝統に連なる「地上の楽園」との二つを同時に包含する運命を担うことになった。もちろん両者は交錯して、時間的にも空間的にもきわめて密度の濃い伝統を形成する。

ギリシア・ラテンの古典的楽園

ギリシア的伝統の好例として名高い楽園描写となれば、ホメロスの『オデュッセイアー』第四巻（五六三―六八行）に語られる、（ヘレネーの夫）スパルタ王メネラーオスに約束された「極楽（エーリュシオン）」だろう。神々の仰せによれば、メネラーオスが「寿命をはたす」のは、

世界の涯の極楽《エーリュシオン》の野へ、不死である神々たちは
そなたを送り届けるであろう、そこは金髪のラダマンテュスが
（治めるところで）、人間にとり生活のこの上もなく安楽な国とて、
雪もなく、冬の暴風雨《あらし》も烈しからず、大雨とてもかつて降らぬ、
年がら年じゅう大洋河《オーケアノス》が、音高く吹く西風《ゼピュロス》のつよい息吹きを
送りこして、人間どもに、生気を取り戻させるという、(3)

我々にはパリのシャンゼリゼ（エリゼすなわちエーリュシオン通り）の語源として馴染み深い「エーリュシオン」は、元々このような「世界の涯の極楽」のこと。そこは冬の厳しい自然から自由であり、「西風」を受けて生命の息吹に溢れることからも明らかなように、めぐり巡ってはるかチョーサーの「春」に繋がる偉大な地下水脈の淵源でもあるだろう。その地はまたヘシオドス（紀元前七世紀）がその作品『仕事と日々』に描くところの「黄金時代」に位置づけられた「至福の島」と相俟って、一つのギリシア的「楽園」像の伝統が形成されていった。

この伝統を下敷きにして、ラテン語のローマ世界はさらに「黄金時代」と「エーリュシオン」の楽園

複合体を膨らませた。西欧世界の文芸の父と言っても過言でないウェルギリウス（前七〇―前一九）は、その『牧歌』第四歌において、ある子供の誕生をもって黄金時代再来の予兆とする旨を歌い、期せずしてキリスト降誕を告げる預言詩人の資格を得ることとなり、実際、西欧キリスト教中世においては別格の存在として崇められる運命を担った（4）。過去の輝く時代を回顧する退嬰史観は、あっさりと反転して千年王国主義などの楽園待望論にもなることは、この後西欧が幾度となく経験するところであったが、その裏には「黄金時代」再来祈願と、キリスト教の救済史観の伝統が脈打っていたと言うことができるだろう。

「エーリュシオン」もウェルギリウスにおいて変容を遂げ、のちのダンテに連なる一種の「地上の楽園」としての位置づけが与えられる。西欧文学の金字塔『アエネーイス』第六巻は、ホメロス以来の叙事詩の伝統に言う「冥界下り」の段として、時を超越して死者と出会うことを許す空間であるばかりでなく、未来の予言的ヴィジョンが与えられる場でもある。主人公アエネアースはそこで父アンキーセスの霊に会うが、その父の口から死後の世界が語られる。人は誰でもこの冥界にあって、魂の浄化を耐え忍ばねばならないが、

忍んだのちにわれわれは、
エーリュシウムの広大な、場所を通じて送られて、
ごく少数のものだけは、このわしのよう悦楽の、
野《や》に住みついて時の輪が、めぐりを終える長い間に、

われらの心に浸みついた、汚れを去って感覚を、
神のごとくに純粋に、浄めて心に清浄な、
天火を残してくれるまで、長い時間をここに待ち、
遂に天に立ち帰る。(5)

（七四二―四七行）

エーリュシオンは、「世界の涯の極楽」（ホメロス）あるいは「至福の島」から、地下の冥界に移され、地獄に接する「悦楽の野」となった。場所は地中だが、魂の浄化を司り、天へと至る途中の中継地という機能から見るならば、後のダンテの「煉獄」に見た「地上の楽園」に至る系譜の誕生と見ることができるだろう。

ユダヤ・キリスト教の楽園

西洋の楽園と聞いてただちに思い浮かべるのは、もちろん旧約聖書に描かれたご存知「エデンの園」に違いない。

主なる神は東のかた、エデンに一つの園を設けて、その造った人をそこに置かれた。また主なる神は、見て美しく、食べるに良いすべての木を土からはえさせ、更に園の中央に命の木と、善悪を知る木とをはえさせられた。また一つの川がエデンから流れ出て園を潤し、そこから分かれて四つの川となった。(6)

（「創世記」第二章八―一〇）

二種類の木と四本に分かれゆく川（したがってその源泉たる泉）は、かくして楽園と相即不離の関係となった。ユダヤ・キリスト教的伝統を形作る楽園のイメージとして、いま一つ忘れられないものとして、「雅歌」に由来するそれがある。

わが花嫁よ、あなたのくちびるは甘露をしたたらせ、
あなたの舌の下には、蜜と乳とがある。
あなたの衣のかおりはレバノンのかおりのようだ。
わが妹、わが花嫁は閉じた園、
閉じた園、封じた泉のようだ。
（第四章一一―一二）

このきわめて肉感的で艶かしい「閉じた園」（あるいは「囲われた庭」）としての花嫁は、中世キリスト教が育むこととなった豊かな「楽園」のイメージにとって貴重な源泉を提供した。すなわち、マリア信仰とこの「閉じた園」たる花嫁のイメージが合体することにより、聖霊により身ごもったマリアの受胎告知が、楽園回復のモチーフの下に鮮明に浮き上がることになる。花嫁の肉体と化した「エデンの園」は、聖霊という超越的な精子を得て、奇跡的に再生し「楽園回復」を果たす。性愛の豊穣は、救済の聖愛に通じる。

エロスと豊穣のモチーフは、キリスト教的楽園のイメージにとっても、また同時に西洋の楽園のイメージ全体にとっても、きわめて重要な要素であったと言わねばならない。楽園喪失の原因は、確かに神の命令に従わなかった人間の無分別という道義的問題に求められるとしても、道義的反省と信仰の確認

による楽園回復がすべてとされるわけではないからである。ことキリスト教信仰にあっても、肉体という自然に窺えるエロスと豊穣のモチーフは、その「楽園」幻想の不可欠の要素として消え去ることがないのである。我々はその一例を前章「イアーゴーの庭」で見たところである。

3 歴史と自然

仮にキリスト教の楽園と異教古典的楽園との違いは何かと原理的に問うとするならば、それは初めと終わりのある「歴史」の有無ということになるだろう。ギリシアの「黄金時代」神話が「黄金時代」に始まる退嬰史観から成ることは先に述べたが、その歴史の初めと終わりについては模糊として明確な輪郭を示さない。それに対して、ユダヤ・キリスト教の歴史観は天地開闢の創世に始まり、最後の審判に終了するというきわめて明瞭な枠組みを持つ。「楽園」はそのほぼ最初に位置して、堕落が引き起こされる場面を提供し、その後も回復されるべき失われたもののシンボルとして記憶にとどめられて歴史を貫通する。初めと終わりのある直線的な時間の流れの初源に「エデンの園」は置かれる。それに対して、異教の伝統における楽園は、春に象徴される自然の再生のリズムが繰り返し強調されることから明らかなように、永遠回帰的な時間の中に捉えられていると見ることができるだろう。上に見てきたように、両者は西洋文化の変遷において根本的に融合しないまでも、しばしば交錯しながら重層的な「楽園」の伝統を生み出した。

交錯する二つの楽園

シェイクスピアとほぼ同時代、十六世紀後半のイギリス・ルネサンス期にエドマンド・スペンサー（一五五二頃―一五九九）という詩人がいて、壮大な叙事詩兼ロマンスとも言うべき作品『妖精女王』を残している。のちに詳しく論じるが（第Ⅳ部第3章）、今この作品にとりわけ注目するのは、詩人が楽園にまつわる二種類の伝統を峻別しかつ交錯させるという面白い構想を披露しているからである。作中の世界は「妖精国」と位置づけられるが、そこには二種類の種族が入り乱れて登場する。一つはアーサー王に代表される「歴史」的人物すなわち人類であり、これについてはお馴染みのエデンの園に始まり、堕落そしてキリストによる福音、さらに最後の審判といったキリスト教的救済史（「歴史」）が作中に示唆されている。いま一つは、「妖精」という種族であり、彼らについても一種の「歴史」が示される。人類史が「エデンの園」における堕落から始まるとするならば、「妖精」の「歴史」は「アドーニスの園」に始まるとされ、その後いわば妖精文明が進展して「妖精国の歴史」が形作られる。注目すべきは「アドーニスの園」の特質である。その「囲われた園」は、豊穣にして一種の苗床のような機能を果たす。一つの門から各種の若々しい植物が外界へと次々に送り出されるかと思えば、いま一つの門にはすでに枯れた植物が次々に運び込まれる。外界から枯れて帰ってきたものは、この園で再生され、また外界へと送り出されるといった具合で、「アドーニスの園」は自然の再生を執り行う場所なのである。ほかならぬそのような場所で「妖精」の種族を生み出す最初の妖精の男女は出会ったとされ、そこには「堕落」の神話は存在しない。自然の再生のサイクルを根本原理とする種族として「妖精」族を詩人スペンサーがなぜことさら考え出したものかは詳らかとしないが、キリスト教と異教の二種類の楽園伝統の存在がそのようなアイデアを誘発したのではないかと私は想像する。ともあれ、そのように純然たる想像上の種族と、それとは異なる救済史を原理とする人類を作品中にぶつけてみようとした詩人の構想力に私は感嘆せざるをえない。

「内なる楽園」と公共の庭

近代において「楽園」をテーマにして壮大な作品を手がけた詩人と言えば、『失楽園』で名高いジョン・ミルトン（一六〇八—一六七四）だが、彼が叙事詩というヨーロッパ詩で最高峰のジャンルを畢生の大作としてまず構想したとき、その先達はエドマンド・スペンサーであった。かくしてミルトンもまた、アーサー王伝説に取材したロマンス的叙事詩を考えたのだったが、思案の末、彼が最終的に決断したものは聖書に基づく人類史そのものを正面から扱う叙事詩にほかならなかった。(7)『失楽園』にはしたがって、「アドーニスの園」は存在せず、異教的楽園の原理は、あるいは比喩のレベルであるいは下敷きとして言及される運命となった。『失楽園』に描かれる「エデンの園」は、「雅歌」の伝統を享受して豊かにエロティックであり、堕落以前の描写に異教的無垢な自然の再生と豊穣がみごとに利用されてはいるが、叙事詩全体がもたらす楽園のイメージと言えば「心の内なる楽園」だろう。「エデンの園」から追放されたアダムとイヴに対して、天使ガブリエルは未来に福音が約束されていることを告げるものの、楽園の身分はすでに孤独な人間個人の「内なる楽園」という心理的心象と化す。

十六世紀に、カトリック教会の腐敗を断じて興ったプロテスタンティズムは、聖書を唯一正真の宗教的な証としてそこに神の声を聞こうとする、根本的にきわめて孤独な精神的営為にほかならない。ミルトンの「内なる楽園」はまさにそのような孤高の精神のよすがと見るべきだろう。しかしながら、この「内なる楽園」は単に逃避的精神を収容する避難所にとどまることはなかった。それが社会と歴史にかかわることを本領とするプロテスタンティズムの成せる業であったのかどうかは詳らかとしないが、ともかく西洋はその後の十八世紀以降、公共の庭たる広大な公園を都市に創出してゆく。孤高の「内なる楽園」に支えられた強固な個人は、社会に対して閉じることなく「外なる楽園」たる公園を建設して、近代の「公共」圏を紡ぎ出したと言えるのではなかろうか。(8)

春が来て夏が訪れれば、花咲き鳥歌う英仏独の公園では、さまざまに音楽祭が繰り広げられる。そこに集う人々に「内なる楽園」の残滓を見つけ、その場の公園とそれを内包する都市のそれぞれに「閉じた園」を思い、そうしてその全体に「囲い」の入れ子（チャイニーズ・ボックス）を想像してしまうのは、果たして楽園マニアの勘ぐりだろうか。(9)

第2章　噂・名声の女神の肉体性

1　ミルトン、ウェルギリウス、ボエティウス

「あの最後の弱点」

ジョン・ミルトン（一六〇八―一六七四）の名詩として誉れ高い『リシダス』（一六三七年）に、生前、刻苦勉励これ怠ることのなかった友人が、なんら報われることなく他界してしまったことを嘆く、次のような一節がある。

　名声は純潔な精神を鼓舞する拍車
（高貴な心にも宿るあの最後の弱点）
　快楽を蔑み、懸命に働くための。(1)

高貴な心を持つ人は正しく「名声」を求めて、世のためひとのため努め励むことを怠らない。しかし

「名声」は元来あくまでも現世的な価値であり、ひとたび神の永遠の相から観るならば、また一つの否定さるべき欲望にすぎない。なるほどこの世で私心を捨て身を粉にして働くことは美徳にほかならず、そのような行為は確かに高貴な心に属するが、しかしそれもこれもすべて究極的には人間の弱さに帰着する。「(高貴な心にも宿るあの最後の弱点)」とはそのことを言うが、ことさら「あの」と言う表現は、当然西欧文化につきものの強い伝統を予想させずにおかない。

ミルトンから遡ること十一世紀、六世紀初頭に書かれたというボエティウスの名高い寓意問答『哲学の慰め』第二巻第七散文部冒頭に、政治に関与した自らの現世的活動を弁護して、ボエティウスは次のように哲学の女神フィロソフィアに言う。

私が少しだってこの世の事物への野望に支配されていなかったことはあなた自身御承知です。只私は、活動する機会が欲しかったのです。徳を虚しく老い朽ちさせないために。(2)

政治的活動は野心に発するものではなく、知識・知恵として学んだ「徳」(virtus)を実際に役立てるためのもの。すなわち、徳が人々の間に「聞こえぬままに」(tacita)、つまり発現せず、埋もれてしまうことがないようにするためにほかならない、とボエティウスは主張する。このすぐれてローマ的と言うべき「徳の実現」という理想に対して、フィロソフィアは続けて次のように答える。

なるほど本性上優れた精神を持ちながら、徳の完成に於てまだ十分進んでいない人々は、唯この一事だけには誘惑される。すなわち、名誉への欲、或いは「国家に対する」最上の功績に依って名前を挙げようとする欲である。だがそうした欲が、如何に憐れむべき且つ何等意味のないものであるかに就いては、次のように考えてみるがよい。星学の証明に依ってお前の知っている通り、全地球は、天の空間に対して僅かその一部を占めるに過ぎない。つまり、天球の広大さに比較しては、地球などは何等の広さをも持たぬといわるべきである。

ボエティウスと女神フィロソフィアの間で問題になっていることは、徳（virtus）と生（vita）とのありうべき関係であって、この間の捉え方には二つある。一方において、徳はこの世における行動（なかんずく、国家における政治的活動）を通じて実現されうるし、またそうされて然るべきであるという見方があるとすれば、他方、徳は究極的にこの世の活動によっては達成されえないという現世を超越する視点がある。西欧思想の伝統に即して一言で言えば、「観想的生」（vita contemplativa）と「活動的生」（vita activa）との対立にほかならない。

「活動的生」の視点に立つボエティウスの論理に従えば、徳の力（virtus）は、現世において発現しないならば、老朽化し（consenesceret）その力を失うことになる。ここに言う「現世における徳の発現」というのは、フィロソフィアの応答からも分かるように、「名誉への欲」（gloriae cupido）あるいは「[国家に対する]最上の功績に依って名前を挙げようとする欲」（optimorum in res publicam fama meritorum）にほかならず、ボエティウスは当然にしてこの世界に身を投じたのである。

これに対して、「観想的生」の視点に立つフィロソフィアはこう言う。確かに国家のために徳の力を発現して、名声・名誉（fama/gloria）を求めることは、おのずと高貴な精神の促すところではあろうが、それでも「徳の完成」(virtutum perfectio) という高次の観点からすれば、なお未熟な欲求にすぎぬとされねばならない。というのも、名声・名誉として徳の力が国家に発現したとしても、その発現の場たる国家は、宇宙そしてさらにフィロソフィアゆかりの永遠の相からすれば、全く無に等しいからである。

ミルトンが「名声」(fame) を指して「(高貴な心にも宿るあの最後の弱点)」と言ったとき、おそらくは『哲学の慰め』そのものに、あるいはボエティウスに好例を見ることができるこのような伝統を念頭に置いていたと考えることができるだろう。(3)

ボエティウスから見れば「名声」(fama) として発現されるべき徳も、フィロソフィアからすればなお未熟であり、そもそも「完成」した徳は、ことさら世に「聞こえなく」(tacita) ともよいのである。ここで fama と tacita の対照を持ち出すのは、前者の fama という言葉が「口に出して言う」という語源を持つと考えられ、したがって「発言」と「沈黙」という対照を際立たせるにとどまらず、その対照が例の「活動的生」と「観想的生」の対照、そしてひいては「現世的肉体性」と「形而上的精神性」の対照と深くかかわることを示唆したいがためである。「哲学」は本質的に沈黙・永遠・理論にかかわり、「名声」は言葉・時間・実践にその場を見いだす。この対照は、近代的学問分類に即して言うなら、「哲学」対「実践哲学」あるいはむしろ「形而上学」対「政治学」という風に考えられるかもしれない。古代・中世はしかし、寓意的擬人法に従って、「フィロソフィア」対「ファーマ」という図式で捉えていた。(4)

ウェルギリウスとボエティウス

ウェルギリウスの『アエネーイス』第四巻といえば、アエネアースとディードーの悲恋で有名だが、この巻はまた「ファーマ」の典例（locus classicus）としてもよく知られる。(5) アエネアースとディードーの逢瀬を目撃したファーマは、

たちまち〝噂〟はリュビアなる、大きい町々ぬけてゆく。／あらゆる悪のどれよりも、早い足もつこの〝噂〟／動くにつれて成長し、行くほど益々力増す。／はじめは恐れてひそやかに、やがて天［大空］にも届くほど、／大きくなって雲中に、頭をかくし堂々と、／大地を踏んですぎて行く。……自在に動く翼持つ、巨大な無気味の怪物で、／体にはえる軽やかな、羽毛の数ほど数多い、／鋭いまなこを下腹に、（いうのも不思議なことながら）、／つけるばかりかその数の、舌と口とに音出させ、／その数ほどの聞き耳を、常に体にそば立てる。(6)

「名声」と「噂」は紙一重と言わんばかりに、典例に見るファーマの容姿はまことに醜悪にしてグロテスクである。悪事千里を走るといった類のスキャンダルを素早く見つけ、それを誇大にあまねく吹聴する。自在に伸び縮みする女神ファーマの身長は、噂の雪だるま式に膨張する様を示すのであろうが、同時に「大地」から「大空」というその取り仕切る領域を示唆するであろう。

伸縮自在の身の丈により守備範囲を示すという素朴な寓意的手法は、その後ボエティウスの『哲学の慰め』(7)においてフィロソフィアの寓意的描写に用いられ、こちらの例によりよく知られるところとなった。面ざしには威厳を保ち、眼は透徹した力をもって輝き、顔色は生き生きとしていたが、なんとして

も我々の時代に属するとは思えぬほど古めかしいところがある、と語り手ボエティウスはまず述べる。そして続けてこう語る。

身長にいたっては驚くことに不定で、たちまち普通の人間の丈に縮むかと思えば、またたちまち頭の先が天に届くほどに見え、さらにもしもっと高く頭を擡げたなら、天をも突き破って見る者の視界から消え去ったであろう。

（第一巻第一散文部）

人間の身の丈から天に至る伸張、さらには天をも突き破るに及ぶ拡張は、言うまでもなく哲学の段階的区分とその究極的目標を表すが、また同時にその学問的対象と範囲を示すであろう。実際、続く件において「［彼女の］着物の下部にはギリシア文字のπが、上部には同じくθが織り込まれてあった。そして、両文字の間には、梯子の格好をした一種の階段がはっきり見られた。この階段に依って、下部の文字から上部の文字へ上昇するのであろう」という別の寓意表現が与えられてもいる。人間の学としての実践哲学、つまり倫理学から、全一にして永遠の実在を観想する真の哲学に至る階梯、これこそフィロソフィアの取り持つ領域にほかならない。

容易に予想されるように、フィロソフィアは超越的存在であり、その寓意的描写もそのことを反映して、「生き生きしていながら古めかしい」などという修辞学の矛盾法を駆使して表現されるが、少なくともファーマのように醜悪では決してない。また、一方でファーマが「天［大空］にも届くほど、／大きくなって雲中に、頭をかく」すとあるのに対して、フィロソフィアは「頭の先が天に届くほどに見え、さらにもしもっと高く頭を擡げたなら、天をも突き破って見る者の視界から消え去ったであろう」とあるように、後者の超越性は前者の現世的特質と同様に明白であろう。ファーマの頭は雲中に伸び大空に達する。しかし、その大空とはどの辺なのか。この世の「噂」は天のどの辺まで届くのか。この問題はすなわち宇宙観の問題にかかわり、とりわけ、唯一絶対の創造主なり実在を前提にする宇宙観と、そうではない多神教的それとでは、当然大空あるいは天の考え方が異なる。ボエティウスにおける天は超越的実在に接し、この世はその影として捉えられるのに対して、ウェルギリウスの天空はこの世と接し、ある種の連続性のもとに見ることができる。

これらの相違はまず当然としても、気になるところは、両者の類似点ないし重複部分、つまりファーマとフィロソフィアの身体が重なる領域である。近代の言葉で言えば、噂・名声と政治倫理の問題あるいは端的に世俗化の問題ということになろうか（そして、まさにこの領域こそ、本書が繰り返し攻撃を仕掛けるところの「クリティカル・モーメント」が見え隠れする場でもある）。

再び『哲学の慰め』第二巻第七散文部に見た「名声論議」に戻ろう。上に述べたように、「見ている者の視界」に入る限りにおいて、フィロソフィアはファーマに重なるのだが、ここにおけるボエティウスには、あの天をも突き破る真のフィロソフィアは全貌をまだ現さない。この段階ではまだファーマがボエティウスの守護神の役割を果たしている。それゆえ、フィロソフィアはこの世のファーマがいかに虚しく無に等しいものかを諄々と説く。その際、地球の卑小さの指摘に始まり、その卑小な地球上での人の居住しうる部分がいかに狭隘であり、さらにその部分に限っても、国や文化という特殊地域的障害によりいかにファーマが限定されねばならないのか、という議論に及ぶ。限定は空間的領域においてばかりではない。時間・歴史的領域においても同様で、ファーマの虚無性を暴く材料にフィロソフィアは事欠かない。しかし、この時空双方にわたってファーマの虚無性を説く「ファーマ批判」は、フィロソフィアの独創ではない。それは、かねてより指摘されているように、(8)わずかではあるがボエティウスの先輩格と言えるマクロビウスの『スキピオの夢注解』から取られたものである。

2 「スキピオの夢」

歴史の数奇と言おうか、いまだにその全貌を回復するに至らないキケロの『国家論』の掉尾を飾る一篇に「スキピオの夢」(*Somnium Scipionis*) というのがあるが、これが『国家論』本体から切り放されて独立して伝わり、特に六世紀にマクロビウスにより注解を付されて以来、西欧中世世界に絶大なる影響を与えたことは周知のとおりである。(9) 作者詩人の夢を語る「夢詩」(dream vision) という西欧中世に盛んに行われたジャンルの先駆けとも言うべき「スキピオの夢」は、宇宙の高所から、地球が卑小で現世的事柄の取るに足らぬことを認識させる一方で、同時にしかし、国家に奉仕した者には天上の永遠至福の世界が用意されていることを物語る。私利私欲を捨てて公の利益のために身を捧げることは、選ばれて高貴な心を持つと言われる者の義務であり、それを果たすとき、来世の至福が約束される。現世的事柄に執着することは、それゆえ厳しく戒められることになるが、その例として挙げられるのが「ファーマ」であり、その無に等しいことが父から作者詩人の小スキピオに説かれる。そしてこれこそフィロソフィアの「名声」否定論の源泉にほかならない。

おまえらが暮らしを営んでいる土地、おまえらの見聞が及んでいる土地は、わずかにこれだけ。その外では、おまえの名(nomen)であろうと、われら何人の名であろうと、ここからも見分けがつくあのコーカサスを、それが越えていくこと、あるいは、向こうに見えるガンジスを、それが泳ぎ渡っていくこと、そのようなためしなどがあっただろうか。……それゆえ、こういう周辺の地域を切り取ってみるがよい。そうすれば、おまえらの誉れ(gloria)が広められていこうとするのは、どれほどの狭隘のうちに限られているかが、かならずわかるはずである。(10)

現世の「誉れ」と「名」の類がいかに限定されたものであるかがこのように説かれるが、この一節に付されたマクロビウスの注解もこのことを確認する。

地球の狭小なことをこのように強調して言うその訳は、このように狭隘なところでは名声(fama)が偉大なものになることはありえず、したがってそのようなものを追い求めることは、勇者たるものの名に値しないと考えさせるためである。(11)

すでに述べたように、この議論に関してボエティウスはマクロビウスに依拠したわけであるから、当然、現世の「名」「誉れ」「名声」が究極的には無に等しいとする認識において、ボエティウスのフィロソフィアとスキピオの父親が一致することは言うまでもない。しかし、「現世のファーマの虚無性」の認識を、最終的にどのような世界観の下に置くか、あるいはいかなる主張のために利用するか、ということに関しては、両者は互いにその立場を異にする。

『哲学の慰め』では、現世的ファーマの虚無性の認識はすなわち、常ならぬこの世の運命（フォルトゥーナ）の非実体性の認識に通じ、ひいては永遠にして真に実在する神を中心とする世界観の下にすべてが捉え直される。これがフィロソフィアの説く神的ヴィジョンの構造にほかならない。これに対して「スキピオの夢」では、同様に現世のファーマの虚無性が強調され来世の永世至福が語られるものの、最終的にそのような認識は、現世において果たすべき「使命・義務」の遂行へと向けられる。この世の生の虚無を教示されて、もはや「地上で長居をすることは、私には無用」と言い出した息子小スキピオ（プブリウス）に父は諭して言う。

人間どもに出生のとき負わされた使命（lex）とは、あそこに見えているとおり、この天空の中央にあって、大地と称されているあの球体のうえに、計らいの目を注ぐことにほかならぬ。……だからこそ、義務を尊ぶ心が厚いすべての者どもと同じように、プブリウスよ、おまえもまた、精神を肉体という牢獄のなかへ留め置かねばならないのであり、精神をおまえらに賦与なさったおかたの命令がなければ、人の世から立ち去っていってはならぬのである。(12)

人は大地にあって、肉体という牢獄にしばし逗留する定めにあり、そのような義務を尊ぶべきである。しかもそればかりではない。この大地での逗留は人の使命、人に課された法にほかならないが、同時に、無に等しいことに変わりはないのであるから、そこで何をすべきか、どう振る舞うべきかということは、結局のところ、来世の永世至福との関連で決定されねばならないだろう。かくして、あの大スキピオの有名な言葉が語られることになる。(13)

それはそうと、アフリカヌス、おまえが、このことを知って、国家守護の任務にますます励み立つことを、私は期待しながら申すのであるが、おまえには、つぎのことを確信してもらいたい。それは、祖国を維持し、賛助し、そのいっそうの発展に尽くしたことごとくの者の行き先として、天界の決まった場所が予定されており、その場所で、この人々は、至福者として永生を享ける、ということなのである。たしかに、およそ地上においてできあがるもののうちでは、全世界を統べたもうているあの長なる神により、なにが嘉納されると申しても、人間どもの集合ないし集団の、正義に基づいて結成され、世に国家と称されているもの、これに優るものはないのである。[14]

この世の事柄は虚無に等しいという大前提に立ちながら、しかし現世での逗留は人の定めにほかならぬという認識を持つ。それならば、この地上で人の為しうることに限って、何が最上かといえば、「人間どもの集合ないし集団の、正義に基づいて結成され、世に国家と称されているもの」、これを築きこれに貢献することなのである。きわめて平たく言うなら、理想的な意味での政治家の仕事ということになろう。理想的な意味でというのは、国家における政治的活動が現世的価値判断（ファーマ）により測られるのではなく、根本的に超越論的な哲学的基準（永遠）あるいは宗教的規矩準縄をもって把捉されているからである。

国家に奉仕する活動は究極的に永世至福へと通じる。この世の「名声」「誉れ」「名」などことごとく第一義的問題ではない。これが「スキピオの夢」の提示する世界観であるとすれば、『哲学の慰め』にフィロソフィアの説く世界観は、同じく名誉・名声の虚無性を認めるとともに永遠の実在における至福をヴィジョンの中心に据えるものの、こと国家に役立つ活動という点については袂をわかち、徹底して否定的な姿勢を示す。上に見たように、「活動的生」における徳は、畢竟、完全たりえない。結局は永遠の相の下に収斂される運命にあるものの、ともかく国家に奉仕する政治的活動を意味あるものとして捉える「スキピオの夢」の世界観は、フィロソフィアゆかりの「観想的生」のヴィジョンの中に変容し、再びその二次性が強調されることになる。キケロとボエティウスの相違は、一言で言えば、美徳の捉え方、美徳の発現領域に関する差にほかならない。

3　「政治的美徳」

その意味で、上に引用したキケロの有名な言葉に付されたマクロビウスの注解はまことに興味深い。まずは「国家を護る人々に当然与えられる至福について」説明して、こう言う。

ひとり美徳のみが人を至福へと至らしめ、その他の方途によって人が至福と呼ばれる状態に達することは有りえない。したがって、哲学する者にのみ美徳は見いだされると判断する人々は、哲学者を措いて幸福な者は存在しないと公言する。実際、神的な事柄の認識こそ英知にほかならぬと確信する彼ら哲学者は、次のような者のみが智者だと言う。つまり、天上の事柄を、精神を磨ぎ澄まして考究し、勤勉な切磋琢磨を通じてこれを把握し、しかも人間の認識に可能な限りで、これをなぞる者。これを措いて美徳の実現などありえない、と彼ら哲学者は言う。[15]

このように考える哲学者は、機能別に美徳を分類整理して、賢明（prudentia）、自制（temperantia）、勇気（fortitudo）、正義（iustitia）の「四元徳」を唱え、一つの伝統を形成した。ところが、このような「哲学的」定義——つまり主にネオプラトニズム的「観想」重視の伝統——による美徳はあまりにも窮屈で、たとえば為政者などの「活動的生」に拠り所を持つ人々の価値観の間尺に合わず、その役に立たない、とマクロビウスは言う。

しかしながら、このように窮屈な定義に厳密に則するとすれば、国家の指導者は至福に与ることが不可能になってしまう。しかし、哲学の泰斗の中でもプラトンとともにその筆頭に数えられるプロティノスは、その「徳について」という論考で、本来的で自然な分類の尺度により成る諸美徳の階梯を整然と論じている。彼によれば、四元徳にはさらにそれぞれ四つの種類があり、それらは第一に、政治的美徳、第二に浄罪的美徳、第三はすでに浄化された精神の美徳、第四は模範的美徳、とそれぞれ呼ばれる。[16]

プロティノスの「本来的で自然な分類の尺度により成る」美徳の階梯は、予想されるように、政治的美徳を最下として、そこから上っていき、「観想的・哲学的」なものに一番近い模範的美徳へと至る、根本的にはネオプラトニズムの原則に即した物差しと言うことができる。伝統に根ざした「哲学的」美徳から最も遠い「政治的美徳」とは、それでは一体いかなるものであろうか。

人に政治的美徳があるのは、人が社会的動物だからである。この政治的美徳により、義人は国家に奉仕し、都市を護る。これにより、親を敬い子を愛し、親族を大切にする。これにより、市民社会の安寧を保ち、これにより、用意周到おこたりなく仲間を守り、そして同胞を正義と寛容のうちに結びつける。この政治的美徳により、義人は「功績あげて人々の間に永くおのが名を忘れず憶えられた」[『アエネーイス』第六巻六六四行]のであった。(17)

『アエネーイス』からの引用が示すように、政治的美徳はこの世に「功績」として実現され、それゆえこの世に関する限り、その名を残すことは言うまでもない。それればかりではなく、人は政治的美徳を通じて堂々と、永遠の至福にも与ることができるというのである。

かくして、もし美徳の機能と効能が、人に至福を授けることであるならば、そしてまた、政治的美徳が存在すると認められるならば、人は政治的美徳により至福を獲得することになる。したがって、キケロが国家の指導者に関して、「その場所で、この人々は、至福者として永世を享ける」と言ったのは正当である。キケロは、(閑暇における)観想的美徳により至福に至る者もあれば、(行動における)活動的美徳により至福に至る者もあることを示すために、無条件に、あの長なる神にとって国家以上に喜ばしいものなし、とは言わなかった。そうではなく、「およそ地上においてできあがるもののうちでは」という条件を付け加えた。その理由は、天上の神的な事柄を主に扱う者と、国家の指導者とを区別するためであった。国家の指導者にも、地上の活動を通じて天への道が用意されているのである。(18)

義人たる為政者が、地上の「活動的生」により、この世の名声ばかりでなく、天上の永世至福をも獲得できるという「政治的美徳」の概念は、「スキピオの夢」自体には見えない。プロティノスの権威に恃んで、「政治的美徳」を明確に概念化し、地上の活動的生に照明を当てながら、しかもこれを特権的な観想的（哲学的）生と対等の関係に置いたのは、ひとりマクロビウスの功績である。もちろん、「政治的美徳」の発現すべき国家における「活動的生」といえども、究極的には、無類の権力を持つ天上の永世至福との繋がりで捉えられており、その限りでは、この世のファーマは、その本性上、相対的、二次的たらざるをえない。それにもかかわらず、先の引用にあった『アエネーイス』の詩句がゆくりなくも示唆するように、「政治的美徳」が尊ばれる世界観にあっては、この世に永く名を残すことが、それ自体、意味を持つことになることもまた否めないのである。

「政治的美徳」が独立して、世俗的と呼ばれる場が切り開かれるには営々たる思想の冒険が必要であったが、その節目にはアリストテレスと並んで、マクロビウスの存在が影を落としているように見える。それはおそらく、上に見たような「政治的美徳」に潜む起爆力によるのであろう。すでに「十二世紀ルネサンス」として定着したシャルトルとパリを中心とするネオ・プラトニズム的な文化復興運動におけるマクロビウスの重要性は言うに及ばず[19]、下ってルネサンスの黎明期においても、その影響はつぶさに検証することができる。

ペトラルカ（一三〇四―一三七四）に、キケロの『親友書簡集』に倣った、『親近書簡集』というのがあるが、その第三巻にマルコなる一青年に宛てた書簡（第十二）が収められている[20]。文面から察するところ、この青年は以前からペトラルカと面識があり、夙に聖職に就く決意を表明していたらしい。しかしその後、意を翻すに至り、国政に身を投じる決心をして、それをペトラルカに伝えたものとみえる。これに対する返事がこの第十二書簡である。

彼はこう応える。神の道からこの世のまつりごとへの翻意は、正道から横道へ逃れるような後ろめたい変節ではなく、根本的に同じ目標に至る道にほかならない。古人も言うように、とペトラルカは続けて、「スキピオの夢」からあの有名な大スキピオの言葉（「たしかにおよそ地上に……」）を引く。そればかりではない。ペトラルカはプロティノスの権威にも恃むのである。

皆も認めるように、プロティノスの考えによれば、人の魂・精神は、浄罪的美徳を通じて、浄化されえ至福に至るばかりでなく、政治的美徳を通じても、同様に至福に至るのである。[21]

「スキピオの夢」に見える国家護持礼賛の思想から、プロティノスの政治的美徳の概念への連想は、間違いなくマクロビウスの注解から得たものであり、連綿と受け継がれて来た中世的教養の所産である。「浄罪的美徳」、「政治的美徳」双方を通じて到達しうる至福は、ペトラルカにとってはもちろんキリスト教的神の国と重なる。この世での「政治的美徳」の発現は、究極的に神の国の永世至福の相の下に捉えられる。この限りにおいて、彼は中世人であった。しかし「浄罪的美徳」と「政治的美徳」とをほぼ同列に併置した意味は重いと言わねばならないだろう。振り子は、ルネサンスへ向けて「活動的生」のほうへ大きく揺れだしたのである。[22]

噂であれ名声であれ女神ファーマの司る領域は古来まことに定かならぬ無常の世界であった。世俗化された近代世界から見れば噓のような話に見えるが、伝統的宇宙観の中でも根強い力を発揮したネオ・プラトニズムのそれは、その根拠を彼岸に置いた。その彼岸の威力から抜け出し、此岸から世界を構築しだしたのが近代であることは言うまでもない。それは甚だ乱暴に言ってしまえば、永遠の精神から時間という肉体への展開であるとも言える。そしてその近代というプロジェクトの根拠を問うならば、おそらく誰しも根無し草の不安を覚えざるをえないのではあるまいか。無定形の時間という肉体には、名声と利益追求という欲望の強力な原動力がそなわるが(23)、精神的形成力には欠けるという憾みがどうしてもあるだろう。まさに近代の守護神はファーマなのであり、問題はその肉体性である。そのことを朧げながら示唆したく思い、古来の伝統によすがを求めた。

第3章　チョーサーとイタリア

1　ダンテ転倒

ダンテは一二六五年に生まれ一三二一年に没した。チョーサーはその後四半世紀ほどして生まれたのであるから、同時代人とは言えない。しかし、ダンテの影響は、一世代後の同国人でチョーサーと同時代人であるペトラルカやボッカッチョにおけるのと同様、「英詩の父」として名高いチョーサーの作品においても、ここかしこに鮮明かつ重要な痕跡を残している。

たとえば、『神曲』全篇の掉尾を飾る聖ベルナールのマリアへの祈り（「天国篇」第三十三歌一三一一八行）、あるいはこれまた有名な「三位一体讃歌」（「天国篇」第十四歌二八一三〇行）などは、『カンタベリー物語』と並ぶチョーサーの大作『トロイルスとクリセイデ』の中央部に位置する「濡れ場」（第三巻一二六一―六七行）と、末尾（第五巻一八六三―六五行）に述べられる「改詠」（palinode）に、各々ほぼ忠実に翻訳されていて、クリセイデと思いを遂げた主人公トロイルスの至福の、そして異教の物語を語り終えた「語り手／詩人」のキリスト教的改悛の心情の、それぞれの表現に援用されている。作品中の位置とその内容からして、チョーサーのダンテへの言及は思わせぶりなどという事態を超える重大なものであることは確かであろう。そのような大胆な「間テクスト性」（インター・テクスチュアリティ）のお蔭で、解釈はもとより奥行きを増すが、同時に面倒な作業にならざるをえない。

同様にたとえば、『神曲』「地獄篇」の「地獄下り」あるいは「天国篇」の「天上への飛翔」に際して、それを歌おうとする詩人ダンテが、古来の叙事詩の伝統に則って、詩的霊感を恃んで「詩霊祈願」（invocation）を行っているのを捉えて、チョーサーはその小詩『名声の館』第二巻（序詩）と第三巻（冒頭）に、ダンテをあからさまな下敷きとして「詩霊祈願」をそれぞれ（一〇九一―九三行、一一〇一―一〇九行）行う。「夢詩」（dream vision）と「宇宙的飛翔」（cosmic flight）といった、中世文学特有の二つのジャンルを用いながら、チョーサーはダンテの『神曲』から、いわば「本歌取り」をするのである。十四世紀という時代的地平からしても、ダンテはすでに汎ヨーロッパ文化の一大権威であり、となればチョーサーにとってこの権威といかなる関係を結ぶか、どのような距離を保つべきなのか、が当然にして問題にならざるをえないだろう。ここでの私の主張は、チョーサーは大胆不敵にもそのダンテ的世界を転倒させてしまったのだ、というものである。

まずはともかく、上述の「詩霊祈願」における、チョーサーのあからさまな本歌取りぶりを確認しておこう。

1B　チョーサー

1A　ダンテ

ああムーゼよ、高き才よ、いざ我をたすけよ、
わがみしことを刻める記憶よ、
汝の徳はここにあらはるべし(1)

(『神曲』「地獄篇」第二歌七―九行)

2A　ダンテ

ああ善きアポルロよ、この最後の業のために
願はくは我を汝の徳の器とし、
汝の愛する桂をうくるにふさはしき者たらしめよ
……
願はくは汝わが胸に入り、……
ああいと聖なる威力よ、汝我をたすけ、
我をしてわが脳裏に捺されたる祝福の国の
薄れし象を顕はさしめなば
汝はわが汝の愛る樹の下にゆきて

ああ記憶よ、我が夢見しことを書きとめ
我が脳裏に宝愛せしめたところのものよ、
いまや我が夢を正しくかたるべく
もし汝の威力あるならば
ここにあらはるべし
いざ示したまへ汝が才、汝が力。(2)

(『名声の館』第二巻「序詩」五二三―二八行)

2B　チョーサー

ああ学芸と光明の神アポロンよ、
願はくは汝の大いなる力を以て、
この最後の巻を導きたまへ。
……
ああ聖なる威力よ、汝我をたすけ、
わが脳裏に捺されたることを
顕はさしめなば――
いかにも、これすなはち
「名声の館」を写すに他ならず――

その葉を冠となすを見む
（「天国篇」第一歌一三―二七行）
汝はわが汝の愛る樹の下にゆきて
汝の樹故にそれに口づけするを見む。
願はくは汝我が胸に入りたまはん。
（『名声の館』第三巻一一〇九―一一〇九行）
一見して、「本歌取り」は明らかであろう。実はしかし、「チョーサーとダンテ」をめぐる比較研究はなかなか進化も深化もしなかった。(3) 英米のチョーサー研究が、ダンテはおろかイタリアの影響を真剣に重要なものとして考え始めたのは、ようやく一九七〇年代の後半からであった。(4) チョーサーとダンテの各々がそれぞれの国民文化を代表する大御所であるということもあるだろうが、最大の理由はまさしくその「国民文化」という枠組みの前提にあったと推測される。英米のチョーサー研究が、「イタリアン・コネクション」の重要性に気づき、それに相応の眼差しを向けるに至るには、国民国家文学という大前提が問われることが必要であった。そしてまさにそれは、本書第I部でも述べたように、二十世紀後半のグローバル化という現象に呼応するものであった。

ここに言う「イタリアン・コネクション」とは、主に次の三つの関連に大別することができる。すなわち十四世紀イタリア文学の「三大」とも言うべき、ペトラルカ、ボッカッチョ、ダンテである。このうち、ペトラルカとボッカッチョは、『カンタベリー物語』中の「学僧の物語」と「騎士の物語」そして『トロイルスとクリセイデ』の種本として、かねてより「ソース・スタディ」の能くするところであった。特にペトラルカは、ルネサンスに先立つことおよそ二百年、その有名な『カンツォニエーレ』中の一首「一三二番」が『トロイルスとクリセイデ』中の「トロイルスの歌」(Canticus Troili)(第一巻四〇〇—二〇行)として、チョーサーの逐語訳するところとなっている。一首にとどまるとはいえ、このチョーサー快挙は、イタリア旅行を少なくとも二度にわたって敢行した(一三七二年と一三七八年)この英国詩人とイタリア詩人との歴史的邂逅の可能性をめぐって、実証主義的掣肘に飽きたらぬ学者の想像力をかきたてる。(5)「チョーサーとペトラルカ」について、古風な「ソース・スタディ」を超えた論考は困難であるらしく、いまだ私は寡聞にして知らない。しかし「チョーサーとボッカッチョ」に関しては、従来の「借用明細」(borrowings)(6)を超えた研究が存在する。(7)すなわちチョーサーとボッカッチョの両者を、それぞれの歴史、社会、文化、政治の脈絡の中で捉え直し、その上で比較を行うという試みである。この方式は、新歴史主義の潮流を受ける形で惹起された中世文学研究における(社会、文化、政治に及ぶ)「解釈の地平の拡大」と呼応するものであり、従来行われてきたすぐれて固定的、非流動的な、あの不動の「信仰」と「封建制」に支えられた「中世的世界観」の神話の崩壊とともに、さらに盛んになるであろう。(8)この意味では、新歴史主義の相対主義的原理は生産的な成果をもたらす可能性を秘めるということだろう。

ボッカッチョとペトラルカの場合とは対照的に、ダンテはチョーサーにいわゆる種本を提供していない。このことは即ち「借用明細」の作成を少なからず困難にし、「チョーサーとダンテ」をめぐる比較研究の進捗を妨げる結果となったのではないかと思われる。しかし、遅ればせながらその待望久しかった「借用明細」も出来し、(9)さらに『神曲』と『名声の館』『トロイルスとクリセイデ』そして『カンタベリー物語』に関して、いくつかの示唆に富む詳細な比較研究が出ている。(10)それでもしかし、その前途はいまだ険しそうに見える。その理由はひとえに、質・量ともに人を圧倒するダンテ研究の奥行の深さ、そして衰えを知らぬその人気に求めることができるだろう。賑わいを見せるダンテ学の伝統と刷新を目の当たりにして、ダンテに心を寄せるチョーサー研究者は辟易しないまでも、閉口し、絶望的にさえなる。まさに「われ暗き森のなかにありき」というダンテの心境である。我らが導き手の「ヴィルジリオ」はいずこに。

ダンテの「ヴィルジリオ」が、天上の「やむごとなき三人の淑女」の配慮により、「リンボ」からダンテの救出へと遣わされたとすれば、チョーサー研究者を導く「ヴィルジリオ」は、幸運の女神により、英米のケンブリッジ――ハーヴァード大学はマサチューセッツ州ケンブリッジにある――から送り届けられた。期せずして同時に（一九八六年）出版されたドロンケとフレッチェーロのダンテ研究がそれである(11)。両著とも肥沃なダンテ学の土壌の上にそれぞれの解釈を展開していることは言うまでもない。フレッチェーロの場合は主にアウエルバッハとシングルトンの路線の延長線上に、ドロンケの場合はアウエルバッハとブルーノ・ナルディの礎のもとに、我々をダンテ学の最先端へと誘う。

我々は主にドロンケの声に耳を傾けることにより、上に並列引用の形でほのめかしたダンテとチョーサーの問題に光を当ててみることにしたい。

さて、引用1Aにあるように、ダンテは『神曲』「地獄篇」第二歌に、この世を超えた「あの世」への旅立ちにあたってその怯む心を隠せず、師ウェルギリウスにこう語る。

されど我は何故に彼処にゆかむ誰か之を我に許せる、

我エーネアに非ず我パウロに非ず、
わがこの事に堪ふべしとは我人倶に信ぜざるなり
（三一―三三行）

このことに触れて、ドロンケは――イタリアの優れたダンテ学者のジァンフランコ・コンティーニの考察を踏まえて――こう言う。「アエネアースや聖パウロは、この世が歴史的節目にあると見て、その不正を正すべく、神の恩寵を受けて人類のためにあの世へと旅立ったが、そのような崇高な存在に自らを比した詩人は、ダンテ以前の中世にはいなかった」[12]。この大胆にして高邁な企図は、近代的な意味での「フィクション」として理解することもできなければ、十四、十五世紀の初期の『神曲』評釈家たちが行ったように「アレゴリー」として解釈することもできない[13]。つまり、「現実」に反する「虚構」とも、「物語」に並行し読み取れる「寓意」とも、等しく妥当しないということである。何よりもダンテは、心身からなる個体を備えた生き身の人として、その眼で実際に「(私が）見た」ことを語ろうと希求する。その「見方」は、近代小説に言う「写実主義」あるいは「視点」に立つようなものではなく、究極的には「神の光明」の下に――スピノザ風に言えば「永遠の相の下に」――可能になるそれである。

ああ神の輝きよ、そを通じ我は見たり
真の王国の尊き凱旋を、
願はくは我に力を与へて、我がこれを見し次第を言はしめよ（「天国篇」第三十歌九七―九九行[14]）

かくして、自ら「見たこと」そしてそれを「いかに見たか」を語るにあたって、脳裏に焼きついた「記憶」がダンテにとって重要となる。十三世紀から十四世紀にかけて北イタリアに生きたダンテという個人が、不可思議にも永遠の次元に迷い込み、地獄、煉獄、天国を経て神との合一のヴィジョンにまで与った。現世的「個」的存在と、この世と個的存在を超えた永遠の「実在」という面倒な関係は、言うまでもなく、すなわちスコラ哲学の中心課題であった。ダンテ的体験とは、ノミナリズムとリアリズムの根本問題を一身で引き受けるものにほかならない。まさにそれゆえに、次に再掲する引用1Aと2A(強調は引用者)のような詩霊祈願が、地獄と天国への旅立ちに際して、行われることになるのだ。

ああムーゼよ、高き才よ、いざ我をたすけよ、
わがみしことを刻める記憶よ、
汝の徳はここにあらはるべし
O Muse, o alto ingegno, or m'aiuate;
o mente che scrivesti cio ch'io vidi
qui si para la tua nobilitate.

(『神曲』「地獄篇」第二歌七—九行)

ああいと聖なる威力よ、汝我をたすけ、
我をしてわが脳裏に捺されたる祝福の国の
薄れし象を顕はさしめなば
汝はわが汝の愛る樹の下にゆきて

その葉を冠となすを見む
O divina virtu, se mi ti presti
tanto che l'ombra del beato regno
segnata nel mio capo io manifesti,
vedra'mi al pie del tuo diletto legno
venire, e coronarmi de le foglie...[15]

（「天国篇」第一歌二三―二七行）

「記憶」（mente）そして「脳裏に捺されたる……薄れし象」を恃みにすることは、「わが見し（vidi）」ことの個別的具体性と歴史的現実性（いま・ここ）を意味する。他方それとは対照的に、「脳裏に捺されたる祝福の国（beato regno）」の真実性・実在性は、神の恩寵を拠り所として、永遠の相の下にお墨付きを得て保証される。「歴史的具体性・現実性」（いま・ここ）と「実在的真理」（永遠・無限）、この一見して（近代人には）相矛盾するかに思える視座を、（中世人の立場から）説明してみせたのがアウエルバッハの「フィグーラ」論であった。[16] ドロンケのダンテ論は、この「フィグーラ」論をさらに緻密に敷衍して、「イメージ」（imago）、「メタフォラ」（metaphora）、「秘められた比較」（collatio occulta）、「シンボル」（symbolum）、「神話的秘義」（integumentum）といった中世ラテン文化の伝統に内在する解釈と創作にわたる理論と実践を作品に即して示す。

上に引いたダンテの詩霊祈願（1A、2A）が、永遠の真実の光の下に、心身を備えた個的存在として自ら目撃したことを想起し記述するという、いささか尊大なしかし崇高な使命感を表すとすれば、それをあからさまに下敷きとしたチョーサーの『名声の館』の場合はどうなるだろうか。「夢詩」のジャンルで書かれたこの作品は、三巻から構成され、第一巻は「夢詩」の「ヴィーナスの神殿」という寓意的建造物、第二巻は鷲に鷲摑みにされた詩人チョーサーが行う「宇宙的飛翔」、第三巻はその飛翔の目的地である「名声の館」での出来事、そして「名声の館」の下に浮遊する「噂の家」に詩人が赴いて、未完という形で終わる（この「未完」が意図された「未完」なのか、中断されたがための「未完」なのかはもとより判然としない。私は意図されたそれと理解する）。

第一巻は、自らの夢の中に詩人が見たとされる「ヴィーナスの神殿」の描写にその大半が占められるが、実質的には、神殿の内壁に描かれた「絵物語」版の『アエネーイス』をチョーサーが物語るという格好となっている。古来「エクフラシス」（詩作品中に挿入される絵画の描写的説明）と言われる常套的手法とアレゴリーの混交と言えるだろう（この『アエネーイス』の「エクフラシス」版はいわば英語初のウェルギリウスの翻訳かもしれない。チョーサーの潤色として面白いのは、『アエネーイス』第四巻の「ディードーの悲恋エピソード」についてはオウィディウスの『ヘロイデース』を引き、第六巻の「冥府下り」の段では「地獄」の権威としてダンテの名を出すところである）。「ヴィーナスの神殿」を出ると、そこには一面に「荒野」が広がる。すると、かなたより「黄金の鷲」が現れ、この鷲に鷲摑みにされると、詩人は天空高く「名声の館」へ向けて飛翔の行程に就くことになる。その飛翔の旅を扱う第二巻の冒頭に、我々が関心を寄せる「詩霊祈願」の序詩がくる。預言者イザヤの夢もスキピオの夢も、ネブカドネザルの夢もファラオの夢といえども、この夢ほど神聖ではなかったと切りだした詩人は、1Bにすでに引いたように、次のように言う。

ああ記憶よ、我が夢見しことを書きとめ
我が脳裏に宝愛せしめたところのものよ、
いまや我が夢を正しくかたるべく
もし汝の威力あるならば
ここにあらはるべし
いざ示したまへ汝が才、汝が力。
O Thought, that wrot al that I mette,
And in the tresorye hyt shette
Of myn brayn, now shal men se
Yf any vertu in the be
To tellen al my drem aryght.
Now kythe thyn engyn and myght!

そしてまた、飛行ののちに到達した「名声・噂の館」を描く第三巻の冒頭にこう言う。

ああ学芸と光明の神アポロンよ、
願はくは汝の大いなる力を以て、
この最後の巻を導きたまへ。
……

ああ聖なる威力よ、汝我をたすけ、
わが脳裏に捺されたることを
顕はさしめなば——
いかにも、これすなはち
「名声の館」を写すに他ならず——
汝はわが汝の愛る樹の下にゆきて
汝の樹故にそれに口づけするを見む。
願はくは汝我が胸に入りたまはん。

O God of science and of light,
Appollo, thurgh thy grete myght,
This lytel laste bok thou gye!
…
And yif, devyne vertu, thow
Wilt helpe me to shewe now
That in myn hed ymarked ys —
Loo, that is for to menen this,
The Hous of Fame for to descryve —
Thou shalt se me go as blyve

Unto the nexte laure y see,
And kysse yt, for hyt is thy tree.(17)

ダンテとチョーサーからの引用を比べるならば、チョーサーの借用は覆うべくもない。特に、「記憶」(mente/Thought)、「聖なる威力」(divina virtù/deyne vertu) といったキーワードの借用は、ダンテの「歴史と永遠」の視座に深くかかわることから、尋常ならざる意味を担うだろう。ダンテにおいて「記憶」(mente) がことさら強調されねばならないのは、神の恩寵を受けて、個的存在として自ら「見し」(vidi) ことを語らんがためであった。『神曲』「天国篇」の場合、「(我が) 見し」ことはほかならぬ神の国、すなわち超越的な「祝福の国」であり、それゆえ「聖なる威力」のインスピレーションを仰がねばならないのである。それに対してチョーサーの場合は、全く異なるとしなければならない。(18) チョーサーの「記憶」(Thought) が目を引くとすれば、下敷きにあるダンテの壮大かつ豪胆な企図を想起させるためにほかならず、したがってダンテの「(我が) 見し」(vidi) という現実体験と「夢見し」(mette) という非現実的体験の対照を際立たせるためであり、ひいてはダンテのヴィジョンの到達点であり彼が実際に見たところの対象 (「祝福の国」) と、チョーサーの「夢詩」の目的であり彼が夢に見たところの対象 (「名声の館」) との間にある、同様の差異を明瞭に示すためにほかならない。

無常を超えた超越的「祝福の国」のヴィジョンに対して、チョーサーの「名声の館」は、オウィディウスの『変身物語』(第十二巻三九–四〇行) に典拠して、「空と地と海の中間」(七一五行) に位置するとされ、天空のどこか曖昧な場所に置かれており、こちらはともかく無常が支配する領域に留まる。この世の「名声・噂」が、空気の振動を通じて、すべてここに集まるとされるのだから、当然でもある。しかし、このような非超越的で非現実的夢のヴィジョンを描くに際して、あの天上の世界を描くためにダンテが仰いだ「聖なる威力」に詩霊を乞うのだと、あからさまに「本歌取り」をあえて行うということは、一体どういうことだろうか。私はここに、チョーサーの洒脱な革命を見る。この革命は、第一にヴィジョンの革命であり、第二に心理の革命であり、第三に認識論の革命であり、すべては唯名論的《ノミナリズム》方向性において行われている。ダンテのヴィジョンが個的体験（我が見し）と超越的実在（祝福の国）という「個と全体」そして「時と永遠」を同時に結ぶ特殊な「フィグーラ」から成るとするならば、チョーサーのヴィジョンは非実体的な「夢」であり、それを「夢見た」(mette) ものにすぎず、超越性は最初から括弧に括られてしまう。しかも、その夢のヴィジョンの内容はと言えば、依然として無常の領域を出ることがない。ヴィジョンにおけるチョーサーの革命は徹底した超越性の排除である。この傾向は、心理における革命においても同様である。ダンテとチョーサー双方において「記憶」という訳語を当てた原語は、それぞれ mente そして thought である。通常 mente は「心・精神」であり、thought は「思い・考え」のはずであり、ともに「記憶」と訳すには抵抗が感じられる。しかし、特にダンテの場合は、いかなる翻訳を見ても常に「記憶」と訳され、権威ある『ダンテ百科事典』(19) に当たっても、「記憶」の謂いであると教える。ダンテの mente が「記憶」とされるには、ネオ・プラトニズムの伝統にある「精神の回帰」あるいは「精神の旅程」(itinerarium mentis) というトポスがその背後にあるものと考えるべきであろう。すなわち、一者・神から流出した精神 (mens) は個体化して現世的存在となるが、仕舞いには再び本来の住処である一者・神へと回帰する、というものである。ラテン語で精神にあたる mens

は英語では mind であり、想起することすなわち記憶を新たにすることは re-mind となる。この場合の「想起」あるいは「記憶」は、元来、超越的な事柄にかかわる動作であり状態にほかならず、ここにダンテが「記憶」に当てて mente という言葉を使用した理由があるだろう。もちろん、チョーサーはこのような経緯を十分承知の上で、わざと「記憶」に対して thought という言葉を選んだのである。今も昔も、thought という言葉は、単数では（人により考えられた）「思想」、複数では単なる「考え・思い」を意味して、基本的に形而下的な心理作用にとどまる。中英語（Middle English）と呼ばれるチョーサーの時代の英語では、「～のように思われる」（thinken）という非人称動詞が存在するが、この場合でも事態は絶対的確実性とか超越性とますます無縁である。つまり、チョーサーの「記憶」（thought）は、永遠と実在的真理から遠く離れて、個別的な「ここ」に重心を傾けるような唯名論《ノミナリズム》的心的態度を明かすだろう。ダンテの「記憶」が想起すべき対象が天上の「至福の国」であったのに対し、チョーサーのそれが無常を体現する「名声の館」であったということは、いかにも象徴的である。チョーサーの認識行為は、超越的想起にかかわるところ少なく、近代の経験論を先取りするかの様相を呈する。

チョーサーは、ヨーロッパの片田舎から中央に座す保守本流のダンテに対して革命と反抗を企てたかに見える。それは、ダンテの企図を総じて大時代的なものとして示唆するためでもあったろう。そこには多分、偉い親父《おやじ》に対する子供の反抗のような、払拭しようとして払拭しきれぬ、のちに「影響の不安」と称されることになる感情へのささやかな、しかし思い切った抵抗が看取できるのではなかろうか。

再度繰り返して確認するならば、「具体的歴史と永遠の真理」を一つながらに包含する「フィグーラ」の視座に対して、チョーサーは反抗を企てた。パロディよろしく「聖なる威力」を恃んで書かれた『名声の館』の最後を飾るのは、チョーサー革命の論理的帰結を具現する光景にほかならない。第三巻で、この作品の目的地である「名声の館」に着くと、そこで詩人は女神「名声」の暴君ぶりを目の当たりにする。大地を離れて天空に飛翔し、辿り着いたところは、地上の無常と理不尽の寓意そのものであったとは、皮肉である。しかし、物語はここに終わらない。チョーサーは鷲に連れられて「下の谷」へと至るが、そこは「名声の館」以上に不安定な「噂の家」と呼ばれる荒屋であった。「空と地と海の中間」に位置する「名声の館」が氷山の上に建っているとすれば、この「噂の家」は基礎さえなく、絶えず回転して浮遊する穴だらけの代物である。その中に入れば、さまざまな身分と階級と職種の人々でごったがえしており、噂が飛び交う。

この家に船長、巡礼の溢れぬことは
絶へてなく、袋に一杯持参せしは
いつわり事とまことが報せ
語るに或は混ざり或は混ざらず。
（二一二一—二四行）

一見して『カンタベリー物語』を思わせるこの世界は、ダンテ的な「永遠の真実の光」からはるかに遠く、おそらく近代的な意味で言う「歴史的現実」に限りなく近づくだろう。ある研究者が言うように、「解釈の地平の拡大」の視点に立って、「館」の「封建制」に対して、「農村にまで及びつつある市場経済」の象徴をここに見るというのも悪くないが、[20] 文学史上チョーサーを継ぐとされるジョン・リドゲイト（一三七〇?—一四五一）が考えたように、『名声の館』を「英語のダンテ」とする視点を忘れるべきではないだろう。もちろん言うまでもなく、この「英語のダンテ」は、「フィグーラ」の視座と無縁であった。ダンテの歴程が、一方で「永遠の視座」に与る「作者」と他方で「歴史的時点」に罪に堕ち過ちに迷う「作中登場人物」との乖離に始まり、究極的に両者の統一・融合により完成するとするならば、[21]チョーサーのそれは、一方で永遠と絶対の超越的視座を疑う「作者」と他方でその視座の欠如に迷う「作中登場人物」の間に生じたアイロニーに始まり、最終的に両者の接近によって一つの地平が切り開かれる、と見ることができるだろう。[22]

2　ペトラルカとボッカッチョ

さて、ルネサンスの曙に、ペトラルカとボッカッチョという近代の人文主義的精神世界を切り開く偉大な存在がイタリアに現れた。両者がそれぞれ伝記を書くことになる先達ダンテは、彼らの世紀の初頭に中世を締め括りながらすでに他界していた。

ペトラルカについては、近藤恒一氏の著作と訳業のお蔭で、我々は随分多くのことを日本語で読むことができるようになった。[23]しかしボッカッチョのほうは、残念ながら『デカメロン』の作者という以外は、我が国ではほとんど知られていないのが現状であろう。実は、このペトラルカよりも九歳ばかり年下のボッカッチョは、ペトラルカと同じくまず法学の道に就いたものの、文学に熱中して自ら作品を書き始める。ペトラルカに憧れてボッカッチョが二十六歳のときに書いたラテン語の書簡は、結局は送らず仕舞いであったものの、近藤氏の見るところ、実はペトラルカに宛てたものである可能性が高い。ペトラルカは当時すでにイタリアはおろかヨーロッパになべて令名高く、九歳年下のボッカッチョが私淑したとしてもなんら不思議はなかった。そして一三四一年、ペトラルカがローマで桂冠詩人の栄誉を受けるにおよぶと、ボッカッチョは『ペトラルカ伝』を執筆する。しかし、二人はまだ実際に会うことはなかった。両者がようやく対面する機会に恵まれるのは、一三五〇年の十月、ペトラルカ四十六歳、ボッカッチョ三十七歳のときのこと。往復書簡はその直前に始まり、以後、政治的な立場と見解の差に基づく対立が表面化する際にも、その有様を具体的に物語る。その後も、雨降って地かたまるの譬えのごとく、師弟関係が両者の晩年に美しく深まりを見せて行くさまを証言し、最後に両者の死を予感させて閉じられる。

ペトラルカは一三七四年七月に永眠するが、その前年の四月、パドヴァの夕暮れに書かれたボッカッチョ宛最終書簡の結びの言葉はなんとも感動的である。「ごきげんよう！　わたしのことを忘れないでください。そして幸福に生き、雄々しく耐えつづけてください(24)」。この「忘れないで」という願いに感傷的なところはなく、同様に「耐えつづけて」という祈りに説教くさいものは感じられない。人文主義に立って同じ道を志し、文学という新たな知的地平を切り開いた仲間の間でのみ可能な別れの言葉と言うべきだろう。

それにしても、ペトラルカとボッカッチョの『往復書簡』というのは、その顔ぶれといいその内容といい、豪華そのものである。ルネサンス人文主義の萌芽を見ようとするならば、彼ら両巨頭の言動をつぶさに観察するのがよろしく、そのためには往復書簡が織り成す精神世界を覗くに如くはない。ところが驚いたことに、今まで往復書簡を編もうという試みはなかったのであり、近藤恒一氏の編纂作業は本邦初どころか世界初という栄誉を誇る。それだけではない。往復書簡の内容に応じて十五章に分け、それぞれの時代背景と両者の境遇を述べて、読者の便に供するという、至れり尽くせりの作品となっている。

その意義は広範におよび多大だ。一例を挙げれば、中世英文学の代表作チョーサーの『カンタベリー物語』とボッカッチョの『デカメロン』との関係を取り結ぶいわば媒酌人の役割をペトラルカが演じるのである。近藤編訳になる『往復書簡集』の「最期の文通」の部分がまさにそれに関係し、これを解明してゆく作業は、知的に挑発するところ大である。

『カンタベリー物語』は、『デカメロン』と同じく、物語の中で登場人物がまた物語をするという構造をとる。『デカメロン』が、ペストに襲われたフィレンツェから離れて、その閑暇のつれづれに物語を競う、という形になっているとすれば、『カンタベリー物語』は、カンタベリー詣での道すがら、さまざまな社会階層からなる巡礼それぞれが旅のすさびに物語を語り合うという結構から成っている。後者の作中に学僧が語る「学僧の物語」というのがあって、その「序」によれば、語り手の学僧はなんとその物語をパドヴァでペトラルカから聞いたのだという。しかも、その物語が始まると、学僧もチョーサーもそのことを明かさないのだが、その物語が『デカメロン』の掉尾を飾る「グリゼルダ物語」の翻案であることが（知識ある読者には）判明する。実は、この「学僧の物語」と『デカメロン』の「グリゼルダ物語」との関係は、チョーサー研究者の間ではいまだ議論が絶えないところである。[25] 一番の問題は、チョーサーが果たしてボッカッチョの『デカメロン』を読んだかどうかに掛かる。というのも、ボッカッチョの「グリゼルダ物語」がイタリアを超えて広くヨーロッパに流布したに際しては、それがイタリア語からラテン語に訳されたこと、さらにその訳者が当代を代表する知識人ペトラルカその人であったこと、が大いに影響しているからなのだ。事実、ペトラルカのラテン語訳に基づいてフランス語訳も生み出され、実はチョーサーはそれを読んだ可能性が高いとされているのである。当然ながら、チョーサー学者はボッカッチョのイタリア語版、ペトラルカのラテン語訳、それに基づくフランス語訳、それぞれの写本等を渉猟して比較検討し、その上で「学僧の物語」との関係を論じることになる。これはそれなりに知的興奮を伴う作業だが、ここはその問題に深入りする場ではない(26)。

近藤氏の編訳書には、残念ながらペトラルカ訳を収める書簡は訳出されていない。「グリゼルダ物語」は長大であり、そもそも『デカメロン』にオリジナルがある以上、それを翻訳することに意味がないと判断された結果だろうし、その判断は至極もっともなものに違いない。ただし、「グリゼルダ物語」訳を収める書簡は省かれているものの、その書簡がいかなる経緯で書かれ、いかなる状況でペトラルカからボッカッチョへ送られたかという個人的な経緯と歴史的背景は、詳しく説明されている。しかもそれはきわめて込み入っていて、スリリングですらあるのだ。「もしかするとボッカッチョは、ペトラルカ訳『グリゼルダ物語』を待ちこがれながら、これを読むことなしに他界したのではなかろうか」と近藤氏がその解説を結ぶとき、読者は歴史が明かすことのないドラマティック・アイロニーの世界を想像し、これこそ往復書簡の醍醐味と思わざるをえない。

「グリゼルダ物語」とは要するに、夫に絶対服従を誓いそれをいかなる理不尽な状況下においても堅く守り通すという、比類なき忍耐の美徳を備えた女性の物語である。猥雑な要素が目立つ『デカメロン』を締め括るにしては、あまりにも中世的な封建的秩序を墨守するような話と言わねばならない。しかも、この物語を高く評価したペトラルカは、当時のリンガ・フランカたるラテン語にわざわざ訳したのであった。ことほどさように彼らはいまだ中世的だったのだろうか。何か私には割り切れないものが残る。全くの憶測で恐縮だが、ひょっとするとペトラルカは、この超人的な忍耐の女性にかえって「精神の自由」を見いだして、密かに自分の境遇と重ねていたのかもしれない。アヴィニョンの法王庁に出入りし、外交使節などの大役を歴任したペトラルカではあったが、反面、時間が許せばアヴィニョン近隣のヴォークリューズの庵に孤独を求めた。「孤独」は彼のキーワードの一つであり、それはおそらく「精神の自由」と同義語であったことだろう。

『往復書簡』は、両者の関係におけるいくつかの節目を見せて興味深いものがあるが、中でも政治信条に起因する彼らが師弟関係の危機は、当時の歴史的現実をよく照らし出すと言えるだろう。その危機は、一三五三年に訪れることになる。ヴォークリューズの庵を引き揚げて、イタリアでの永住を心に決めたペトラルカは、いくつかあったその後の滞留先の中で、どういうわけかよりにもよってミラノを選んだのだった。当然、この選択にボッカッチョは憤慨する。それもそのはず、ミラノと言えば専制政治で名高いヴィスコンティ家——ちなみにあの映画監督の先祖——の都である、生粋のフィレンツェ人で筋金入りの共和主義者であったボッカッチョにとっては、たとえ尊敬する師であり友人であっても、そこに身を寄せるなど許し難い行動だった。そもそもペトラルカは共和政擁護派であったのであり、一三四七年にコーラ・ディ・リエンツォの共和革命が起こった際も支持を表明し、五二年に、そのコーラが囚人としてアヴィニョンの教皇庁に送られてきたときも、ローマ市民に手紙を書いてコーラ救済のために動くよう働きかけたということもある。ボッカッチョの怒りにはもっともなところがあった。その抗議の手紙は彼の感情を如実に語って、「煮えくりかえるような動揺せる心にて」と結ばれている。

これに対するペトラルカの応えは、死の直前まで書かれることがなかった。「わたしが君主たちのもとにいたというのは名ばかりで、じっさいはかれらがわたしのもとにいたのです。わたしはかれらの会議には一度も参加しなかったし、宴席にもごくまれにしか出ませんでした。いくらかでもわたしの自由や研究のさまたげになるようないかなる条件も、一度として容認しなかったはずです。ですから、だれもが宮殿へと急いでいたとき、わたしは森をもとめ、あるいは自室の書物のあいだで安らぐのでした」[27]と一三七四年にペトラルカは告白するに至る。その間、友情は次第しだいに元の状態に戻って行った。もちろん、それを可能にしたのは、共通の一大関心事である文学研究、すなわち古典文献の収集と校訂を基礎とした古代文芸の復活、であったことは言を俟たない。ペトラルカは晩年それを「われらの研究」と呼んだ。

貴君が与えてくれる賞讃のうち、つぎの賞讃だけはわたしもむろん拒みません。すなわち、何世紀ものあいだなおざりにされていた、このわれらの研究へと、多くの人の精神をイタリア中で、おそらくはまたイタリア外でも呼びさましたのは、ほかならぬこのわたしだという賞讃です。[28]

この「われらの研究」は、やがて開花するルネサンスに人文主義として台頭することになる運動にほかならない。その端緒を切り開く困難に際しては、過去永きにわたって「なおざりにされていた」文物に注意を喚起し、時として主義信条にもとる君主たちのもとに庇護を求め、その結果うしろ指をさされなければならなかったこともあっただろう。しかし、ペトラルカは最期の手紙にこう言うのだ。「まことに、つぎのように言っても至当と思われます。――この世のあらゆる喜びのうちで文芸ほど高尚なものは何ひとつなく、しかもこれほど持続的でこれぼど甘美な、これほど信頼できるものはありません[(29)]」。

昨今の文芸に、なるほど「高尚」、「持続」、「甘美」、「信頼」のどれ一つとして残留していない現状を改めて見るならば、さて人文学の没落は起こるべくして起きたのだと納得すべきなのかもしれない。

第Ⅳ部 人文主義と臨界

アリ・シェファール『ダンテとウェルギリウスの前に現れたパオロとフランチェスカの亡霊』1855年（Paris, Musée du Louvre）

第1章　アルベルティーノ・ムッサートの『エチェリーノの悲劇』

1　ある桂冠授与式

一三一五年十二月三日、イタリアはパドヴァ共和国の政庁舎の周りに大勢の人々が集まっていた。その日は特別の祝日とされ、学校も商店も休みとなった。人々が集まったのは、詩人に桂冠を贈呈するという、古代ローマに行われ、以来久しく絶えて行われなかった桂冠授与式を一目見ようとしてであった。桂冠を受けるという栄誉に輝いたのは、アルベルティーノ・ムッサート（一二六一―一三二九）という人物。共和国府が置かれていた政庁舎へ向かう彼には、政府とパドヴァ大学のお偉方が付き添った。政庁舎に着くと、司教と大学総長をはじめとするお歴々の列席の下に式が始まり、月桂樹とアイヴィーからなる花冠がムッサートの頭に置かれる。参列者を代表して、パドヴァ大学総長が祝辞を述べ、用意された桂冠証明書にその場に出席した権威ある学者たちが署名する。（その後、おそらくムッサートの劇作品が上演され）最後に、凱旋行進さながらにムッサートを自宅まで見送って祝典は幕を閉じた。

ムッサートに桂冠を授けようという考えは、パドヴァ大学で基礎学術、哲学あるいは医学を講じる十二人の博士からなる学士院によって提案され、共和国の行政長官の仲介によって実現した、政界と学界の共同作業であり、桂冠授与式はしたがってアカデミックなものであると同時に、社会的な広がりを持ち政治的な意味合いを大いに含む。これまでにも中世的慣習として、たとえば詩人を「王」として戴冠するといったことが、処々の宮廷で行われなかったわけではない。しかしそこには、市民、民衆の存在はなかったし、大学という学問の府が関与する余地はなかった。従来とは一線を画する、より広い社会的広がりを持つこの桂冠授与式は、まさしく古代ローマの風習を意識し、それを真似たものに違いない。戴冠式を共和国の祝日と定め、市民、民衆を前にした公の行事としたこと、そしてそれを大学という知の権威において承認したということにおいて、これは古代ローマの文化的慣習を「知と権力」によって再現しようとした政治的行為であり、ルネサンスを先取りするような文化的再興の事業と言わねばならない。(1)

文化史上、のちにローマで挙行されることになるペトラルカの桂冠詩人としての戴冠は有名であり、その象徴的行為によりペトラルカはルネサンスひいてはルネサンスの詩人の嚆矢とされるが、それに先立つこと数十年、古代ローマ以来初めて西欧で桂冠を与えられた人物がパドヴァにいたことは、あまり知られていない。この「ルネサンス期」以前に古代文芸文化の復興を目指したパドヴァのルネサンスは、通常「プロト・ルネサンス」（第一文芸復興）と呼ばれる。(2)

桂冠を授かるという栄誉を得たアルベルティーノ・ムッサートは、詩人であると同時に歴史家、(3)外交官にして政治家でもあった。歴史家としては『ヒストリア・アウグスタ』の著者として評価が高く、政治家・外交官としてもパドヴァ共和国の維持発展に大いに貢献するところがあった。しかし、桂冠という栄誉の直接の理由は、古代ローマ以来久しく書かれることがなく、それ以降の西欧で初めて書かれた「悲劇」と言われる『エチェリーノの悲劇』の出版であり、実際、この戴冠式においてこの作品が上演されたとしても驚くに当たらない。さらに、ムッサートに対する賞賛と尊敬は、この一三一五年十二月三日の戴冠式という特別な一日にとどまるものではなく、その後も、毎年祝われることになったという。このことに関しては、我々のよく知る歴史家もこう記している。

ダンテと同時代のアルベルティヌス・ムザットゥスまたはムサットゥスは、パードヴァで司教と大学総長から詩人として桂冠を与えられたが、すでに神としてあがめられるのに近いほどの、名声を博していた。毎年クリスマスの日には、大学の二つの学部の博士たちと学生たちは、おごそかな行列を作り、ラッパを吹き、この人の家の前でろうそくをともして、この人に挨拶を述べ、贈り物を呈したらしい。この盛儀は、この人が〔一三一八年〕カラーラ家から出て、当時支配していた専制君主たちの不興をこうむるまでつづいた。(4)

カラーラというのはジャコモ・ダ・カッラーラ（生没年不詳）のことであり、一三一八年にパドヴァ共和国の護民官・行政長官に選ばれるが、その後すぐに共和国議会は神聖ローマ帝国皇帝となる野心を抱いていたハプスブルク家のフリードリッヒ二世の手に落ちてしまう。これを受けてムッサートもまたパドヴァを後にして亡命生活を余儀なくされたのであった。上に引用したブルクハルトの言葉も示唆するように、ムッサートの生涯はまさに「専制君主」あるいは「専制君主政」との戦いであり、一貫して共和国あるいは共和政の擁護にあったと言うことができるだろう。十四世紀初頭の北イタリアに短命ながら輝きを放ったパドヴァ共和国の国政にかかわり、共和国が周辺に割拠する君主政・暴政の国家に蹂躙されるたびに亡命の苦渋を嘗めざるをえなかったこのプレ・ヒューマニストこそ、西欧初の桂冠詩人にほかならなかった。

桂冠を受ける式典当日に、おそらく朗唱された可能性が高いと言われる『エチェリーノの悲劇』という彼の作品は、およそ一世紀前に権力と暴力をほしいままにした伝説的暴君エチェリーノ・ダ・ロマーノに取材し、それを当代の専制君主（その代表はカングランデ）に重ねあわせて、危機に立つ共和国の重要性と正義を伝えようとするものであると言われる(5)。或る意味で、ここに悲劇は、古代においてそうであったように、その社会的、国家的広がりを再び取り戻したと見ることができるかもしれない。一三一五年十二月三日の戴冠式は、共和国の理念を歌い上げた象徴的詩人に対する叙勲に相当する。

ここで私が問題にしたいと思うことは、この『エチェリーノの悲劇』という作品とそれを公の形で顕彰した共和国パドヴァとの関係である。ありていに言えば、演劇と社会という一般的問題にほかならない。この一般論の存外面倒であることはおそらく言うまでもないだろうが、ここではさらに、作品と社会それぞれの特殊性が加わる。古代以来の西欧世界で初めての悲劇という、何やらそれだけでも有り難く響く作品の特殊性が一方にあり、歴史的に限定された時期にしか登場しない、共和政という西欧に独特の政治体制が他方に存在する。早々と結論を先取りして言うならば、『エチェリーノの悲劇』という作品は、伝説的暴君を教訓として、共和国の重要性と正義を伝えようとするものである、という単純な図式的理解では割り切れないということである。この複雑性をいかに解釈すべきかという問題は、これもまた当然、一筋縄では行かない。しかし、第一に、「暴君あるいは暴政」は西欧精神史のいわばトラウマであること、第二に、『エチェリーノの悲劇』からほぼ二世紀後、マキアヴェッリの『君主論』と共和政論たる『ローマ史論』が書かれ、その後の西欧近代はどうやら前著の圧倒的影響下にあったこと、第三に、二十世紀の思想と政治の大問題も結局「暴君と権力と知」の問題であったこと、(6) などを考慮に入れるならば、このすでに今日の西洋史と西洋文学史がほぼ等閑に付してしまった「悲劇」は、新たな地平を切り開くかもしれない。

2　エチェリーノ・ダ・ロマーノ

作者アルベルティーノ・ムッサートについては、必要に応じて論じることとして、(7) まずは『エチェリーノの悲劇』に題材を提供した伝説的人物エチェリーノ・ダ・ロマーノに関して見ておかなければならない。彼については、ムッサートとほぼ同時代人のダンテおよびヴィラーニの残した人物像がある。まずはダンテから。

『神曲』「地獄篇」の第十二歌は地獄の第七圏を扱う。そこでは「暴力を用いて他人を傷つけた者ども」(8)（四七行）が苦しめられる。「暴力を用いて他人を傷つけ」ることとは、ダンテ的な二項対立「欺瞞」対「力」から見るならば、人を欺く「言葉」によってではなく、有無を言わさぬ「暴力」によって人を殺傷することを意味する。そしてこれが、大雑把ながら、ダンテによる「暴政」の定義なのである。

なぜそのような殺傷沙汰が行われるかと言えば、ダンテが続けて述べるところによれば、「盲目の貪欲と狂気の憤怒」(cieca cupidigia e ira folla：四九行)に突き動かされるからにほかならない。もちろん、ダンテによる暴君と暴政に関する考察はこのような抽象的で大まかなレベルにとどまるものではない。それを知るためには我々は「暴君」を罰する地獄第七圏を扱う第十二歌全体を吟味しなければならない。

ウェルギリウスに導かれてダンテは地獄を徐々に下降してゆく。第七圏へ至る道は峨々とした岩肌を見せ、その入り口には牛の胴に人面という怪物ミノタウロスが番をする。クレタ王ミノスの王妃パシパエと牛との獣姦により産み落とされたこの怪物は「非理性・野獣的性欲」を表すと言われ、この地獄第七圏の特質を暗示する。タルクウィニウスの神話的故事に好例を見るように、「暴政」と「色欲」とはともに抑制の利かない欲望の発露形態として緊密な連想がある。ウェルギリウスの取り成しで第七圏に降りて行くと、ダンテの目前に「煮えたぎる血の川」が見えてくる。そしてまさにこの壮絶な川において、「盲目の貪欲と狂気の憤怒」に突き動かされ、「暴力を用いて他人を傷つけた者ども」たちが呻吟する。この川を見張るのは、これまた半人半馬の怪物ケンタウロスの軍団である。ダンテとウェルギリウスを見るや、軍団の指揮官ケイローンがネッソスとともに検問にやってくる。ケイローンはアキレウスに文武にわたり教育を施したとされる賢明なケンタウロスであり、ネッソスのほうはヘラクレスの妻デイアニーラを奪おうとしてヘラクレスに射殺されたという必ずしも賢明とは言えないケンタウロスである。天命を受け、地獄、煉獄、天国を経めぐる途路にあるダンテを案内しているところだ、というウェルギリウスの状況説明に納得したケイローンは、ネッソスに道案内を命じる。獣性に溢れる暴君どもを見張るには、同種の獣性をもって当たらなければならないということであろうが、このことは、君主の教師は獣性をも知らなければならないとする伝統に連なる発想である。

私たちはこのたのもしい案内者とともに
赤々と煮えたぎる河岸に沿って進んだが、
そこでは熱湯攻めにされた人々が金切り声をあげている。
眉毛のところまで漬けられた人もいる。
半人半馬のネッソスがいった、「あいつらはほしいままに
人の血を流し産を掠めた暴君どもだ。
いまここで自分らのむごい罪業に泣いている、
あれがアレクサンドロス王だ、長年にわたって
シチリアに圧制をしいたディオニュジオスもいる。
あの額に黒髪の見える男は
アッツォリーノ、もう一人の金髪の男は
オピッツォ・ダ・エステだ。彼は実は
この世で人でなしの息子の手にかかって扼殺された」

（一〇〇―一一二行）

暴君ら（tiranni）は人の血を流し、財産を盗み取る。歴史上にそれを代表する四人が列挙される。うち二人は古代に、他の二人は最近に属する（アレクサンドロス王は、マケドニアの大王の他に、テッサリアの暴君ペラエのアレクサンドロス王であるという説がある。ディオニュジオスは前五世紀のシラクサの暴君大

ディオニュシオスを指す)。オピッツォ(一二四七―一二九三)はフェッラーラ、モデナ、レッジオの君主で残酷なことで悪名を馳せた。そしてアッツォリーノこと我がエチェリーノである。エチェリーノ・ダ・ロマーノ(一一九四―一二五九)は、皇帝フリードリッヒ二世の女婿にあたり、北イタリアにおいて、皇帝擁護を旨とするギベリン派の領袖であった。トレヴィーゾ、パドヴァ、ロンバルディア地方などを支配下に置き、残忍な暴君ぶりを発揮した。『神曲』「地獄篇」では、その罰を受けて、「赤々と煮えたぎる」血の熱湯に額までどっぷりと浸かって苦しむのである。

ダンテの登場人物で、当代に関することとなると、必ずと言ってよいほど研究者が引用する同時代人ジョヴァンニ・ヴィラーニ(一二七六〔八〇〕―一三四八)もまた、その『年代記』に以下のように記している。

このアッツォリーノは、キリスト教世界に存在したかぎりで最も残酷で、人々に恐れられた暴君であった。……彼はあまたのパドヴァ市民を殺し、多くの徳高い貴族たちの目をえぐり取ったり、財産を没収して、乞食同然の状態で追放した。彼はさまざまな拷問と苦しみをその他の多くの人々に与え、彼らを死に至らしめ、一度に一万一千人にも及ぶパドヴァの人々を焼き殺した。……正義の名の下に、多くの邪悪なことを犯した。(9)

ダンテといいヴィラーニといい、我々が主題とする暴君の伝説的悪党ぶりをよく示すだろう。それはまだ彼らの記憶に新しいからであり、七、八百年後の我々には文字どおり同日の談ではなく、忘却の河に流されて久しいと現代人は言うだろう。ところがしかし、ほんの百年前までは、そうではなかった。およそ百年前、ブルクハルト（一八一八―一八九七）はルネサンス史自体を書き改めたその大著『イタリア・ルネサンスの文化』（一八六〇年）の第一章「序論」を以下のように結んだ。

そしてフリードリヒとエッツェリーノはイタリアにとって、いぜんとして、十三世紀最大の政治的事象であった。(10)

3　ブルクハルトの影の下に

「ルネサンス」という歴史的事態を語ろうとして、ブルクハルトはまずそれに先行する十三世紀から説きおこす。そしてその十三世紀の最大の政治的事象は、フリードリッヒ二世とエチェリーノ・ダ・ロマーノだと断言するのである。しかも、ブルクハルトの考えでは、この時代において、政治的事象は他の事象を圧倒して支配的であったのであり、たとえば、この時代の思想を（そして同時に中世後期の思想を）代表するスコラ哲学の第一人者トマス・アクイナス（一二二五―一二七四）といえども、その例外ではなかった。上に挙げた引用の直前にブルクハルトはこう言う。

フリードリヒ二世の臣下として生まれた聖トマス・アクイナスが、君主はみずから任命した上院と、人民によって選出された代表の支持を受けると考えられる立憲的な統治の理論を、このような時代にうちたてたのは、無益なことであった。そのようなものは、講堂の中で消えうせた。

後代の精神史的あるいは思想史的観点からすれば、十三世紀は間違いなくトマスの時代と言うべきである。十字軍を通じてアラビア文化との接触を経験した西欧は、アラビア語を介してラテン語訳のアリストテレスにようやく出会う。十三世紀は俗に「アリストテレス革命」の時代と呼ばれるが、それは当然アリストテレス的な理性の復興をもたらすであろう。トマスがこの世紀の思想を代表するとすれば、それはこのように台頭した「理性」と、従来の啓示に基づくキリスト教的「信仰」とを調和ある形に整えたからにほかならない。しかし、十三世紀という時代を大局的に捉えるならば、しかもそれに続くルネサンスという重大な事象との関連で見るならば、その混乱する政治的現実を直視しないわけにはいかない。そのとき、突出して現れてくる事柄は、フリードリッヒとエチェリーノという人物にまつわる一連の出来事であった。ブルクハルトが「いぜんとして」と言ったのは、まさにそのような意味においてである。

エチェリーノとフリードリッヒ二世が「十三世紀最大の政治的事象」であったとブルクハルトが述べたとき、彼の念頭にあった考えは、フリードリッヒの過酷なまでに徹底的な中央集権主義政策であり、エチェリーノの手段を選ばぬ専制君主的暴力にほかならない。後者についてブルクハルトはこう言う。「それまでの中世の征服と簒奪はすべて、現実あるいは仮託の遺産やその他の権利を目あてにしてか、あるいは不信仰者や破門された者にたいして、行なわれた。エッツェリーノにいたってはじめて、王位の創設が大量殺戮と無際限の凶行によって、すなわち目的だけを考えて手段を選ばずにこころみられる。後代の何びとも、その犯罪の規模の大きさにおいて、エッツェリーノにはどう見ても及ばなかった。あのチェーザレ・ボルジャすらも」(11)。エチェリーノの登場によって、目的のためには手段を選ばぬという、ある種近代的な衝動が実現される。

この認識はブルクハルトの「ルネサンス」観にとっても重要であった――そして我々の「ルネサンス」に始まる「近代」観にとってもまた重要なはずのものである。というのは、ブルクハルトの「ルネサンス」論の中心主題は「芸術作品としての国家」、つまり国家という「計算され意識された被造物」の創造であり、それをそもそも可能にしたあるいは惹起したものは何かというと、仁義なき戦いを繰り広げる教皇権力と皇帝権力の間に現れ、「しばしば、一切の正義を侮り、一切の健全な形成を萌芽のうちに息の根をとめて、束縛のない利己心のもっとも恐ろしい様相を示す」自由な衝動にほかならないからである。近代ヨーロッパの国家精神は、世俗と教会権力の泥仕合を目の当たりにして自立するに至り、いわば無根拠の自由を味わう。無根拠の自由は、利己的な破壊の方向へ進むこともあろうし、生産的な創造へと向かうこともあろう。ブルクハルトの関心は後者に対して向けられた。

しかしこうした方向［利己的な衝動］が克服されるか、どうにかして償われる場合には、一つの新しい生命が、歴史の中に登場する。すなわち、計算され意識された被造物、芸術作品としての国家である。都市共和国にも専制君主国家にも、この生命は多種多様の形で浮かびでる。そしてそれらの内部形態や外交政策を規定する。われわれは、専制君主国家におけるその生命の、多少でも完全な、多少でも明白に表明された類型を、考察することで満足しよう。[12]

ここで我々は二つの点に注意しなければならない。第一に、利己的な衝動や方向性が克服され償われる場合に関して、「どうにかして」というふうに偶然の産物として扱っていることであり、第二には、「芸術作品としての国家」の考察に際して、都市共和国の類型はこれを無視して、ひとり専制君主国家の類型のみを取り上げている点である。この二点に拘泥せざるをえないのは、近代を象徴するであろう「芸術作品としての国家」が、無根拠の自由から創造される際に、およそ理由なく「どうにかして」出現したと見られているからであり、また同時に、なぜ君主政の例をとって、近代に同様に重要な意味を持つ共和政の類型を扱わないのかについて、理由が述べられていないからである。

この問題は、当然、ブルクハルト以降の、特に共和政の思想に焦点を当てたルネサンス研究に我々を導く。すなわち、ハンス・バロン[13]（一九〇〇—一九八八）、J・G・A・ポーコック（一九二四—）、クエンティン・スキナー（一九四〇—）といった政治思想史の碩学たちの仕事を丹念に辿り直すことを意味するだろう。

ここでの私の目論見は、しかし、そのような政治思想史の試みの重要性を十分に意識しつつ——そして、最終的には、それらの試みとディスクールを共有すべきであることを考慮しつつ——別の一つの小さな試みをしてみることである。それは、ブルクハルトの言う「計算され意識された被造物、芸術作品としての国家」が歴史に登場するモーメントを、ややずらした形で、しかも「芸術作品」そのものに照らして考察するものである。ブルクハルトは、世俗権力と教会権力のせめぎあいの中から生まれた利己的で、破壊的で、「自由な衝動」が「克服されるか、どうにかして償われる場合に」、近代ヨーロッパ的国家精神が発展して行くと仮定し、それを主に専制主義国家の動態の中で壮大に検証していった。それに対して、本章は、共和政体を志向する共同体の中で、「克服されるか、どうにかして償われる」べき破壊的な衝動としての「暴政」が、いかに芸術作品として捉えられているかを分析してみようとする。

十四世紀初頭のパドヴァ共和国において、ブルクハルトの言う「十三世紀最大の政治的事象」であるエチェリーノ伝説は「悲劇」として芸術化され、国家的象徴となった。「プロト・ルネサンス」という非正統的「小さな物語」における、破壊的衝動の芸術化にほかならない。

4 『エチェリーノの悲劇(14)』

この形式と内容にわたって全体にセネカ悲劇の影響の濃い悲劇は(15)、上演形式においても、上演されると言うより「朗誦」されたと言ったほうが適当であろう形で構成されている。さまざまな劇的情景はしたがって「伝令」の語り描くところとなっている。

第一幕(16)

ムッサートの作品は、エチェリーノの母アデレイタの台詞から始まる。息子のエチェリーノとアルブリコに、その出生の秘密を母は打ち明ける。めぐり合わせの悪い星の下、ロマーノの古城で、アデレイタは夫君である先代エチェリーノと寝ていると、大地の深奥から怪しい黒煙があがり、雷とともにアデレイタは金縛りとなるが早いか、牡牛のような怪物に凌辱される(この壮絶な凌辱の事実を子供たちに告白するにあたって、アデレイタは思わず失神する)。身ごもった彼女は、この地獄の悪魔の子を産み落とすが、これこそエチェリーノにほかならない。その後も悪魔による凌辱の悪夢にアデレイタはうなされるが、その間にもまた、怪物は夜な夜な現れ、アデレイタは再び身ごもって、今度は弟のアルブリコを産み落としたのであった。

実の父親が地獄の悪魔であったことを知らされたエチェリーノは、アルブリコとともにそれを誇りに思うべきだと言い放つ。「我らが父ははるかに優れ、広大なる領土を支配する神、/復讐と怨念の王にして、その帝王の下に罰を受けるは、この世で権勢を誇った君主、国王、王侯ども。……戦争、殺戮、破壊、権謀術数、あらゆる人々の虐殺、/これらはすべて、我らが父上には無上の快楽にほかならぬ」。そして、独り奥の部屋へ引き籠ると、キリストの敵たる悪魔の父に祈りを捧げ、願いを聞き入れてくれるよう懇願するのであった。

ここで「コロス」が登場し、権力を求めてやまない人間(mortale hominum genus)の欲望と野心を嘆く。身分ある者たち(nobiles)は互いに嫉妬し合い、抗争を繰り返す。「我々民衆」(plebs)もまた、「多くの権力者の醜聞を心に刻みつけてきた」にもかかわらず、

所詮はこの上なく卑劣なもの、
我々は権力者を持ち上げるかと思えば、
その一方で、またどん底に追い落とす。
我々は法と秩序を立てようとするが、
それが確立するやいなや、それを破棄する。
仕舞いに、我々は自分達の失墜を自らの命で贖う。
権力者らは落ちぶれて我々を道連れにし、
我々は彼らと共に没落し、運命を共にする。

そして、民衆・コロスは一般論から具体的な歴史に移行して、トレヴィーゾに戦争の嵐が起こったことを告げる。今度は「市民」(cives) が争いに巻き込まれることになる。

狂気 (furor) は刺激されて炎と燃え上がり、
諸人を太平の眠りから掻き起こし、
市民は閑暇の幸を奪われる。

以上が冒頭の概要である。ここで留意すべきは、超越的決定論と、コロスの反省的自意識の存在であろう。エチェリーノが悪魔的地獄の怪物の血を引く存在であり、その悪魔は、「戦争、殺戮、破壊、権謀術数、あらゆる人々の虐殺」を楽しむ暴君中の暴君であること。つまり悪の超越的起源と、悪の快楽の問題があり、人間業とも思えないエチェリーノの暴君振りは、最終的には、この世を超えた次元で説明されることになる。しかし、コロスが教えるように、人間は悪魔の血を、エチェリーノのように一方的には引かないまでも、こと権力欲となると、エチェリーノと同様にそれを求めてやまない。人間を社会的に解剖して、権力者と貴族と民衆とに分けてみた場合でも、権力者と貴族は互いに互いの権力を嫉妬して、戦いを繰り返してやまず、コロスを代表とする民衆も、附和雷同して自らの破滅を招く存在でしかない。

エチェリーノの誕生にまつわる「占星術的決定論」。権力欲と嫉妬心に燃え、力を持たない者は附和雷同するのみという人間本性に関する「宿命論」。人間と社会と宇宙のすべては、超越的な決定論に基づいてしか動かないという主張なのだろうか。コロスが「我々民衆」はと言うとき、まさにそのように見えなくもない。しかし、おそらくここで忘れてならないのは、このコロスの反省的自意識であろう。権力者に対する態度において一貫性を欠き、法を確立する力はあるにもかかわらず、それを持続して遵守することがない、とコロスを代表する「民衆」は言うが、この反省的自意識こそおそらく民衆の力であり可能性なのかもしれない。

トレヴィーゾの地は戦雲急を告げ、民衆の一部を構成すると思われる「市民」は、戦乱に巻き込まれて行く、とコロスは示唆する。

第二幕

伝令が登場し、神も見捨てるがごとき戦乱の状況下に、独裁者の誕生したこと（Adest tyrannus）を告げる。貴族たち（nobiles）の確執あり、民衆（populus）の怨念あり、そして貴族と民衆の戦いも繰り広げられたろう。しかし、それらの諸悪も、独裁者の誕生という重大な出来事を前にほとんど意味を失う。独裁者という最悪の存在を生み出したのは何かといえば、「あなたがたの狂気（rabies）が独裁者を生み出した」と伝令はコロスに向かって言い放つのであった。[17]

事の経緯を伝令は説明する。北イタリアの要衝の地ヴェローナに覇権を誇っていたアソーことエステ侯は、エチェリーノの奸計に掛かって追放されてしまう。エステ侯が、立場を同じくするボニファティオ伯と同盟軍を結成すれば、エチェリーノもモンティクロ勢とサリングエラ勢を味方につけて攻勢をかける。その際、エステ侯とボニファティオ伯の連合軍には「民衆」が援助を惜しまなかったが、その民衆の姿を伝令はこう描くのであった。「嗚呼、附和雷同の人間ども（hominum genus）、愚衆ども（vulgus）、あらゆる悪行を求め殺戮に走るもの、／流言蜚語に惑わされ、真実に信を置くことなし」。

報告の核心を突けとコロスに諭されて、伝令はエチェリーノの残虐振りを語る。彼の戦術は、味方をも含む人心の攪乱――偽情報により人々を互いに反目させる――により、「残忍な暴政（saeva tyrannis）という蛇が忍び込み、かくしてエチェリーノはさまざまな奸計と策略により、ヴェローナを彼のくびきの下に置いたのであった」。さらにエチェリーノはさまざまな処刑の見せしめにより「民衆を脅し」た。しかし、神は必ず悪を懲らしめるもの、まず罰を受けるは国を売った貴族たちだ、と伝令は締め括る。

コロスは天上のキリストに訴えて、この時代を支配する「残忍な暴政」を正してほしいと懇願する。「人民（plebs）も民衆（populus）もこぞって」この独裁者の犠牲になり、独裁者はすべての市民（cives）を殺戮しようとする。けだし暴君とは「常に用心深く、人を恐れ、同時に常に人に恐れられる」もの。

その自然の掟をも顧みぬ残虐な行為が述べられる。

第一幕と同様、ここで留意すべきこととして次の二点が挙げられよう。第一は、暴君の誕生の経緯あるいは原因についてである。コロスが「民衆」と同次元にあることはすでに触れた。そのコロスに向かって、伝令は、貴族と民衆を含めた「あなたがたの狂気が独裁者を生み出した」と責めるように言う。それでは、「民衆の狂気」とはなんであろうか。それは、第一幕でも言及されたとおり、附和雷同して自ら破滅を招くしかない「民衆の無自覚な行動」にほかならない。ここでムッサートは、「暴政」の起源を政体全体の問題として考えるのである。第二は、それに関連して、人々の狂気が原因となって出現する暴政が、いったん確立するや、今度はまさにその理不尽な暴力の犠牲に民衆がなるという点である。すなわち、狂気を契機として、民衆は自らを虐待することになる権力を自ら生み出すのに加担するわけである。すべてはしたがって、人々の「狂気」をどうするかという問題に掛かっていると言わなければならない。特に、民衆の立場に立って、自らに宿る狂気をどうするのかが問題になるだろう。この人間の力を超える難問を前にして、コロスは民衆を代表して、キリストに祈るのみである。その祈りの中で、適切にも暴君はキリスト教伝統の象徴体系に深く根を下ろす「蛇」というイメージで捉えられる。

第三幕第一場（覇権の成功、修道士ルカとの議論）

地獄の悪魔（プルートともルチフェルとも呼ばれる）から生まれたことを誇りに思うエチェリーノとアルブリコの兄弟は、イタリアばかりでなく世界の分割と占領、そして宇宙制覇までをも目論む。エチェリーノがヴェローナ、ヴィチェンツァ、パドヴァを攻略し、ロンバルディアを狙い、さらに「父ルチフェルがその昔そこから落とされたかの場所」（「天国」）の征服を夢想すれば、アルブリコはトレヴィーゾ、フェルトゥレを攻略したあとフォルリへと進撃、さらに北方の国々とガリア、さらに西方はオケアノスへと広大な覇権を夢見る。世界制覇へ向けてのエチェリーノの戦術は、自分たち兄弟間の諍いを装うことにより、裏切り者を誘い出し抹殺するという卑劣なもの。ツィラモンテなる腹心が登場し、エチェリーノに刃向かう反乱者の皆無であることを告げると、暴君は「余の勝利、今や善悪これすべてが余に許される」と勝ち誇り、「民衆」も「貴族」もすべて打ち滅ぼす抹殺計画を公言する。

そこにルカ修道士が登場し、宗教者の立場からエチェリーノを諭そうとする。宇宙と大自然は「確かな自然の理法」（legibus certis）の下に秩序を保っているが、人間もこの例外ではない。この理法を統御するは全能なる神にほかならず、人間はその下に定められた「神聖なる秩序」（ordo sacer）すなわち「正義」（iustitia）を守らねばならない。そのためにこそ、人間には「慈愛、希望、信仰」の三大美徳が本能として植えつけられている。こう諭す修道士に対して、暴君は、なぜ神は自分の行為を直ちに罰することがないのか、と反論し、それに答えて修道士が、暴君の狂気が収まるのを慈悲深く待っておられると言えば、エチェリーノは歴史上の暴君の存在と行為を論拠に自らを正当化して憚らない。

ネブカドネザル、エジプトはファラオ、サウル、
マケドニアはフィリップ王の世継ぎたる栄えある大王。
彼らがあまりにも大昔と言うのであれば、キリスト降誕以降にもいる。

カエサルに発し、名だたる系譜をかたどる、この世に冠たる人々。
思い出すのも甘く美しいネロもこの系譜に属する。
……
彼らの命令により、なんと多くの血が流され、その血に深い海も
朱に染まったことか。しかし監視役を司るべき筈の神は
これを止めることなく、そのままさらに許しつづけたのだ。

ここで問題にすべきは以下の三点であろう。その第一は宇宙的な悪の原理である。彼らの悪魔の血筋を証明するかのように、エチェリーノとアルブリコは、イタリア支配はおろか世界制覇の企てにもあき足らず、神話的「ギガントマキア（巨人族戦争）」よろしく、宇宙的制覇をも夢想する。このことはすなわち、気宇壮大な悪の「大きな物語」と言えるが、同時に、劇の構成原理から見ると、善悪の二元論的構図という単純な図式に則っていることを露呈する。第二には、この悪の原理を展開させる動因の問題である。エチェリーノは分裂や抗争を作り出すこと、そして純然たる抹殺を繰り広げることに快楽を見いだす。彼にとって、非生産的破壊活動と意味のない殺戮は、ただ快楽として行使される。この点において、エチェリーノもまた典型的な伝統的暴君像と一致する。第三は、「正義の掟」と「暴君の論理」の対立の問題である。ルカ修道士が伝統的キリスト教的な正義観を述べれば、エチェリーノはそれに対していわば「暴君の論理」で対抗するのである。片や超越的な摂理に論拠を構えれば、エチェリーノの側は、「暴君の系譜」を欣然とまくしたて、神は歴史上多くの暴君を許してきたし、今もそうだ（自分

という暴君を神は直ちに処罰していない）という歴史的現象主義に立つ。この対立の根本には「真理と仮象」という構図があり、エチェリーノは仮象を超えた真理が見えないし、また見ようとせず、仮象世界を歴史的実在として疑わず、これを根拠として行動する。「近代」には悪の実在性が妙に目立つとよく言われるが、その意味では、エチェリーノも例外ではない。しかし、だからといってルカ修道士の言葉を一蹴することは禁物であろう。

エチェリーノは形而上的悪に魅せられ、殺戮と混沌の美学を楽しみ、仮象としての出来事の背後に読み取るべき伝統的宇宙観を否定する。

第三幕第二場（パドヴァ陥落の報せ）

ヴェネツィアに亡命中のパドヴァ勢は、ヴェネツィアの支援とローマ教皇の命を受けて、パドヴァを奪還した、と伝令が報告する。エチェリーノ配下の者としてパドヴァ防御の重責を担っていたアンセディシオもまた、伝令とともに逃亡して来たため、エチェリーノは怒り糾弾する。エチェリーノの兵士たちは、パドヴァ勢に対する報復と反撃をエチェリーノに進言する。ヴェローナに捕虜として繋がれているパドヴァ人を投獄ののち死刑にし、パドヴァ奪還のためにエチェリーノが自ら指揮をとるというものである。

コロスは、人の世の予見の頼りにならぬことを指摘し、エチェリーノの進攻に対してパドヴァがしぶとく防戦したことを告げる。パドヴァ奪還の望みもはやなしと見るや、エチェリーノはヴェローナへと退却し、投獄されていた罪のないパドヴァ人多数をさまざまな仕方で惨殺したとコロスは糾弾する。

ここで見るべきは、パドヴァ愛国主義の演劇的効果、ということになろうか。パドヴァが亡命パドヴァ人の手により奪還されたという報せは、エチェリーノの盛衰を扱うこの作品において大きな転換点になるばかりでなく、ともにパドヴァ人である作家ムッサートと聴衆にとって、一つの聞きどころであったろう。アンセディシオという、どこか間抜けな防衛隊長の奇妙な登場もまた、この観点から理解されよう。保身のみを考え、任務と名誉をあっさり蔑ろにして、伝令とともに陥落の知らせをもたらして憚らない、この無神経と無能振りは、おそらくパドヴァ人の心に宿る「自国を護る気概」と好対照をなしたはずである。続く（ほとんど伝説的と言うべき）パドヴァ人によるパドヴァ防戦の勝利と、敗退したエチェリーノによるパドヴァ人捕虜の虐殺の情景もまた、[18] パドヴァ人聴衆の誇りを鼓舞し、あるいは彼らの義憤を促すものであったろう。

第四幕（エチェリーノの最期）

エチェリーノは、退却に際して、苦し紛れに負け惜しみの台詞を吐くが、それはただ皮肉にしか響かない（そして作品中ではこれがエチェリーノの最後の台詞となっている）。

勇気ある者は逆境にあって更に力を発揮するもの、
心卑しき臆病者は苦境に屈する。真の勇気とは、逆境にあっても
利己的欲望を抑えること。思えば、パドヴァの奪還は畢竟
時間の問題にすぎぬ。ものども退け、退くのじゃ。

ロンバルディアの国人たちは余の旗の下に従うことを望み、
ガリアの支配の下に呻吟しておる者たちも全て余を待ち望んでおるのだ。

伝令が登場し、極悪非道の世が終わり平安がもたらされたことをコロスに報せる。ブレシャを陥落させたエチェリーノは、支援を惜しまなかったクレモナ勢らを裏切って、彼らを抹殺する。さらにミラノを支配せんと軍を進めるが、「しかし暴君は自らの野望に裏切られるもの、気がつけば、多くの敵がてぐすねをひいて彼を狙っていたのだった」。

退却するエチェリーノの先を読んだクレモナ、マントヴァ、フェッラーラの連合軍は、アッダ川の浅瀬の橋のたもとに軍旗も鮮やかに今や遅しと待ち受ける。エチェリーノ軍の後方からは、名将ド・トゥッレのマルティーノが追撃をかける。敵に前後を固められ逡巡するエチェリーノは攻撃を受け、槍を左足に受ける。側近の兵士にその場所を尋ねれば、「この川はアッダ川、この浅瀬こそカッサーノ橋の架かるところ」と聞かされ、

嗚呼、カッサーノ、アッサーノ、バッサーノ！　この致命傷こそ、
まさに母上の予言どおり

と嘆きの声を上げる。こう叫んで、対岸へと川を渡ろうとするが、敵の攻撃はますます熾烈となり、とうとう防戦むなしく捕らえられてしまう。その後、エチェリーノは幽閉されるが、改悛の様子も見せず、食事もことごとく拒否して最期を遂げ、遺体はスンチーノという場所に埋葬された、ときわめて簡略に

締め括られる。
コロスは慈悲深き神がこの世に降臨し、「残忍な暴君の狂気（saevi rabies tyranni）は終わり、平和が蘇った」と、感謝の言葉をささげる。

この幕では、前幕の「演劇的効果」の問題意識を受けて、広義におけるドラマティック・アイロニーの問題が重要となる。エチェリーノが退却を余儀なくされた場面でしかも作品中の最後の台詞において初めて真理を口走ってしまうという演劇的アイロニーは、伝令の言う「暴君は自らの野望に裏切られるもの」という普遍的真理のアイロニーと響きあう。そして、エチェリーノの暴政が決定的最後を迎える、まことにドラマティックな合戦の場面においてもまた、予期せぬ予言の成就という形で、ドラマティック・アイロニーが繰り返される。「嗚呼、カッサーノ、アッサーノ、バッサーノ！　この致命傷こそ、／まさに母上の予言どおり」。しかしこのドラマティック・アイロニーは、たとえばオイディプス王の場合とは全く異なり、ある真理の開示あるいは認識の獲得と無縁である。「嗚呼、カッサーノ、アッサーノ、バッサーノ！」という半ば呪文のような、単なる類似音の連鎖が暗示するように、この場合の「予期せぬ予言の成就」は、悪の終焉ということ以外に意味はない。その無意味性に相応しく、主人公エチェリーノの本当の最期、その獄中の死と埋葬は、きわめて簡略に処理され、あたかも、できうる限り「悲劇の主人公」としての意義を獲得しないように配慮されているかのごとくに見える。この「残忍な暴君」の最期は、コロスによれば、その「狂気」の終わりにすぎない。しかも、この作品は「主人公」の死をもって終わらないのである。

第五幕（アルブリコの最期）

すべてに見放されたアルブリコは今や落人となり、妻子を連れて、サン・ツェノーネの砦へと逃げ延びる。トレヴィーゾ、ヴィチェンツァ、パドヴァの三都市連合軍は、恨みを晴らすべく、砦を包囲した。まもなく、食糧が尽き、内部から反乱が起こり、砦は労せずして陥落する。三都市連合軍の精鋭部隊は、アルブリコの血を引く男子を惨殺する。まずは、乳飲み子の「まだ柔らかい頭を殴打して粉砕し」、次に齢三歳の息子の首を刎ね、晒しものにした。アルブリコ本人は、猿轡をされ、身内の女性が殺されてゆくあり様をその目で見るよう強いられる（「砦の本丸でアルブリコが、民衆の手〔populi manus〕に落ちると、あることないことすべてを彼がぶちまけると予想されたため」と言う）。まずは妻の処刑である。「見よ、王の寝室で捕らえられ、粗野な群衆（feris turbis）に引き連れられて、アルブリコの妻が姿を現す」。同様に、五人の娘たちも火あぶりの刑に引っ立てられた。

群衆（vulgus）は人垣を作って囲み
悪口雑言を吐きながら、この残酷な処刑を見物する。
その様あたかも、ぬすっと狼を巣に追い込み、
その周りにたむろする狩人の一団のよう、
度重なる被害を思い起こして、猟犬をけしかければ、
恨みを晴らすのに、自ずと時間をかけ、ゆっくりと楽しむもの。

そして凄惨な火あぶりの情景が描き出される。

嗚呼、これを目にする父親たちの、なんと哀れな定めよ。
いたいけない無垢なる乙女たちに、まず初めに火が放たれた。
炎はいや増して強くなり、恐ろしい火炎は乙女たちの胸元をなめ、
金色に輝く髪に達し、それを焦がす勢い。
炎にたじろぎ、父の助けを求めるが、それも甲斐なし。
火に包まれた娘たちは、哀れ父の抱擁さえも遠ざける。
最後の望みをかけて、乙女達が狂乱の体でそこかしこと
走りまわるが、やがて任務に忠実な死刑執行人が
非情な手を下す。母親を連れ出し、娘達と一緒にするが早いか、
口をあんぐりと開ける劫火のなかにほうり込んだのであった。

この光景を目にしたアルブリコはいかに、とコロスが問えば、伝令の答えて言う。

この悪魔は、あたかも楽しく遊ぶかのように、頭を動かし、
大したことではないといった風に、首を縦に振るのであった。

最後に、アルブリコの最期が語られる。蜂の巣のように槍を受けたあと、剣でとどめを刺され、首を刎ねられた。死体は、群衆（vulgus）の餌食となって、ずたずたに引き裂かれ、犬の餌としてばらまかれたのであった。

コロスは、たとえ暴君のこの世に現れることがあったとしても、正義の理法（regula iuris）はこのように末永く力を発揮するのだ、と忠告を与えて締め括る。

作品最後の幕は、セネカ風の復讐残酷劇となっている。パドヴァを中心とする連合軍と民衆は、アルブリコとその家族に復讐を果たすのだが、その際、単に正義が悪を裁くという一枚岩的な筋書きでは行かない。復讐に燃え立つ「民衆・群衆」は否定的に捉えられることが多く、復讐を受ける側でも、特にアルブリコの子供たちは、劇中の処刑の傍観者ばかりでなく、作品の観衆ないし読者の哀れみを誘う。アルブリコの幼き世継ぎの無残な殺され方は、正義の復讐として正当化されるのかもしれないが、そのいまだあどけなさが残る幼さと、妙にリアルな描写によって、観客の同情をかわないでもない。そのことは、この復讐で鬱憤を晴らそうとする「民衆・大衆・群衆」（populus/turba/vulgus）が、騙されやすく、粗野で、集団心理に流されやすい残酷な存在として描かれていることにより一層増幅されるだろう。そしてさらに、アルブリコの娘たちの処刑の情景描写では、火炙りの処刑を楽しむはずの群衆までもが――そしてもちろんこの作品の観客聴衆も同様に――「いたいけない無垢なる乙女たちに」哀れみを禁じえない語り方になっている。確かに、この憐憫の醸成は、処刑者のパドヴァ勢連合軍の非情を非難するものではなく、最終的には、このような娘たちの凄惨な処刑を目の当たりにしても、哀れみどころか感情をまったく表に出さないアルブリコの悪魔的冷血振りを示すための手段となってはいる。しかし、正当な復讐とはいえ、この哀れみの感覚は演劇的に余韻を持たざるをえず、その余韻は、暴君あるいは暴政が宿命的に抱える世襲制の問題へと連なるのかもしれない。

5　狂気と政体

作品の最後は、永遠の「正義の理法」の下における暴君の必滅を説くコロスの言葉で締め括られる。暴政は「暴君の狂気」により、「暴君の狂気」は、必定、神の摂理の下に収まる、ということであろうか。ここで、我々が先述のダンテの「暴政」の定義、「盲目の貪欲と狂気の憤怒」と、かの地獄の場面を想起するとしても、不思議はないだろう。エチェリーノもアルブリコも、「悪」というキリスト教神学では「非在」とされるものを「実在」として追い求め（「盲目の貪欲」）、理由なき殺戮をほしいままにする（「狂気の憤怒」）が、結局は神により永遠の地獄に落とされる運命にある。しかし、決定的にダンテと異なるところが二点ある。第一は、カエサル問題であり、第二は「暴政」の起源としての「民衆の狂気」である。

周知のように、『神曲』地獄篇の最後でつまり最も罪深い者が罰せられる場所でダンテはサタンを登場させ、その口にかみ砕かれて罰せられるという形で、カエサルの暗殺者たちを登場させている。『神曲』の宇宙が示すように、ダンテにとって、絶対的「統一」なき世界には秩序も平和もありえない。宇宙が唯一絶対の神の下に調和が保たれているとするならば、この世も絶対君主によって統一されなければならない。『帝王論』の著者には、ブルートゥスらの共和主義者は大逆の徒として厳しく罰せられても当然である。しかし、ムッサートは、ブルートゥスの名を出さないまでも、カエサルに対して対極の立場を表明する。(19) すでに第三幕第一場で見たように、ムッサートはエチェリーノに「暴君の系譜」を語らせ、そこでカエサルの名をネロ同様の独裁者として列挙させた。

カエサルに発し、名だたる系譜をかたどる、この世に冠たる人々。

思い出すのも甘く美しいネロもこの系譜に属する。

彼らは、なんと多くの殺戮を繰り返し、この世を破壊したことか。

共和主義に立つ読者が、ダンテの『神曲』地獄篇の最終場面に至って、驚きを禁じえず、反発するとすれば、同様に君主主義に立つ者は、ムッサートの『エチェリーノの悲劇』の「暴君の系譜」の件りに至って、違和感を抱き、異議を唱えるだろう。ともに十四世紀の初頭の北イタリアに活躍し、ともに亡命の運命を味わった作家の作品であることを思うとき、当時の政治状況がいかに混沌としていたものかが分かる。その根底には、ブルクハルトの言う「しばしば、一切の正義を侮り、一切の健全な形成を萌芽のうちに息の根をとめて、束縛のない利己心のもっとも恐ろしい様相を示す」[20]無根拠の自由な衝動があったに違いない。そのような混沌から、ダンテは君主政へ、ムッサートは共和政へ向けて調和を夢見た。

しかし「暴政」をめぐる考察で、ムッサートにあってダンテにないものがある。貴族と民衆からなる人々の「狂気」である。エチェリーノの台頭を伝令はコロスにこう訴える。

嗚呼、貴族たちの確執のすさまじく、民衆の狂ったような怨念！

しかし、あなたがたの争いに、待望久しき終止符が打たれた。

独裁者が現れたのだ、あなたがたの狂気が生み出した独裁者が。

O dira nobilium odia, o pupuli furor!
Finis petitus litibus vestris adest;
Adest tyrannus, vestra quem rabies dedit.

「あなたがた」とは、貴族と(コロスを含む)民衆であるが、「あなたがたの狂気」(vestra rabies)という言葉は、第四幕の結びでエチェリーノの最期を見届けたコロスの語る「残忍な暴君の狂気」(saevi rabies tyranni)は終わり、平和が蘇った」を想起させずには措かない。エチェリーノの暴政という狂気は、人々の確執と争いという狂気が生み出した狂気であった。暴君の狂気がすなわち政体の構成員の狂気に起因するとするならば、後者の狂気を取り除くか治療するしかないであろう。しかし、作中繰り返し描かれるように、特に「民衆・群衆」はほとんど正気を見せることがない。さらに、貴族たちが新たな政治的原理を携えて台頭した様子も見えない。さりとて、正しき君主が政体の混乱を収めるという筋書きは、政体と暴君の因果関係からも、上述のカエサル批判からしても、ともに考えにくい。

作品の結びは、コロスによる神の「正義の理法」讃歌で締め括られるが、この伝統的な超越的観点は、暴君の歴史的系譜を説き、自らも暴君振りを発揮したエチェリーノの悪辣非道を見聞きした聴衆・読者には、いかせん、空ろに響かざるをえない。確かに、作中、悪魔の子供たちは神罰を受け、消滅した。しかし、彼らが示した「悪」はあまりにも存在感の強いものであり、しかもその具体的現れである「暴政」は、民衆と貴族たちの「狂気」という世俗的起源を持つとされる。この事実に、民衆の代表であるコロスは、意識的であって当然であろう。貴族と民衆からなる観客もまた、このことを意識せざるをえないはずである。コロスがこの事実をあえて明言しないのは、少なくとも自らが正義であり、正義の自己批判は的を射ないからだろうし、演劇的にも悪の糾弾と正義の確認のほうが相応しいからであろう。しかし、この作品が創り出すであろう演劇空間では、超越的「正義の理法」と同時に、「狂気」の反省的自意識が同居するはずである。少なくともここに、ムッサートの共和主義思想と悲劇という形態の創造的な出会いを見いだすべきであろう。

ムッサートの『エチェリーノの悲劇』は、ほんの百年前のことながらすでに伝説と化した暴君の悪行を描くことにより、現在の政治的教訓とし、もって共和政の護持と賛美に役立てようとしたものである。このような明快な説明は、この悲劇作者の行動とその他の著作、この悲劇が書かれそして上演されたであろう歴史的情勢などの状況証拠に照らすとき、およそ疑問の余地がなく思える。暴君は悪の権化であり、神の摂理としての「正義の理法」の下、必滅のことわりに従う運命にある。しかしそれならば、この悲劇を寿ぐパドヴァの共和政体は「正義の理法」を具現するかと試みに問うならば、答えは必ずしも肯定的なものとはならない。この悲劇を見る限り、共和政の統括中枢「シィニョリーア」を構成すべき貴族および市民階級も、民衆の潜在能力も、いわんや君主政も、いずれも暴政の破滅後における権力の受け皿として首尾よく機能するとは思えないからである。暴君の「狂気」を主題とする悲劇において、民衆の「狂気」が取り沙汰され、それにとどまらず、そもそも暴君を生み出した元凶はまさに民衆の「狂気」にあるという認識を示すのである。民衆の「狂気」はさらに、貴族と市民を抱き込み共和政体の全体に及ぶ。

民衆の「狂気」が暴君を生む。このまことに皮肉で、透徹した形而下的で歴史的な分析が一方にあるとすれば、他方、悪は必ず滅び正義は勝つという超越的「正義の理法」の視点が存在する。暴君が悪であるならば、それを生み出す民衆も悪となり、必定「正義の理法」の下で断罪されざるをえないだろう。そして実際、民衆は常に暴君の犠牲とならずには済まない。この民衆と暴君のいわば悪循環から逃れる術は、祈りという諦観以外にはないのだろうか。作品の最後に、コロスは神に祈る。しかし同時に、摂理としての超越的歴史（正義は勝つ）から離れて、形而下的な歴史に生きる民衆としての自意識を持ち、自らに宿る「狂気」を反省的に対象化する視点をも獲得するだろう。「狂気」は「狂気」によって認識されない。政体論は反省的主体の確立と創造に掛かるというのが、おそらくムッサートによる暴政の教訓であったろう。

第2章　トマス・モアの人文主義(1)

1　時代の子

トマス・モア（一四七七―一五三五）と言えば夙に『ユートピア』（一五一六年）の作者として有名であり、同時に（実際に列聖されたのは一九三五年のこととはいえ）カトリックの殉教者として歴史に名を残す。一方は風刺の効いた理想国の物語で、大航海時代を背景とするルネサンスの自由闊達な精神を思わせるのに対し、他方は世俗的な国家権力の台頭といった時代の流れに敢然と抗する行動であった。革新的人文主義者と保守的な信仰の人、これら二つの相容れない顔がトマス・モアにはつきまとう。

まずもってモアの思想は、断頭台における死という最期の決断を抜きにしては考えることができない。迷いながらも聖職に就かずに法律を修めた彼は、宮廷人官僚として順風満帆、出世街道を突き進み、国王の忠僕となって内政と外交双方にわたって献身的にその務めを果たした。しかし、世俗権力である国家が絶対的独立を果たそうとするのを目の当たりにして、モアは決然としてそれを否定せざるをえず、最終的にキリスト教会の統一と普遍性を守るべく死をも辞さなかった。

この自ら選んだ死は、信仰のなせるところであると同時に理性的思考の突き詰められた結果でもあるに違いない。信仰と理性の問題はキリスト教とギリシア的思考が出会って以来、ヨーロッパに連綿と続く根深いものだが、モアにあってはその生きた時代がルネサンスという世俗的価値と宗教改革という批判精神の台頭によって特徴付けられるだけに、最終的に信仰を墨守したかに見える彼の決断は一層意義深いと言わねばならない。

聖職者の「観想的生」（ウィタ・コンテンプラティウァ）が為政者や俗世間の「活動的生」（ウィタ・アクティウァ）よりも尊ばれた中世的世界観に代わって、後者が前者同様の、あるいは市民の台頭を通じて、前者を凌ぐ時代思潮へと変貌を遂げていったルネサンスという時代に、モアはその精神形成を果たしていった。

その時代精神はまた、国家という世俗権力が教会権力に代わって次第に独立を果たしていくことを促進するものでもあった。世俗のキャリアの頂点、大法官にまで上り詰めたモアが時代の子であったとするならば、同じ世俗化の波に乗るばかりでなく、さらにプロテスタンティズムという宗教改革を利用する形で、国王権力の独立を果たしたヘンリー八世（在位一五〇九―一五四七）もまた等しく時代の子にほかならなかった。ルネサンスと宗教改革が時代精神としてともに一つの前衛を形成すると考えるならば、モアの最終決断は、その否定、肯定にかかわらず、少なくともそのような時代精神とその延長線上に位置づけて考えなければならない。

法学院と修道院の間で

トマス・モアは、一四七七年二月七日ロンドンに生まれた。父も祖父も法律家であり、やがて彼もその道に続くことになる。七歳の頃、ロンドンの名門、セント・アントニーズ校に通い始めた。ここでは中世以来の「基礎三学」すなわちラテン語の文法、論理学、修辞学が教えられており、モア少年も、朝六時から夕方の六時まで、祈りの時間を除いて、途中、朝食と昼食のためにそれぞれ約一時間の休憩があるほかは、日々ラテン語を学び、それを基礎として英語やその他の知識を学んだと思われる。ラテン語教育は読み書きだけでなく、会話はもちろん討論まで含まれており、これがのちに外交官あるいは人文主義者として活躍するモアの知的素地を用意した。もちろん、学校はあくまで教会あるいは修道院に付属したものであり、宗教教育がすべての基礎にあった。

セント・アントニーズ校でほぼ五年間の教育を受けたあと、一四九〇年頃、大法官（Lord Chancellor）にして大司教であったジョン・モートン枢機卿（一四二〇頃―一五〇〇）の下で約二年間の修行を積んだ。これは当時のイギリスの教育慣習に従ったものであるが、モートンの社会的な身分等を考えれば、モアにとっては一種のエリート教育であった。その後一四九二年に、オックスフォードのカンタベリー学寮に入学するが、九四年には法律家になるべくロンドンの法学院ニュー・インに移り、さらに九六年にはリンカンズ・インに正式に入学して法律を学んだ。一五〇一年、弁護士となったモアは予備法学院で講義を開始、同時にウィリアム・グロシン（一四四六頃―一五一九）に招かれてセント・ロレンス教会でアウグスティヌスの『神の国』を講じた。またその間、九九年頃からカルトゥジア会修道院に寄宿するようになり、一五〇三年頃までそこに居を構えた。

法律の勉強のかたわら修道会に寝起きし、法学院で法律を講じるかたわら教会でアウグスティヌスを説くという具合に、この頃のモアにあって聖俗は容易に峻別しうるものではなかった。当時の人文主義的新思潮は世俗的市民精神とキリスト教的信仰の両立を謳うものであり、モアの場合には特に重要だと思われる。グロシンといえば、人文主義発祥の地イタリアから帰国した留学組の一人であったし、モアは彼らとともにギリシア語を学んだ。またモアがカルトゥジア会修道院に入ったとされる九九年には、ヨーロッパの人文主義の旗手エラスムス（一四六九―一五三六）が初めてイギリスを訪問し、爾後モアとの親密な交友が始まる。モアはこの遠来の高名な客人と連れ立って、のちにヘンリー八世となるヨーク公との謁見を果たしてもいる。すなわち、二十歳代の初めに法学を修めたモアは、国王を頂点とする宮廷社会にすでに強力な人脈を有し、大陸の人文主義者サークルにも交友関係を築く一方で、同時に修道会という精神世界との絆も保持し続けていた。

公的生活と世俗的栄達

世紀が変わって一五〇〇年からの十年間、モアは法曹界ばかりでなく政界においても地歩を固めて行った。一五〇二年にハンプシャーの治安判事、二年後には下院議員に選出される。一五〇九年にはロンドンの織物商組合のメンバーになると同時に、ヘンリー八世とキャサリンの戴冠式にラテン語の頌詩を寄せた。翌一五一〇年には、シティ選出の下院議員としてヘンリー八世の第一議会に登院すると同時にロンドンの市長代理（under-sheriff）に任命される一方で、リンカンズ・インの講師を務めた。

この間、一五〇四年にジェイン・ホウルトと結婚し、三女一男をもうけて家庭を築いた。一五一一年、妻に先立たれるが、同年ロンドン商人の未亡人アリス・ミドルトンと再婚する。その後も、モアの世俗的栄達の道は法律家としての立身にとどまらず、外交官のそれも加わり、いよいよ政治権力の中枢に取り込まれて行く。中でも一五一五年のフランドルへの特派は、大陸の人文主義者たちとの交流をさらに促進し、『ユートピア』執筆のきっかけとなったことでも重要である。二年後に、王室参議会員（Royal Councilor）となったモアは、英仏通商交渉のためカレーに派遣された。

一五二〇年から大法官の地位に上り詰める一五二九年までの十年間の公的キャリアは、宮廷人というルネサンスの理想を体現し、文字どおりのサクセス・ストーリーである。一五二〇年、英仏両王の華麗な会見に際して、国王に随行して大陸に行き、ついでブリュージュに赴いてハンザ商人と交渉の任に当たった。翌二一年、財務次官（Under-Treasurer）となってナイトに叙せられたモアは、再びブリュージュに通商交渉のため派遣されるかと思えば、ウルジー枢機卿（一四七五頃—一五三〇）とともにカレーに赴く。二二年には、ドイツ皇帝歓迎式典を取り仕切り、二四年にオックスフォード大学執事長（High Steward）に任命され、高級住宅街のチェルシーに豪邸を構える。二五年にはケンブリッジ大学執事長にもなる。二五年から対仏講和の委員となり、同年の講和条約締結、翌年の英仏双務条約締結、さらに翌二七年の恒久平和条約締結に尽力した。二九年には王の命を受けて、フランス王フランソワ一世とドイツ王カール五世の和平協定であるカンブレー和約に立ち会い、その年の十月に大法官に任命されると、翌十一月には上院議長となる。さらに三〇年には、イングランド全州の治安判事となるなど、モアは世俗権力の頂点に君臨するに至った。

国王の庇護と対立

モアにその野心があったかどうかは別として、破竹の勢いで世俗権力の頂点に上り詰めた彼のキャリアの裏には、国王ヘンリー八世との関係が決定的な形で存在したことは言を俟たない。第一に、ヘンリーは仏独を中心とするその対外政策のために、人文主義に通じた有能な外交官を求めていた。第二に、内政をも脅かすかに見える、ウィリアム・ティンダル（一四九四頃─一五三六）あるいはマルティン・ルター（一四八三─一五四六）に代表される異端に対して、これを反駁しうる正統派の論客が必要であった。モアは、この二つの要請を十分に満たす存在であり、実際、外交面でもあるいは異端反駁においても、王の期待に応えて立派に職責を果たした。

しかしそれに加えて、モアの世俗的立身出世の成功の裏には、ヘンリーの王妃キャサリンとの合法的離婚成就という野望が存在した。すなわち、法律家としてロンドン市民にも信頼の篤かったモアを側近として味方につけることにより、キャサリンとの離婚に強力な支持を得ようという王の目論みがあった。モアが王の常時側近の地位に任命されるのは一五二六年のことであるが、早くもその翌年の段階で、王から合法的離婚の可能性について打診を受けている。モアの異例の出世をめぐっては、これが第三の要因となるだろうが、同時にこれがその蹉跌をも用意し、モアの死をもたらす結果になった。

ヘンリーは、十五歳で死亡した兄アーサーの未亡人アラゴンのキャサリン（スペイン王の第四王女）と結婚していた。しかし、キャサリンの侍女アン・ブーリンとの結婚を実現したいと欲した王は、兄弟が同じ女性と婚姻関係にあってはならないとする法を盾にとって、キャサリンとの離婚を勝ち取ろうとした。まずは順当にローマ法王に離婚許可の申請がなされ、一五二八年、法王クレメンス七世から最終決定をイギリスで行う旨の委任状が届くと、離婚問題を決するローマ教皇使節法廷が一五二九年、四回にわたって開廷された。しかし決着を見ることなく、同年十月、最終的にローマの教皇庁裁判所に場を移すことになる。

イギリスでの離婚許可の達成に政治生命を掛けていた時の大法官トマス・ウルジー枢機卿は、この失敗により大逆罪に問われ失脚する。そしてまさにその空いた大法官の地位に、聖職者出身でない世俗の法律家モアが代わって就いたのだった。

国王ヘンリーの離婚へ向けての工作は、いわゆる「宗教改革議会」と呼ばれる議会において、反ローマ立法を次々に実現する形で、一五二九年の十一月から三六年四月まで延々と続けられることになるが、その初議会の議長を務めたのはモアであった。一五三一年一月には議長として議会の第二会期を開始するが、三月、議会に対する国王の離婚提案について自らの意見表明を拒否し、ここに国王との対立が表面化した。翌三二年一月、同じく議長として議会の第三会期を開始するものの、五月、健康上の理由をもって大法官を辞任する。さらにその後、一五三三年六月、アン・ブーリンの王妃戴冠式への列席を拒むことにより、国王との対立は決定的となり、一五三四年の国王至上法(Act of Supremacy)——国王を英国国教会首長と宣言し、ローマ教皇権を排除する法——に宣誓することを拒否して、四月ロンドン塔に幽閉される。その後も一貫して態度を変えることなく、翌三五年七月六日、タワー・ヒルの断頭台に上った。

2　モア思想の特質

人文主義か信仰者か

その最期がドラマティックであるために、モアには殉教者といったイメージが色濃くつきまとうが、彼は何よりもまず法律家であった。法律家であった父の希望に沿って、法律家としてのエリート教育を受け、宮廷官僚として出世街道を歩んだ。ウルジーのように、聖職者として宮廷官僚となる道もあったが、そしてまた信仰心において人一倍強いものを持っていたが、彼は世俗の身分を選んだのだった。

第二に彼は人文主義者であった。彼の信奉した人文主義は、その大陸での立役者エラスムスとの交友関係からも示唆されるように、硬直した権威主義的な知識体系を文献学的考証を通じて打破することにより、新たな知の地平を切り開こうとする批判的態度によって特徴付けられる。それは中世の修道院におけるような「観想的」な真理の追究ではなく、「活動的」な行動する知識人が体現するところのものでもあった。古典ラテン語の運用能力が、新興国家の内政と外交にとって不可欠であったとすれば、古典ギリシア語の知識は新約聖書の本文校訂と厳密な解釈に要求されるだけでなく、新たな知識・科学の開拓に必要とされた。その意味では、宮廷人法律家にして外交官というモアが人文主義者であったのはなんら不思議ではなかった。

第三にモアは敬虔な正統的キリスト教徒であった。人文主義はキリスト教と相容れないものではなかったが、人文主義というものが、知識と教養における進取の気性と全般的な批判精神によって特徴付けられる以上、特にキリスト教会の無知蒙昧な守旧的体制と敵対しても当然であった。もちろん、モアは人文主義者として、教会の頑迷固陋な部分についてはきわめて厳しく臨んだが、同時に正統的なカトリック教徒として、プロテスタントの異端に対しても等しく批判的であった。そしてその晩年、国王至上法に対して、死を賭してまで否認し続けたモアは、正統カトリック教徒であると同時に法律家でもあった。

おそらく問題は、この最後の姿に人文主義者からの変貌を見るのか、あるいは、これを人文主義者の延長線上に位置づけうるのかどうかであろう。大方の見方は、人文主義者モアから信仰者モアへの変貌とするものであり、それに応じて、前者に重きを置いたモア観と後者に焦点を当てたモア像がそれぞれ異なった形で物語られることになる。変貌と解釈するのか、あるいは一貫した思想の延長線上の帰結として捉えるのかは、それぞれの読者がモアの作品との対話の中で決めるべき問題であろう。ここでは、モアの人文主義について述べることにより、そのような対話へのささやかな便宜としたい。

初期の書簡

モアの人文主義がいかなるものであるのかを知るには、一五一〇年代に書かれたいくつかの「書簡」を見るのがよい。「書簡」といっても、人文主義者の間に交わされたものがほとんど常にそうであったように、公に読まれることを前提としていた。中でも、国王ヘンリーの側近宮廷人としての自覚をもって、いわばその権威を借りる格好でオックスフォードの無知な守旧派を諫めた『オックスフォード大学への書簡』(一五一八年)は、モアがよって立つ人文主義の内容と立場をよく示すであろう。すなわち、政治にも積極的にかかわる実際主義と、ギリシア語学習を中心とした文献学的学問批判と、それによる教会改革との三者が一つに融合して精神の刷新を推進しようとするのである。

この『書簡』が書かれたきっかけは、オックスフォード大学でギリシア語とギリシア文学教育に批判的な一派の行動をモアが耳にしたことだったとされる。彼らの代表者らしき「説教者」(学者の間ではヘンリー・スタンディッシュとされている)の言い分は、ギリシア語やギリシア文学のような世俗的知識は魂の救済に百害あって一利なしというものであった。彼らは、ギリシアとトロイが戦った古代の戦いになぞらえて、自らを「トロイア人」と称して人文主義的教育改革を阻もうとした。モアはこれに痛烈な反駁を加える。

たしかに世俗の学識は魂の救済にとって絶対的必要条件ではない。しかしそのような純粋素朴な救済を唱えることができるのは聖人でなければならない。しかるに彼ら世俗的学識を非難する連中はアカデミック・ガウンをまとった大学人である。そもそも大学という場所は、神学を学ぶためにのみ存在するところではない。法律を学ぶために集う者もある。そこでは人間的営為全般における叡智が学ばれるのであって、したがって詩学、弁論術、歴史、自然学などが講じられている。神学を学ぶ者もこれらを措いて道を究めることはできないはずである。

そしてモアの舌鋒はさらに鋭さを増す。世俗的学識を非難する者の唯一の関心が神学であるからには、どうしてヘブライ語あるいはギリシア語の技能なしにそれを追求できるのか理解に苦しまざるをえない。神学は、聖書に発して、教父たちが培った長く重厚な伝統を基礎として考究されねばならず、それには高度の語学力が必要となる。しかるに、非難者たちは、ギリシア語を学ぼうとする人々を異端呼ばわりして憚らない。「神学そのものはもとより、その他すべての学芸においても、最良のものを生み出した人々が、そしてそれら最良のものを正確に伝えた人々も、ともにギリシア人であったことは誰の目にも明らかなのです。実際、哲学に関しては、およそキケロとセネカが残したものを除くならば、ラテン・ローマの学派は、ギリシア語のものあるいはその翻訳以外には何も持たなかったのです。新約聖書については言わずもがなで、最初からほぼすべてがギリシア語で書かれております。聖書の解釈者たちについても言わずもがなで、彼らの中で最も古く、その道に熟達した人々はギリシア人であり、ギリシア語を用いて書いたのです(2)」。しかも、それら重要なギリシア語文献の半分がまだラテン語に翻訳されておらず、翻訳されているものについても、そのラテン語はお粗末であり、元のギリシア語原典の校訂も不十分である。

かくしてモアは、ギリシア語とそれに関連する学科が大学で恙《つつが》なく教育されることを要望するわけだが、その仕方は慇懃無礼を超えて、ほとんど威嚇的な調子を帯びる。まずはケンブリッジ大学での人文主義改革の成功に触れると、カンタベリー大司教とヨーク大司教というイギリスの二大宗教権力の名を出すことにより、教会の支持があることを表明する。とどめは「わが最も敬虔なるキリスト教徒の国王陛下」の権威を借りて、国王がモアの人文主義改革の後ろ盾となっていることを公言するとともに、その国王がオックスフォード大学に基金として多大な寄付をしていることをほのめかすことも忘れなかった。

政治への関与と人文主義

『オックスフォード大学への書簡』は、そのとき巡回宮廷が置かれていたアビントンから書かれたものであった。文字どおり国王の側近として筆を執ったことになる。このように国政に積極的に関与しようとする姿勢は、人文主義者にとって稀なことではなく、逆に一つの重要な側面であった。たとえば、エラスムスはブルゴーニュ公シャルル二世（在位一五〇六―一五五八、のちのスペイン王カルロス一世）の名誉参議院会員であったし、ピーテル・ヒレス（一四八六?―一五三三）はアントウェルペン市の法廷書記を務め、ヒエロニュムス・ブスレイデン（一四七〇?―一五一七）もスペイン王カルロス一世に仕えた。人文主義はペトラルカに始まるその黎明期から、孤独な哲学的「観想」と公の世俗的「行動」の間で、二律背反に苦しみながらも双方について関心を失うことはなかった。逆にその矛盾に発するダイナミズムを措いて、人文主義は真に理解しえない。

その意味で、『ユートピア』第一巻の主要な議論が、国政という現実政治に人文主義者が関与することの是非を問うことになっているのは偶然ではない。作中人物として登場するモアが、王の参議官として現実政治に関与することを薦める立場を取れば、それに対してユートピア島から帰ってきた旅行家ヒュトロダエウスは、現実政治への関与が無意味であり、哲学者にとって有害であると反論する。後者が理想主義的であるとするならば、前者は覚めた現実主義に立つ見方だろう。この場合、どちらが実際にモア自身の立場なのかと問うのはおそらく愚問であって、その双方の見方が等しく正しいと思うからこそ架空の「対話」という形式に託して表現したのだと考えるべきだろう。実際、『ユートピア』第二巻をアントウェルペンで書いて帰国したモアは、国王ヘンリーから年金支給の提案を受けるが、これを見合わせている（エラスムス宛書簡）。それはちょうど、第二巻と対にすべくこの『ユートピア』第一巻を彼が書いていた時期とほぼ前後する。モアの場合も、宮廷に入って現実の政務に関与するかどうか、その決断に際して大いに悩んだところが窺われるわけだが、このようになんらかの形で現実政治とかかわることは人文主義にとって欠かせない要素であった。この世の「どこにもない場所」についての物語『ユートピア』もまた、言うまでもなく現実の政治と無縁ではない。

3 『ユートピア』

『ユートピア』あるいは「演劇的哲学」としての人文主義

一五一五年五月、モアはブルゴーニュとの通商条約改正のため国王ヘンリーが派遣した外交交渉委員団の一人としてブリュージュへ派遣される。当時モアは、三十代の半ば過ぎで、ロンドン市を舞台として活躍する有能な法律家であった。エラスムスとともにルキアノスを翻訳するという人文主義者であり、大陸の知識人とすでに交友があった。交渉は何回か続けられたが、双方合意に達せず二ヶ月ほどで休会、モアはその間を利用してアントウェルペンを訪れ、何人かの人文主義者と接する。執筆が開始されたのは、このオランダ滞在中のことであり、十月に帰国の途に就くまでの合間に、「ユートピア新島」を扱った『ユートピア』第二巻を書き上げた。帰国後、前後する形で第一巻を書くが、そこでは第二巻の「ユートピア新島」を物語る架空の旅行者ヒュトロダエウスとモア自身がアントウェルペンで（友人の人文主義者ピーテル・ヒレスを介して）会い議論を交わしたさまが描かれており、まさに歴史的現実と架空の理想を描く物語とが綯い交ぜになる二元構成の仕掛けとなっている。

この二元構成は『ユートピア』全体の解釈にとって留意すべき要点であるばかりでなく、モアの思想全体の理解にあたっても重要な鍵を与えるであろう。二元構成が、国政という現実政治に人文主義者が関与することの是非をめぐって、それを是とするモアと非とするヒュトロダエウスといった具合に、登場人物のレベルで「対話」の形をとったことはすでに述べた。二元構成はまた、その対話の中味において、「私有財産制」の是非という政治理論の根本にかかわる形で表明される。「私の心の奥にあることを率直に申しますとね、私有財産が存在し、すべてのひとがなんでもかんでも金銭の尺度ではかるようなところでは、社会が正しく治められたり繁栄したりすることはほとんど不可能だと思えます[3]」とヒュトロダエウスが私有財産制廃止論を展開すれば、作中のモアは「私には逆に、すべてが共有（コンムニア）であるところでは人はけっして快く（コンモデ）暮らしてゆけないように思えます。自己利得という動機から労働に駆りたてられることもなく、他人の勤労をあてにする気持で怠け者になり、だれしも働かなくなるようになれば、物資の豊富な供給などはいったいどうしてありえましょうか[4]」と、二十世紀における共産主義の歴史的帰結を先取りするかのような鋭い反駁を加える。

しかし、この作中のモアの見解をそのまま作者モアのそれとしてはいけないのであって、理想主義者ヒュトロダエウスと作中の現実主義者モアが等しく作者モアの分身であることもすでに触れたとおりである。

したがって、ヒュトロダエウスの行う現実批判もまた作者モアの共鳴するところであり、矛先がイギリスの政治と経済の現状に向けられているのも全く偶然ではない。旅行家ヒュトロダエウスをしてイギリスにも数ヶ月滞在せしめることにより、作者モアは理想郷「ユートピア新島」と比較対照させるべき歴史的現実を浮き彫りにする。その過酷な現実を一言で言うならば、公共の利益に繋がらない刑罰（刑法）と経済（利潤追求）のあり方となるだろう。刑罰については、窃盗も重罪と同様に厳罰に処すことの正当性を主張するイギリス人法律家に対して、ヒュトロダエウスはその無効と不正義を説いて、逆に盗みを働く人々が「なんらかの生計の糧ができるようにしてやり、まず第一に盗まなきゃならぬというような、第二にそのために死ななきゃならぬというような恐ろしい窮地に追いこまれる人がなくなるようにもっとよく配慮してやるべき」[5]だとする。そのためには、法的に重罪を科すのはなんの助けにもならない。さらに根本的な社会正義の実現のためには、社会経済的な分析に基づいた批判を行わねばならない。すなわち、「雄蜂のように自分ではなにもせず他人の労働で暮らしている多数の貴族（ノビリウム・ヌメルス）」[6]の存在が元凶としてまず問われねばならないとするのである。

公共の利益に繋がらない経済行為としてヒュトロダエウスが特に槍玉に挙げるのは、イギリスに独特の現象で、社会経済史に名高い「囲い込み（エンクロージャー）」である。「この王国で特に良質の、したがってより高価な羊毛ができる地方ではどこでも、貴族、ジェントルマン、そしてこれ（怠惰とぜいたく）以外の点では聖人であらせられる何人かの修道院長さえもが、彼らの先代当時の土地収益や年金収入だけでは満足せず、また公共のためになることをなにもせずに怠惰でぜいたくな生活を送っているだけでも満足しなくなっており、かえって公共の害になるようなことをしています。つまり耕作地を一坪も残さずにすべてを牧草地として囲い込み、住家をとりこわし、町を破壊し、羊小屋にする教会だけしか残しません、さらに、……すべての宅地と耕地を荒野にしてしまいます」[7]。この結果、物価の高騰を招くだけでなく、奉公人の大量解雇という形で失業者を作り出し、彼らの中には窮して窃盗を働かなければならない者も出るありさま。かくして、イギリスの法と社会秩序というのは、「泥棒を養成しておいてから、今度はそれを処罰することにほかならない」[8]とヒュトロダエウスの批判は厳しい。理想主義者ヒュトロダエウスに託して、作者モアはイギリスの抱える社会的問題と、それに全く対応していない立法と政治の無能ぶりを抉り出した。

理想と現実のはざま

理想と現実の対置による批判という二元構造は、イギリスを取り巻く国際情勢についても適用されて、好戦的なヘンリー八世の外交姿勢に対する間接的な批判を生み出しているが、主題は再び「国政という現実政治に人文主義者が関与することの是非について」という問題に立ち返ることになる。ここで面白いのは、伝統的な哲学者の「観想的生」と為政者などの「活動的生」の対立を矛盾なく共存させるような立場をモアが提案していることである。「君主たちのもとでは哲学のはいりこむ余地はない」と繰り返すヒュトロダエウスに対して、モアは「たしかにそうです、どんな命題もどこでも通用すると考えるような観想的な哲学ならはいりこむ余地はありません。しかしもう一つの、もっと社会の現実生活に合った哲学（philosophia civilior：フィロソフィア・キウィリオル）があります。それは、自分の登場する幕を知っていて上演中の作品に自分をあわせ、自分の配役を型どおりに立派に演じる哲学」[9]だと応じる。ここに提案された「フィロソフィア・キウィリオル」という演劇的精神は、理想と現実の双方に等しく関与するべく運命づけられたルネサンスの人文主義者が、その矛盾に引き裂かれることなく、自らの力を存分に発揮することを可能にするものであり、作中のモアの発言とはいえ、理想と現実の二元構成からなる『ユートピア』全篇を真に意義あるものにする視点でもあるだろう。この「演劇」的視座は、モアの思想全体の屋台骨を形成するほどの重要性を持つ要素と言えるが、そのほかにも『ユートピア』第一巻には、同様にモアの思想全体から見て意義深く思われる指摘が、それぞれヒュトロダエウスと作中のモアからなされていることに留意すべきだろう。一つは「神の命令と人法（実定法）」の関係についてであり、いま一つは「伝統的な権威」の重要性にかかわるものである。

ヒュトロダエウスは死刑廃止論を展開するが、その議論の中で「神の命令と人法（実定法）」の関係について触れて次のように述べる。「神は人が他人だけでなく自分自身を殺す権利をも取り上げたまいました。それなのにかりに、一定の条件のもとでは互いに殺し合ってもよいという人間同士の合意が成立し、それが非常に強い効力をもつものだとします。そしてその結果、さような合意の執行官たちは、神の殺人禁止令から免除されており、——そのような模範を神は一つとして示したことはないが——人間のとりきめで死刑に定められた人たちを殺す権能を与えられているのだということになるとします。そうなると、神の掟は、人法が許す範囲においてしか拘束力を認められないということになるのではありませんか。すると、その当然の結果として、すべてのことがらにおいて、同じようにして、神の命令はどのへんまで守るのが適当かを人間が決定するようになるでしょう」[10]。この発言は、文脈からすれば、キリスト教的理想論の観点からイギリスの法的現状批判を旨としているわけであるが、より広い視点に立つならば、ルネサンスの人間中心主義的（すなわち人文主義的）思潮に対する根本的な疑義ともなりうる。すなわち、このキリスト教的理想論の立場は諸刃の剣となるのであって、この場合のように「神の命令」に従って現状の改革を促すこともあれば、反対に、現状の改革が人間中心主義の行き過ぎと判断された場合には、「神の命令」に従って現状維持を貫く理由を提供することになるだろう。

言うまでもなく、この「神の命令」と「人法」の関係は、人文主義に立つ法律家あるいは信仰の人として、モアが生涯考え抜かねばならなかった問題だった。そして数奇な運命と言うべきか、「国王至上法」という行き過ぎとしか思えない「人法」を前にして、最終的に彼は死を選ぶしかなかった。その意味においても、ヒュトロダエウスは作者モアの理想主義的理念を代表するのであって、それは作中のモアという現実主義的立場との関係で常に見なければならない。後者はたとえば、共産主義に基づく平等原則において公職の平準化を唱えるヒュトロダエウスに対して、「公職の権威とそれにたいする尊敬心がなくなってしまうと、お互いになんの区別相違もないような人間のあいだで、どういう権威がそのかわりに通用しうるのか、私にはまったく想像もつきません[11]」と主張して、伝統的ないし慣習的権威の意義を説くのである。

このようにしてモアは『ユートピア』第一巻において、理想主義に立つ現実批判と現実主義に立つ理想主義批判という「対話的」方法を取ることによって、独自の人文主義的視座とも言える演劇哲学「フィロソフィア・キウィリオル」を開拓した。これは現実の状況(幕と場)とそれに合った役割(配役)を常に念頭に置く理想主義・理念主義にほかならない。この視座の設定なくしては、架空の理想国を描いた第二巻は、現実批判として十分な説得力を持たなかっただろう。その理想国「ユートピア新島」についてては、その住人がキリスト教という超自然的啓示を知らない(古代異教のエピクロス主義とストア主義が折衷された）自然本性的な人々であり、その前提に立って（ヒュトロダエウスの主張する）共産制の社会を構想したものであることを指摘するにとどめるが、該博な知識と緻密な論理と奔放な想像力とのみごとな融合からなる叙述が見られる。

4　信仰と政治の相克

異端反駁と国王至上法

マルティン・ルターに発するプロテスタント宗教改革の動きについては、その有名な『九五ヶ条の提題』（一五一七年）が出された翌年に、それをモアはエラスムスを介して入手していることからも分かるように、夙に承知していた。しかし、モアがこれを異端として反駁し始めるのはのちの一五二三年、しかも国王ヘンリーの命を受けてのことであった。偽名で出された『反ルター論』がそれである。その後も一五二八年にはカスバート・タンスタルから教会擁護のため異端批判を命ぜられ、ウィリアム・ティンダルを念頭において『異端についての対話』（一五二九―三〇年）、『ティンダルの答えに対する反駁』（一五三二年）、『ティンダルの答弁に対する反駁』（一五三三年）などを書いた。

カトリック信仰の篤いモアゆえに、この一連の異端反駁は、任務に発したとはいえ、なんら信仰心にもとるところはなかったはずであり、ごく自然なものでもあったろう。しかし、ここで問題にしたいのは、異端反駁における論理がゆくりなくも「国王至上法」の否認を用意するものにほかならなかったことである。モアの理解によれば、神の下における人間知の否定に基づくルターの徹底的な宗教権威（ローマ教皇とカトリック教会）批判は、世俗の為政者の善意を前提としてそれを恃むことになる。すなわち、「為政者が善良であり、信仰が真実に説かれる限り、究極的には福音の法だけで十分であり、人間の法は必要とされない[12]」とするものである。しかし、その結果は明白であって、暴政に陥る以外にはないとモアは断ずる。「したがって、もしあなたが法律を取り除き、すべてを世俗の為政者たちの自由に委ねるならば、……彼らは自然本能の命ずるままに支配し、なんであれ好むところを専制的に遂行するでしょう[13]」。さらにモアはもっと具体的に指摘する。「君侯たちは……、自ら国内のすべてを勝手に処分し、分割し、濫用できることを期待して、ローマ教皇の権威に対する服従が取り払われるのを慶ぶ[14]」ことになるだろう。しかも事はここにとどまらない、とモアは予言する。こうしたことが起これば、「今度は民衆が君侯の軛を振り払い、その財産の簒奪を狙おうとするだろうし、また一度民衆がこれをなした暁には、君侯の血に酔い、貴族の血潮に狂喜し、自分たちの民衆の間の規約にさえも我慢できずに、ルターの教説に従って法を踏みにじるであろうことは疑う余地のないところである[15]」。

国王の命を受けて『反ルター論』を書いてから四年後、モアはヘンリーから離婚問題について相談を受けたと言われる。彼が異端反駁書をイギリスという国のために書き続けたまさにその間に、国王ヘンリーの離婚へ向けてのさまざまな戦略は粘り強く行われてゆき、「国王至上法」の宣言に至ったこと、そしてそれにモアが宣誓しなかったことはすでに述べたとおりである。国王の命を受けて始めた異端反駁の仕事が、つとに「国王至上法」の正当性を疑う論理を用意していたのは、歴史の皮肉と言うしかないだろう。

「演劇的精神」の運命

ユーモアの感覚に溢れる広やかな批判精神は、一五一〇年代の『ユートピア』を頂点として、その後次第にその悠揚せまらぬ明るさを失ってゆき、二〇年代に始まる異端反駁と国王の離婚問題を通じて、いわゆる信仰の人モアという姿が前面に出てくる。一五三四年四月にロンドン塔に投獄されてから書かれた『受難について』、『慰めの対話』、『キリストの悲しみについて』などの作品はその証左である。確かに、モアは青年時代から深い信仰の人であり、そのことはカルトゥジア会修道院に寄宿したことか、その後三十歳過ぎにキリスト教人文主義者の鑑として訳出した『ピーコ伝』(一五一〇年)とか、チェルシーに豪邸を構えるとほぼ同じ時期に死をテーマとした『四終論』(一五二二年)を執筆したことなどに窺うことができる。とはいえ、一五二九年に大法官という世俗権力の頂点に上ったモアは、『ユートピア』が見せた豪放磊落とも見える精神的余裕をもはや享受することはなかったであろう。

あの「フィロソフィア・キウィリオル」という演劇的精神と態度は、おそらく維持されていたに違いない。しかし、舞台といい配役といい上演作品といい、すべては歴史的運命によって全く別のジャンルのものにならざるをえなかった。『ユートピア』第一巻に述べられたこの哲学的演劇学は、少なくとも世俗の演劇を対象としたものであり、聖書に題材をとる聖史劇は問題になっていなかった。しかし、今やモアは国王と世俗的ジャンルの作品を演じることができず、その舞台を台無しにしなければならないと自覚するに至った。それがいかに危険なことかは、すでに『リチャード三世王史』(一五一三年頃)に自ら記していたところである。「芝居においては、皇帝たちを演じている人間が実は靴屋だということくらいは、誰もが知っている。しかし、その者の知り合いだからといって場所柄もわきまえずに皇帝役に向かって、（靴屋の）何某と呼びかけようものなら、それこそ皇帝の執行人に頭を割られてもよいくらいで、それでは舞台が台無しになるというもの。というわけで、当時はこう言われたものだ。この手の事柄は王侯のお遊びにほかならず、芝居に似て、大方は断頭台で演じられるのだと。哀れ人々は傍観者にすぎず、賢いものなら口出しは無用だ、と」[16]。しかし、愚かなまねを承知で舞台を台無しにして、モアが最期に自ら選んだ演目は、受難劇であった。そうせざるをえなかったところに、モアの思想の核心を見るべきだろう。

第3章　エドマンド・スペンサーの『妖精女王』

1　二つの歴史的パースペクティヴ

叙事詩が、歴史叙述のように時の流れのままに語らず、その叙する事柄の中途から始めるのは、ひとり「途中の核心部から」(in medias res) という古典文学的伝統の習わしによるだけではないだろう。習わしの裏には、叙せられる事柄が説明を要しない、たとえば、聴衆である民族固有の記憶であったというような歴史的理由も考えうるし、あるいは語り物の作法として、冒頭から聴衆を惹き込もうとする時代を超えた実践的理由もあるに違いない。しかし、エドマンド・スペンサー（一五五二?—一五九九）が、ルネサンスに叙事詩人——より正確にはロマンス・叙事詩人——として、この文学的常套を活用したとき、単なる伝統の踏襲に終わることはなかったように思える。英文学史上おそらく最も長大な詩作品である『妖精女王』は、その二回に分けられた刊行の第一回において、読者のための便宜として、詩人は「ウォルター・ローリーへの手紙」と題して読解のための手引きを付した。スペンサーはそこで、

叙述の仕方において詩人と歴史家とを対比して、次のように言う。歴史家は出来事をその継起の順序に沿って語るが、

詩人はまさに事柄の最も重要と思しき途中の核心部にまず切り込み、そこでもって、あるいは過ぎ去った事柄に遡り、あるいは来るべき未来の事柄を予言しつつ、全てについて心地よい分析をなすのだ。

a Poet thrusteth into the middest, euen where it most concerneth him, and there recoursing to the thinges forepaste, and diuining of thinges to come, maketh a pleasing Analysis of all.(1)

ここで言う"a pleasing Analysis"(心地よい分析)とは、しかし、なんであろうか。一般に「分析」は、その対象とそれを可能にする手段を持たねばならない。この場合の対象は「全体」(all)、すなわち、過去と未来に関して叙せられるべき事柄(res)の総体のことである。この総体たる事柄は、つまり作品世界を形作るための素材である。またこの場合の「分析」の手段は、時間的流れの「切断」と「統括」である。これを通じて、素材である過去と未来の「事柄」は「分析」されることになる。しかし、この「分析」は単なる分析にとどまらない。ただちに明らかなように、この分析的作業は、すなわちそのまま「構築」となって、作品世界そのものとなる。「分析」と「構築」の同時性は、一見して矛盾と見えるかもしれないが、透徹した懐疑から出発する近代的認識論の基底に潜む特質と言ってよいだろう——コギト(分析)・エルゴ(必然)・スム(構築)。ここにおそらく「途中の核心部から」の効用があり、同様にここから『妖精女王』の作品世界のダイナミズムが生まれると言えるだろう。このような「分

析・構築」の創造的作業の過程においては、もはや作者と読者の別はなくなるはずのものであり、「心地よい分析」の主体は読者のそれと重なることが求められる。

「途中の核心部から」[2]という方法が、「歴史的現在」を基点とした一種の物語的「遠近法」（パースペクティヴ）だとすれば、いま一つ前提とされる方法の「アレゴリー」（意味作用の並列的重層化）は、いわば物語的「ポリフォニー」と言うことができるだろう。「アレゴリー」の最も根本的な構造はと言えば、甲を語って乙を指示し、それでいて甲自身も意味を失わない形式（signifiant A が同時に少なくとも二つの signifiés B・C を持つような signification）、とでもなろうか。スペンサーに特徴的なのは、二つの signifiés の一方が物語内部の次元で働き、同時に他方は通奏低音のごとく物語外部の歴史的現実の次元を指示する、ということである。そもそも題名にある『妖精女王』は、作中の妖精王国の女王でもあれば、同時に作品外の現実のエリザベス一世女王をも指示する。こうして、詩人と読者の行う「心地よい分析」（a pleasing Analysis）は、作中の物語の「途中の核心部から」織り成されるパースペクティヴ的意味作用と、「アレゴリー」を通じて外部の歴史的現実と交錯してもたらされるポリフォニー的意味作用とが、相俟って構成されるというきわめて込み入った言語空間となる。

さて、虚心坦懐に『妖精女王』を眺めるとき、その妖精郷と思しき地は模糊として近づき難く、広漠として摑みにくい。その主題も多岐にわたり、その複雑な筋立てはあたかもゴシック建築を想わせる。無闇に闖入すれば盲人の撫ぜる象の譬喩になろうし、生半可に鳥瞰すれば本質を誤ることになりかねない。「偉大な作品を、その構造・構成において十全かつ正確に把握するには、ある種の知的距離が必要だ」と、その昔ジョンソン大博士（一七〇九―一七八四）は言った[3]。我々はつまるところ巨視と微視の弁証法に意を用いねばならない。『妖精女王』を巨視的に見るとしても、作品の内部に視座を定める場合とその外部に立って眺める場合とでは、それぞれおのずと異なる。後者の場合、たとえば、世に言う「歴史的文脈」、「時代思潮」等との関係が解釈の最終審として意義を発揮する。かつて流行した中から極端な例を挙げれば、「チューダー王朝神話」と「クリスチャン・カバリズム」のイデオローグとしてスペンサーを捉え、『妖精女王』を「遅咲き短命の英国ルネサンス」の文脈において見るフランシス・イェイツしかり。(4) 美術との関連において、ルネサンス期の様式の推移を四段階——「ルネサンス」「マニエリスム」「バロック」「後期バロック」——に分け、その「ルネサンス」段階の掉尾にスペンサーを位置づけてみるワイリー・サイファーしかり。(5) 両者とも巨視的視角の大枠として有益には違いない。しかしその有効性は、あくまで作業仮説としてのそれであり、その枠組み自身が実体化され、作品が枠組みの正当化に供されるときおよそ意味を失うのである。

作品内に視座を定めた俯瞰も、『妖精女王』という作品の複雑さを反映してか、種々さまざまである。特異な視角としてナンバー・シンボリズム（数理象徴論あるいは数秘術）に立脚したアラステア・ファウラーの研究、また作品の歴史的次元を論じたマイケル・オコンネルのものなどが水際立っているが、(6) 大方は、主題的に六巻構成を取っている事態をそのまま反映して、各巻別の議論を行う。(7) たとえば、全六巻が扱う六主題——「信仰」(Holiness)、「節度」(Temperance)、「貞節」(Chastity)、「友愛」(Friendship)、「正義」(Justice)、「礼節」(Courtesy)——を公私の徳で分け、前三者が私的美徳であるのに対して後三者が公的美徳であるとして、その対応関係で見る見方がある。あるいはまた、「信仰」と「節度」を聖俗あるいはキリスト教と異教の別で分け、第一巻「信仰」と第二巻「節度」を「恩寵」(Grace) と「自然」(Nature)の対応関係で見るのもそうである。(8)『妖精女王』は長大であり、「部分」を仔細に論じようとすれば、そのような形をとらざるをえず、それはそれで意味のある見方に相違ない。しかし、上に引用したジョンソン大博士の助言はやはり傾聴に値するものであり、全体の基本構造が摑めなければ各巻の分析も必定、心もとないものとなるだろう。

もとより、何をもって作品世界の基本構造とするかはむずかしい。むずかしいが故に詩人みずから「手引き」を与えてくれたわけだが、ヘンリー・ジェイムズの小説の「序」に似て、スペンサーの「手引き」はそのまま真に受けてはいけない。というよりむしろ、それは作品の実態と齟齬をきたしている。「手引き」は、読者の便宜を図って、「途中から核心部へ」切り込むのではなく、歴史家のするように時間軸に沿って物語の出発点に戻り、その起源を説明する。ことの起こりは、妖精女王の宮廷で毎年開催されるという祭に遡る。祭りは十二日間続き、その間毎日一人ずつ騎士が冒険の遍歴へと旅立つ。その都合十二人の騎士はそれぞれ十二の美徳を司り、予定される『妖精女王』全十二巻の各巻の主題を形成するというのだ。

これに対して、我々が持つ現存の『妖精女王』は、全六巻(と通常第七巻の断章とされるもの)にすぎず、当然、最後の第十二巻に描かれるはずの宮廷祝祭の場面を有さない。また、第四巻の主人公は一人でなく、キャンベルとテラ(トリア)モンドの二名であり、筋立てからいっても彼らは主人公の名に値せず、「手引き」にある一巻一騎士の原則に全く符合しない。加えて、第三巻の主人公ブリトマートは、妖精女王の宮廷から冒険遍歴の旅に出た者ではなく、この点においても「手引き」と矛盾する。これらの齟齬は、作品の基本構造を考える上で、きわめて重要である。学者・批評家の多くは、二人の名目上の主人公を持つ第四巻を主題と構成の関連から第三巻と結びつけ、両巻をもって一単位とすることにより、作品全体を極力「一巻一騎士一主題」主義の下に扱おうとして来た。[9] もちろん、この見方は、当たらずといえども遠からず、それなりの成果を上げ、「部分」を語って詳細を極め、各騎士の冒険が具現する各主題の展開を仔細に味わうためには、この種の研究に如くはない。しかし、その反面、このような見方は、「手引き」を尊重し各巻の騎士と主題に焦点を合わせるのに急なあまり、全巻を通じてあまねく姿を現す物語全体の主人公アーサー王子を、看過しないまでも軽視する傾向があった。[10] そして、そのことは『妖精女王』の基本構造を見えにくくしてきたように思う。

アーサーが重要となるのは、単に彼が物語全体の主人公であるからではない。その重要性は、他の騎士主人公との対比において明らかとなる。アーサーと彼らを隔てるものは、「手引き」にあるごとく、その美徳における総合性・完全性（magnificence）――描かれる予定の十二人の騎士が司る十二の美徳の総合――にのみあるのではない。注目すべき違いは、彼らの冒険遍歴の方向である。レッドクロス・ナイト（第一巻）、ガイオン（第二巻）、アーティガル（第五巻）、カリドア（第六巻）らは、「手引き」を裏付けるように、妖精女王の宮廷「から」冒険遍歴の旅に出ているのに対し、アーサーの出発点は、ブリトマートと同様、妖精国の「外部から」なのである。彼の目指すところは、夢に見て恋情醒めやらぬ妖精女王、つまり（ブリトマートを除く）他の騎士たちのまさに出発点にほかならない。一方は妖精女王を目指し、他方は妖精女王から出発するのだ。この二つの相対立するベクトル（契機と方向性）を認識することは、作品世界の基本構造を解くための重要な鍵となる。しかし、アーサーは、どこから来り、その他の騎士はどこへ向かうのか。この問いに答えるためには、我々は、再びスペンサーの「かたり」

の構造、すなわち「途中の核心部へ」という構造を見直さなければならない。

詩人が「切り込み」、「あるいは過ぎ去った事柄に遡り、あるいは来るべき未来の事柄を予言」するところの空間「まさにそこ」(even there)とは、一体いかなるところであろうか。前述のごとく、それはまず、「分析」と「構築」の行われる認識論的空間であり、「アレゴリー」という媒介を通じて、内部の「物語世界」と外部の「歴史的現実」がポリフォニー的に交錯する場であろう。また、「妖精女王へ」/「妖精女王から」という対立する二つのベクトルの交差する場でもあり、かつまたその空間は、「過去」と「未来」に挟まれながらパースペクティヴを構成する物語上の「歴史的現在」を有するものでなければならない。これら三つの点を、単純化することなしに、総合することは甚だむずかしいが、それらはなんらかの形で関連し合っているはずであり、その関連の形を見定めることは、『妖精女王』の解釈の妥当性に通じるだろう。

そこで、物語上の「歴史的現在」を見定めるべく「過去」と「未来」を『妖精女王』に渉猟するならば、一方で「過去」は二ヶ所、すなわち「トロイノヴァント縁起」(第三巻第九篇四一—五一)および「ブリトン年代記」(第二巻第十篇五—六八)とに求めることができ、他方「未来」も二ヶ所、すなわち「マーリンの予言」(第三巻第三篇二九—四七)および「イシス神殿のブリトマートの夢判断」(第五巻第七篇二一—二三)に別個にはめ込まれていることが分かる。「トロイノヴァント縁起」は、第三巻のマルベッコの城に会したブリトマートとパリデルの会話として語られるが、それは、アエネアースを通して第二のトロイとしてローマが建設されたように、第三のトロイとして「トロイノヴァント=ロンドン」が、アエネアース同様トロイ落城から落ち延びたブルータスによって、建てられるまでを語る。いわゆる「遷都（translatio civitatis）のトポス」により、トロイをロンドンに結びつけることにより、ロンドンひいては英国をヨーロッパ史の中心と関連づける。これは、いわば歴史以前の縁起神話であり、ブルータスを通じて、歴史としての「ブリトン年代記」へと接続する。[11]「ブリトン年代記」は、そのブルータスから始まり、ユーザー・ペンドラゴンまでを記録する。[12]そしてこの「列伝」はユーザー王のところで「唐突に終わっている」（第二巻第十篇六八）とスペンサーは語る。しかし、別のところで（第三巻第三篇五二）、「マーリンの予言」をブリトマートとともに聴いた乳母のグローシーが発した、以下のような情報を総合すると、このユーザー王の治世こそ物語上の「歴史的現在」であるということが判明する。

ユーザー王さまは今
オクタとオーザという名の異教徒兄弟を
お攻めでございます。
good king *Vther* now doth make
Strong warre upon the Paynim brethren, hight
Octa and *Oza*.

かくして、『妖精女王』の物語上の歴史的「現在」はユーザー王の時代であり、「ブリトンの王子」（第二巻第九篇二、第四巻第九篇一二）とされるアーサーは、すなわちユーザーの世継ということになる。

この「物語上の歴史的現在」に属する主要登場人物は限られている。少なくともそう断定しうる者は、アーサーを除いて、わずかにブリトマートとアーティガルの二人を数えるにすぎない。先ほど引用した乳母のグローシーの言葉から、ブリトマートがこの「現在」に属することは明白であろう。アーティガルは「マーリンの予言」にブリトマートと結ばれることになっているので、これも言葉を弄する必要はなかろうが、彼の血縁関係は一考に値する。彼は「マーリンの予言」にゴルロイス（Gorlois）の子と言われる（第三巻第三篇二七）。ところでスペンサーの主要な種本とされるジェフリー・オブ・マンモス（一一〇〇？—一一五五？）の『英国王列伝』によれば、「ウーゼル王」はゴルロイスの妻イゲルナ（Ygerna）に思いをかけ姦計をめぐらして彼女と結婚し、その結果アーサーが生まれたという。スペンサーもアーサーの出自に関しては、イグレイン（Igrayne）の子と明言しており、イゲルナとイグレインは同じと見てよいことから、スペンサーはジェフリー・オブ・マンモスを下敷きにしていると考えてよい。アーサーは「ウーゼル」とイグレインから、アーティガルはゴルロイスとイグレインから生まれたことになり、かくして二人は同腹ということになる。(13)

「ブリトン年代記」の「未来」を担うことになるのは、アーサーではなく、このアーティガルである。「マーリンの予言」はアーティガルとブリトマートの結婚（第三巻第三篇二九—三〇）に始まり——これと第五巻のイシスに仕える僧の行うブリトマートの夢判断（第五巻第七篇二三）の対応は看過されてはならない——その世継コンスタンティヌスのサクソン人との戦いに触れ、その後の歴代の王を語って「ロイヤル・ヴァージン」たるエリザベス一世（第三巻第三篇四九）に及ぶ。「物語上の歴史的現在」においてて、アーサーとアーティガルを同腹とし、前者ではなく後者のアーティガルから「未来」へと続けたのは、スペンサーの工夫であり、この工夫の裏には何か特別の理由がありそうである。その理由を説明するには、「妖精女王へ」／「妖精女王から」という前述の二つのベクトルとの関連で考えてみなければばならない。

「物語上の歴史的現在」というのは、そもそも矛盾に思えるかもしれないが、『妖精女王』の織り成す複雑な空間においては、非歴史的「妖精郷の物語」と「歴史的次元」が混在しており、峻別して、後者をそう呼ぶことは意味があるだろう。非歴史的「物語」の空間は「妖精郷」であり、その住人は妖精で、女王もいれば騎士もいる。この空間は、「物語上の歴史的現在」と交わることもあるが、それ自身のいわば「歴史」、すなわち、通時的次元を持つ。第二巻の第十篇は、この「妖精郷」と「歴史的英国」の二つの異なる次元を、「ブリトン年代記」と「妖精国古記」(七〇—七六)という形で並置し[14]、それぞれの過去に遡ることにより、その相違を際立たせる。その対照の妙、驚くべし。

「妖精国古記」は、プロメテウスによるその住人の創造に始まり、「アドーニスの園[15]」における最初の(妖精の)男女生殖に触れ、文明国家の建設、歴代帝王によるたゆみなき進歩繁栄を語り、「妖精王国の現在」の妖精女王すなわちグロリアーナに及ぶ。その間わずかに七詩連(スタンザ)、起源から現在までの綿々として絶えることのない理想的進展が凝縮されている。

それに比して「ブリトン年代記」は対照的である。ブルータスの国家平定の事業に始まり、ユーザーに唐突として終わるその大枠はすでに述べたとおりであるが、その間の事情は、混乱と断絶と停滞に終始する。王位継承もままならず、謀叛あり非道あり、三度の空位期を挟んで、綿々たる進歩繁栄からはほど遠い。この暗澹たる歴史の流転に何か救いがあるとすれば、キリスト降誕の朗報(五〇)くらいであろうが、「列伝」は、魂の救い即《そく》国家の救いにあらず、と言わんばかりに堕落した歴史的現実を語る。もとより、二つの「列伝」の対照はその「過去」の対照であるが、過去は現在に通じて、その特質を説明するだろう。翻って第二巻第十篇の物語的筋立ての中で「列伝」を見るならば、英国王子アーサーと妖精女王に仕える騎士ガイオン（Guyon）がそれぞれの「過去」を――人体を寓意化したアルマ（Alma）の城の（脳の記憶を司る部分を表す）塔の一室において――読むことになっており、したがって、両「列伝」の対照はそのまま読み手の特質の対照に通じるだろう。その「通じ」方の程度は憶測の域を出ず、にわかには決し難いが、大局的に「理想」と「現実」の二項対立において捉えておくのは重要だろう。

「物語上の歴史的現在」から、英国王子アーサーは次元の異なる妖精王国の女王を捜し求める。この「妖精女王へ」のベクトルと他の騎士たちの「妖精女王から」のそれとの対照はすでに触れた。特異なアーサーのベクトルは、次元を超えて、「妖精郷」を志向するが、そのことは、たとえ彼の恋が実りグロリアーナ（Gloriana）と結ばれたとしても、その子孫は「ブリトン年代記」に連なりえぬことを意味するだろう。ここにおそらく、アーティガルとアーサーを同腹として、前者とブリトマートの後裔にチューダー王朝を位置づけねばならなかった理由を求めることができる。「未来の歴史」は妖精女王から創出されるはずはなかった。しかし、それればかりではない。

『妖精女王』の作品空間は、上記の二つのベクトル、二つの次元から織り成されるだけではない。基本的な要素として、さらにもう一次元加わる。それは、「アレゴリー」を媒介として指示される作品外の（詩人と同時代の）「現実」である。「手引き」にある詩人の言葉を引くまでもなく、妖精女王グロリアーナがエリザベス一世を指すことは分明であり、その他いわゆる「歴史的寓意」（Historical Allegory）[16]の例は、その信憑性は別として、枚挙にいとまがない。この「現実」と「妖精郷」と「物語上の歴史」

の三つの次元が織り成す空間こそ作品世界にほかならず、三者のダイナミックな絡み合いを見定めることが、すなわちスペンサーの言う「心地よい分析」であろう。

たとえば、作品空間の中心を貫くと思しきグロリアーナ＝エリザベスを軸にして見るならば、物語上の歴史的次元においては、ブリトマートとアーティガルの光輝ある後裔として予言の実現となり、妖精郷の次元にあっては、理想的なグロリアーナとして、アーサー、ブリトマート、アーティガルと同一平面上に現れる。理想的なグロリアーナは「アレゴリー」を媒介として、時空を超えて詩人と同時代のエリザベス女王を指示するが、その現実の女王は、物語の歴史的次元により、物語上の「現在」からはるか遠くの未来に予示される。この作品空間のねじれが一体何によるのかは微妙な問題で、にわかには決し難い。もちろん、「チューダー王朝神話」のイデオローグ詩人としての工夫であったことは疑いえないが、それだけではないだろう。スペンサーは、「現実」について語ろうとして、歴史的にアーサー王時代へ遡り、そこに次元の異なる、しかし「現実」をも指示しうる「妖精郷」を置いた。彼の「ミメーシス（現実描写）」は、時空はもとより次元をも異にする言語空間を通じてなされた、と言えるかもしれない。しかし、このような言い方は、おそらく近代的な「写実主義（リアリズム）」の観点に立ったものであろう。「遠近法」が近代の発明であったように、我々の言う「現実」もおそらくはまた近代の所産であり、スペンサーにとっての「現実」は我々にとっての「現実」と等価ではなかったろう。『妖精女王』中、近代的な意味での「リアリズム」にスペンサーが最も近づいたのは、件の「ブリトン年代記」であろう。が、その「ブリトン年代記」と並置され、同等に価値を競うのは、前近代的な意味での「リアリズム（実念論）」[17]を具現するかとも見える「妖精国古記」である。実念論などを引き合いに出すのは見当はずれというのであれば、たとえば実証主義的歴史家フランシス・イェイツが包括的な「魔術的」思潮（ヘルメティシズムとカバリズム）をめぐって示したように、スペンサーの時代は「超現実的なもの」が「リアル」でありえた時代であった、と言ってもよいかもしれない。イェイツは、作品をほとんど語らず、人脈（ジョン・ディー、シドニー、ローリー）を論じてスペンサーを「クリスチャン・カバリスト」とした。私は、作品を見て、「魔術（主にヘルメティシズム）」に対する詩人の関心を確認する。

「妖精国古記」は、第七代目の王を語ってこう言う。

　続いてエルフィノアあり、魔術に長じ
　巧みをもて造りしは、鏡の海に銅の橋
　その音も高く、天の雷鳴とも聞き紛う。

Then *Elfinor,* who was in Magick skild ;
He built by art upon the glassy See
A bridge of bras, whose sound heauens thunder seem'd to bee.

（第二巻第十篇七三）

「妖精国古記」が一つの「理想」であることはすでに論じた。しかし、その「理想」がいかに「リアル」なものとして捉えられていたかは、作品外に立つ巨視的文脈において推測するのが便利だろう。私は、如上の関連から、スペンサーにおける「理想」はその「現実」と等しく「リアル」であり、等価のものとして捉えられていた、と考える。たとえば、古の「黄金の時代」の理想から現実のアイルランドへの急降下を一身に引き受けた第五巻のアーティガルの「アレゴリー」に窺える芸術的破綻は、そのことの一証左と見ることができるだろうし、ここに上に論じた「作品空間のねじれ」のよって来たる一つの理由を求めるとしても、あながち間違ってはいないだろう。[18]

しかし、「作品空間のねじれ」の根本的な理由は何かと問うならば、それはやはり物語の「歴史的現在」を基点とした「歴史的パースペクティヴ」が一方にあり、他方において、同時にポリフォニー的「アレゴリー」の意味作用を通じて同時代的歴史的事象とかかわるという、この意味作用における二重構造によるとすべきである。言うまでもなく、「パースペクティヴ」の視野は近代の胎動と軌を一にし、「アレゴリー」の視点は終焉を迎えつつある中世の遺産であった。

2　語りのアイロニー

『妖精女王』のような複雑な構造を持つ大作を読むとき、普通の規模の普通の結構を持つ作品の場合よりも、作者の「顔」を見てみたいという衝動に人は駆られる。その衝動は、コリン・クラウトというペルソナで登場したり、発言したりする「自伝的」要素を総合して、何某かの「顔」を描き出したいということではない。[19] あるいはまた、『アイルランドの現状管見』[20]に窺うことができるような、詩人のいわば政治・軍事上の「右翼的」な立場に焦点を合わせて、人文主義的モラルを尊ぶ詩人の「闇の顔」を暴いてみたいというものでもない。それは、以下のような特別な条件の下に見え隠れする「顔」に関連する。

作品を読むうちに、作家の意図がどうしても分からない、分からないながらも、昼となく夜となく気になって仕方がない。今は昔、「新批評」という「作家の意図」を目の敵にするというか、ともかくそれを無視することをもって多とする態度が一世を風靡したことがあったが、その風潮にどっぷり漬かった精神構造においてさえ、「作家の意図」が心残りで仕様がないといったことが起こりうる。そして実際そのような作品に遭遇したとき、読者は作家が一体どんな「顔」でそれを書いたのか、と思わず問わずにはいられないに違いない。ここで言う「顔」とは、まさにそのような状況を指している。

「作家の顔」が見たい、と思わせるような場面は尋常なものであってはならない。単に面白いとか機知が効いているとか、あるいはひたすら重厚であるとか晦渋であるとか、人を感心させるだけでは十分ではない。さまざまな角度からいろいろ考えても、異なる種々の観念が矛盾をきたしてしまい、やはりよく理解できない、しかしその不分明なところが作品全体の解釈にとって決定的であるような構造。このような状況を突きつけられたとき、思わず読者は、混乱する想念のやり場に困り、焦点の結ぶことのない「作家の顔」を想像しようとするのではないだろうか。

それでは、スペンサーの作品中、読者が彼の「顔」を思わず想像したくなるような場面とは、一体どのようなものだろうか。『妖精女王』第一巻第九篇に、若きアーサー王子が夢の中で妖精女王に会うという有名な件があるが、私はこのエピソードこそまさに「スペンサーの顔」が見たいと読者に思わしめる好例であると考える。

ユーナと赤十字の騎士に遭遇した若きアーサー王子は、そもそもなぜ今こうして妖精郷を遍歴するのか、その発端を語る。

いささか輿に疲れて、われ高き馬の背より
大地に降り立ち、ひと眠りと身を横たえた。
緑ふかき草が心地よき寝床を用意してくれ、
わが兜を置き、それを枕とすれば、
甘い眠りの露があまねく感覚に浸透し、
わが心をまどろみのうちに奪い去った。
ふと気がつけば、傍らに高貴な乙女が
そのたおやかな身体をそっと寄せる。
その方の美しさ、この世のものとはとても思えぬほど。
神々しき愉悦と、恋の遊技の楽しみを
　彼女は私に与え、彼女を忘れてはならぬと命じた。
彼女の愛は熱く強く私に注がれているゆえ、
その誠は、時が来れば証明される筈とも。
人を欺く夢の仕業か、はたまた真実か、
とまれ、これ程の喜びに我を忘れたことはなく、
誰であれ、このように心を奪われたことなどない筈、
その夜彼女の話に私が酔いしれたようには。

そして別れ際に言う、彼女の名は妖精女王であると。
目を覚ませば、傍らにいた筈の彼女の姿は絶えてなく、
その身に押されて、萎えた草がそこにあるのみ。
私の悲しみは、喜びの大きかったがゆえに、一層深く、
眼から出る涙は、川のようにその場を洗った。
その日以来、私はその神々しきかんばせを心に刻み、
その日以来、意中の女人を心に秘めて、決意した、
艱難辛苦を覚悟して、彼女を捜し求めようと。

（一三—一五）

疲れた騎士がしばし休息を求めて馬を止め、兜を取って横たわる。これは中世の騎士道ロマンスによくある光景である。うとうととまどろむ騎士の夢枕に妖精が現れ、床をともにする。これもまた、ケルト神話・民話によく登場するテーマである。そのような常套的テーマと形式に則りつつも、スペンサーは興味深い独創を行っている。それは誰でも「おや」と思わずにはいられない以下の箇所である。

目を覚ませば、傍らにいた筈の彼女の姿は絶えてなく、
その身に押されて、萎えた草がそこにあるのみ。

夢の中で枕を交わした妖精女王は、夢が醒めれば雲散霧消するのが道理というもの。その存在については、当然なにも残らないはず。それがしかし、彼女が身を横たえた部分の草が押し固められていたと言

う。夢の世界が現実と化した、あるいは現実の世界が夢と地続きになってしまったのである。この夢と現実の境目が取り払われてしまったという現象はどのように捉えたらよいものだろうか。

「夢と現実」あるいはもう少し広く「仮象と実体」というテーマは西欧思想の根幹にかかわる重要な対立概念であることは言うまでもない。この世の知覚はすべてこれ「影」に向かってのことにすぎず、真なる認識は振り向いて「太陽」を直視することにあり、そのためには哲学的知を磨かねばならないとするプラトニズム的伝統も、言うまでもなくこの「仮象と実体」の峻別の上に立つ。通常「現実」として見なされる世界を「仮象」として捉え、その背後に存在する高次の「実体」の認識へと向かうこと、これがプラトニズム的伝統の考え方である。そして、ネオ・プラトニズムとしてイタリアのルネサンスに復活したこの思潮に、スペンサーが強く影響を受けたことは我々のよく知るところである。(21)

このような背景に照らして考えるならば、アーサー王子の経験した奇異な現象は、単に「夢と現実」の交錯とか、神話・民話的世界の創出とかいうレベルの解釈で済ませるべきではない。アーサー王子は夢の世界に妖精女王を見たわけだが、その後目を覚ましたときには、現実に帰ったのではなく、夢の世界に目覚めたのである。この「夢の世界に目覚める」とは一体いかなることなのだろうか。

それはおそらくこういうことだと思う。端的に言ってしまえば、夢で見た妖精の国がプラトニズムでいう「実体」、つまり「真・善・美」を具現するような世界だということである。夢を見る前のアーサー王子にとっての「現実」は、したがって逆に「影」の世界、つまり「仮象」の世界ということになる。妖精女王を夢に見ることを契機に、アーサー王子は「現実」が本当は「仮象」にほかならないことを認識し、真・善・美を体現する妖精女王(真の「実体」)を希求するようになったのである。しかもこの希求は、「神々しき愉悦と、恋の遊技の楽しみを／彼女は私に与え」という言葉にも暗示されるように、その真の意味でのプラトニズムにふさわしくエロティックなものにほかならない。

アーサー王子にとって、「夢」と「現実」は交錯するものではない。彼が夢から覚めたとき、「傍らにいた筈の彼女の姿は絶えてなく、／その身に押されて、萎えた草がそこにあるのみ」であったのは、彼が夢の世界から「現実」へと戻ったことを意味するのではなく、反対に「妖精郷」が「実体」化されたと解釈すべきなのである。同じことを別の角度から言えば、アーサー王子の認識では「現実」は「仮象」として捉えられることになったのである。

現実から夢に目覚める、というパラドクシカルな動きは、『妖精女王』全体の構成に深くかかわる。というのは、アーサー王子が「夢に目覚め」て妖精女王を探し求めるところの「妖精郷」に関して、特異な位置づけがわざわざ作品中に行われているからである。その意味で、ハリー・バージャー・ジュニアがみごとに論じたように、第二巻第十篇に並列して語られる「妖精国古記」と「ブリトン年代記」の作品全体に対する意義は甚大であると言わねばならない(22)。

人体を寓意的に表現したアルマの城のちょうど頭部に当たる部分にやってきた第二巻を司る騎士ガイオンとアーサー王子は、頭部の中でも「記憶」を事とする部屋にそれぞれ入り、妖精王国の騎士であるガイオンは「妖精国古記」を、そして英国の王子アーサーは「ブリトン年代記」を繙くことになる。つまりは、それぞれの国の過去を振り返るわけだ。前節で述べたように、一方で、トロイ落城に始まり、アエネアースの血を引くブルータスによるトロイノヴァント（＝ロンドン）の建設を経て、アーサー王子の父君にあたるユーザー王の治世に及ぶ、断絶と混乱に彩られた「ブリトン年代記」があり、他方それとは対照的に、自然の豊饒を象徴するかのようなアドーニスの園に始まり、文明としての王国の建設、その後の発展を経て「妖精女王」グロリアーナの治世に及ぶという、万世一系の秩序ある発展を記録する「妖精国古記」が併置されている。自然の生産力、文化と文明の誕生、国家の発展と栄華、これらの進展が「妖精郷」では滞りなく行われているのに対し、「人間の国」なかんずく「ブリトン」では、権謀術数、謀反、侵略、征服、その他ありとあらゆる「暴力行為と詐欺行為」――ダンテの言う人間の罪の二大別――の絶えてなくなることがなく、自然と文明と国家の調和ある発展を見ることがむずかしい。

「妖精国古記」と「ブリトン年代記」は共通の時間軸で見ることはできない。もしあえて両者を対応関係に置いて見ようとするならば、前者の源にある「アドーニスの園」はトロイ落城のはるか以前にあったはずの「エデンの園」ということになろうか。この対比からもすぐ分かるように、「妖精国古記」には西欧キリスト教人類史に特有の「万物創世」と「堕落」、その後の「福音」そして「最後の審判」といった重大な節目が欠落している。「無からの創造」ではなく「自然の豊饒」、「堕落」のない「妖精男女の営み」、「福音」を必要としない文化文明の進歩(しかも「最後の審判」は当然存在しないので、永遠の進歩)、これがすなわち「妖精国古記」の特徴ということになろう。

さて、栄えある「妖精国古記」の最後を締め括るのはグロリアーナ＝妖精女王であり、他方「ブリトン年代記」の方は、アーサー王子の父君ユーザー王で終わっていることはすでに述べたとおりである。ということはつまり、『妖精女王』を歴史的に見た場合、その「歴史的現在」はユーザー王の治世にあり、アーサー王子はほかならぬそこにおいてあの「夢」を見たことになる。彼が夢の中で出会い、その後探し求めてやまない存在は、「妖精女王」すなわち妖精王国の今上陛下に相当する女王グロリアーナであった。アーサー王子は、「暴力行為と詐欺行為」に満ち溢れ、断絶と混乱によって象られる「英国」の歴史的次元から、自然の豊饒、文化文明の誕生と進歩、国家の発展と栄華が調和よく行われる「妖精の国」へ誘われたことになる。妖精女王に夢の中で出会い、妖精の国に「夢に目覚めた」アーサー王子の、女王を求めての遍歴の旅は、「英国」という歴史的「仮象」を超えた、「妖精郷」といういわば理想の文明史へ向けたエロティックな冒険と言えるであろう。それゆえにこそアーサー王子は、ほぼ各巻の主人公的騎士が具現する各々の美徳を総合するような美徳の完成を、ひとりで体現しなければならないのだ。

上に述べてきたことから、第一巻第九篇に描かれる「アーサー王子の夢」が作品全体にとっていかに重要な意味を持つかが明らかであろう。『妖精女王』という作品を「主題と構造」という面から解きほぐしてゆくならば、この場面はまさに全体の物語的展開のプリームム・モビレ（primum mobile）あるいは原風景とでも言うことができるだろう。

ところが、ここには一筋縄では行かないように細工が施されている。その細工とは、我々を甚だ困惑させずにはおかない本歌の存在である。この箇所の下敷きとして、スペンサーはかなりあからさまに、チョーサーの『カンタベリー物語』を構成する一つの物語、『トパス卿の話』を使っているからだ。

トパス卿はすっかり疲れ果てた、
やわらかな草原の上を、激しく馬を駆ったため、彼の心はかくも弥猛《いやたけ》にはやっていたのだ。
かくして、その場に彼は身を横たえたれば、
馬には少々休息を与え、さらに
　飼い葉をたっぷり取らせたのだった。

「ああ聖母マリヤさま、お恵みを！
なんとこの恋に私は悩まねばならないのでしょう、
　私の心は呪縛されたが同じ。
嘘偽りでなく、一晩中夢に見続けておりました、
妖精の女王がこのわたしの恋人になり、
　我がマントのなかで同衾するというもの」。

「私は妖精の女王を心に刻み本当に愛します、
世の中広しといえども、女性のなかでこのわたしの
　恋人にこれ程ふさわしい女人はいないのです、町中探せども。
他のすべての女性など眼中になく、
私が目指すはひとり妖精の女王のみ、
　野越え谷越えどこまでも(23)」。

（七七八―八〇二行）

詩型の違いからも明らかなように、全体の調子はかなり異なるが、「疲れて草の上に横たわる」こと、その場ではないものの「一晩中、妖精の女王と同衾した夢を見た」こと、そしてその後「妖精の女王を求めて旅に出た」こと、この主要な三点においてスペンサーと共通する。もちろん、スペンサーの独創であった「夢に目覚める」という「妖精女王」の理念化と「妖精郷」の「実体化」は、ここに見るべくもないが、チョーサーのこの話がいわば本歌として下敷きとされているという事実は動かしようがない。当然、チョーサーのこの話が『カンタベリー物語』においてどのように位置づけられているか、ということが問題になる。

このことについては、注意しなければならないことが二点ある。一つは、チョーサー自身がこの話の語り手であるということ。『カンタベリー物語』は、カンタベリーへの巡礼をしようという人々が、お互い旅の徒然に物語をするという設定になっているが、この『トパス卿の話』ではそのような巡礼者としてチョーサーが作中登場し、かつて覚え知った唯一の「韻文の話」として物語るというものである。第二は、この「韻文の話」はとりわけ巡礼の元締め役の旅籠《はたご》の主人に不評で、中途で頓挫してしまう体のものだということである。ここで「韻文の話」と言われているのは、「ライム（脚韻）」を踏んで歌われた「中世騎士道ロマンス」を主に指すと思われるが、作中の登場人物としての巡礼者チョーサーも「なぜ私の物語に限って話に水を差すのですか」と抗議しているように、「ライム」を踏んだ話はもううんざりという理由で、中止に追い込まれてしまうなど、『カンタベリー物語』中でも特異な物語と言えよう。言うまでもなく、この裏にはチョーサー独特のアイロニーがあり、それは、自分自身の姿を「始終下を見てばかりで、まるで兎でも見つけようとしているかのようだ」とか、「誰とも言葉を交わしそうもないぶっきらぼうな顔つき」であるとかいうふうに旅籠の主人に言わせているところにもよく現れている。おそらく『カンタベリー物語』の作者チョーサーは、韻を踏んで歌われた騎士道ロマンスに対して批判的だったものと思われる。その種の騎士道ロマンスの中で特に人気を博したのはアーサー王伝説にまつわる物語であったに違いないが、『カンタベリー物語』でこの種の物語と言えば『バースの女房の物語』だが、そこでのアーサー王伝説の扱いはまさにアイロニカルあるいはパロディカルとしか言いようがないものである(24)。

スペンサーの描く騎士アーサー王子の「夢と遍歴」、チョーサーの語る騎士トパス卿の「夢と遍歴」、両者はいかにも対照的で、各々それぞれの個性がよく滲み出ていると言えよう。問題はしかし、スペンサーの場合である。アーサー王子が「夢に目覚める」この場面の作品全体に及ぶ重要性はすでに述べたとおりである。それではなぜそれほど重大な局面に、騎士道ロマンス批判を巧みに盛り込んだ『トパス卿の話』をわざわざ混入させたのだろうか。スペンサーはチョーサーを「汚れなき英語の泉」(『妖精女王』第四巻第二篇)と呼び、大いに私淑していた。『妖精女王』第四巻では『カンタベリー物語』中のもう一つの話『近習の話』の続篇を書いたりもしている。当然、チョーサーがアーサー王伝説に取材したロマンスに批判的であったことにスペンサーが無知であったはずがない。それにもかかわらず、あえてチョーサーの『トパス卿の話』を想起させるアイロニカルな本歌取りをしたのはどういうわけだろうか。

アーサー王子の「夢に目覚める」という行為は(大袈裟に言えば)一種の「認識論的展開」と見ることができる。しかしそのような叙事詩にふさわしい思想性は、『トパス卿の話』への言及を通じて、決定的に稀薄にならざるをえない。あるいは全く逆に、チョーサーに見られるような洒脱な自己劇化の精神、アイロニーのベールで二重三重に個性を不透明にしてしまうような間接性の構造が、スペンサーの暗示したかったことなのだろうか。もしそうだとすれば、アーサー王子の「夢に目覚める」ことに始まる一大叙事ロマンスは、必定しかるべき崇高性と威厳を失う結果となるだろう。

あれやこれや考えても、納得のゆく解釈を得ない。論理と想念と観念は私の頭の中で錯綜し、雲のように啓蒙の光を覆う。しかしその雲の切れ目から、ときどき作者スペンサーの顔が見え隠れするような気がする。それは啓蒙の陽光をたたえた顔ではない。思想的にコミットメントを要求しながら、同時に洒脱に構えなさいと促すがごとき顔なのである。思えば、「顔」の魅力は本来その不可解なところにあるのだ。

第Ⅴ部

歴史と臨界

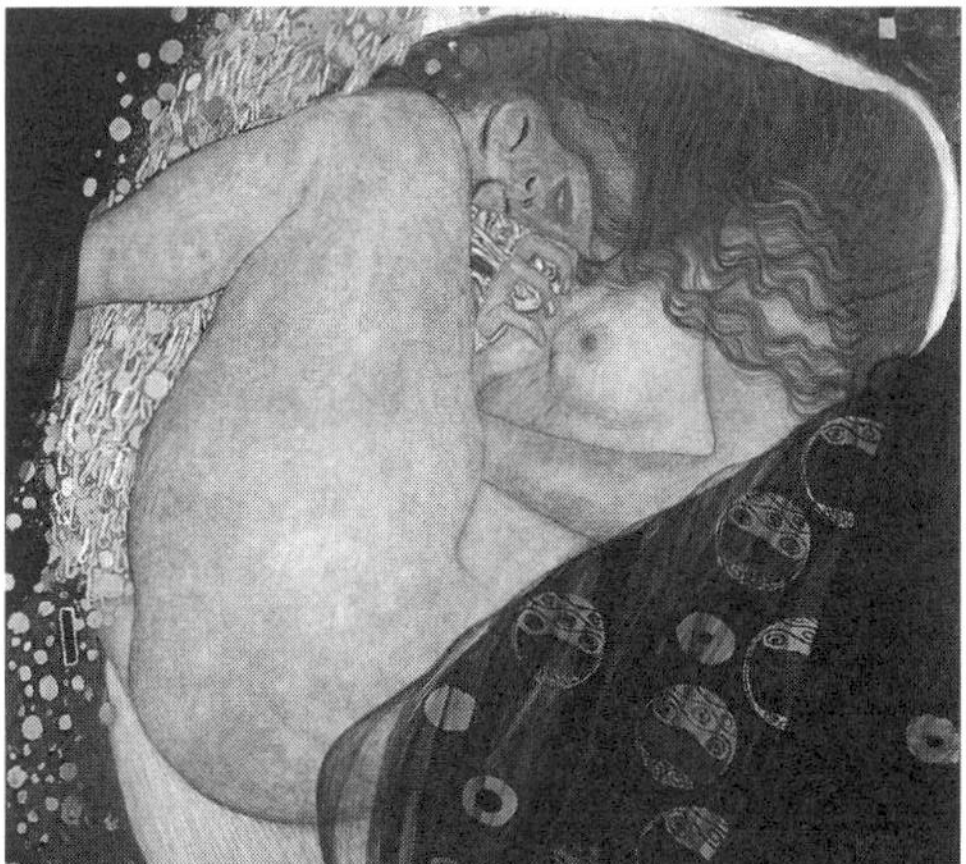

グスタフ・クリムト『ダナエ』1907/08 年（Privatbseitz）

第1章　古代ギリシアの顕現

1　ギリシアとは何か

紳士淑女諸君、おはよう。本講義では、XXX氏の名を挙げることはしません。もちろん彼に比肩する者は皆無だと承知しております。我々はただちにプラトンの『国家』を見ることにしましょう。(1)

西欧比較文化史の大家ジョージ・スタイナー（一九二九―）は、一九四〇年代後半から五〇年代前半にかけてシカゴ大学に在籍し、ゆくりなくも、ドイツから亡命して政治哲学を講じていたレオ・シュトラウス（一八九九―一九七三）の講義に出席する機会を得た。当時すでに、シュトラウスは名講義をもって知られるカリスマ的存在であり、上の引用はその時スタイナー青年が得た貴重な体験に基づく。「XXX氏」とあるのは、青年スタイナーがにわかには聞き取れなかった名前だった。講義終了後、それがハイデガーという哲学者であることを年長の友人から教わったスタイナー青年は、早速図書館に駆け込み、ドイツ語原文の『存在と時間』を見つけ出し、判然としないまでもそれを読破してしまったという。のちに『ハイデガー』なる名著を書き上げることになるスタイナーの、若き日の逸話としておもしろい。

その名講義において、レオ・シュトラウスがなぜあえてハイデガー（一八八九—一九七六）に触れないと明言したかについては、ドイツからのユダヤ人亡命者という彼の複雑微妙な境遇を思えばその理由の大方は明らかとなろう。一九三三年にヒトラーが政権を掌握し、三五年に俗称「人種法」が制定されるや、周知のようにユダヤ人は公職に就くことが事実上不可能になった。そのような情勢下に、ハイデガーに惹きつけられ彼の下で研鑽を積んでいた優秀なユダヤ人学生たち——レオ・シュトラウス、ハンナ・アーレント（一九〇六—一九七五）、カール・レーヴィット（一八九七—一九七三）など——はドイツを後にせざるをえない状況に追い込まれた。ハイデガーはというと、よく知られているように、ヒトラー政権に加担するとしか思えない言動をとり、表立ってナチズムを批判することはなかった。

ハイデガーの思想とナチズムとの関係は、およそその関係自体を否定することはできないものの、救済派と批判派両陣営からする議論がいまだに絶えない。スタイナーの判断に従うならば、積極的にヒトラーを擁護した形跡はないが、ナチズムに対する姿勢は本質的にこれを肯定するものであった。門下のユダヤ人学生はと言えば、いち早く批判を行ったレーヴィットに対して、終始擁護の姿勢を崩さなかったアーレントといった具合に、立場は両極に分かれる。シュトラウスはといえば、おそらく中間派の態度をとり、直接的な言及を避けたと言えるだろう。

冒頭に挙げた引用に、「もちろん彼に比肩する者は皆無だ」とシュトラウスが（皮肉とも本音ともとれる調子で）言った背後には、ハイデガーとの個人的な事情はもとより、「哲学と政治」ないしは「思想と歴史」が織り成す複雑な関係が控えていたと見なければならず、少なくともシュトラウスがハイデガーを素直に是認するというようなことは、したがってまずありえない。あるいはむしろ批判的であるとしても不思議ではない。しかしながら、わざわざ「ハイデガーには触れない」と断るところを見ると、哲学の道にある同業者として、どうもその才能と能力には無視しえないものがあると認めざるをえなかったのだろう。レーヴィットのように正面切って批判の矢を放つことはしないが、さりとて完全に沈黙するでもない。この奥歯にものが挟まったようなシュトラウスの物言いの裏には一体何があるのだろうか。

シュトラウスのハイデガーに対する思いはさまざまに錯綜していて当然だろう。この二人の男性哲学者とアーレントとの関係などは、「ハナとマルティン」などと称して非哲学的事情において云々する誘惑を抑えるほうがむしろむずかしいのかもしれない。しかししかるべき知的禁欲の立場に立って、そのような三面記事的要素をすべて捨象して考えるとき、シュトラウスとハイデガーの間には——そしてアーレントにも——決定的に重要な共通項が存在しているように私には見える。しかも、シュトラウスの政治哲学に対してハイデガーの存在論といった、それぞれの思想に窺える方向性の違いにもかかわらず、それは依然として通底する。すなわちギリシアへの根源的関心である。(2)

レオ・シュトラウスは、終生、近代の「相対主義」的価値観を批判し続けた。救済史における絶対的物語（唯一の歴史）から近代における人間の多様な「歴史」へといった形で出現した歴史主義的相対主義が一方にあれば、他方文化主義へといった変容がもたらした文化的相対主義もある。洋の東西を問わず、我々がポスト・モダン[3]と言われるような状況に突入しているのか否かは別としても、相対主義的価値観は水か空気のごとくに我々の周りに溢れる。それが高じて、ほとんど「絶対的相対主義」のパラドクスに陥るかの様相を呈したとき、シュトラウスが執拗に行った近代の相対主義批判は預言者の声のように響く、と思うのはおそらく私ひとりではないだろう。

そのシュトラウスが、近代の相対主義を批判するにあたって、鑑のように常に仰ぎ見たのはギリシアの哲人だった。中でも、プラトンの『国家』は彼の政治哲学にとってまさにバイブル的存在にほかならなかった。国家あるいは政治については、近代人よりも古代ギリシア人の眼力のほうが優れていた、とシュトラウスは言って憚らない。

ハイデガーと古代ギリシアとの関係については、もとより短評を許さない。一方において、プラトン的な「イデア」の超越的世界は、彼の言う「存在」を忘却させる諸力の一つとして、これを徹底的に批判した。他方において、プラトン以前の「ギリシア的なるもの」は、神殿とか詩歌といった形で真の「存在」が開示される契機として捉えられた。そして何よりも、古代ギリシア語とドイツ語は「真理」を開示する言語として、一種の共謀関係にさえあり、きわめて特権的な地位を与えられていた。「ドイツとドイツ語に対するハイデガーの関わりは、古代ギリシアにおける人間存在と言語の誕生との特殊な近似性のもとに捉えられており、そのような関係は決定的な意味を持つ[4]」とスタイナーも言う。

かくしてプラトン以前と以降という重大な時代的差異はあるにせよ、真理への探求をめぐって「古代ギリシア」は絶対的優越性を示す。まさにこの認識において、ハイデガーの存在論もシュトラウスの政治哲学も同様の方向性を示す。

おこがましくも、まずは「ギリシアとは何か」という問いを立てて、スタイナーの伝えるレオ・シュトラウスの講義風景から始めたのは、この情景が二十世紀後半における「古代ギリシア」の特質と運命を象徴的に語るのではないかと思われたからである。ここで「古代ギリシア」として俎上に載せる問題は、たとえば考古学とか（狭義の）「文献学」で普通行われる「過去の一片」として分析的に取り扱われるような種類の対象を意味しない。ここで我々が関心を寄せる「古代ギリシア」とは、現代の我々に何がしかの意味をもたらす、もっと言えば我々を彼岸へと引き寄せてやまない、ある種の磁場を備えたヴィジョンのことを指す。

しかし、ことさらなぜギリシアがなおも参照されなければならないのか。考えてみれば、シュトラウスやハイデガーにとどまらない。たとえば戦後の思想を代表するフーコー（一九二六—一九八四）にしろデリダ（一九三〇—二〇〇四）にしろ、等しくギリシアを持ち出さずには真剣な議論ができないかのごとくに振る舞う。さらにフーコーやデリダのヒーローとも言うべきニーチェは、そもそも自身ギリシア学者であった。

あたかも共謀関係を結ぶかとも見えるこのギリシアと近現代（あるいはさらにポスト・モダン）との奇妙な結びつきは、一体どう考えればよいのだろうか。言うまでもなく、この問題は西欧近代の文化史一般の展開と重なり、一筋縄でいくようなものではない。やや時代を遡って、中世後期あたりからギリシア問題を考えてみよう。

2　ギリシア像のレヴォリューション

西欧中世の悼尾を飾るとも言うべき『神曲』の第一巻「地獄篇」は、作者ダンテ（一二六五―一三二一）自らの演出になる、いわば襲名の儀から始まる。ダンテが襲うところの名にし負う大家はといえば、まずはウェルギリウス（前七〇―前一九）であった。人生の半ばにして道に迷ったダンテに、天のはからいから、救いの手を差し伸べるべくウェルギリウスは道案内として派遣された。その人がまさにウェルギリウスにほかならないことを知ったダンテは、「あの言葉の大河の源流となられた方」、「あらゆる詩人の名誉であり光であるあなた」と呼びかけ、「長い間ひたすら深い愛情をかたむけて／あなたの詩集をひもといた私に情けをおかけください、／あなたは私の師です、私の詩人です。／私がほまれとする美しい文体は／余人ならぬあなたから学ばせていただきました」[5]（第一歌八〇―八五行）、と溢れる思いを抑えることができない。

かりに西欧文化二千年として、その間古代から近代まで途切れることなく連綿と読み継がれた詩人は誰かと問うならば、ウェルギリウスを措いて他に見当たらない。たまたまその『詩選集』の第一歌に救世主を寿ぐがごときもの[6]があったことから、のちのキリスト教会はこの詩人を聖なる預言詩人として半ば自らのものとした。しかしダンテがウェルギリウスを「私の師」と呼んだ理由はそれだけではない。ホメロスの二大叙事詩を一つに併せ持つ叙事詩『アエネーイス』の作者という象徴的意味もあっただろう。「冥界下り」という叙事詩に欠かせないトポスこそ『神曲』がこれから示そうとする「地獄篇」のモデルにほかならないからである。ダンテの壮大なヴィジョンでは、地中深く続く「地獄」は最後に反転して「煉獄」の山へと通じ、さらにその山頂のこの世の楽園から「天国」への飛翔の旅へ、そして宇宙最果てにおける神との合一へと至るのだが、叙事詩の伝統に即して見るならば、それはすべてこの世の時間を超えた次元へと越境する「冥界下り」の大いなる変容と捉えうるだろう。ダンテは古典叙事詩の偉大なる伝統に自らを接木しようとする。

その古典に連なる襲名の儀は、しかし、これにとどまらない。ウェルギリウスは「救世主」賛歌が幸いして、キリスト教的に半ば救うことができたが、福音を知りえなかった薄幸の、しかし叡智に優れる異教詩人たちはどうするのか。この偉大な古典的伝統の体現者たちが気がかりだったダンテは、『神曲』に「リンボ」といわれる「飛び地」を設け、異境の詩人たちを祀った。暗い地獄に一瞬明かりがさしたかと思えば、学芸の館が広がり、偉人たちが姿を現す。おそらくひとりひとり指しながら、ウェルギリウスはダンテに言ったのだろう。

あれがホメロス、無比なる至高の詩人
次に続くは、風刺に優れるホラティウス
三番目はオウィディウス、しんがりはルカヌス。
（「地獄篇」第四歌八八―九〇行）

ホメロス、ホラティウス（前六五―前八）、オウィディウス（前四三―後一七頃）、ルカヌス（三九―六五）、そしてこの巨人たちにウェルギリウスが加わる。地獄の「飛び地」とはいえ、壮観そのものだ。ところが、こともあろうにこの五大詩人の輪の中にダンテも入ってゆく。入ってゆくだけでなく、なんと自ら

「第六番目」の詩人として仲間に入れてもらったというようなことを口にする。これを豪胆と呼ぶのか、天晴れなまでの自信というのかは別として、ここにおいてダンテによる自作自演の襲名の儀は終了する。

今ここで問題にしたいのは、ダンテがその一員として参入を認められたいと欲した偉大な伝統の構成である。つまり、ホメロスを除くならば、その構成要員はすべて古典ラテン文学の大詩人で占められる。これに、『神曲』第二部の「煉獄篇」においてウェルギリウスに代わってダンテの道案内を務めることになるスタティウス（四五頃―九六頃）を加えるならば、さらにそのラテン的伝統は強化されることになろう。実際、ダンテの死後四半世紀後に、ヨーロッパの辺境の地イングランドに生まれたチョーサー（一三四〇頃―一四〇〇）は、その『トロイルスとクリセイデ』という野心作を結ぶにあたって、上掲のダンテの一節を明示的に下敷きにしながら、以下のように歌った。

小著よ、わが拙き悲劇よ、世に出でよ、
願わくは、神がお前の作者の死ぬ前に、
喜劇を作る力を与えられんことを！
しかし小著よ、他の作品と競うことなかれ、
すべての詩に、恭順の意を表すべし。
歩みし足跡に口づけをすべきは、
ウェルギリウス、オウィディウス、ホメロス、ルカヌス、スタティウス。(7)
（第五巻一七八六―九二行）

表現においてダンテの自信に満ちた大胆さと対照的な一種の奥ゆかしさはあるものの、自らの小さな悲劇をヨーロッパの偉大な伝統に位置づけようとする大望においては、さして選ぶところはないと言うべきだろう。あるいは、太陽の沈むことのない大英帝国が世界を支配した十九世紀以降の世界史的視野からはほど遠く、しかも大航海時代以前という狭い世界観においてそれこそ英語など通用しないラテン的ヨーロッパ文化の基調に抗して、チョーサーが上述の大望を述べたことを思えば、ひょっとすると大胆さではダンテの比ではないのかもしれない。とまれ十三、十四世紀という中世の落日に視座をとるならば、ヨーロッパの偉大な伝統は、ひとりホメロスを除けばウェルギリウスを筆頭とするローマ・ラテン文芸であった。

しかし問題はホメロスである。ありていに言って、ダンテはギリシア語を解さずそもそもホメロス原典を手にしたことがない。ダンテ没後の十四世紀半ば、ペトラルカ（一三〇四―一三七四）はホメロス原典を手にする。当時教皇庁はアヴィニョンにあり、一三三九年と四二年にコンスタンティノープルからの公使として、バルラアムという名の修道士が訪れている。一三四二年の再訪に際してペトラルカはギリシア語の手ほどきを受けたが、教え方が悪かったのか憶えが悪かったものか（古典学史は偉大な人文主義者の先達に敬意を表して、つねに教え方が悪かったとする）、ペトラルカはギリシア語を身に付けることができなかった。したがって、その後一三五〇年頃ペトラルカはニコラス・シゲロスなる公使からホメロス原典の写本を贈られる幸運に恵まれたが、観賞用の貴重書にとどまらざるをえなかった。バルラアムにはしかし、レオンツィオ・ピラトという弟子がいて、この人はギリシア語ができた。一三六三年にペトラルカもこの人物にヴェネツィアで会っているが、ピラトをつかまえたボッカッチョ（一三一三―一三七五）は、旅好きのこのギリシア語学者をフィレンツェにしばらく滞在させ、ホメロスやエウリピデスをラテン語に部分訳させたのだった。一三九七年には、コルッチオ・サルターティ（一三三一―一四〇六）の招聘に応じて、ビザンティンからマヌエル・クリュソロラス（一三五三頃―一四一五）がフィレンツェにやって来て、ギリシア語を教授しはじめる。クリュソロラス門下には、ガリーノ（一三七四―一四六〇）やレオナルド・ブルーニ（一三七〇／七五―一四四四）など、次代のルネサンス人文主義運動を担う人物が数えられる。ここではこれ以上古典学史をなぞることはしない(8)。要するに、注目すべきは、十四世紀の初頭にダンテが言及し、世紀末近くにチョーサーが踏襲した「ヨーロッパの偉大な伝統」におけるホメロスは、どうやら名目上の存在にすぎなかったということである。西ヨーロッパ二千年として、ホメロスをはじめとするギリシアの文物に直接触れはじめたのは十四世紀後半であり、それが人口に膾炙するに至るにはさらに数世紀が必要だった。

それでは、ルネサンス以前の西欧中世におけるギリシアとは、どのような像を結んでいたのだろうか。それはおそらく「トロイア物語」という形で捉えられていたものと考えられる。その源泉は、四世紀から五世紀にかけてラテン語で書かれたとされるクレタのディクテュス（生没年不詳）の『トロイア戦争日誌』と、フリュギアのダーレス（生没年不詳）の『トロイア滅亡の歴史物語』に発し、その伝統のもとに、十二世紀にサント・モールのブノワ（一一七三没）が『トロイアの物語』としてフランス語でロマンス仕立てにした。これが大層人気を博したことから、ケルンのグイド（十三世紀前半）がそれをさらにラテン語で翻案するといった具合に、汎ヨーロッパ的に広がってゆく。上述のチョーサーの『トロイルスとクリセイデ』は、この流れの中で創作されたボッカッチョの『フィローストラト』を下敷きとして書かれたものにほかならない。

それでは、この「トロイア物語」的ギリシア像が我々近代の知る「ホメロス」的ギリシア像とどのような点でいかに異なるのだろうか。幸いにして、『トロイア戦争日誌』と『トロイア滅亡の歴史物語』は邦訳が存在するので、(9)詳しいことは実際に読まれることを希望するが、ここでさしあたって注意すべきは、双方に共通する「歴史的忠実性へのこだわり」および「脱神話化」という二つの傾向と言うことができるだろう。前者の史的忠実さへのこだわりという点では、両著劈頭に「書簡」、「緒言」としてうやうやしく述べられる前置きがこれをよく示す。ディクテュスの場合、元来フェニキア文字で書かれた原作は、皇帝ネロの時代にギリシア文字に移され、それをさらにセプティウスという者がラテン語に訳したという複雑な経緯を語る。ダーレスのほうもまた、そもそもダーレスによるギリシア語原典を後代のコルネリウス・ネポスがアテナイで発見し、ラテン語に翻訳した経緯を述べる。このもったいぶった断り書きの意図するところが、その歴史的記述の信憑性の強調であることは明白だろう。それは、訳者前書きでコルネリウス・ネポスが「ギリシア語の原文の持つ直截にして簡明なる文体に従って、逐語的に翻訳」したと述べ、続けて「それゆえ、読者はこの記述に従って、何が起ったかを正確に知ることができるとともに、フリュギア人ダーレスとホメロスのいずれが、より忠実に書いたかをみずから判断できるでありましょう」(10)と言うことに、よく見ることができるだろう。人は嘘をつくとき本当だと言う。

いま一つの(前近代的と近代的ホメロス像の)重大な相違点は、「脱神話化」つまり作品世界における神々の存在・不在と機能に明らかだろう。端的に言って「トロイア物語」の世界では、神々の顕現などという事態は全く起こらない。これは、史的忠実への執着ということから部分的に帰結することであるかもしれないが、神々の不在は当然にして、我々の馴染んだ特殊ホメロス的世界観と全く違う趣を提示せずにはおかない。要するに、史的であろうとする物語と、詩的であろうとする物語との違いが、文体から語りの様相すべてにわたって看取されざるをえないのである。

このような「トロイア物語」的ギリシア像が、ルネサンスと呼ばれる人文主義的運動を通じて、次第に変容してゆくことは周知のとおりである。西欧最初のギリシア語教授マヌエル・クリュソロラスと、その門下ガリーノやブルーニについては先述した。西欧にギリシアの文物が移植される過程に関しては、一四五三年のコンスタンティノープルの陥落が歴史上一つのランドマークになってはいるが、すでにそれ以前にも古代ギリシア語とその文化に魅せられて東欧世界に留学する篤学の士がいたし、当然ギリシアからの教師も存在した。前者の好例はガリーノであったし、後者としては、フェッラーラで最初にギリシア語を講じたテッサロニキ出身のテオドロス・ガザ（一四〇〇頃―一四七五）や、フィレンツェなどで教鞭をとったアテナイのデメトリオス・カルコンデュレス（一四二四―一五一一）などが挙げられるだろう。テオドロス・ガザはホメロスの手写本をもたらし、デメトリオス・カルコンデュレスは一四八八年にフィレンツェで西欧初のギリシア語版ホメロスを上梓したのだった。ブルーニ以降のイタリア人文主義者たちはギリシア語に通じ、アンジェロ・ポリツィアーノ（一四五四―一四九四）に至っては、ギリシア人よりもギリシア語に堪能であると豪語するほどの力を身に付けるまでになる。

かくして有能なイタリアの人文主義者たちは、ラテン語への翻訳作業を大いに進めた。ホメロスだけを例にとって、その代表をいくつか挙げるならば、メディチ家の庇護の下に『イリアス』第一巻をラテン語韻文に翻訳したカルロ・マルスッピーニ（一三九九頃―一四五三）。古典ラテン語の名手としても知られるロレンツォ・ヴァッラ（一四〇七—一四五七）は、一四四二年から四四年にかけて、『イリアス』の第一巻から第十六巻をラテン語にした。ほぼ同時に、一四四〇年、ピエル・カンディード・デチェンブリオ（一三九九—一四七七）は『イリアス』第一巻から第四巻を逐語訳したという[11]。これら多くのラテン語訳は、ギリシア語原典の印刷という記念碑的事件がきわめて限られた専門家の間でのみ意味を持ったのと対照的に、汎ヨーロッパ的メディアということもあり、かなり広範にして強力な影響力を持ったはずである。したがって十五世紀中葉以降は、ホメロス像の転換が徐々になされていったと考えてよかろう。しかし、その転換は実に徐々にしか進まなかったと言わねばならない。

ラテン語からさらに英語やフランス語といった近代諸語に翻訳されてゆくにつれて、ホメロスをはじめとする古代ギリシアの文物は、西欧文化に深く根を張っていっただろう。その意味で、十七世紀におけるジョージ・チャップマン（一五五九頃—一六三四）による英訳『イリアス』（一六一一年）と『オデュッセイア』（一六一四年）、そしてマダム・ダシエ（一六五四—一七二〇）による『イリアス』と『オデュッセイア』のフランス語訳は里程標的な役割を担っていたとすべきだろう。こうして俗語と呼ばれる近代諸語を媒介として、中世的な「トロイア物語」とは異なるいわば純正「古代ギリシア」は次第に、人々の間にその輪郭を現していく。

もとより、このような事態は翻訳に限られるわけではない。西欧世界は、古代ギリシアに文化的光明を見いだし、それを範と仰ぐ「模倣」の競演を通じて、文芸復興から啓蒙時代へと切磋琢磨して、優れた文物を生み出した。ギリシアとラテンの古典文学に、「牧歌」に始まり「叙事詩」を頂点とする詩作上の序階システムを見て取った西欧近代は、それを俗語において実践し、たとえば十七世紀後半に至ると、英国のミルトン（一六〇八―一六七四）は『失楽園』[12]（一六六七年）を著して「古典的」叙事詩をも超えて、キリスト教に基づく叙事詩を構築するところまで行った。このようにして、一七〇〇年頃になると、叙事詩と悲劇、さらには喜劇と抒情詩にわたって、西欧近代は古代に匹敵する作品を生み出し、中には古代文芸をすでに凌駕したと豪語する人々まで現れることになった。世に言う「新旧論争」[13]にほかならない。

近代科学における長足の進歩に影響され、全般に「進歩史観」が隆盛を見せる中で「新派」は、科学と同様に近代文芸も進化を示し、すでに古代の模倣の域を超えて発展しつつあるという立場を表明した。この現代の我々にも至極分かりやすく、また共鳴することができる立場に対して、「旧派」は逆に、由緒ある「衰退史観」を墨守した。衰退史観とは、かつては理想的な「黄金時代」が実在したのであり、歴史はすなわち堕落と衰退の下降線を辿って、「銀」、「青銅」、「鉄」等々と徐々に質を落としながら、現在の不振に至るとする。この考え方は西欧思想に根深く存在し[14]、近代ではルソー（一七一二―一七七八）、さらに近くはオスヴァルト・シュペングラー（一八八〇―一九三六）の『西欧の没落』[15]（一九一八―二二年）などにその残滓を見ることができる。当然、「旧派」は古代ギリシアの作物を純然たる卓越性において捉え、これを超える近代の作品はいまだ現れておらず、また現れるはずもないと見る。そもそもホメロスを凌駕するなど、およそ考えも及ばなかっただろう。

「新旧論争」の決着は概して曖昧だったと言うべきだろう[16]。近代自然科学に裏打ちされた「進歩史観」が圧倒的勝利を収めていったという世界史における全般的観点からするならば、文芸においても「新派」的な考え方の優位があったと言える。他方、それとは正反対に、自然科学と文明の進歩に反比例して、原初的な存在認識あるいは根源的な生命力の喪失感といったものがますます強く意識されるようになり、それを古代の文芸に求めるという「プリミティヴィズム」的観点が台頭する。そのような視点からするならば、まことに皮肉ながら、「旧派」の勝利という結果になる。純然たる「旧派」的歴史観にほかならない衰退史観は、近代の進展とともに稀薄にならざるをえなかったが、同時にその反面、一種の文化的根源主義は一層強まっていく傾向にあったと見るべきだろう。[17]

そして西欧近代の場合、その根源主義の矛先は、再び古代ギリシアへと向けられる運命にあった。十八世紀中葉に始まる「ギリシア・リヴァイヴァル」[18]がそれにほかならない。

この第二ギリシア・ルネサンスは、再びホメロス問題を中心にして見るのが便利だろう。それ以前のホメロス像すなわちルネサンスから十八世紀初頭までの時代がいかなるホメロス像を描いていたかというならば、上述したように、中世的「トロイア物語」のそれからは脱出していたものの、それでもなお依然としてきわめて神話的な次元にとどまっていたと言わざるをえない。たとえば、イギリス文学の「新古典主義」を代表する詩人ポウプ（一六八八―一七四四）は、チャップマンを継ぐ『イリアス』と『オデュッセイア』の名訳者として一世を風靡したが、その翻訳に付した序文『ホメロス試論』（一七一五年）に窺えるホメロス論は、従来の見解に対して批判的であろうとする著者の意図にもかかわらず我々にはあまりにもナイーヴなものに見える。ホメロスの出自と経歴などに関して、旧来の荒唐無稽なもろもろの伝説を斥けたのち、ポウプは「ホメロスの生涯」について批判的にして「可能な推測」を提示するのだが、詩人の生涯について推測をすること自体、今日から見るならばなおも神話的な次元にとどまると言わざるをえない。続けて、「作品」についても同様の「許されるだろう推測」を行い、さらにホメロスの学識と教養を論じて、次のような言葉で締め括る。

以上のことで明らかであろうと思われるが、彼が学問の父であり、創造世界全体を知的理解において包括的に捉えうる精神を持ち、蒙昧の時代にあってひとり輝くだけでなく、のちの啓蒙された時代に生きるという有利な条件にある人々をも凌駕して輝き、その残した作品は、当時の知の総体で飾られているばかりでなく、のちに完成の域に高められた各種の学問分野それぞれの源泉を用意したのであった。その作品は、崇高な特性において常に頂点を示し、完成度において読者の賞讃を獲得し、それと競おうという試みにおいてのちの作家の絶望を惹起するのである。(19)

ここには、啓蒙の世紀特有のおおらかな進歩史観(「蒙昧」と「啓蒙」)が窺われると同時に、ある程度の歴史主義的評価(「当時の知」)が意識され、加えて例外的ながら根源主義(「源泉」)が加味され、そして天才論に立った絶対的価値観(「常に頂点」、競合における「絶望」)がさらに付け加えられている。互いに矛盾する種々の観点が渾然一体となって、すべてはしかしホメロスという天才神話のもとに収斂する。

しかしまもなく、この歴史主義を加味した神話的調和の詩人像は、実際のギリシアという地誌と風土をともなった現実体験によって、根本から乱されることになる。ポウプの『ホメロス試論』から約半世紀の後、ロバート・ウッド(一七一七頃―一七七一)は自らのギリシア旅行(一七四二―四三、四九―五一年)の体験に基づき、『ホメロスの独創的才能に関する試論』(一七六七、六九、七五年)を公にしたが、その「独創的才能」とは、限定された時と場所において発揮される「模倣」能力にほかならないとしたのだった。「模倣」がいかに正確に行われたかを検証するためには、当然ながら模倣の対象となった事柄をまずは目で見なければ話にならないだろう。「対象」としてウッドが挙げたのは、時代の特性、慣習、風景、風土などだった。風景と風土はまだしも、時代の特徴とか慣習といった歴史的社会的特性は、長い時を隔てた過去のものであり、検証することは不可能なはずだが、（ウッドによれば）好都合にも、風土などを含めてこれらすべてはほとんど歴史の影響を受けずに、古代とほぼ同様の形で存続していると見なされた。まさにここにおいて、彼の実地見聞の強みが発揮される。作品とは時代と地域の産物にほかならず、優れた作家はあるがままの（特定の）自然と社会を模倣し、その模倣がいかに忠実に行われうるかというところに作家の独創性が発揮される、これがウッドの芸術観だった。[20] 一見矛盾するかに思える二つの概念「模倣」と「独創性」は、したがってウッドにあって一種の共謀関係を結ぶことになる。このような見方は、芸術作品は特定の原理に基づいて普遍的な人間性を描くとする、従来の「古典主義」的理念から大いに逸脱するものであり、この観点に立つならば、「模倣」たる作品の理解のためには、その「オリジナル」たる特定の対象を実際に見聞することが不可欠となる。それゆえウッドは次のように言う。

オリジナルをよく知る者は、模倣されたもの［作品］の精神をよく理解するだろう。かくして、この詩人を正しく評価しようとするならば、彼が詩作を行った時と場所にできうるかぎり近づかなければならない。[21]

ホメロスの模倣における独創性を前にして、「進歩史観」は影をひそめ、対象の不変性に「歴史主義」

は意味をほとんど失い、それとともに「根源主義」も姿を消し、すべては模倣の確認へと向かうことになった。すなわち「模倣という偉大な領域では、彼は詩人たちの中で最も独創的な天才にほかならない」(22)のである。

ところが、模倣の対象である「慣習」を実地見聞するうちに、事態は面白い展開を見せることになる。十八世紀に(そして今日でさえいまだ散見しうることとして)、吟遊の歌い手による口承詩という伝統があるが、この慣習に注目したウッドは「プリミティヴな詩歌」の特性というものに気づいたのだった。中でも重要な点は、共同体の共有財産としての叙事詩という概念だった。すなわち、ホメロスの叙事詩と呼ばれてきたものは、ホメロスという統一的意識を持った一個の作者の創作物ではなく、口承伝統という集合的営為の産物ではなかろうか、という疑念である。したがって、整った形で書き留められることになったのは、はるか後代の編纂作業の結果ではあるまいかという推測をウッドはするに至る。

ここには二つの要素が介在する。一方で、「ホメロスの叙事詩」の言語と詩に見ることができる「高貴な素朴さ」の原初性の確認——プリミティヴィズム——であり、他方、その原初の輝きを放つ詩は後代の「編集」と「書記化」を通じてのみ今に伝わるという認識——文献学的視点——である。「ホメロスの叙事詩」は、集合的口承詩の伝統に培われた根源的な詩のエネルギーを伝えるのだが、それに直接触れる手段を我々は持たず、できることはと言えば、のちに書記化されたものを手掛りに、遠くにあって思うことのみということにならざるをえない。時の流れる中で、さまざまに歌われた個別の事象おのおのは近づくことを許さないので、ウッドにとっても我々にとっても、「ホメロス」は永遠に失われてしまった体験にほかならない。そして、このようなノスタルジーと喪失感は、文献という「原初」への窓口に、つまり失ったものへと導いてくれるかもしれない唯一の媒介に、我々の関心を向けさせてやまない。文献学的展望は、本質的に絶望的な喪失感と同居すべきものとなる。

あたかも瓢箪から駒といった具合に、「模倣行為の独創性」というウッドの考え方から、「文献学」的展望——媒体への関心——が開けてしまったと言わねばならない。そしてまさにこの展望は、折しも同様な関心を発展させつつあったドイツの知的好奇心を刺激することになる。

ウッドはギリシア方面周遊旅行を終え、一七五一年アテネに戻ると、そこでのちに『アテネの古代遺跡』(23)で一大ギリシア・ブームの火つけ役となって、その名を馳せることになるスチュアートとレヴェットの二人に出会い意気投合したのだった。その後ウッドは帰国して、首相（一七六六—一七六八）をも務めた大政治家ウィリアム・ピットの片腕として政治に携わることになり、多忙の中で『ホメロスの独創的才能に関する試論』を仕上げようと奮闘するも果たせず、結局、この将来その名を馳せることになる著作は未刊のまま終わる。しかし未完とはいえ、この作品が重要な問題を提起することには変わりなかった。

この書物にはまた、奇妙な出版事情が絡んでいた。その経過の中で、好奇心旺盛なドイツが介在してくることになる。そもそもその第一版は、『トロアス地方の古代と現代の比較地誌』（一七六七年）と題される著作の序文として付されたものだが、この書物はわずか七部しか印刷されなかった。そして一七六九年、序であるホメロス論のみが独立して出されたが、これも六、七部といった状態であり、通常の意味において上梓されるのはウッドの死後、一七七五年を待たねばならなかった。しかしその間、ゲッティンゲン大学の東洋学教授ヨハン・ダヴィド・ミヒャエリス（一七一七—一七九一）は限定少部の一七六九年版を（ウッドと共通の）友人から入手し、早くもその翌年、『ゲッティンゲン学術報告』に詳細な紹介記事を掲載したのだった。そればかりではない。一七七一年にウッドが他界すると、その二年後の一七七三年に――イギリスでの公刊よりも早く――いち早くホメロス論はドイツ語に翻訳上梓され、知識層に絶大なる影響をもたらしたのだった。

しかしなぜこのように異例とも言うべき関心をドイツが示したのか、という疑問が当然起こる。その答えはヨハン・ヨアヒム・ヴィンケルマン（一七一七―一七六八）という運命的に歴史的使命を担った存在に求めることができる。その使命とは、「フィロ・ヘレニズム」[24]という西欧十八、十九世紀が抱いた根源的渇望に表現を与えることにほかならない。代表作『絵画および彫刻におけるギリシアの作品の模倣に関する考察』（一七五五年）は、ドレスデンで書かれ、その後彼自身はローマに至るものの、生涯一度も憧れのギリシアへ――行く機会があったにもかかわらず――行くことは結局なかった。彼の標榜したギリシアの理想、「高貴な素朴と静謐な偉大」は、文字どおり遠くにありて思うものでなければならなかった。ともかくしかし、そのヴィンケルマンの非体験主義に基づく理念的「フィロ・ヘレニズム狂想曲」は、絶大なる影響力を発揮したのだった。まさにこのようなギリシア熱の高まりの中で、ウッドのホメロス論はすでに容易に受容される素地が準備されていたと見ることができる。まさに機は熟していた。

ドイツにおいて、ウッドの文献学的展望はフリードリッヒ・アウグスト・ヴォルフ（一七五九―一八二四）によって受け継がれ発展させられることになる。そのことは、たとえば彼の『ホメロス序論』（一七九五年）に見える次のような文章から明らかだろう。

もし少数の学者たちの間にくすぶる疑念が本当である可能性が高いとするなら、どうしたものだろうか。すなわちこれら［ホメロス］をはじめとする古代の詩がもともと文字化されずに、まず詩人たちの記憶の産物として成立し、歌われる形で公にされたものであり、さらにそのような作品を覚え歌うことを職とする専門の「吟唱者」がそれを広めたとする推測である。この仮定に立つならば、作品が書記化された形でいわば固定されたものになるまでに、当然ながら作品には多くの変更や異同が、偶然であれ意図的であれ否応なしに起こることになる。また、この論理に基づくとするならば、作品が書かれた形で成立するや否や、そこには多くの差異が存在したはずであり、それらはさらに、作品を洗練しよう、「詩学」の最良の規矩あるいは自らの方法によって修正しようと競い合う学者たちの臆断を通じて、一層錯綜することになる。そして最後に、あの連続した二作品を貫く全体的で統一的な相関性が、われわれが通常そう信じて疑わなかった詩人の天才に発するものではなく、むしろ、のちの文明化された時代における多数の人々によって行われた熱のこもった共同作業の結果にほかならない、したがって、『イリアス』と『オデュッセイア』の下にあり、そこからこれらの作品が構成されたであろう一群の歌は、それらに共通する一個の作者を持たない、と推論することがあながち無理でないとするならば、どうしたものであろうか。要するに、これらの問題に関して、今まで通常行われてきた見方と違う立場を採らねばならないとするならば、『イリアス』と『オデュッセイア』という二作品について、その原初的輝きと真正なる美しさを取り戻すということは、一体どのようなことを意味するのであろうか。(25)

ここに認識されているのは、のちに「文献学」として確立することになるものの基礎あるいは諸前提にほかならない。第一に、歌われた作品としての「原ホメロス」はもはや回復不能であるという冷徹な認識、第二に、それが書き留められた段階で、さまざまに異なるヴァージョンが現出し、さらに皮肉なことに、それらをまとめあげようとした後代の編纂者の努力により一層複雑なものになってしまったこと、そして第三に、個人として作家ホメロスはおそらく存在しない、ということである。このような文献学的展望への意識がきわめて画期的であったことは言を俟たないが、同時に等しく重要なのは、そのような認識に立ちながらも、取り戻すべき「原初的輝きと真正なる美しさ」という一種ロマンティックな憧憬を強く抱いているところであろう。ヴォルフの文献学的展望がウッドらによる実証主義的態度に多くを負うとするならば、この根源へ向けての渇望は、ヴィンケルマンの「高貴な素朴と静謐な偉大」に象徴されるユートピアとも言うべきヴィジョンの流れを汲むと言えるだろう。

ヴォルフにおいてもまた、文献学的展望は絶対的な喪失感と同居し、それゆえに強烈な憧憬の感覚を生み出す。実証主義的な厳格さは、根源を求めてやまないノスタルジアと表裏をなすだろう。

かくして、「古代ギリシア」という摑みようのない対象は、このようなパラドクシカルな構造に支えられ、そこから生み出されると考えられる。このように見るならば、のちにヴィラモーヴィッツ＝メーレンドルフという巨人によって、壮大にして実証的な学問となった文献学と、その対極に位置するとされ、学問的体系を逸脱するニーチェの根源的な哲学的憧憬とは、必ずしも相対立するものではなく、同じコインの裏表と見ることができるかもしれない。テクストと言語に対する厳密な態度（実証主義）は、その媒介を通じては一向に近づきえない根源的対象へのいわば失恋にも似た思い（ノスタルジックな理想主義）とおそらく別物ではないだろう。この限りでは、二十世紀のシュトラウスも、ハイデガーもおそらく呉越同舟と見るべきなのかもしれない。

3 襲いかかる古代ギリシア

洋の東西を問わず、我々が古代ギリシアについて何か特別に思うところがあるとすれば、ある種の決定的な出会いがそのために介在しなければならない。その出会いは、たとえばイギリス・ロマン主義を代表する詩人（キーツ）の場合のように、エルギン・マーブルズという過去の断片がもたらすこともあり、あるいはシュリーマンの例に見るごとく、ホメロスの復元されたテクストが引き起こすこともあるだろう。あるいはまた、ヴィンケルマンの預言者的宿命に象徴されるように、古代ギリシアという輝けるヴィジョンを否応なしに見てしまった「選ばれし人々」の感化を得て、あたかも感染するがごとくに触発されるという場合もあるに違いない。我々と古代との逕庭、けだし端倪すべからず。

古代ギリシアを見てしまった選ばれし人々に、我々が直接生身で出会うという事態は、言うまでもなく稀にしか訪れない。広く近代における古代ギリシアとの邂逅そしてその邂逅における古代ギリシアの開示、特に神々の顕現を説いて遺憾なしということになれば、まずヴァルター・フリードリッヒ・オットー（一八七四―一九五八）は忘れることができない。

W・F・オットー。その学者生活の前半二十年余りは、あの記念碑的『ラテン語宝典』（*Thesaurus Linguae Latinae*）編纂の仕事にもっぱら携わったが、一九一三年にバーゼル大学、そして翌年フランクフルト大学に正教授として迎えられてからは、転じて、かねてからの関心であったギリシアの精神世界研究に打ち込むことになる。かねてから、とここで言うのは、彼に兄事したカール・ケレーニイがのちに追悼文で明かしたように、早くも一九〇五年に、オットーはその宗教史への関心を表明しているからである。[26] たまたま当時、ある公開講座を依頼されたオットーは、宗教史を講演のテーマとしたのだった。フランクフルト時代の代表作は、また生涯の代表作ともなった、『ギリシアの神々――ギリシア精神に映し出された神的なるものの形象』[27]（一九二九年）にほかならない。しかし一九三四年、オットーは東プロイセンのケーニヒスベルク大学に左遷される。一九三三年に権力を掌握したヒトラーに忠誠を誓うか否かと問われ、それならば、我ゼウスを信ず、と応じての結果だと言われる。一般に古典学の徒は保守的にして体制順応型が多いとされる中での出来事であり、ノンコンフォーミストたるオットーの一面がよく現れていると言えまいか。一九四四年、ケーニヒスベルクを慌ただしく引き揚げ、ミュンヒェンそしてゲッティンゲン大学を経て、母校テュービンゲン大学へ戻り、その地で晩年を過した。[28]

（私事にわたり恐縮だが、初めてオットーに遭遇したのは『テオファニア――古代ギリシア宗教の精神』[29]〔一九五六年〕を通じてであった。と言っても、原文においてではない。辻村誠三氏による翻訳が『神話と宗教――古代ギリシア宗教の精神』と題されて筑摩叢書の一冊として一九六六年に出版されており、その第三版〔一九六八年〕を一九七〇年の初めに読んだのだった。当時の世の中はと言えば、猫も杓子もマルクスと毛沢東を口にした、あの世界的学園紛争の余波がまだ覚めやらぬ時のこと。まことに、古代ギリシアは不意を衝いてやって来る)。

度し難い先入観

「ギリシアの神々は今の我々にはもうかかわりを持たないのだろうか」とオットーは、『神話と宗教』(『テオファニア』)冒頭の「序章」で切り出す。この問いに、誰しも意表を衝かれる。とりわけアンガージュマンというようなことが文芸思想の領域においても声高に叫ばれた時代にはことさらそうであった。ホメロスや偉大な悲劇作家たちの作品が今なお意義を持つとするならば、それを統べている神々が我々とかかわりを持たないなどということはありえない、とオットーは言う。しかもそればかりではない。実際もし我々にかかわりがなく見えるとすれば、その責任と誤りはギリシアの神々にあるのではなく、我々の側にあると主張する。

救済論、不死の観念、密儀など近代的な宗教心に強く訴える諸現象は、ホメロスからピンダロスと悲劇詩人とにいたる古代ギリシャの世界観を代表する人たちにとって疎遠なものであったことは否定しえない。それにもかかわらず、それらのものがいとも恭々しく真面目にとりあげられて研究の対象にされているのである。ここに支配する先入観はまったく度し難いものであり、そうした現象と疎遠なことが歎かわしき欠陥であるとされ、それに反して彼ら本来のものは未熟な思考様式とみなされ、その誤謬は人間悟性が未発達な段階にあったからだと説明されるのである。

その結果、ギリシャの文学と芸術をたたえる者が文芸に劣らぬ価値をもったもの、いや、いちばん大きな価値をもったものを見失うことともなる。彼は人間が創りだしたさまざまな形姿を目にしながら、それらの背後にあって、それらに命を吹きこんだ崇高な形相《すがた》（Gestalt）、つまり神々の形相《すがた》についてはなんら経験するところがないのである。[30]

大きく二つの事柄が問題となる。第一には、我々の側にある度し難い「先入観」であり、第二には、我々が見失った最も価値ありとされるもの、すなわち神々の「崇高な形相《すがた》（Gestalt）」に関する経験を我々が取り戻すことである。

我々の側にある度し難い先入観とは何か。その中心にあって骨格を形作るのは、上の引用中に現れる「未熟な思考様式」とか「未発達な段階」といった言葉からも容易に想像がつくように、人間の営みをすべて「進化と進歩」のプロセスとして見る「発生論的進化論」のパラダイムにほかならない。のちの時代の進化した物差しで物事を計り、その間尺に合わぬところは未熟あるいは未発達として片付ける。この伝でゆけば、古代ギリシアはいつまでも未開の次元にとどまらざるをえない。しかし、このダーウィニズムのパラダイムは、人文学の領域に一種の科学的確実性の幻想をもたらした。資料的裏付けをもって論を証明し、構築してゆく実証主義がそれであり、言語学の分野でそれを標榜する「フィロロギー」は人文諸科学の王となった。印欧（インド・ヨーロッパ）語比較文法というロマン溢れる営みは、さまざまな資料を渉猟して（実証主義）、インド・ヨーロッパ諸語の祖先たる「祖語」を求めて（発生論的進化論）果てしない旅に出たのだった。

一九二〇—三〇年代におけるドイツの知的風土に目を向けるならば、宗教史の分野ではスウェーデン出身のマルティン・ニルソン（一八七四―一九六七）が、民族学的知見を積極的に活用して文献資料および考古学の発掘成果を吟味し、声望を示しつつあった。また、古典文献学（フィロロギー）の領域では、ヴィラモーヴィッツ＝メーレンドルフ（一八四八―一九三一）が文字どおり君臨していた。その実証主義的文献学へのコミットメントは、ニーチェ（一八四四―一九〇〇）との因縁めいた対決によく窺うことができる。二十四歳という異例の若さでバーゼル大学教授として迎えられた古典文献学者ニーチェが、その専門とすべき学的方法に飽き足らず、二十八歳にして反文献学的『悲劇の誕生』（一八七二年）を出版するや否や、二十四歳のヴィラモーヴィッツは「歴史的事実、そしてフィロロギーのあらゆる方法が踏みにじられた」(31)として、ただちに『未来のフィロロギー――ニーチェの「悲劇の誕生」に対する反論』と題するパンフレットを書いて反論したのだった。(32)その後も、ヴィラモーヴィッツは古典文献学の道に精進し、さらにその方法論に立脚しつつ、文芸学、宗教学、芸術学、考古学、歴史学、哲学などを総合して、古代を対象とする壮大な学問体系を樹立しようと試みる。『フィロロギーの歴史』（一九二一年）の冒頭に言う。

フィロロギーを規定するその対象とは、すなわちギリシア・ローマ文化に内在するその本質であり、その生きた表現のすべてに及ぶ。この文化は一つの包括的統一体にほかならない。その初めと終わりについて、截然たる境界線が設けられないとしても、この事実に変わりはない。過ぎ去った世界を、科学の力で甦らせようというのが、この学問の課題にほかならない。詩人の歌、哲学者や法律家の思想、神殿の神聖な力、信心深い人あるいは信仰を持たない人の感情、市場や港の賑わい、陸

地や海の形状、人々の労働と余暇のありよう、これらを再現することを目指すのだ。(33)

注目すべきは、知の包括性という野心的企図よりも、「その初めと終わりについて」という言葉に含意されている「発生論的進化論」のパラダイムの基底のほうである。さらに、それと一蓮托生とも言うべき「科学の力で甦らせよう」とする実証主義が続く。それればかりではない。「信心深い人あるいは信仰を持たない人の感情」というものの見方は、オットーの言う「我々の側の先入観」という反省的視点に立つならば、重大な問題を提起する。すなわち、ここでヴィラモーヴィッツが言う「信心深」さとか「信仰」は、まさにオットーが上掲の引用で「古代ギリシアの世界観を代表する人たちにとって疎遠」であり、逆に「近代的な宗教心に強く訴える」ところのもの、つまり「救済論、不死の観念、密儀など」を指しているに違いないからである。実際、そのような「我々の側」に備わった概念装置と思考パターンを土台として、ヴィラモーヴィッツは古代ギリシア人の信仰を発展史的に捉え、『ギリシア人の信仰』(一九三一、三二年)を上梓し、当時の知的好奇心を満足させた。(34)

初めに挙げた「発生論的進化論」(35)が主に十九世紀的パラダイムに発するとするならば、この「信・信仰」をめぐる「我々の側の先入観」はおよそ西洋文化という一大構築物に深く根を張ると言わねばならない。というのは、西洋世界で「信仰」と言えば、すなわちユダヤ・キリスト教のそれを指し、特に一千年に及ぶ中世のキリスト教的伝統は、「宗教」あるいは「信仰」に対して、固定観念を植え付けたからである。「それ以前のすべての宗教が持っていた寛容を捨てて、自分だけが真理であることを標榜するような宗教が勝利をおさめた」(36)とオットーはきわめて厳しい。その独尊的な宗教に潜む固定観念はきわめて特殊な前提に立つ。前提の第一は、「信仰」は人の心中に生ずるものであり、決して外的形態（偶像崇拝）をとらない、というものである。宗教的信仰は神との個人的な関係を不可欠とし、そのモードは主観性に支配される。ある高名なフランス人古典学者は、これを「内面性というウィルス」[37]と呼んだが、キリスト教中世以来の西欧世界はこのウィルスに感染して久しく、あたかもこれが常態であり、古代ギリシアの世界をもこの標準の下に置いて一向に怪しまない。しかしウィルスは一つにとどまらない。「内面性というウィルス」と対をなすかのように、もう一つ同様に強力な病原菌が存在する。「超越的救済への渇望」がそれである。宗教的感情は本質的に「救済」の必要性から生まれ、その救済は超越性によって特徴付けられる。神あるいは神々が存在するとすれば、その究極的な役割はこの世に落ちた人間を救済することであり、その超越的高みへと救いあげることにある。そしてそこには、felix culpa（幸福なる罪過）という「罪びととしての魂に潜む逆説的な喜び」が同居するだろう。およそこのような宗教的感情が古代ギリシアの神々への信仰と相容れないだろうことは容易に想像がつく[38]。

ギリシアの神々を正しく把握するにあたって、その障害となる「我々の側の先入観」はこれに尽きるものではない。二十世紀の大発明たる「深層心理学」あるいは「精神分析学」の潮流もこの例外ではなく、「内面性というウィルス」の一変種と考えうるだろう。夢を基材として理論を構築するこの疑似科学は、「現代人に宿命的な自己投射に対し、まさに誘惑的な仕方で迎合する」[39]が、しかしその「夢の像が神話の形相《すがた》（Gestalt）に比せられるばかりか、同一でさえある、という主張はまったく正しくない」とオットーは喝破する。さらに決定的な一撃を加えてこう言う、「深層心理学による神話解釈は一種の循環論法である。つまり証明しようとするものを前提としている」[40]と。この精神分析的方法に対する痛烈な批判は、文芸学をかじった者なら誰しも感じる疑問に、明確な表現を与えるものと言うことができるだろう。

こうしてオットーは、①発生論的進化論のパラダイム、②キリスト教に染み込んだ宗教感情、そして③循環論法の深層心理学などに代表される「我々の側の先入観」を明敏に察知し、それらを批判しつつ、独自の立場を表明する。あるいは、鶏が先か卵が先かの議論に似て、ひょっとすると実際はその逆という可能性も大いにある。ギリシアの神々が顕現するヴィジョンを見るという一種のエピファニーが出来し、その天啓のヴィジョンを受けて、それから炙り出されるかのように「我々の側の先入観」が浮き上がったのかもしれない。説明上の順序は異なるとはいえ、事態は全く変わらない。オットーにとって、ともかく「我々」と「古代ギリシア」は截然と分かたれた別の世界なのである。オットーは、ヴィラモーヴィッツとは反対に、ギリシア的信仰を我々から分かつもの、ギリシア精神に対して我々を異なる存在たらしめるもの、を見定めようとする。

取り戻すべき神聖なるゲシュタルト

容易に予想されるように、「我々の側の先入観」を廃したパースペクティヴこそ、オットーの目指すところにほかならない。古代ギリシアの世界を前にしたとき、我々はその異質性に触発されて「発生論的進化論」へと向かうのではなく、そこに「本格的な」知の対象を見いださなければならない。「未開と文明」といった進化論的二項対立に決して囚れることなく、古代ギリシアの神々に囲まれて生きていた人々は「常にすでに」「魔術的呪縛」から解き放たれていた、と我々は考えなければならない。そこには「超越性」が稀薄である。神々と人間は基本的に本性を共有し、精神は絶対的に肉体を凌駕することはない。神々は「超越性」を持たず、「内面性」を介さず、慣れ親しんだ自然な形で顕現し、人事に介入してその契機となる。その顕現に際しては、いわば認識と信仰、知と信が全くの同時性をもって生起するのである。オットーにとって、宗教的経験とは「儀礼」以前の、より根源的な経験、すなわち神々を「見ること」(theōrein)のうちに存する。その理(ことわり、セオリー)に連なる経験を通じて、現実世界は神々と一体化した関係の中で体得され、その刹那に神々のかくなる顕現を認識した人間は真の存在となる。「根源的な本質において人と神は一である。……神的なるものの開示の場としての人間の姿、その全き意味もここにおいて明らかとなる。……人間の根源的形姿(menschliche Urgestalt)、これこそ自然の最も崇高なる開示、神的なるものの真正なる表現にほかならない[41]」。

古代ギリシア世界の基軸となる宗教観を正しく把捉するには、我々の側が自分の視力の特性を認識し、そして眼力を磨かなければならない。視力の特性については、「先入観」という形で、上のような批判的反省を加えたことはくりかえし強調したとおりである。その上で、我々は積極的に眼力を育むべく努めねばならない。オットーの言い方に従うならば、「神々の形相《すがた》(Gestalt)を経験」しなければならない。そのゲシュタルト(Gestalt)とは、人間が創り出したさまざまな形姿の背後にあって、それらに命を吹き込むもの、と規定される。

この重要にして謎めくゲシュタルトとは何か。まず断っておかなければならないのは、いわゆる「ゲシュタルト心理学」のそれとはなんら関係なく、オットーが編み出した独自の概念であるということだ。この特殊なゲシュタルト概念を理解するには、カール・ケレーニイに従って、オットーが晩年に書いた

「法、原形象、神話」[42]（一九五一年）と題された文章について見るのがよいと思われる。ケレーニイも言うように、ゲシュタルトとはまず「存在の自己開示という神的な行為」[43]（der gottliche Akt der Selbsteröffnung des Seins）というふうに規定するのが妥当だろう。オットーも次のように言う。「ゲシュタルトそのものは、開示された存在にほかならない。それゆえゲシュタルトは、事物のうちなる存在を開示しうるのである」[44]。存在が自己開示するに際して、それを媒介し、その輪郭を与え、そして自身存在となるもの。しかし、これは一体どういうことだろうか。もう少し忍耐強くオットーの言葉に耳を傾けてみよう。

ゲシュタルトは、その輪郭により劃《かく》されている。その境界は、それ以外の他者を、それでないところのものとして排除するかに見える。しかし、ここで言う境界は、それが排除するかに見えるすべての他者を、自らのうちに包含するという驚くべき特性を持つのだ。ゲシュタルトは、ある一つの全体でありながら、同時に絶対的全体なのである。

それゆえ、すべてのゲシュタルトは、存在をさらに深まった深みへと、さらに広い拡がりへといつでも開示することが可能なのだ。見る者の目に、瞬時の幸運に、すべてはかかっているのだ。その窮極において、ゲシュタルトにより、すべてのものがみな、筆舌に尽くし難い栄光のうちに輝いて見えるのである。かくして明らかになるのは、ゲシュタルトにより自らを開示するところの存在は、神的なるものにほかならないということである[45]。

第一に、ゲシュタルトは境界線を設けて、一つの領域を区分けする行為である。「形」と「存在」は分かち難く結びついている。通常、このような行為は内と外、内包と外延、自と他といった切断を要請する。しかるに、このゲシュタルトという特殊な造形は、内が外を抱き込み、内包が外延を含み、自が他を包摂するという形式論理を超越したダイナミズムから成る。個別の「ある一つの全体でありながら、同時に絶対的全体にほかならない」と言うのはこのためである。輪郭線をいわば境にして、存在がビッグバンであるかのように広がるかと思えば、また渦潮のごとく内に向かって深まるとも言う。しかし重要なことに、この存在の自己開示たるダイナミズムは、時間軸に沿って展開するがごとき類のものではない。「瞬時の幸運に」と言われるように、その認識は悟りにも似て、一瞬であらねばならない。そればかりではない。その瞬時の出来事は、言語を絶する輝きのうちに起こるのである。「すべてのものがみな」と言うのは、「見る者」もまた、このゲシュタルトとしての存在の開示に組み込まれているからにほかならない。上の引用に関連して、「開示された存在たるゲシュタルトは、存在を全体として掌るものに違いない。我々は、注意深くあるとき、おのずとそれが分かるだろう(46)」とオットーが述べるのはこのためである。

我々が「注意深くあるとき」という言葉は、引用中の「見る者の目に、瞬時の幸運に、すべてはかかっているのだ」という事態に通じ、オットーの姿勢を理解するのにきわめて重要だろう。存在を開示する神的ヴィジョンを享受できるか否かは、結局のところ、我々の眼力にかかるわけだが、もちろん純粋に一方的な行為であるはずはない。「注意深くあるとき」というのは、自他を包含する「存在の開示」において、自他双方が「呼びかける」ことにあるのだと言えるだろう(47)。

オットーの言うゲシュタルトは、虚心坦懐に理解しようとしても、根本的に謎めくところが残らざるをえない。ケレーニイも指摘するように、そして「存在と自己開示」という表現が示唆するように、オットーのゲシュタルトをめぐる言説は、ハイデガーのそれを彷彿とさせる。(48) いわゆる「存在」論という文脈において、オットーの議論を詳しく分析してみるという試みは、するに値するものかもしれない。しかしそのような実存論との関連においてよりも、一種のヴィジョナリー（幻視者）として、遠くはあのヴィンケルマンの伝統の中で、近くはニーチェの系譜において、むしろオットーは位置づけられるべきではあるまいか。その透徹した眼力のしからしむるところ、近代の諸カテゴリーあるいは近代の仮面をあっさり突き抜けて、古代ギリシアの世界が見えてしまった、神々に愛でられし人々に属するのではあるまいか。このヴィジョンからすれば、古典文献学という方法そのものが、脱ぎ捨てるべき「近代の仮面」になるのである。

しかし、すべての幻視者のご多分に漏れず、そのヴィジョンは証を持たない。オットーの説く「テオファニア」は、それを経験する者にしか見えない。その経験を可能にするものがあるとすれば、それは「存在を開示する」ところの「呼びかけ」にひたすら「注意深く」あれと言う教えであり、そこには客観的あるいは普遍的に妥当する方法論は存在しない。その教えは示唆にとどまり、その結果についてなんら保証するものではない。おそらくそれは顕現を本質とするヴィジョンの運命なのである。

幻滅の運命

オットーによれば、古典文献学は古代ギリシアを甦らせようとして、かえって近代の偏見を持ち込むことにより、当初の目的を阻害する結果となった。しかしオットーの方法もヴィラモーヴィッツに代表される古典文献学も、古代ギリシアという根源的世界に憧れを抱き、それを正しく描き出そうとする情熱においては選ぶところがない。いずれにしても、古代ギリシアが西欧文化文明の本源であるという認識は、前提として揺らぐことなく堅持されていた。それだけではない。西欧文化文明が近代という世界支配を遂行する運動の中核にある限りにおいて、古代ギリシアは人類史の根源としての表象機能を担っていた。世界は広く、西欧世界の外に他の文化が存在するという認識をたとえ稀に持つことがあったとしても、それは人類文化の名に値しないとして、あっさり片付けられた。それはたとえば、エトムント・フッサール（一八五九―一九三八）が一九三〇年代に哲学の危機をめぐって思索をめぐらしたとき、哲学はヨーロッパ固有の特権的活動であるとされ、「ヨーロッパ的人間性は絶対的な理念を内に担っており、たとえば〈シナ〉だとか〈インド〉だとかいった単なる経験的な人類学的類型ではない。……さらにまた、あらゆる他の人間性のヨーロッパ化という現象は、それ自体において絶対的意味の支配を告げており、それこそが世界の意味であり、世界が偶然そうなったという歴史的無意味ではないのだ」(49)という驚くべき発言をしていることからも容易に推測がつくだろう。これはヘーゲル以来の哲学に染み付いた「西欧中心主義」にほかならず、その意味ではオットーも例外ではなかった。オットーの眼力の下に顕現する古代ギリシアの神々は「存在を開示する」と言われるが、突き詰めて考えるならば、その「存在」もまた人類普遍の存在ということにはならないことになろう。「ある一つの全体でありながら、同時に絶対的全体」であり、ゲシュタルトの下に「すべてのものがみな」顕現するというような事態は、そもそも「西欧中心」という大前提を暗黙の了解とする。その絶対性はその大前提の反省的意識化ととにもろくも崩れ去るだろう。(50)

幻滅のモーメントは始動すると止まらない。批判の矛先として「西欧中心主義」の後に続くのは、

「ドイツとギリシアの共謀関係」であった。ヨーロッパ近代の後発国ドイツは、正統ラテン的伝統を継ぐフランス古典主義の優位に、永い間文化的コンプレックスを抱いてきた。十八世紀後半に始まる「ギリシア・リヴァイヴァル」は、統一的発展を成し遂げつつあった近代ドイツにとって、独自の文化再興を実現するまたとない契機を提供した。預言者ヴィンケルマンが先鞭をつけることになったこの「近代ドイツと古代ギリシア」という協調関係は、みごとに根源と現代を取り持って、新たなドイツ的ヨーロッパ像を生み出したのだった。ヴィンケルマンの学問的ギリシアもニーチェの詩的ギリシアも、はたまたオットーの顕現するギリシアも、それぞれ特質はさまざま異なるが、すべてこの特殊なドイツの歴史的事情と切り離しては考えにくい。これらがしかし、近代ドイツと古代ギリシアが協調して生み出した知的豊饒であるとするならば、その共謀関係が負の結果をもたらした場合がないわけではない。しかしそれは場を改めて詳しく論じるのが適当だろう(51)。

幻滅の行方

禅問答のようだが、顕現するギリシアは「見える」者にしか見えず、見えない者には一向に見えない。こうなれば、ヴィジョンの解体はすこぶる簡単である。西欧中心の視座に参加を許されなかったさまざまなグループが痛烈な批判を浴びせかける。いわゆる「西欧中心主義」の中身はといえば、ヨーロッパ人という足元の危うい一集団というばかりでなく、白人男性中心主義の色合いが濃い。人種的偏見と性差に関する根強い誤認が次々と暴かれてゆく。フェミニズムあるいは文化相対主義として知られるこのような批判精神は、言うまでもなく、それ自体としては大いに歓迎すべきである。「古代ギリシア人」

は今や「最古の死せる白人系ヨーロッパ人男性」に化した、とある米国古典学の重鎮は洒脱に嘆きつつ前者を擁護したが、(52)そう嘆かざるをえないほどこの批判精神は多くの共感を呼んだということでもあろう。それに、我々の先入観に対する批判ということではオットーの方法に通じるところがないわけではない。しかしながら、オットーの言う「近代の側の先入観」批判は、とりもなおさず「古代ギリシア」へ近づくための手段であるのに対して、これらの批判的アプローチが接近しようとする目標は、「古代ギリシア」であるよりもアプローチ自体が標榜するイデオロギーにあるように見える。この手段と目的の関係において、オットーの批判精神と最近のそれとは決定的に袂を分かつと言わねばならない。

二十世紀の半ば過ぎから、古代ギリシアをその文化的根源と仰ぐ西欧中心主義は長期零落の道をひたすら歩む。蒙を啓く光の下に、存在を開示しながら燦然と輝く古代ギリシア。このようなヴィジョンは西欧近代ロマン主義が編み出した作り物にほかならない、とする批判には一理あり、その方向で地道に修正が施されなければならない。「古代ギリシア」批判はしかし、さらに進んで、「古代ギリシア」そのものが古代において「ギリシア中心主義」を捏造したというテーゼに及ぶ。エジプトから高度の文化を輸入し学びながら、その事実を隠蔽して「独創的文化の本源」というギリシア像を自ら作り出したという「ブラック・アテーナ」(53)の主張がそれである。その衝撃的議論の登場から数十年が経過するが、いまだに賛否両論あい分かれて論戦が展開されており、決着を見ない。(54)ともかく、ここにおいて「古代ギリシア」は永く享受してきたその「本源性」というアイデンティティの原則をついに失うに至った。

しからば、輝けるギリシアの顕現は終焉を迎えたのだろうか。幸いにしてと言おうか、不幸にしてと言おうか、古代ギリシアはふたたび顕現するだろうし、顕現するに違いない。なぜなら、古代ギリシアは全く歴史の不意を衝いて人を襲い、失われたものを開示するからである。それが「存在」となるか、「ゲシュタルト」の様相を呈するか、あるいはまた「圧倒的な透明さで人間を押し包」(55)みながら顕現するものか、これはしかし人知を超えてまさに神々のみが知るところにほかならない。

第2章　近代とその超越
あるいはレーヴィット＝シュトラウス往復書簡

一九三二年十一月十五日、ドイツを離れてパリに滞在していたレオ・シュトラウスはマールブルクのレーヴィットに手紙を出した。パリについて書くべきことは何もないし、書けと言われても不案内だ、とこの都そのものはシュトラウスの興味を惹かなかったようである。しかし二名ばかり傑出した人物がいて、「当然、哲学者ではない」と断わりながら、一人は地理学者のアンドレ・ジークフリート、いま一人はアラビア学者ルイ・マシニョンだとしている。エティエンヌ・ジルソンはカナダに講義に出かけていてパリにいないが、「気立てのいい」アレクサンドル・コイレはいるので、面会したところ、「彼のところで、ヤスパースの教え子で、非常に頭の切れるそして非常に感じの良いロシア人と知り合いになった」と記している。コシェヴニコフ（Koschevnikoff）ことコジェーヴであった。

残存する最初のレーヴィットとシュトラウスの往復書簡はこのように始まる。今も昔も知識人の世間は思いのほか狭いが、悲惨な歴史的偶然から亡命を余儀なくされた彼らの世代のそれは、きわめて濃密であり、その意味でこの残存する最初の往復書簡は典型的である。彼らの往復書簡を収める『レオ・シュトラウス著作集』第三巻に基づくならば(1)、第二次世界大戦を挟んで、一九七一年九月三十日のレーヴイット宛シュトラウス書簡まで続く。最初の手紙が書かれた一九三二年には、レーヴィット三十四歳、シュトラウス三十三歳、そして彼らはともに一九七三年に他界することになるので、最後の手紙は死の二年前ということになる。その間、シュトラウスはパリからケンブリッジ（イギリス）を経てアメリカ（ニューヨークからシカゴ）へと移動し、レーヴィットはローマを経て仙台へ、そしてシュトラウスの後を追うようにアメリカ（ハートフォードからニューヨーク）へ、さらに大戦後には母国ハイデルベルクへ帰ることになる。一九七一年の最後の手紙は、すでにシカゴ大学を退職したシュトラウスがおそらく終の棲家と決めたメリーランド州アナポリスから出したものである。

レーヴィット＝シュトラウス往復書簡が興味深いのは、各々が流派を異にする哲学者として、のちに一家をなすに至ったということに尽きるものではない。むしろ、資質は異なるが同様に恵まれた知性の持ち主が、ともに亡命という過酷な運命の下に、異国と異文化を経験することを通じて、各々独自の思想を形成していく、その過程を垣間見させてくれるからにほかならない。交換された手紙は、大小とりまぜて都合六十五通。すべて詳論に値するが、ここでは両者の思想がその違いを露わにする「近代とその超越」という主題に焦点を絞って考察することにしたい。

1　一九六四年

この年、マックス・ヴェーバーの生誕百年を記念して、レーヴィットは「学問による世界の脱魔力化」と題する論文を執筆した。(2) その昔一九一九年のミュンヒェンで、ヴェーバーの講演「職業としての学問」を聴いて感動を覚えたことを思い出してのことであろう。この論文が雑誌に掲載されると、レーヴィットは早速そのコピーを当時シカゴ大にいたシュトラウスの許に送った。シュトラウスは七月十一日付で返礼を作成した。返礼といっても、儀礼的なものでは全くなく、行と頁を明記して批判的見解を述べるといった知的緊張のこもった手紙である(ちなみに、やや細かな状況を言うならば、この返答は旅先で口述筆記させ、英語で書かれたものであり、約一ヶ月後の八月十九日付のドイツ語の短い手紙に同封されて送られた)。

シュトラウスは都合十一ヶ所について問題とし、それぞれ場所を頁とパラグラフと行を記して批判を述べる。中でも両者の思想的立場を際立たせると思われる箇所についてやや詳しく検討し、往復書簡全体を考える上での目安としたい。まずはしかし、手紙の契機となったレーヴィットのヴェーバー論を見ておかなければならない。

「学問による世界の脱魔力化」

ヴェーバーは、一八九三年のフライブルク大学教授就任演説「国民国家と経済政策」に始まり、死の二年前に行われた有名な「職業としての学問」(一九一八年)に至るまで、その聴衆(大衆であれ専門家であれ)に対して「不愉快な真理」を一貫して述べ続けた。最初の演説では、ドイツの労働者階級を含む市民階級はいまだ国民を政治的に指導するほどに成熟していないのだと喝破し、最後の講演では、経済と政治の過程に関する学問的判断基準は、その過程そのものから取り出されるのだとする学問的方法論における錯覚を指摘し、実際は主観的な判断や先入見が介入しているのに研究者本人は無頓着なのだ、と批判したところがそれである。こうして、ヴェーバーは近代的学問の価値と意義を根本的に問うた初めての人となった。

「不愉快な真理」を語ることとならんで、ヴェーバーが一貫して追求したテーマは、もちろん、「ヨーロッパ精神の合理性」あるいは科学・学問による「脱魔力化」という「運命」的な事態であった。この史的運命性は、マルクスの唯物論にある史的決定論と好対照をなす。「マルクスが物化による『自己疎外』として解釈し戦っているものをヴェーバーは合理化の止揚しがたい運命として承認していたという点に両者の本質的な区別がある」と、かつて「マックス・ヴェーバーとカール・マルクス」(3)(一九三二年)という論考を発表した際、レーヴィットは語っている。

ヴェーバーの思想においては、「不愉快な真理」をあえて述べることと、学問的・科学的合理性による世界の「脱魔力化」の認識とは深く関連していて、両者はさらにヴェーバーのカリスマ性にかかわって、若い頃から、「脱魔力化」にそなわる「魔力」(4)という形で人々に影響を行使していたとレーヴィットは述べている。

最後の講演「職業としての学問」では、「不愉快な真理」を述べることと「学問による脱魔力化」という生涯のテーマが一つに重ねられており、したがって、レーヴィットの議論の主眼はこのことに向けられている。すなわちそれは、近代的学問(科学)の価値と意味についてヴェーバーがいかなる根本的な批判的考察を試みたか、を検証するというものである。

学問(科学)は「真理」を開示し与えてくれると人は期待するが、ヴェーバーはそうではないという

「不愉快な真理」を言わざるをえない。学問は世界の秘密を開示するのではなく、その脱魔力化によって世界を「あっけらかんとしてもはやなんの秘密もなくなってしまっ」たものにするのだ。

かれが学問的に思考する人間として語ったその「真理」とは、或るなにか秘密に満ちた存在なるものの露呈ではなくて、学問の進歩によって魔力を剝奪された世界はあっけらかんとしてもはやなんの秘密もなくなってしまっているということであったのである。(5)

その理由は、まず学問は進歩を運命づけられており、ゆえに永遠に真なるものは生み出すことができないからである。西洋文化に数千年来定着してきたこの合理化の過程は、「技術的–実際的なもの〔プラグマティック〕」を超えた意味」を有さない。「自然の支配や人間社会の組織化における進歩は、職業としての学問を正当化するような、或るなにか技術的なものを超えた意味」(6)をもたらさない。これが学問による世界の脱魔力化である。

確かに、古代ギリシア（プラトン）においては、学知は真理すなわち真なる存在への道に通じ、あるいはルネサンス期においても近代初期の自然科学においても、学知は真の技芸への道や真の自然への道（神への道）に通じていたが、今日では、

学問は、世界の意味についてはなに一つ教えてくれないばかりか、なにかそのようなものがあるという信仰を動揺させてしまう。……学問としての学問が神なきものであり、神とは無縁の力であるということ、……だれひとり疑うものはいなくなっている。(7)

かくして、「究極的な立場選択を学問的に基礎づけることはできない」[8]ということであり、自然科学はその究極的意味について未決定にしておくか、自らの目的として予め前提とする。根本状況は、歴史的精神科学〔歴史学的精神諸科学〕も全く同じであり、その学的対象が存在に値するかどうか、存在すべきかどうかについては答えられないのである。[9]学問により、我々の世界は「即事象的なもの」[10]になり、「学問の即事象的な合理性がすべての人を束縛する道徳的および宗教的な種類の規範からわれわれを解放してしまった」[11]のである。

しかし留意すべきは、第一に、この洞察が「歴史的意識の相対主義」[12]へと通路を開くことがないということであり、第二に、学問による世界の合理化という運命に関して、「これをヴェーバーは盲目的に肯定もしていなければ、疎外であるとして否定もしていない」[13]ということである。すなわち、今日の学問は、自らの「究極的な立場選択を学問的に基礎付けることはできない」し、学問によって世界は合理化（脱魔力化）される運命にあるのだが、だからといって絶対的相対主義を取るのも、合理化運命論に流されるのも、ともにこれをヴェーバーは良しとしないのである。逆にヴェーバーが要求するのは、「選択し決定しなければならない」[14]ということであった。「学問の進歩によって魔力を剝奪〔脱魔力化〕された世界はあっけらかんとしてもはやなんの秘密もなくなってしまっている」がゆえに、かえって学問はまさに「選択し決定しなければならない」のである。

このような学問の解放にもかかわらず、なおその認識の根底には、一定の、しかも根本的でさえある道徳的および半ば宗教的な種類の価値評価が前提として横たわっているということ、まさしくこ

> のことをヴェーバーの価値から自由な（wert-frei）学問という要求は示そうとしたのであった。学問は自由に、或る一つの自覚的で、決然として首尾一貫した価値評価となるのでなくてはならない。学問的認識という覆いのもとに自分と他人とを隠してしまうのではなくてである。学問的判断の価値自由性への要求は、なんら純粋学問性への後退を意味しているわけではなくて、まさに学問的な判断における学問外的な規準を考慮に入れようとするものなのである。ヴェーバーが要求しているのは、規準となる「価値理念」を排除せよということではなく、それらから距離をとりうるための前提として、それらを対象化せよということである。「ほんの毛一筋の」線が学問を究極的な価値への信仰と切り離しているのであって、本来、学問的な判断は価値評価的判断からそもそも切り離すべきではなく、ただ区別すべきであるにすぎないのである。[15]（強調は原文）

西洋文明ゆかりの学問的合理性によって、世界は脱魔力化され、「客観的な規範への信仰、またそれが学問的に基礎付けられうるものだという信仰」から解放される。まさにそれゆえに、今日の学問（科学）は根本的な「価値判断」を迫られており、逆説めくが、「学問外的な規準を考慮に入れ」る必要があると言うのである。これはもちろん、相対主義の袋小路でもなければ、超越性という神の魔力化に後戻りすることでもない。

　歴史的精神諸科学の分野における対象たる「文化」について、レーヴィットが引くヴェーバーの定義は、この微妙な立場を雄弁に物語ると言える。「文化とは、……世界に生起するできごとの無意味な無限のうち、人間の見地から意味と意義とを付与された有限の一切断部分である[16]」。「人間の見地」からというのは、「選択と決断」というクリティカルな契機を含む。西洋文明のほぼ運命として、今日、世界は学問の合理性によって脱魔力化して、即事象的であっけらかんとしたものになってしまっている。かくして、学問という営為の

「根本事態」はなにかと言えば、人間の生は、「それ自身によって」、すなわち、「超越」とは無関係に理解されるかぎり、生に対する可能な見地のうちから選択し決定しなければならないということである。(17)

このように、レーヴィットのヴェーバー論は、「脱魔力化」されて「あっけらかんとした」ものとなった世界、『超越』とは無関係に理解される」世界、における「学問」の認識論的、さらには存在論的な立場決定について述べたのであった。

シュトラウスの批判

容易に予想されるように、近代批判を自らの関心として来たシュトラウスにとって、このレーヴィットのヴェーバー論はおよそ挑発的であった。いくつかの主題に沿って見てみよう。

①「秘密のない」世界について

すでに見たごとく、ヴェーバーの説く「学問的真理」と「脱魔力化の過程」の関係について、レーヴィットはそれが「秘密」の「露呈」といった事態ではなく、「秘密」そのものがなくなってしまった世界のことなのだと理解する。シュトラウスとの対照のため、もう一度引用しておくと、

かれ［ヴェーバー］が学問的に思考する人間として語ったその「真理」とは、或るなにか秘密に満ちた存在なるものの露呈ではなくて、学問の進歩によって魔力を剝奪された世界はあっけらかんとしてもはやなんの秘密もなくなってしまっているということであったのである。(18)

これに対して、シュトラウスはこう反応した。

しかし、脱魔力化に専心するという精神の不思議は、精神そのもの或いは生そのものの不思議は言うにおよばず、それ自体、世界の一部ではないのか。学問・科学（science）が無限の進歩を許すという事実だけでも、現実世界が不可思議であるという特質を示す。(19)　（書簡番号六〇）

レーヴィット＝ヴェーバーがいわば「精神」の合理性による認識論のコペルニクス的転換（「学問による世界の脱魔力化」）をすでに果たしているとすれば、シュトラウスはあくまでその「脱魔力化」の過程では完全に脱魔力化されえない「世界」の不可思議性を強調する。要するに、シュトラウスは合理化の過程に関する一種の運命論を承服し難いと思っている。

②「時代の運命」と「選択と決定」と「内奥の思い」

近代のヨーロッパにあっては、善悪について人を裁くに当たって、神のみがそれを正しく行うことができるとする超世俗的な倫理と、反対に人間主義に立って悪に対処すべきであるとする世俗的倫理の対立が存在するのであり、そこでは、本来「世界の支配に奉仕する学問と技術」は、根本的な価値判断を行うことができない。しかるに、学問による脱魔力化は「時代の運命」であり、したがって、人は学問とは距離を置いて、究極的な「選択と決定」をしなければならない。これがレーヴィット＝ヴェーバーの見方である。

究極的な立場選択を学問的に基礎づけることはできないということの、もう一つのヨーロッパ内部の例。山上の垂訓に示された要求をすべての人を束縛するような仕方で真にして正しいものであると証明したり、または反論することがどのようにしてできるというのであろう。キリスト教化された西洋の内部においてさえも、悪には抵抗すべしと説く世俗内的、人間的な品位ならびに自尊のエートスと、神は愛であり、神のみが人間を裁く正しい裁判官であるとの理由によって、その反対のことを要求する、まったく超世俗的なエートスとのあいだにあって、そのどちらを採るかをひとは選択し決定しなければならないのである。この世界の終末の期待に生きた原初のキリスト教的エートスは、いっさいの宗教から解放された、世界の支配に奉仕する学問や技術とは合致させがたいものなのである。(20)

この「選択と決定」論に、まずシュトラウスは噛みついた。それすなわち「決断主義」という、まさにレーヴィットがハイデガーとシュミットに看取して痛烈に批判した態度にほかならないと指摘するのである。このような決断主義にレーヴィット＝ヴェーバーを赴かせたのが「時代の運命」であるということは、シュトラウスの理解するところであったが、自分はその「同時代人にとどまらない」のだと喝破するのであった。時代の「運命」が「我が心の内奥の思いを決定して当然である」という考えは決然と拒否する、とも。

ここであなたは、ハイデガーとシュミットに関してあなた自身があれほどみごとに批判したところの決断主義に拠り所を求めている。私のヴェーバー批判に対するあなたの批判についてだが、私は聖書に基づく宗教の真理の問題を一度も避けたことはないと信じている。この問題をことさら声高に語らない理由もまた明言したつもりだ。私は自分が、我らの時代の近代人に特有の、今日の科学・学問によって束縛されているとは思わない。というのは、私もあなたもまたその他すべての人が、単に我らの時代の近代人にとどまるものではないことを知っているからであり、またこの「単に同時代人にはとどまらない」ということが、単に同時代人であるという以上に重要だということも知っているからなのだ。私は自分が低能でも運命主義者だとも思わないので、「時代の運命」の認識くらいは持ち合わせているつもりだが、運命が我が心の内奥の思いを決定して当然である、などという考えはきっぱり否定する。人間社会に関する、特に政治的社会に関する、非実証主義的科学・学問の可能性は(すなわち、「構成主義的概念」ではなく、政治的社会に内在する、その制度や「運動」に内在する概念を使う科学・学問)、つまり基本的にプラトン的アリストテレス的政治学の可能性は、何世紀にもおよぶ根本的に表面的で浅い方法のお蔭で、徹底的に葬り去られてしまった状態なので、この古典的方法を回復することが第一の私の使命だと思っている。(21)(書簡番号六〇)

シュトラウスの言う「古典的方法」とは、「同時代人にとどまらない」方法であり、それはすなわち、現実世界は洞窟の内部に映る影の仮象と捉え、真なる実在は洞窟外の輝ける光の世界にあるとする、あのプラトンの洞窟の比喩に典型を見る方法にほかならない。「時代の運命」に左右されない「我が心の内奥の思い」とは、古典的な意味での哲学（愛智）のエロスということになるだろう。

③「学問・科学」による世界の合理化とその世界からの「唯一の真理の探求」

「学問・科学」は、その「学問的技術」によって我々の世界を「即事象的なもの」（versachlicht）にしており、またその「即事象的な合理性」（die sachliche Rationalität）によって我々の世界は脱魔力化されてしまっている。そのような「即事象的」世界では、「究極の価値評価」は、学問的にもまた伝統的にも、それを根拠付けるものはないというヴェーバーの中心的モティーフをレーヴィットは再度強調する。

> 認識と価値評価の二分に反対する者も賛成する者も、ヴェーバーにおいてこの区別を支えている中心的モティーフを見落としている。つまり、われわれは今日学問的技術によって即事象的なものになった世界に生きているのだという洞察、そして他方では学問の即事象的な合理性がすべての人を束縛する道徳的および宗教的な種類の規範からわれわれを解放してしまったのだという洞察がそれである。われわれの究極の価値評価は、それゆえ、伝統を拠りどころとするわけにもゆかないし、学問的に基礎づけることもできない[22]。

これに対してシュトラウスは、その「学問的技術によって即事象的なものになった世界」の真理性を疑問に付す。

今日の我々の世界の特性について、そのような洞察が決定的だとするならば、唯一それは、人間の探求において近代の自然科学とその延長線上にあるものが根本的に健全であるという前提に立った場合に限られる。健全であるというのは、すなわち、その他のあらゆる探求よりも優れており、知ることが可能な真理への唯一の道であるということだ。しかるに、近代の自然科学等々は、より根本的で、より深い意識を前提としてはいないだろうか。あなたはあなたの現象学的過去をすっかり捨ててしまったのだろうか。(23)

シュトラウスにとっては、学問・科学とは「人間の探求」であり、それは「知ることが可能な真理への唯一の道」に通じていなければならない。それは「即事象的な」世界を超える何がしかの尺度を前提とするだろう。それに対して、レーヴィット＝ヴェーバーの言う「学問・科学」は、逆にその「即事象的」世界における価値評価は、まさに「伝統を拠りどころとするわけにもゆかないし、学問的に基礎づけることもできない」とするのである。近代においては、世界を認識するための窓は「科学・技術」を措いて他になく、脱魔力化によってもたらされた即事象的な世界は一種運命的なのだ、とレーヴィット＝ヴェーバーが考えるのに対して、シュトラウスは、「近代の自然科学」といえども、「真理への唯一の道」からは程遠く、問題はしたがってその「洞窟」から抜け出るための方法を回復することなのだ、と見る。

かくして、両者の議論はほとんど噛み合っていないのではないかという印象が否めない。片や、学問・科学による合理化（脱魔力化）は一種の運命であるという認識に立って、その延長線上に今日のヨーロッパ世界（近代世俗世界）を位置づけることにより、学問自体によって学問を基礎付けるという究極的な価値判断は不可能だとする立場を取るのに対して、他方は、近代の自然科学に代表される学問・科学の合理化の過程は、唯一の真理への道であるということを意味せず、したがって、ともかくその「即事象的な」世界の外に立つ方法を見いだすことが必要だとするのである。前者のレーヴィット＝ヴェーバーが「時代の運命」を重く見て「伝統を拠りどころとするわけにもゆかないし、学問的に基礎づけることもできない」という認識に立つのに対して、後者のシュトラウスは「時代の運命」を超克する「我が心の内奥の思い」に恃んで、「何世紀にもおよぶ根本的に表面的で浅い方法のお蔭で、徹底的に葬り去られてしまった」ところの「非実証主義的科学・学問の可能性、……つまり基本的にプラトン的アリストテレス的政治学の可能性」に賭けると宣言する。シュトラウスの「古典的方法」の回復という試みは、超越的光をともかく前提と仰ぐところから、レーヴィット＝ヴェーバーの「脱魔力化」のモティーフに比べて、断然明快であるように見える。その光と影、内と外が比較的めりはりが利いた思想のパースペクティヴからすれば、レーヴィット＝ヴェーバーのそれは、あるいは相対主義に傾いたものと映ったり、あるいは「決断主義」そのものに見えたりする恐れなしとしない。しかし、レーヴィット＝ヴェーバーの「脱魔力化」による「即事象的」世界における「選択と決定」は、相対主義とも「決断主義」とも無縁の立場であるはずのものである。レーヴィットとシュトラウスの思想上の行き違いは、西欧近代世界というものに対する捉え方の差異であり、それはまた「近代」という或る方向性と価値付けと構造を持った特殊な「時代の運命」を明かすヒントを与えてくれる可能性を秘めるだろう。レーヴィットのヴェーバー論を基に両者の相違を見るのがおそらくまずは便利だろうとの予測から、我々は一九六四年から始めたのだが、その輪郭を念頭に置きながら、再び往復書簡の初期に戻ってみることにしよう。

2　一九三〇年代―四〇年代

両者にとって、祖国を後にして亡命生活を余儀なくされた一九三〇―四〇年代は、波乱に満ちた時期であった。彼らを取り巻く状況は等しく過酷であったに違いないが、レーヴィットの場合は、ローマを経て、その後予期せぬ全くの異国体験への旅となったのであり、その意味ではほぼ同質の伝統にある国々を渡り歩いたシュトラウスよりは、はしなくもはるかに劇的な変化を味わざるをえなかったであろう。太平洋戦争が勃発する年に日本を離れたレーヴィットが、のちに米国において言ったように、彼にとって日本はまさに「対蹠地」(antipodal) であった。[24] それほどの異文化体験であれば、それを境にして世界観さえもが変化してもよさそうだが、存外レーヴィットの思想は一貫して変わることがなかったように思える。たとえば、一九三二年に、「マックス・ヴェーバーとカール・マルクス」なる長大な論文をレーヴィットは著しているが、そのヴェーバーを扱った第一篇を読めば、レーヴィットの関心の在り様が一九六四年のヴェーバー論のそれとほとんど変わっていないことに気づくはずである。

合理化の最も普遍的且つ根本的な成果は世界を徹底的に魔術〔魔力〕から解放したことであり、ウェーバーが特に《科学》の手をかりて論証したものもこれである（『科学論文集』五三五頁）。かつて世界に対する人間の関係にまつわっていた魔術〔魔力〕は――合理的な表現を用いれば――何らかの種類の《客観的》意味に対する信仰であった。ところが魔術〔魔力〕からの解放と共に、最近では我々のいう客観性とはいかなる《意味》であるかを問う必要が生じて来た。ウェーバーが特に学問の意味を問うたのも、そのためである。人間によって遂行された合理化の結果、かつて客観的であったものはすべてその客観的な意味を失い、客観性の意味を規定する仕事は今や新たに人間の主観性の手に委ねられるに到ったといってもいい。この様な世界の魔術からの解放——我々が事物の意味を問うのもまさにそのためである——は、これを世界に対する人間自身の関係についていうと、幻想の徹底的破壊、即ち科学的な《捉われない態度》を意味する。合理化による人間の覚醒と世界の魔術からの解放との積極的《機会》は日常及びその《要求》の《冷静なる》肯定である。この日常の肯定は同時にすべての超越性を——従って《進歩》の超越性をも——否定することである。[25]

主観と客観についての別は、やや大雑把すぎる嫌いが否めないが、合理化と脱魔力化の結果生じた、「すべての超越性」が否定された日常世界という主題は、くっきりと連続している。

そもそもその主題は、ハイデガーの許で書かれたレーヴィットの教授資格論文「共に在る人間の役割における個人——倫理学的諸問題の人間学的基礎付けのために」(一九二八年)から派生したものと考えられる。一言で言うならば、神という超越的な原理を失った近代世俗世界にあって、神ではなく非超越的な人間の地平に立っていかに倫理を基礎付けるか、という課題である。したがって、かつては超越的神との垂直的関係において捉えられていた「個人」は、世俗的人間世界における水平関係「共に在る人間」(Mitmensch)において捉え直されることになる。[26]

さて、一九三四年、ヒトラーのドイツを逃れたレーヴィットは、ローマに最初の亡命の地を見いだした。イタリア贔屓ということもあり、ローマの日々は少なくとも知的には生産的で、博士論文でひとまずの見通しを得たニーチェ論『ニーチェの同じものの永遠回帰の哲学』(27)（一九三五年）を出版するとともに、ニーチェと同時代の歴史家ブルクハルトを論じた『ヤーコプ・ブルクハルト――歴史の中に立つ人間』(28)（一九三六年）を書き上げた。ヴェーバーに見いだした「脱魔力化された世界」の特性と身分の問題は、ニーチェによるユダヤ・キリスト教的な歴史観の根底的批判と通底してゆく。

シュトラウスの『哲学と律法』（一九三五年）を受け取ったレーヴィットは、同年四月十五日付で書簡を送り、門外漢として学ぶところがあったと前置きしながらも、そこに論じられている「世界の創造」と「永遠性」というトピックに啓発されるところ大であったと記している。というのもお蔭で、

ニーチェの反キリスト教というものがいかに完璧に首尾一貫していたか、すなわち、同じきものの永遠回帰を再び信じようと決意し、（無からの）有の創造という思想を可能な限り決然と斥けようとした理由が分かったからだ。(29)（書簡番号二五）

レーヴィットの哲学的志向においては、ヴェーバーの「合理化」の認識とニーチェの「同じきものの永遠回帰」の思想は、ともにキリスト教に基づく超越的基礎付けを批判して、世界を人間あるいは自然という此岸から基礎付けようとするところにおいて、共鳴する。「未来への意志」あるいは「未来への投機」といった考え方は、「（無からの）創造―堕落―福音―最後の審判」といった救済史を雛形としたものである以上、それを根本から覆そうとする「同じきものの永遠回帰」の思想とは相容れない。

レーヴィットの『ニーチェの同じきものの永遠回帰の哲学』を受け取ったシュトラウスは、同年（一九三五年）六月二十三日付で書簡を送り、かつて二十歳代にニーチェに夢中になったことがあり、その折にはすべてを理解した気になっていたが、今このレーヴィットの優れたニーチェ論に触れて、理解したのはほんの一部にすぎなかったと前置きをしながらも、例によって批判を述べる。シュトラウスは、「近代の先端で古代を反復する」というレーヴィットの（「素晴らしい」）問題設定から議論を始め、そこに含まれる方法論的および論理的帰結を述べたのち、次のように言う。

永遠回帰が未来への意志と相容れない、というあなたの主張は正当だが——それに対して私はこう問う、意志は必ず未来への意志（Wille zur Zukunft）なのかと。近代世界においては、然りであろうが、古代世界にあっては、否である。一般的に見て、ストア哲学以前では、意志の問題は全く存在しなかったということをどうか忘れないでもらいたい。……ニーチェ自身が、古代を反復するという自らの意図に徹し切れなかったところはなかったかどうか、そして徹し切れなかったとすれば、近代的諸前提に囚れていること（Befangenheit in den modernen Voraussetzungen）によるのか、あるいはそれとの論争的格闘において囚れてしまったことによるのか、が問われなければならないのだ。(30)

（強調は原文。以下同。書簡番号二六）

要するに、レーヴィットの議論は近代的前提に立ってのものであって、それを離れて、たとえば古代や中世前期に戻って考えるならばその限りではない、というのである。この超時代的操作に、当然、レーヴィットは時を経ずして（七月十三日付で）反論する。

永遠回帰が未来への意志と相容れないとして、その場合、その意志は必ずひとり未来への意志——すなわち、近代的意欲と存在可能性と投企（modernes Wollen und Sein-Konnen und Entwerfen）——でなければならないのかどうかとあなたが問うのは正当である。しかし、ニーチェあるいは我々のような「近代人」が、自らの「近代的諸前提に囚れていること」を単に振り払うことができ、したがって——原理的に——古代である限りでの古代を「繰り返す」ことができるのだというあなたの主張は不当である。[31]（書簡番号二九）

レーヴィットにとっての「近代世界」は、ヴェーバー的な「合理化」と「脱魔力化」という一種運命的な「世俗化」の過程と切り離して考えることができない。そればかりか、その世界は、再びヴェーバー的な比喩を用いるならば「鋼鉄の檻」のようなもので、その外部に出ることを簡単に許さない。しかも、「近代的諸前提」の下に立ち現れた世界というのは、そもそも超越性を否定する「合理化」や「脱魔力化」の過程の中で生み出されたものであってみれば、その桎梏（Befangenheit）から脱出するなどというのは容易に想像し難い。ところが、プラトンの「洞窟の比喩」を恃むシュトラウスにとっては、近代世界という「鋼鉄の檻」などなんのその、「檻」はたちまちにして影なる「洞窟」と変じて、困難とはいえ「古代」という光を可能とする。それならば、「近代」という「囚れ」の世界に閉じ込められた形となったレーヴィットには、なんら光明が与えられないままなのだろうか。脱魔力化される運命にある超越性に頼ることもできず、かといって根拠を欠く此岸の相対主義に流されるわけにもいかない。このようなディレンマにあったレーヴィットではあったが、ニーチェの同時代人であった歴史家ブルクハルトによって、一つの出口の可能性が示唆されたことが、上に引用した同じ書簡に語られている。

進歩に対する信仰、「無からの」創造と摂理に対する信仰、から乳離れするのに、より良くより穏便な方法がある。すなわちそれは再三再四ブルクハルトの強調する、人は――道徳的にも知性的にも――今までずうっと「完全で」あり続けてきたということにほかならない。

翌年、意義深くも「歴史の中の人間」と副題が添えられて『ヤーコプ・ブルクハルト』（一九三六年）として刊行されることになるこの作品では、「進歩」と「「無からの」創造」と「摂理」から自由な「歴史」とその「歴史家」について、その境位と生成が語られることになる。哲学的分析は歴史的物語へと道を譲った。

『ブルクハルト』の完成は、しかし、ロックフェラー財団の時限付支援に頼った亡命者という不安定な身の上もあって、遅々として進捗しなかった。シュトラウスとの交信は一九三五年十二月三十一日付の葉書を最後として、（少なくとも残存する資料からは）その後大戦を隔てた一九四六年まで途絶えるが、その大戦前最後の便りは、レーヴィットの就職活動の報告となっている。コロンビアのボコタまで行き二ヶ月かけて交渉したが、良い結果は得られず、またイスタンブールへも招かれて講演をしたが、その地での可能性は新たにポストが創設されなければ叶わない。ともかく、ロックフェラー財団の支援は六月まで続くことが認められた(32)。その後、九鬼周造を通して、東北帝国大学のポストが提案され、レーヴィットがこれを受けたことは周知のごとくである。

『ブルクハルト』の脱稿とともに、レーヴィットのローマにおける亡命生活も終止符を打つことになった。次なる亡命先ははるか遠くの極東の地。一九三六年、レーヴィット夫妻はナポリから乗船、数ヶ月の船旅の末に日本に到着（直後の印象などについては、次章2を参照されたい）。その後、一九四一年二月に再び亡命先を変えてアメリカに移住するまでの約四年半におよぶ日本体験が、レーヴィットの哲学的思想にどのような影響と変化をもたらしたかという問いは、大いに興味のあるところだが、資料的に乏しいことも手伝って、その間の研究についてはお世辞にも盛んとは言えない[33]。しかしこれについては稿を改めて論じることとして、我々は次にレーヴィットとシュトラウスの交信が白熱する一九四六年の時点へと向けて一足飛びをしなければならない。

3　一九四六年の「近代論争」

先にも触れたように、日本軍による真珠湾奇襲が行われるおよそ十一ヶ月前に、レーヴィットは日本を離れて米国へ向かった。日本人かあるいはドイツ人の友人から、特別な情報を入手してのことである。まずはコネクティカット州ハートフォードにある神学校（Theological Seminary Foundation）に職を得て、そこに七年ほど在職したのち、一九四八年には、すでに英国から米国に移住していたシュトラウスの斡旋で、ニューヨークの新社会学研究学院（New School for Social Research）に移ることになる。一九四六年一月十日付でレーヴィットに宛てたシュトラウスの手紙には、レーヴィットの新社会学研究学院への移籍問題がすでに示唆されている。学問的方面の話題としては、米国では研究に比して教育に対する比重が高く、わずかに残された研究時間をフル活用してシュトラウスは持論の「ソクラテス的政治学」を打ち立てようと奮闘しているが、この古典主義的学問はアメリカ人の趣味に合わないようだと嘆くのだった――「ここでは、彼らのやり方に当てはまらないことは通用しない」。

この年に交わされた最後の手紙は、十一月二十六日付の（レーヴィット宛）シュトラウスのものであり、そこでも再びレーヴィットの移籍問題が話題となっている。翌春クルト・リーツラー（一八八二―一九五五）の後任としてレーヴィットが提案されるという。シュトラウスは、目下のところモンテスキューに興味を抱き、おそらく時代の流行だろうか、レーヴィットから借りたエミール・ブルンナー（一八八九―一九六六）とルドルフ・ブルトマン（一八八四―一九七六）を読んでいると伝えている。

一九四六年には、この他に夏の八月に集中して交わされた四通の書簡（ともに二通）があって、それらは最初の一通を除いていずれも長文で、主に「近代」の問題を扱って独特なところから、俗に「近代論をめぐる書簡」と呼ばれる。[34] その対話の遠因は、ジョン・ワイルドというプラトン学者がこの年に出した書物に求められる。「そのすべての点において、近代哲学に不満を覚え、またトミズムに避難する気も持ち合わせないワイルドは、プラトンとアリストテレスの教えを真の教えとして、古典的哲学へと戻る」とシュトラウスの述べるように、シュトラウスにとっては「我が意を得たり」といったところがあったのであろう、この書物に触発されて、ある種長大な書評を書いた。そしてそれがその年の『ソーシアル・リサーチ』誌に掲載されると、[35] シュトラウスは早速レーヴィットに送った。レーヴィットはその返礼を八月十四日付で書き、[36] その手紙が「近代論をめぐる書簡」の口火を切ることになったのである。

レーヴィットの批評のポイントは大きく分けて三つある。ワイルドが提唱してシュトラウスが我が意を得たりと思った「古代哲学への回帰」がその第一であり、第二はいわゆる「新旧論争」についての評価と認識にかかわり、第三は哲学と歴史の関係という大問題に及ぶ。以下、各々の点について、レーヴィットの批判と、それを受けてシュトラウスが間髪をいれずに翌日（八月十五日）書いた応答とを、一塊にして見てみることにしよう（ちなみに、シュトラウスの論文は英文で書かれており、レーヴィットとシュトラウスの交信は独文である）。

古代哲学への回帰

シュトラウスの論文に対して、レーヴィットがまず批判的に見ざるをえなかったのは以下の件であった。「ワイルドの書物がこの国において引き起こすと言えるかもしれない運動は、年を経るごとに、次第に影響力と重要性を増していくと予言して構わないだろう」。先にも触れたとおり、真の哲学を回復するためには、近代哲学や中世哲学につくのでは勝算はなく、直接に古代哲学へと向かわなければならない、というのがワイルドの挑戦的な提案にほかならない。したがって、この書物は「単なる歴史的研究」ではなく、「新旧論争」は過去のものであるばかりでなく、その勝敗は「決定的に古代に軍配が上がる形で決着をみなければならない」という古典主義的前提に立つ。言うまでもなく、シュトラウスがこのような問題含みの前提を無批判に受け入れるはずはなく、実際彼の議論の中心は、いかに古典は現代において正当化されうるかという困難な問題を吟味するものである。しかしながら、シュトラウスは、結局、「ワイルドの書物がこの国において引き起こすと言えるかもしれない運動は、年を経るごとに、次第に影響力と重要性を増していくと予言して構わないだろう」と言って憚らないのであった。

「構わない」どころか、「大いに問題だ」とレーヴィットは批判する。よりにもよって、このキリスト教的なアメリカで、古代への回帰が真面目な運動になるわけがない。せいぜいのところ、キリスト教的諸前提の再吟味に貢献するくらいだろう、というのがレーヴィットの偽らざる感想であった。ところがこのレーヴィットの当然とも見える批判に、シュトラウスはやや謎めく応答を書き送っている。

あなたは、「ワイルドの書物がこの国において引き起こすと言えるかもしれない運動は、年を経るごとに、次第に影響力と重要性を増していくと予言して構わないだろう」という私の見解に異議を唱えている。しかし、こう想像してほしい、つまり古代哲学を回復しようと努力する二、三の人々がいて、彼らの著作が向こう十年の間に出版されて認められる、しかもこの人たちはこの主題について何がしかの理解を持っているのだ。そうなった場合には、アメリカで初めて公のかたちで、たまたま(*zufällig*)ワイルドによって代表して主張されたテーゼは、現在よりも大きな影響力と重要性を獲得することになるだろう。私は流行を予言しているわけではない。要するに、あなたは私のアイロニーを過小評価しているのだ。(37)

(書簡番号三四)

これは一体どういう意味なのだろうか。ワイルドが行った古代哲学を回復しようとする主張は、「たまたま」代表して行われただけであり、単に「流行」にすぎないと言うのである。さらにワイルドは「この主題について何がしかの理解を持っている」人々の一人ではないとさえほのめかす。逆を言えば、古代哲学の回復というテーゼが、もしこの事柄を正しく理解する人々によって実現されるならば、必然的に(予言しうる程度に)影響力を発揮する。シュトラウスが「流行を予言しない」理由は、流行というような偶然に頼らずに、この仕事を実現するからにほかならない。彼の古代哲学の回復は、ワイルドの方法と一線を画す――「要するに、あなたは私のアイロニーを過小評価しているのだ」。この謎めく物言いは、しかし、シュトラウスの論文がワイルドの書物に対する長文の「書評」であるとする見方を転じて、それがシュトラウスの古典的方法の一種の「宣言（マニフェスト）」にほかならないのだと認識することにより、おそらく理解がゆくのではなかろうか。

レーヴィットがシュトラウスのアイロニーを正しく理解したかどうかは、のちに明らかになるだろう。当面は、シュトラウスの古典主義がいかなるものであり、それを「近代」との関係でどのように正当化するのか、という疑問が我々には残るし、レーヴィットにもそうであったに違いない。これを明らかにするには、第二の「新旧論争」の顚末と、第三の「哲学と歴史」の関係の問題に触れなければならない。

「新旧論争」顚末

この問題についてレーヴィットは（八月十四日付の手紙で）以下のように批判した。

「新旧論争」に関して、あなたがこの論争を文字どおりに受け取り、しかももっぱら「旧派（古代派）」に関係付けようとしているが、それが百パーセント正しいかどうか私には怪しく思える。少なくとも、テュルゴ、コンドルセ、コントによる進歩思想の発展を経て、もはや問題は、我々はギリシア人やローマ人を凌駕したかということではなく、まさに我々にとってキリスト教が現実的に代替可能か、ということにある。（書簡番号三三）[38]

これに対するシュトラウスの応答は再び彼独特のものであった。近代とキリスト教の切っても切れない関係（世俗化）に触れるレーヴィットの最後の言葉を受けて、彼もまた「近代哲学が本質的にキリスト教的中世哲学と多くを共有している」ことは認めると前置きしながらも、しかし「近代人の批判の矛先は、決定的に古代哲学に向けられていた」のだという認識を示して、近代と古代の決定的な亀裂のほうを重要視する。「新旧論争」にかかわった人々の思考においては、

十六世紀の段階で、すでにスコラ主義哲学は片付いており、かくして中世哲学からその淵源であるプラトン＝アリストテレスそして聖書へと目を向けるばかりであった。十七世紀において「新たなもの」とは、それ以前のすべてについて否認することであった。（書簡番号三四）

哲学に近代革命があったとすれば、それは中世哲学はおろか古代哲学に抗して、すべてを批判して成立したのだとシュトラウスは確信する。「それ以前」の過去に対する、このように全面的な否定から結果するのは、空前絶後の独創的発明かあるいは徹底的な破壊行為かのどちらかであろう。近代世界と言われるものが、前者の路線に沿って生み出された「独創」を尊ぶ認識に立つならば、ひとりシュトラウスはそれをナンセンスの破壊行為と見なす。せっかく、貴重な「タブラ・アンティカ」があるにもかかわらず、わざわざ「タブラ・ラサ」につくというナンセンスを近代世界は演じたとでもシュトラウスは言うのだろう。それに対して、「新旧論争」の敗者である「旧派（古代派）」は、「永遠の可能性」を手にしていた。

古代派の偉大な主張者であるスウィフトやレッシングは、この論争の真のテーマは古代とキリスト教であると心得ていた。……これらの人々は、古代が、つまり正真の哲学が、永遠の可能性であるということに一切疑問を抱いていなかった。

一方、「すべてについて否認」した「新派」はキリスト教に取って代わるものを望んでいたと想像されるのだが、ここでもシュトラウスはレーヴィットと我々の予測を裏切る。

コンドルセそしてコントでさえ、キリスト教を置き換えることを望んだわけではない。彼らが望んだのは、ナンセンスを合理的な秩序で置き換えたいということだった。しかし、それはすでにデカルトもホッブズも欲していたところだ。論争が根本的に決着をみたのちに、はじめて宗教とキリスト教が導入されたのであり、この近代における運動の事後的な解釈が、信じやすく、耐え難いほどにセンチメンタルな十九世紀を決定づけたのだ。

「新旧論争」は「新派」に軍配が上がる形で収束した。「論争が根本的に決着をみた」というのはそのことである。「近代人＝新派」はそれ以前の時代すべてを「ナンセンス」として否認し、すべてを「合理的な秩序」の下に刷新した。そういう「決着」がついたあとで、宗教とキリスト教の話が問題になり、導入されることになったのだ、というのがシュトラウスの解釈なのである。当然、レーヴィットにとって、このようなキリスト教＝傀儡政権説は受け入れ難いところだろう。

哲学と歴史の相克

哲学と歴史の問題ほど近代の根幹にある困難を指し示すものはないだろう。端的に言ってしまえば、哲学が絶対的真理を目指すのに対し、歴史は常に相対的な地平に留まるという前提に立つからである。したがって、歴史と哲学は異なる学問的前提に立つと見なされている。しかるに、件の書評論文でシュトラウスは、「哲学と歴史の基本的な差異——それに哲学の存続が掛かるような差異——を主張することは、現在の状況では、哲学にとって危険とまでは言わないものの、道を誤らせる恐れ大である」[39]と言うのである。もちろんレーヴィットがこれを黙って見過ごすはずはなかった。「全く理解できない」と切り出すと、

> また、(注3にある)真理への近さという標準に基づいたあなたの歴史的時代に関する理解は[40]、それ自体まさにまた一つの歴史的反省ではないだろうか。その結果、真理の問題を根本的に脱歴史化しようとするあなたの傾向は、それ自体まさにまた一つの近代的アプローチなのであり、だからあなたは、ハイデガーと同じく、歴史的「解体」なしに目的に到達することができないのだ。
>
> (書簡番号三三)

シュトラウスは再び独特の応答をする。

> では、とりあえず次のように仮定してみよう。たまたま或る妨害(すなわち、近代の野蛮化)があったために、我々は初めから哲学の基本を再び学ばなければならないとしよう。この純粋な学習の可

能性は、我々の世界のいわゆる哲学では存在しないのだが、他方、近代の歴史家が実際に欲していることが叶うとすれば、彼が完全に受動的になって理解しようとさえすればよいのである。

（書簡番号三四）

我々の近代は、シュトラウスによれば、「野蛮化」の過程のために、「我々の世界のいわゆる哲学」ではなく正真の哲学を失ってしまった。その「野蛮化」は幸運にも「たまたま」であったので、正真の哲学を「純粋な学習」によって取り戻すならば、「野蛮化」を反転することができる。その反転のための方法は、まさに「完全に受動的になって理解しようと」する歴史家の姿勢に見ることができる。したがって、歴史的反省は必要である。しかし、それは近代という「野蛮化」した時代を克服するためにほかならない。

今日、我々が歴史的反省を必要としているという点では我々は合意する――ただ私は、そのような事態は進歩でもなければ、諦めをもって受け容れるべき運命でもないのであって、逆にそれは、近代を超克するための不可避の手段なのだ、と主張する。近代は近代的手段によっては超克されることはなく、克服されるとすれば、我々が自然の理解力を備えた自然な存在でなおある場合に限られる。しかし、その自然の理解力という手段は我々には失われており、したがって私や私に類する単純な人間は、自らの力に頼るだけではそれを回復することができない。だから、我々は古代人から学ぼうと試みているのだ。

歴史の進歩がレーヴィットにとって運命に類するものであることをシュトラウスは知っている。ヴェーバーに共感しながら、レーヴィットは容易に外に出ることを許さない近代という歴史の檻と格闘していた。近代は近代的手段によっては超克されない、という明澄なる認識には同意するかもしれないが、超克の方法が古代への回帰に見いだされるという点になると、レーヴィットは疑問を呈さざるをえないことだろう。しかしシュトラウスは真顔で断言する。

> あなたにはおよそ荒唐無稽と見えるかもしれないが、プラトンとアリストテレスが素描した完全なる政治秩序は、まさに完全なる政治秩序にほかならない、と私は本気で信じている。

この八月十五日付の手紙は、正真な哲学を目指す「古代主義」を宣言したにとどまらない。シュトラウスの思想にはユダヤ教というもう一つの柱がある。「古代主義」のアテナイに対して、シュトラウスはこれをイェルサレムと呼ぶ。アテナイの哲学が「議論・討論」(Argument)を事とするとすれば、イェルサレムは「議論・討論」の全く余地のない「啓示」によって特徴付けられる。

> プラトン=アリストテレスにはただ一つだけ異議がある。それは啓示という、あるいは「人格」神という、冷厳な事実(*factum brutum*)[がないこと]だ。冷厳な事実と言ったのは、いかなる議論も全くありえないからだ。理論的、実際的、実存的……さらに、正真の哲学者を特徴付けるあの「神の不可知」から信仰へと至る、といった逆説的な議論さえ(パラドクスそのものは、キルケゴールが示したように、結局、理性によって要請されうるのだから)[啓示には]ないのだ。

シュトラウスがイェルサレムの主題に触れたのは、レーヴィットの先便の最後の、予告されていた「アテナイとイェルサレム」と題する講演はいつ行われるのか、という質問に応じてなされたものであるが、政治と法と啓示という、シュトラウスの思想の核となる重大な問題をかすかに垣間見せる興味深い一節である。歴史と時代の檻から出るようにシュトラウスに要請するのは、啓示の存在があるからであろう。しかし、信仰の人シュトラウスは同時に哲学者であり、したがって檻から出る作業を政治哲学という「議論・討論」において、「議論・討論」を通じて行わなければならない。「アテナイとイェルサレム」は根本的矛盾をはらんだラディカルな探求であるしかない。

八月十八日付のレーヴィットの応答

レーヴィットの応答は、大きく二つの主題にわたる。一つは「歴史的進歩」の問題で、それは歴史の連続と断絶あるいは時代区分の認識の問題に密接に通じる。いま一つは「歴史と自然」の問題で、これに関連して「近代の超克とその手段」といったことが話題となる。

シュトラウスの応答にまずレーヴィットが反応したのは、「進歩」についてのシュトラウスの考え方であった。

コントその他が、単に「ナンセンス」を合理的な秩序で置き換えたいと欲していただけではなかったことに疑問の余地はないが、彼の言う進歩は、「カトリック的体系」を、つまり社会政治的な意味でのキリスト教を、意識的に再構成することから成っている。なぜあなたは、宗教とキリスト教が事後的に（十九世紀になって）初めて導入されることになった、と言うのだろうか。[41]

（書簡番号三五）

近代世界の形成に当たって、キリスト教がいかなる役割を担ったのかに関して、二人の哲学者は根本的に異なった認識に立つ。近代の歴史観に中世キリスト教の構造的残滓が本質的に存続するとレーヴィットは考える。いわゆる「世俗化」の理論である。ここから、啓蒙主義の「進歩」史観（「合理的秩序」）は「カトリック的体系」を「意識的に再構成」したものであるという見解が当然導き出される。屈折した関係にあるとはいえ、近代は中世と基本的に連続体なのであり、シュトラウスの見るように、近代は「それ以前の時代のすべてを否認する」ような、断絶の歴史認識とは異なる。シュトラウスの考えでは、否認されるべき「それ以前の時代のすべて」の中にはキリスト教も含まれることは言うまでもなく、それゆえ、十九世紀に「事後的に」再び導入されなければならない。「世俗化」理論を唱えるレーヴィットには思いもよらない歴史観である。

第二の「歴史と自然」の問題は、シュトラウスの先便にあった、自然の理解力という近代に失われた能力を、歴史的反省を通じて古代人から学ぶのだという主張から出来する。これに対して、レーヴィットは、歴史はそう簡単に振り切れるものではないと反論する。

人間にとって歴史はあまりにも深く根を下ろしているので、ルソーやニーチェばかりか、あなたの言う自然の存在と自然の理解力を兼ね備えた未来の英雄が、すでに古代に死に絶えたところのものを首尾よく回復するなどとは考えられない。「最も簡単明瞭な」試金石は、――ニーチェがきわめて正しく理解したように——古代の性的慣習を何か自然でありかつ神聖なものとして取り戻してみることだろう。……さらに、自然な社会秩序となると、一層想像することがむずかしい。世界国家というのは確かにナンセンスであり、自然に反する（contra naturam）が、その伝でいけばポリス（都市国家）もまた、人間が打ち建てたすべての歴史的制度と同じく、自然に反するのだ。……我々の「脱自然化」（Denaturalisierung）がどれほどキリスト教に起源を持つかはにわかには分からないが、変化したのが歴史意識だけでなく、我々の歴史的存在もまた変化したことは確かだ。

人間はまことに歴史的存在であって、万が一古代における自然を取り戻したとしても、それは歴史的自然でしかない。人間の営為としての歴史は、これまた自然に反する。要するに、レーヴィットにとって歴史とは不可避の「脱自然化」の過程なのであり、これはある意味でヴェーバーの「脱魔力化」を彷彿とさせるだろう。歴史としての近代はそう簡単に歴史という前提条件を超えることができない。

近代は近代的手段によっては超克されないとあなたは言う。これはなるほど理にかなったもののように響くが、私には無条件に正しいとは思えない。なぜなら、純粋な「学習」をいくら忍耐強くしたところで、それ自身が持つ諸前提から逃れることができないからだ。結局のところ、近代が自分自身に不満を抱くのは、歴史意識という、自分とは別の「より良い」時代の認識、に基づいてのみ起こりうるのである。

それなのに、シュトラウスはこの不可避の歴史的諸前提を振り払って、古代に寄り添って、しかも自然の理解力を持った自然の存在を「学習」すると言う。「しかし、一体全体、自然と不自然の境界をあなたはどのように付けるというのか？」とレーヴィットはやや語気を強めるかのようである。

［近代の］ブルジョア的結婚観は［古代ギリシアの］青年愛と同じく非自然的であり、日本人の男性にとって日本の芸者が自然なのは、オスカー・ワイルドにとって彼の男性パートナーが自然なのと同様である。完全なる秩序というものは——それが社会的なもの、政治的なものであろうと、あるいは個人的道徳であろうと——、単に秩序であるということにより、常に不自然が付きまとうものなのだ。

「日本の芸者」のところで、レーヴィットはわざわざ注を施し、「ちなみに、私が今まで目にした人々のなかで最も人為的で不自然な存在」と記している。正真の「自然」を学ばんとするシュトラウスの超歴史的な探求がいわば垂直方向で試みられているとするならば、レーヴィットは水平方向に形而下的な探求を同時代の地平で行い、なおも正真の「自然」の見いだし難いことを指摘する。人間は歴史的であると同時に文化的桎梏に絡め取られた存在であって、その状況は「洞窟」以上に外が見えにくい。

八月二十日付のさらなるシュトラウスの応答

ここまでくれば、両者の相違は明白である。「どこで我々の道は分かれたのだろうか？」とは、この段階で思わずシュトラウスの口から（筆から）こぼれた言葉であった。立場の違いは、極端に言えば、歴史を超越するプラトン主義と、歴史という織物の中に留まらざるをえない歴史主義のそれである。レーヴィットの姿勢を内に閉じ籠った「自己理解」にすぎないとしたシュトラウスは、再びプラトンゆかりの「洞窟」を持ち出して、辛辣な批判を浴びせる。

決定的に重要な点になると、あなたは単純さがいささか足らない、私がそうであるように単純ではないと思う。あなたは、哲学というものの単純な意味を文字どおり十分に理解してはいない。哲学とは、すべてに関するさまざまな憶見を、すべてに関する純正な認識に置き換える試みである。しかし、あなたにとって哲学とは、人間に関する自己理解あるいは自己解釈にすぎず、当然したがって、歴史的に条件付けられた（個人でなければ）人間に関するそれ、ということを意味する。つまり、プラトン的に言えば、あなたは哲学を矮小化して、個別の洞窟の内装を描写するものとしてしまっている。その個別の洞窟（＝歴史的存在）は、したがって、もはや洞窟とは見なしえないのだ。あなたは、観念論・歴史主義の泥沼にはまってしまっている。そして、あなたの哲学史の解釈は、歴史的相対主義あるいは先入見の支配に関してあなたが主張してやまない不可避性を確認するのみに終わっている。あなたは、哲学そのものを「世界観」と同一視していて、したがって、哲学を個々の「文化」に根本的に依存するものとしているのだ。[42]（書簡番号三六）

「観念論・歴史主義の泥沼にはまって」「個別の洞窟の内装を描写する」にすぎないとは、ほとんど喧嘩腰である。両者の見解の相違は、ただいや増して確認される一方であった。啓蒙主義を経たのち、宗教＝キリスト教の必要が認識され、事が宗教だけに新たに発明するわけにもいかず、かくしてキリスト教に類するものの再導入となったのだ、と今さらのようにシュトラウスは繰り返す。自然と反（不）自然の境界の問題についても、事態は変わらなかった。社会・文化的秩序の創造という「(反)不自然な」問題は、「自然」に照らすことで解決できないとして、「星々、天、海と大地、生殖、男女の営み、誕生と死が、あなたという『単純な』人！に、不自然な問いに対する自然な答えを与えてくれるならば、私はあなたの主張するテーゼに同意することができるだろう」と、挑発的な言葉をレーヴィットは先便で放った。シュトラウスも負けてはいなかった。

> あなたは市井のギリシア人と、そして私の議論がかかわる限りではギリシアの詩人もだが、ギリシアの哲学者とを混同している。……プラトンとアリストテレスは、「星々、天、海と大地、生殖、男女の営み、誕生と死が」、彼らに、「不自然な問いに対する自然な答えを与えてくれる」(あなたの手紙から引用だ)などと信じたことは一度もない。プラトンは、よく知られているように、それらの「(日々の現実的)《プラグマタ》事柄」からロゴス(理)へと「避難した」のであって、その訳は「(日々の現実的)事柄」は直接に答えを与えず、ただ何も明かさない謎を残すのみだからであった。

我々近代人が古代人から学ぶべきとされる自然の理解は、「(日々の現実的)《プラグマタ》事柄」を通じて得られることではなく、その外に「避難」してロゴスに向かうことを前提とする。古代においても、洞窟から脱出する必要性は全く変わらない。おそらく違うのは、出たときに見る「自然」の身分なのだろうか。

ともかく、両者は袂を分かたざるをえなくなった。近代が自らに不満を抱くとすれば、それは歴史意識に起因するとする見方は、レーヴィットの歴史主義的方向性をよく示すだろう。シュトラウスにあって、近代が自らに不満を抱くとすれば、それは哲学的ロゴスによすがを求めることになるのだろう。

4　結びにかえて

「どこで我々の道は分かれたのだろうか?」とすでに一九四六年の時点でシュトラウスは今さらのように慨嘆した。その淵源がシュトラウスにあってレーヴィットにないユダヤ教に求められるであろうことは、二十一世紀の「我々」からすれば明らかである。残存する最初期の交信（一九三二年十一月十五・十九日付）が、急逝したレーヴィットの父親が残したヘブライ語のメモについて、シュトラウスに読解を依頼するというものであったのは、ある意味で象徴的であったのかもしれない。当時パリにあったシュトラウスは、中世ユダヤ教思想とそれに関連してイスラーム思想の研究に専心しており、その成果は『哲学と法』（一九三五年）となり、そしてそこから独特の近代批判の視座に立つ『ホッブズの政治哲学』（一九三六年）が生み出されたことは、よく知られている。そしてそれはその後アメリカで繰り広げられることになるプラトン主義的「古代への回帰」運動へと接木されていくことは、本章1で垣間見たとおりである。レーヴィットとの対照においてその輪郭を現すシュトラウスの思想的特徴は、「啓示」という絶対的超越性との非媒介的直接性に対する信であろう。それだけならばまだしも良いのだが、その「イェルサレム」的信と並行して、「アテナイ」的ロゴス（媒介的探求）が離れ難く存在することにより、シュトラウスの思想を近づき難いものにしている。ユダヤ・イスラームの啓示的特性がギリシアのプラトン・アリストテレス的ロゴスと同居する。しかも、それがどうしようもない魅力となっている。

レーヴィットはと言えば、旧約的「啓示」などはるか昔にヴェーバー的「脱魔力化」によって知的効力を失って久しいと考えていたに違いない。彼の思想の核には、キリスト教（新約）的伝統が動かし難くあって、たとえば救済史の構造的残滓は中世を経て近代に及ぶとする「世俗化」理論は、言うまでもなく、その典型である。現象学により近代的「個」の問題を新たな「ペルソナ」として読み替えようとした教授職資格論文もまたその姿勢を証明するだろう。レーヴィットは思想における伝統と文化の呪縛を重く見る。というより、それから逃れたりそれを超越することがそう容易ではないことをおそらく直感的に知っていたし、思わず迷い込んだ東洋での異文化体験がそれを確認させることになった。シュトラウスとの対照においてその輪郭を表すレーヴィットの思想的特徴は、前者シュトラウスが後者を批判して言い放った、「観念論・歴史主義の泥沼にはまった」がごとき相対主義であるだろう。もちろんこれは、原理主義的傲慢から出た発言とされなければならない。「泥沼」にはまったレーヴィットの格闘がいかばかりであったかは、もとより詳らかとしないが、一九六四年のヴェーバー生誕百年を期していま一度ヴェーバーに戻ったレーヴィットは、シュトラウスが忌避するまでに批判したヴェーバーの「価値からの自由」概念に触れて、以下のように論じた。これまたもう一度引用しておこう。

> このような学問の解放にもかかわらず、なおその認識の根底には、一定の、しかも根本的でさえある道徳的および半ば宗教的な種類の価値評価が前提として横たわっているということ、まさしくこのことをヴェーバーの価値から自由な（wert-frei）学問という要求は示そうとしたのであった。学問は自由に、或る一つの自覚的で、決然として首尾一貫した価値評価となるのでなくてはならない。学問的認識という覆いのもとに自分と他人とを隠してしまうのではなくてである。学問的判断の価

値自由性への要求は、なんら純粋学問性への後退を意味しているわけではなくて、まさに学問的な判断における学問外的な規準を考慮に入れようとするものなのである。ヴェーバーが要求しているのは、規準となる「価値理念」を排除せよということではなく、それらから距離をとりうるための前提として、それらを対象化せよということである。「ほんの毛一筋の」線が学問を究極的な価値への信仰と切り離しているのであって、本来、学問的な判断は価値評価的判断からそもそも切り離すべきではなく、ただ区別すべきであるにすぎないのである。(43)

「『ほんの毛一筋の』線が学問を究極的な価値への信仰と切り離している」というところに、我々はレーヴィットのシュトラウスへの控えめな反論を見るべきだろう。それは、同じくシュトラウスが、シュミットと同然だと批判した「決断主義」とぎりぎりのところでレーヴィットの「選択と決定」が截然と異なることをも実は示していたとすべきである。

それにしてもしかし、近年におけるシュトラウス人気はどう解釈すべきであろう。(44)「近年の彼の『人気』は、永き権威破壊に飽きた現代人が、ムード的に権威主義に郷愁を感ずるといった潮流とも無関係ではなく、それは第一次大戦後のファシズム的心情とも連なるものであろう」と長尾龍一氏は淡々と述べるが、(45)この碩学による診断は不気味な余韻を残す。

しかし別の観点に立って、「選択・決定」主義とその「啓示」的な思想の構えに魅了されながらも、相対主義的「泥沼」を運命として受け取ることにより「究極的な価値への信仰」へと逃避することのない立場、すなわち近代の「途方に暮れた」（ニーチェ）相対主義的状況にあって、決然とそれを耐え抜くというレーヴィットが体現した立場の重要性もまた等しく忘れるべきではないだろう。

第3章　カール・レーヴィットと日本

1　西洋と東洋

一九九五年の師走のこと、霧のヴェネツィアから底冷えのするローマへ到着した私は、偶然、テルミニ駅の書店に新刊書として飾られた一冊の本に目を奪われた。まことにイタリアらしい色彩で、美しい装幀を施されたその小著には、カール・レーヴィット『日本評論』という表題が記されていたからである。それ以前に、レーヴィットが日本に関する短文を書いていたことを知らなかったわけではない。しかし、まさかそれが小著の分量に及ぶほどのものとは想像だにしていなかったし、それよりも何よりも、二十世紀末のイタリアで、その種の書物が新刊書として出版されていることが、予期せぬ驚きを惹き起こしたのだった。

イタリア版カール・レーヴィット『日本評論』

『日本評論』の中身は、レーヴィットが一九四〇年から六〇年までに書いた三論文と「あとがき」――「日本の西洋化と倫理的基盤」、「日本精神」、「東洋と西洋との差異についての覚書」、(『ヨーロッパのニヒリズム』に付された)「日本の読者に寄せる後記」――のイタリア語訳からなり、それに哲学者ジャンニ・カルキアの長めの序文が付されているというものである。(1) 第三番目の論文「東洋と西洋との差異についての覚書」はハンス・ゲオルク・ガダマー還暦記念論文集にレーヴィットが寄せたもので、すでに邦訳もあることから、(2) ご存知の向きも少なくなかろう。また『ヨーロッパのニヒリズム』についても、そのドイツ語版が上梓されるはるか以前の一九四〇年に、もともと邦訳の形で『思想』に連載されたという経緯を持ち、我々には縁が深いものである。したがって、私が特に驚いたのも、第一と第二論文(「日本の西洋化と倫理的基盤」、「日本精神」)にほかならなかった。そのときの驚きをあえて分析するならば以下の三点になろうか。

第一に、そもそもこれら二論文は元来ドイツ語ではなく英語で発表されたということ、第二には、内容的に見てかなり厳しい日本批判であること、そして第三には、このような翻訳が同様の翻訳王国である日本より先にイタリアで出版されたということ。もちろん、これらの事実は、それ自体では、たいして驚くに当たらないかもしれない。第一の発表言語の問題は、一九八一年に刊行された全集を見れば、二論文はそのまま英語で収められており、しかもこの二篇を除いて他に英語論文は見当たらないということがあり、したがってレーヴィットに興味を寄せる者にとって別段目新しいことではない。第二の日本批判の問題も、「日本の読者に寄せる後記」がすでに一九四〇年に東京で出版されたことを思えば、第一の点と同様に、私の無知に発する驚きにすぎないと言うべきであろう。さらに第三の問題も、そのかなり厳しい日本批判の舌鋒ゆえに、二つの英語論文は今まで日本では翻訳されることがなく、かえって他国のイタリアでまず翻訳されたのだ、という推測が成り立たないわけでもない。

しかし私の驚きは褪めずに残り、問題は先鋭化していった。テルミニでの『日本評論』入手直後に、不覚にもインフルエンザに罹った私は、ローマの安宿に閉じ籠ることを余儀なくされ、おぼつかないイタリア語の読書を通してではあったが確かな驚きを味わった。そのときの驚きは、上に触れたように私の無知によるところがないわけではないが、その後帰国して二篇の英語論文を原典で熟読した折に再び味わった驚きと合流して、私の中で一筋に繋がり、今もレーヴィット問題という形でわだかまっている。

「レーヴィット問題」の所在

その「レーヴィット問題」とは何か。端的に言えば、それは主に「日本精神」(The Japanese Mind) という英語論文にかかわり、そこでの主張とレーヴィットの思想全体との関係の問題にある、と言うことができるだろう。もちろん、この問題は、ある思想家における一論文の意義というような平板な事態ではなく、また比較思想とか比較文化論といった本質的に二項対立的枠組みに収まるものでもない。表象と文化、思想と時代、といった面倒な問題にきわめて複雑に絡んでゆく類の問題にほかならない。この問題が孕む複雑さと重要さを理解してもらうには、さしあたり、一九三三年から四三年の十年間に及ぶレーヴィットの人生航路の数奇を簡単に辿っておく必要があるだろう。

近頃は「ハナとマルティン」の関係に必要以上の照明が当てられているようだが、若き俊英ハイデガーの周りにはのちに名を馳せることになる秀才学生が多く集まったことは周知のごとくである。サルトルに九鬼周造、アーレントにマルクーゼといった具合で、レーヴィットもそのうちの一人であった。しかもレーヴィットの場合は、わざわざフライブルク大学の指導教授フッサールの下を離れて、ハイデガーを師と仰いでマールブルクへ移籍するほどであった。ハイデガーの下で大学教授資格論文を書き、私講師となるが、一九三三年、ヒトラーのいわゆる「公務員法」によって、ユダヤ系であったレーヴィットはドイツから事実上追放処分を受ける。ここに、レーヴィットにとっての「ハイデガーとナチズム」問題が始まると言ってよいだろう。一九三四年から二年間、ローマに亡命生活を送り、その間に彼の代表作の一つ『ヤーコプ・ブルクハルト』(3)(一九三六年)を書き上げる。一九三六年、九鬼周造の好意を得て、窮状にあったレーヴィットは東北帝国大学での職を手にする。こうして、図らずも、東洋という彼にとっては全く異質の――かろうじてヘーゲル哲学史を通して「文明の完成するオクシデント」(西洋)の対極に位置する「文明のいまだ開かぬオリエント」(東洋)として知るのみの――地に足を踏み入れることになった。仙台に約三年間滞在し、その間に生涯の代表作と言うべき『ヘーゲルからニーチェへ』そして先述の『ヨーロッパのニヒリズム』をレーヴィットは書いた。しかし、日本が太平洋戦争に突入する約一年前の一九四一年二月、彼は日本を去り、米国での(第三の)亡命生活を選んだ。まずはコネクティカット州ハートフォードにある神学校で教鞭をとり、一九四九年に、シカゴ大学に移ったレオ・シュトラウスの後任としてニューヨークの新社会学研究学院に職を得るまでの約八年間を、そこで過ごすことになるが、我々が注目するのは、米国に移住して約二年後の一九四三年に、件の英文論文「日本精神」が書かれたということである。

「日本精神」とその射程

論文「日本精神」(4)は有名な『フォーチュン』誌に掲載され、その副題は戦時下という特殊事情を背景にして、「日本を征服するために、我々が理解しなければならない、その精神形態の概要」と、至って過激である。レーヴィットによれば、日本人のメンタリティーはおよそ以下の三つの要素によって特徴付けられるという。

(1)和魂洋才の理想と実際。日本人は西洋と東洋双方の長所を理想的に取り合わせたものとして和魂洋才を唱えているが、実際は違って、家では和服を着て外では洋服を着用し、一階は和風で二階は洋風の家に住むいわば「両棲類的」生活を営んでいる。この二重構造は、西洋学者の生き様にも現れて、若い頃は西洋人顔負けの専門的学問に励むが、老いてはいわゆる「東洋回帰」を果たして和歌などを嗜む。要するに、和魂洋才の実体は、「洋才」は「和魂」という目的に向けての手段にすぎない。その結果、西洋を愛し真似るが同時に軽蔑もするという風潮が生じる。その最も悲劇的な事例として、東京帝国大学のヘーゲリアンが行ったヘーゲル弁証法の神道的援用をレーヴィットは挙げる。テーゼ・アンチテーゼ・総合の概念は、みごとに「三種の神器」(剣・鏡・玉)の説明に向けて利用されたという。ことほどさように、すべては「日本精神」という大義に供される運命にあり、西洋思想の輸入と模倣にたいそう熱心だが、同時にそれはすべて最終的にまた無批判的に「和魂」に供されてしまっている、とレーヴィットは分析する。

(2)理性的な学としての哲学の不在と、禅的「無」の感覚的伝統。日本滞在中に友人となった西田幾多郎(5)の思想を代表例として取り上げ、「無」を基調とした「情感と感覚」の哲学を紹介し、この西欧哲学を究めた稀有なる日本の哲学者もまた、その該博にして犀利な洋才を手段として駆使しながら、「日本精神」という唯一絶対の目的に向かったと分析する。この「無」を基調とした「情感と感覚」の日本的思想は、西欧的思想では考えも及ばない独特の「無私の」美学を生み出した。家康、山岡鉄舟、松井石根、西田幾多郎の四人の肖像が『フォーチュン』誌を彩るが、[6]彼らは皆一つの伝統に連なるとされる。すなわち、西欧的「個の自覚」の対極に立つ「無私の心」の伝統であり、その源泉には、理論的構築を嫌い公案という暗示に依拠する禅の宗教文化が存在すると説く。悟りの下に開示されるその世界は、不変であり、すべては「空」の下におかれる。禅宗は真理をどのように捉えていたか、それを説明するのにレーヴィットは、鈴木大拙の『大悟』に見える「牛飼いの話」を持ち出す。牛飼いは「迷い牛（自分自身の魂）」を捜す。「さんざん苦労した挙句、牛の足跡を見つける。まず尻尾だけが見え、そして体と頭を見いだす。格闘しつつ牛を捕まえると、疲労困憊していたが安堵感にひたり、牧童は家路につく。笛を吹きながら、彼はいまや自分を忘れ、牛のことも気にかけない。牧場はふたたび緑であり、花は再び赤い。あらゆる事物は、《そのまま変わりようのない存在》に戻る。月は世界と牧童の心を照らし、すべてを空の下におく。あらゆる地上の喧騒は消え、それとともに損失と所有の感覚も失せる。すべては変わったが、しかしまた同じでもあった[7]」。

(3)勅令による西洋化という矛盾。日本の近代化は、天皇の勅令という甚だ前近代的な方式を取って行われ、これは西洋の言う意味での「近代化」に当たらない。日本国は天皇を家父長とする社会組織であり、その近代化（主に科学技術のそれ）は忠君の理念に基づき誠に効率的に推進された。西洋の近代を象る大きな物語が「個人の生命の尊重、自由の獲得、幸福の追求」であるとするならば、日本のそれは

「個人の生命の軽視、忠孝、名誉ある死」に支えられた。これに「無私の心」に裏付けされた「死の美学」が加えられるならば、愛国心は絶対的なものになり、実際、その統率力を目の当たりにしたナチの駐日武官は、「フューラー」も羨むほどのものと漏らしたという。西欧が愛する薔薇は、強い香気を放ち枝にしがみつき恥ずかしくもなく腐ってゆくが、日本の愛でる桜は、簡素に美しく、老醜を見せる前に潔く散る、と日本精神は主張する。

対日戦争に勝利すべしという戦時下米国のイデオロギーに、レーヴィットがどれほど深くコミットしていたかは定かでないが、彼の哲学的日本論は整然としており、根本において、およそ歴史的状況に媚びるごときものではない。「両棲類」説は、時代の推移とともにすでに妥当しない部分もあるが、文化的二重生活は根本的に変化したとは言い切れないだろうし、それに呼応して我々の西洋に対する感覚も依然として両義的であろう。禅に発する「無私の心」の伝統については、日本的個人主義がしなやかに成長しているという説もあり、短評を許さないが、一般論として「文化的伝統」というものは、その本質からして、そう簡単に刷新されるものではないだろう。そもそも「日本の近代化」は「言辞矛盾」だとするレーヴィットの分析は、その良し悪しは別として、いまだ「個人の自由」が保証もされていなければ確立されてもいない現状を見れば明らかだろう。

しかし、レーヴィットの日本論の是非を論じることが、ここでの問題ではない。同様に、ポスト・コロニアリズムの流行に乗じて、レーヴィットの「オリエンタリズム」を指摘するなどという退屈な試みをする気もない。ローマの安宿で経験した驚き以来、私の心にわだかまっている問題は、この日本論とレーヴィットの思想全体との関係にほかならない。もっとも、レーヴィット研究家は、そのような問題設定を妥当なものとしないかもしれない。たとえば、入門書を揃えるメッツラー叢書にヴィープレヒト・リースの好著[8]があるが、それを見渡しても「日本精神」への言及は一切見当たらないし、レーヴィットに捧げられた古稀記念論文集の業績一覧においてさえ、論文名こそ挙がってはいるものの、その発表年が誤って(一九五三年と)記載されているといった具合である。[9]しかし、この問題設定の重要性は、ハイデガー還暦記念論文集[10]にレーヴィットが寄稿した「世界の歴史と救済の生起」[11]を読むとき、たちまち明らかであり、一種の触媒反応を惹き起こさざるをえないのである。

すなわち、「日本精神」は圧縮された形ではあるが、ほとんどそのまま「世界の歴史と救済の生起」の一部を形成するばかりでなく、そこに展開される議論の重要な要素として機能するのである。「世界の歴史と救済の生起」をものしたレーヴィットは、すでにハイデガー批判を公にしていた。予想されるように、間接的にそしてほとんど暗示的な形で、しかしボディブローのように効く批判を、弟子は師匠に向けている。当然しかし、それは個人的なレベルでの批判に堕することはない。レーヴィットは、西欧の「歴史」哲学の総決算を手短に繰り広げ、ハイデガーをもそこに位置づける。そして、その総決算に当たって、あの「日本精神」の洞察が活かされるのである。

「世界の歴史と救済の生起」の特異性

レーヴィットの読者であれば、この論文の特殊な重要性は明らかだろう。「自然」と「歴史」という彼が終生関心を寄せ続けた二大テーマを扱い、中でも「歴史」という西欧に特異な概念の分析的叙述とその近代的展開の素描を通じて、自らが主張したところの「世俗化理論」——近代歴史観にある未来志向はキリスト教的終末論の世俗化されたものの構造的残滓である——をも垣間見せるからである。別の角度から言うなら、ブルクハルトにおけるギリシア的自然の世界観(『ヤーコプ・ブルクハルト』一九三六年)、ヘーゲルとニーチェにおける西欧歴史哲学の完成と袋小路(『ヘーゲルからニーチェへ』一九四一年)、「世俗化理論」の歴史(『歴史の意味』一九五三年)といった、これまでレーヴィットが取り組んできた大きな仕事のエッセンスが、所狭しとばかりに開陳されるのである。もちろん、恩師ハイデガーの哲学的批判もまた、(政治・倫理的批判とともに)レーヴィットが夙に行ってきた仕事にほかならない。[13] したがって、ハイデガーという当代一流の思想家に捧げられた「還暦記念論文集」に寄稿するといういわば大舞台に臨んでも、その批判的姿勢は毫も揺らぐことはなかった。この意味においても、二十世紀のまさに真ん中に書かれたこの論文は特別の意味を担う。[12]

論文の中心主題は、「歴史と歴史的運命にとりつかれている」西洋的思考の批判的分析にある。まず冒頭にレーヴィットは、西洋が行う「自然の世界」と「歴史の世界」という二分法から説き起こし、次のように言う。「二つの世界、すなわち自然の世界と歴史の世界が存在する、と通常決めてかかる。前者には人間は多少なりとも自分がなじまないと思う。それは、自然の世界が、本来、人間なしでも存在しているからである。しかし、後者とは多少なりとも親密だと思う。それは、歴史の世界が人間によって生みだされた人間の世界であるからなのである」。[14] 言うまでもなく、このような感想は、文化を超えて普遍的に妥当するものではなく、レーヴィットも十分承知しているように、特殊西洋的なものである。西洋近代は、これを確認するかのように、デカルトとヴィーコという対照的な思想家を生み出し、二つの世界を学問的に基礎付けた。前者が存在全体を、考えるもの（res cogitans）と延長（res extensa）との二つの存在様式に分け、思考的存在の原理に基づいて、自然を数学的・物理学的自然科学の対象として構成したとするならば、後者ヴィーコは、人間が自ら生み出し作り出したもの（factum）、つまり「歴史」についてのみ我々人間は「真理」（verum）を問うことが可能であるとして、歴史学を構想した。お馴染みの対照である。

このような素地の下に基礎付けられた「歴史」的プロジェクトを、西洋近代思想は歴史哲学として壮大に展開していった。ヘルダーとヘーゲル、クローチェとディルタイ、そして本質的にハイデガーもまたその延長線上に連なるとレーヴィットは考える。

しかし、なぜ西欧の思想はこのように「歴史と歴史的運命にとりつかれている」のだろうか。あるいはむしろ、なぜこのような問いを自らに発することがほとんどないのだろうか。これがレーヴィットの発した根本的な問いにほかならない。

ひとたび、しかし、そのような問いを発するならば、まるでコロンブスの卵のごとく、明らかに重要な事柄がさまざま見えてくることになる。それはたとえば、西洋という歴史的連続体の淵源として通常考えられている「古代ギリシア」に、その後の西欧近代がとりつかれている「歴史」が、そもそも存在しないという洞察であったり、あるいは西洋の対極に位置する東洋にも等しく「歴史」が存在しないという事実であったりする。このことからさらに、ヴィーコが学問領域として基礎付け、その後壮大に展開することになった「歴史」というものに対する特殊西洋的こだわりは一体どこから来るのか、またその執着はいかなるものによって支えられ、どのように正当化されてきたのか、というような疑問が出て来ざるをえないだろう。よく知られているように、この疑問に対してレーヴィットは、キリスト教的救済信仰、なかんずく中世的終末論の意識構造が世俗化して、そのまま近代の「歴史」に託された結果にほかならないという解答を出した。すなわち、「何のために」という目的を問い、「歴史の意味」を追求するこの意識構造は、たとえば典型的な形でヘーゲルに受け継がれ、その歴史哲学を通じてキリスト教の摂理信仰は世俗化され、救済は世界史的に解釈し直されたのであった。この展望に立てば、未来は歴史の真の地平となる。

「キリスト教的確信は近代の歴史的思考から失われてしまったが、未来の展望それ自体は支配的なままであった。……未来の地平とともに、何のためのとしての意味の問いが残ったままであった(15)」。

そしてまさにこの「未来の地平」において、レーヴィットはハイデガーの言う「世界内存在の実在的構造」を捉え、彼の説く「現存在」の「根源的歴史性」を解釈するのである。

世界内存在の実在的構造の中から、「世界―歴史」における世界の意味も規定される。……現存在が本来実在している限り、すなわち現存在の有限性と終末を先取りする限り、「根源的な」歴史性は現存在そのものの中に基礎づけられている。「本来死すべき存在は……現存在の歴史性の隠された根拠である」。現存在の有限性を決然と受け入れることは、実在的な意味における歴史と運命を構成する。本来の歴史性とその意味は、未来に向かって自己を投企することに基づいており、その未来の方から、現存在が、選択と決断の「瞬間」に、己の投ぜられた事実性に引き返し、継承された可能性そのものを自己に引き渡すのである(16)。

レーヴィットがほのめかすところは明らかだろう。西洋の形而上学を超えたとするハイデガーの思想といえども、いまだ特殊西洋的オブセッションたる「歴史」から自由になってはいない。西洋世界は依然として「歴史と歴史的運命にとりつかれている」のである。

偶然と必然の「東洋」

しかし、ではなぜレーヴィットはこの根深い西洋的歴史志向をただひとり批判的に見ることができたのだろうか。思想家の展望とか姿勢、あるいは研究者の関心とか態度は、偶然と必然が絡み合って出来上がるものであって、当然、この一般論はレーヴィットの場合にも妥当するが、彼にあっては偶然と必然が奇妙に織り合わされているように思えて仕方がない。

生涯にわたる彼の関心事は「歴史」と「自然」という一対の問題であった。ヘーゲル、マルクス、ニーチェを核とする十九世紀ヨーロッパ思想に彼がまず興味を抱いたことは、おそらく偶然とすべきであろう。つまり、初めに「歴史」の問題があった。その後、ローマに亡命生活を余儀なくされたとき、彼の関心は歴史家ブルクハルトへと向けられる。対象が歴史家ゆえに、この研究も「歴史」の問題の延線上に位置すると考えてはいけない。イタリア亡命時に書かれた『ヤーコプ・ブルクハルト』は、「古代ギリシアの自然」を範として、その世界観の下に生き、歴史を書いた稀有な人物を描く。この作品の主題は西欧の「歴史」ではなく、その解毒剤としての古代の「自然」にほかならない。[17] この新たな関心の在り方は、レーヴィットの「歴史」批判という思想的展開において必然であったかもしれないが、期せずして起こったラテン的世界への亡命という偶然事と美しく重なる、と言うのは空想にすぎるだろうか。さらに、彼にとっては青天の霹靂とも言うべき渡日という偶発事が起こるが、この東洋での体験は彼の思想に胚胎する特殊西洋的「歴史」批判を決定的に強固にするものであった。「何年かを極東で過ごすという経験は、われわれ自身について批判的な、つまり自他の区別を伴った正しい理解を得るために、不可欠の事柄である」と、レーヴィット自身もう一つの日本論の冒頭に明記している。[18] 日本で彼は、偶然、あの「牛飼い」の話に象徴される、何も変化せず何も起こらない、禅的「無」を基調とした感覚的「悟り」の思想伝統に逢着する。「古代ギリシア」とは違うが、もう一つの歴史なき「自然的世界」である。この全く異なる伝統に直面したレーヴィットは、我々が論文「日本精神」に見たように、自らの哲学的伝統の枠組みにおいて理解しうる限りは理解し、批判すべきはこれを批判した。東洋体験は、彼の思想的発展に積極的に貢献するものではなかったかもしれないが、少なくとも、一貫して彼が行ってきた「歴史」批判をより鮮明に、より確固たるものにしたであろうことは疑いない。

このことは、ハイデガーの還暦を祝う記念論文集に寄せた「世界の歴史と救済の生起」に刻印されている。論文劈頭、「歴史」に囚れた西洋近代哲学を大急ぎでハイデガーまで語った後、レーヴィットはすぐさま東洋体験に転じ、論文「日本精神」のダイジェスト版を数頁にわたって述べる。[19] そして言う。「われわれの歴史的思考がヨーロッパ的に限定されたものであるのを、外面的な比較によって、洞察するのは容易であるのに、歴史と歴史的運命にとりつかれているわれわれの思考の、幾重にも仲介されている由来は、あまり明らかにはなっていない[20]」と。西洋の外に出ることなく、「外面的な比較」を行うどころか、逆にドイツの田舎はシュヴァルツヴァルトのただ中にその思想の拠り所を求めた哲学者の姿が、批判的に想起されるような文章ではなかろうか。

「レーヴィット・コンプレックス」

一九九五年の師走のローマでの驚き以来、私の心を離れない漠たる思いの一端を述べようとすれば、およそ以上のような格好になるだろう。しかし、問題はこれに尽きることなく、さらに多岐に広がる。前章で見たように、一九三五—四六年には、つまり我々が関心を寄せる時期において、レーヴィットはレオ・シュトラウスと「近代」をめぐって興味深い手紙のやり取りをしている。また、一九六八年には、レーヴィットの「世俗化」理論を批判したハンス・ブルーメンベルクの『近代の正統性』が現れる。すなわち、レーヴィットは今世紀の西洋世界で行われた「近代論」あるいは「近代をめぐるディスクール」の中心的存在と言っておそらく過言ではない。そのようなレーヴィットの思想にとって、日本での体験が根本的に重要な意味を持ったことは、上に述べたとおりである。だとすれば、論文「日本精神」とほぼ同じ時期に、太平洋のこちら側で行われた二つの座談会「世界史的立場と日本」並びに「近代の超克」[21]との関係はいかに、と問う衝動に駆られるとしても不思議はないだろう[22]。レーヴィットを座標軸にして、東西の近代論言説の交差するところがあるならば、比較近代論はおそらく生産的な土壌を見いだすに違いない。そうなれば、「東西比較論」によくあるように、これ見よがしに日本文化は独特だユニークだと強調して、ことさら桜吹雪を散らさずに済むことだろう。しかし、この複雑にして広範に及ぶ問題をいかにして厳密な形で扱いうるものか、クリティカル・モーメントを見据えた戦いはまだまだ続く。

2　補遺：カール・レーヴィット『一九三六―四一年の旅日記』抄訳

一九三六年十月十一日、カール・レーヴィットは第一の亡命先であったイタリアから第二の亡命先となる日本へ向かった。ローマから鉄路ナポリへ、ナポリから海路延々と神戸へ、そして神戸から再び鉄路にて仙台へ。その航海日誌と日本上陸直後の印象記は運命のいたずらから、長らく日の目を見る機会に恵まれなかった。ようやく半世紀余を経て偶然見いだされた草稿には、その後の日本からアメリカに至る第三の亡命逃避行日誌も含まれており、それらはともに、二〇〇一年、ドイツ・シラー記念協会から出版された。(23) そのうちの日本にかかわる部分を次に訳出する。その第一は、ナポリからの長い船旅を終えて、神戸に上陸した場面に始まり、京都、東京を経て仙台に赴任するまでの異文化体験の感覚に満ちた叙述からなり、その第二は、約四年間の日本滞在ののち、風雲急を告げる時代状況を受けて、仙台を後にする場面に始まり、横浜でのアメリカ行きの船への乗船、そしてその出帆直後のところまでを扱う。

贅言は無用と心得るが、かつての著名人が所狭しと現れるという、野次馬根性を刺激するところもさることながら、学問的興味として、第一の部分では、すでにローマで『ヤーコプ・ブルクハルト』を書き終えた思想家が、その中心主題であった「西洋の歴史観」と「東洋の自然観」という対比的批判のヴィジョンを携えながら、東洋の仙台へ来たということに注目すべきと考える。特に「ローマから仙台へ」の最後に見える言葉は、短いながら、レーヴィットの思想的進展を検証するのに重要な手がかりを提供するだろう。「仙台からアメリカへ」の部分は、四年余の日本滞在中に芽生えざるをえなかった日本文化批判が、その地を離れると同時に一気に噴出したという意味で興味深い。一哲学者の生涯にわたる思想という観点からすれば、レーヴィットの日本文化に対する態度は、好意的理解と厳しい批判とが相半ばするものであったと言えるだろう。この部分は、まさに厳しい批判へと振り子が振れ始めたその瞬間を捉えている。

「ローマから仙台へ」

〈一九三六年十一月十五日〉

八時半神戸に到着。すばやい通関手続き。旅仲間ともお別れだ。港には色とりどりの着物を着た大勢の女中たちがいたが、みな大会社を経営する井上氏(24)を迎えにきた従業員だった。私たちはすぐに九鬼(25)と河野両氏(26)の出迎えを受けた。二人は船内まで来てくれて、たくさんある私たちの手荷物を運ぶ手配をしてくれた。京都行きの列車の出発を待つ間、私たちは小高い丘の上で過ごすことにした。そこからの港の眺めはなかなかのものだった。丘の上では、公園を土地の純朴な人々が散歩していたが、大規模な花の展示会で、特に菊のそれが開催されていた。美しい松の間に、紅葉したもみじの赤色とその他さまざま秋らしい色だ。日本に到着したという興奮のためかやや疲れていたが、私たちは早速列車で京都へ向かった。車中、私たちの道案内人をしてくれた両氏は、絶えず思いやりのこもった心遣いと配慮を惜しまなかった。京都では、日本風ではあるが高級なヨーロッパ式ホテル——都ホテルと呼ばれ、その支配人はドイツ語を話し、なんでもライプツィッヒでランプレヒト、ヴント、フォルケルトについて哲学を学んだという！――に招き入れられたが、その部屋はうっとりするほど素晴らしいものだった。風呂があり、広い窓からは秋の庭園を眺めることができ、その奥にはすぐ山が続いていた。それから昼食をともに取ったが、その際、少なくとも四人の和服姿の女中たちが私たちの給仕をしてくれた。小休止ののち、車で遠出をした。高雄という場所で、折しも日曜日とあって紅葉狩りを楽しんでいた、近隣からやって来た素朴な人々でごったがえしていて、渓谷を挟んで、急な道と石段を下り、そして向こうに渡り、再び上って散策を楽しんだ。お茶や酒をもてなす売店と畳の腰掛けが設えられた屋台が並ぶ。あちらこちらへと波を打つかのように動く人々の丁度真ん中に、まことに美しく、大きくて古い神社があった。その中央の一番高い部分は真新しい派手な朱色に塗られていたが、黒っぽい松の色と、黄色に紅葉した葉の色と、赤に紅葉したもみじの色の間にあったためか、少しもけばけばしい印象を与えない。深く刻まれた渓谷の上のほうでは、白色の小さくて薄い、飛ばすと音をたてる小皿(27)が売られていた。それを力いっぱい回転させて遠くへ投げると、それは白い小鳥のように、水平に広い渓谷を超えてブーンと音を立てて飛んでゆくという具合だ。帰路、京都の大通りの繁華街をぶらついた。多くの可愛らしい店があって、その大半はさまざまな色と形の下駄や草鞋を商っていた。その中の一軒で、イルムガルド(28)の子供にと思い、小さな木彫りの玩具をいくつか買った。その中には、あの珍しい虚無僧のものもあった。他人に知られぬようにと、顔から首まで一種の籠を被った笛吹きの僧で、私たちはその本物を高雄の祭で目撃したのだった。仏教の一宗派に属し、その高貴な出自を隠さねばならない境遇にある托鉢僧なのだろう。居並ぶ屋台の間に小さな社に通じる道があり、その社の前庭には風変わりなブロンズの動物像が立っていた。妻のアダは胃の調子が良くなかったため、夕飯は九鬼と河野と三人だけで取ることにした。極上の日本料理屋で、その畳部屋の個室では料理が果てしなく続くのだった。幸いなことに、九鬼もまた日本風に座ることができなかったため、クッションの付いた肘掛け椅子を使ったのは私だけではなかった。魚と野菜料理そしてご飯とデザートが続き、締め括りに茶の葉を粉状にしたものを泡立てた緑茶が出された。これは非常に強く苦いもので、濃いブラック・コーヒーのように興奮作用があった。翌朝、河野が市内見物へと私たちを迎えに来てくれた。彼はいつも変わらず親切で、控えめで、それでいて要を得た人物だ。私たちは、智恩院という壮麗で大きな仏教寺院を見物した、そして素晴らしい絵も見た——すなわち、寺の内壁と襖に見いだされる、いぶした金色の地に描かれた風景画である。それから、かつて天皇の離宮であったという宮殿と建物を訪れたが、これも高貴な素朴さと繊細な趣味という点で同じように独特のものがあった。[29] 天皇の玉座は、きれいな畳の上に置かれた大きな四角の硬い座布団で、縁飾りが素晴らしい。東京へ出発する前に九鬼邸を訪ねる。彼はそのうっとりさせるような美しい日本風の家を見せてくれ、(彼はしかし、その窮屈なことと寒いことを理由に全く気に入っていないと言うが)、お茶とお菓子を振る舞ってくれた。まことに彼は高貴さと心遣いと謙虚さの権化のような人物で、日本での私の将来を心からの友情をもって考えてくれた。彼は慎重に考え抜かれた重要な情報を私に与えてくれたので、私は完全に彼と彼の信頼すべき配慮に身を任せるのみだ。

〈十一月十六日〉

夕刻に東京着。駅では石原[30]が私たちを出迎えてくれた。石原は私の勤めることになる大学の学部長で、山王ホテルに私たちを案内した。十時を過ぎていたが、ベアヴァルト[31]邸を訪れる。彼は私の引越し荷物のことで配慮してくれるというし、私に銀行を紹介してくれた。高級住宅地に住み、日本に来てからすでに二十七年たつというが、典型的な教養ある「ベルリン西部の〔高級住宅街に住む〕」企業経営者とすぐ見て取れた。すでにローマで、クットナー夫妻[32]を通じて私たちは彼と会っていたこともあって、彼は非常に友好的に私たちを迎えてくれ、まことにドイツ的な厳格さで私の世話をしてくれた。

〈十一月十七日〉

河野と石原と一緒に東京を廻る。広い公園と立派な門が巨木の間から見える。[33]（一九二三年の大震災以降の）アメリカ風の石造の建物も見えた。大学を訪問し、今村、坪井〔壺井〕両教授に会う。[34]買い物のため、百貨店の三越へ行くが、その書籍売り場は信じられないほど完備しており、すべてのドイツ哲学関係書が新刊書を含めて置いてあった。[35]同時に、一九二三年にマールブルクでの教え子であった三木氏[36]に会った。急にその時、私は喉に痛みのようなものを、アダのほうは胃の不調を覚えた。九鬼夫人――ちなみに彼女は非凡なる才女でありまた心遣いの細やかな女性だ――と河野は、アダが仙台の家の寝具などの調達をするのに手を貸してくれた。代金は大学持ちである。晩は、河野と石原と一緒に大きなホテルのレストランで日本食を済ませたが、私は喉の痛みが悪化してはいけないと思い一人で帰った。アダは石原の案内で大通りの商店街で買い物をし、その際石原にみごとな菊を買ってもらった。翌日（十八日）、石原と仙台へ向かう。車中、大学関連のことについて説明を受けるが、すべては完璧に準備されており、それ以上望むべくもないほどよく組織されていた。出発を前に、九鬼夫人邸へお礼の挨拶に伺う。お宅は、日本建築の典型的な美しさを備え、貴族文化と揺るぎない洗練された趣味を首尾一貫して示すものであった。この訪問に応えて、彼女はわざわざ駅のホームまでまた来てくれたのだった！

車中の私たちに対するサーヴィスは想像を絶する。まるでホテルででもあるかのように、大きな駅では十五円も払えば瀬戸物の小瓶に入ったお茶を買うことができ、それを車中の給仕が持ってくるのだ。その他たとえば手紙の手配などもしてくれる。福島駅では、榊原[37]が待っていた。彼とはマールブルク時代に知り合ったのであり（私のヘーゲル・マルクスについての講義だ！）[38]、今は当地の商業高等学校で教えている。その高等学校で、私は週に一回ドイツ語の授業を持つことになっている。

〈十一月十八日〉

夜の九時半、仙台に到着する。学部の日本人教授陣が六人ほどと、私たちの隣人になることになる英国人のホジソン夫妻[39]らが迎えてくれた。それからマールブルクですでに会っていた三宅[40]もいた。石原と高橋[41]と三宅とともに仙台ホテルへ。再びお茶、そして翌日の打ち合わせ。初めての「日本式」風呂だ！

〈十一月十九日〉

朝、石原とその夫人が私たちを訪ねてくれたが、夫人にはよほど慣れなかったことだったらしい。彼女にとって、誰よりも先に椅子を勧められたり、ドアを通るときも真っ先にされたりで、どうも要領を得なかった様子だ。大学の車で事務局へ向かったが、そこで私たちは遠目に我が家を見る。十時、私は早々と――助手[42]を連れ立って――列車で福島へ向かう。現地につくと、その場で校長と教授陣が私に明かすところでは、なんでも全校生徒が集められていて、講堂で私の挨拶を待っているという！　しかもそれだけではない。挨拶は、皆が分かるからという理由で、英語にしてくれというのだ。お互いの紹介と、二種類のお茶と（私のために特に作られたものという）サンドイッチをつまむ間に、英語の片言隻語を前もって組み立てる余裕など、もとより私にあるはずもなかった。かくして我々は、いざものものしく行進して田舎風の講堂へ向かえば、二百人ほどの純朴な日本の生徒が、あたかもシベリアの受刑者を思わせる黒い制服に身を包んで、新任の「先生」を待っていた。彼らは軍隊風に起立と着席の命令に服従した。校長が短い挨拶をしたが、この私には私の論文と著作のタイトルの他には何も分からなかった。そして、いやでも応でも、私が講壇に登らねばならぬ時が訪れた。窮すれば通ずとはよく言ったもので、必要に迫られた私は、思いつくままに英語で話してしまったのだった。彼らに語ったのは、言語学習の価値とむずかしさについてであり、さらに、「ロゴス」とは精神と言葉が一つになったものにほかならない、一つの外国語を理解する者はすなわちそれにより、一つの文化と民族の精神を知る、と話した。午後遅くに仙台に戻ると、石原夫妻が来ていて、アダが何やらいらいらしていた。階上の巨大なダブルベッドの周りに置いてあったいくつかの椅子と、通路にあるダルマストーブをさし当たりどのように置いてよいものやら、ほとんど絶望していたのだった。ふっくらした初老のお手伝がいて、ちょっとしゃくれた愛嬌のある鼻の持ち主だが、早くもこの人は台所に出入りしていて、早速お茶を持ってきた。ともかく、私たちはこの二日目の夜を我が家で過ごすことができたわけだ。その夜には、しかし、私は私の就任講義をタイプしなければならなかった。その概要を聴衆の学生たちに日本語で説明するために、石原は前もって原稿に目を通しておきたいと希望したからだ。

〈十一月二十日〉

倦むことなく支援を惜しまない学部長と助手の来訪。アダはホジソン夫人と落ち合って、さし当たって必要なものを買いに行った。私は四時に本番を迎える就任講義の用意をした。講義の直前、それに出席する教授陣らと教授会室でお茶を飲む。この就任講義の行程は、すべて新しく慣れないものばかりではあったが、それでも、三年のあいだ休止状態にあった壇上での講義は、私にとってきわめて自然に感じられ、途中全くためらうことも痞《つか》えることもなく原稿をすべて読み上げた。題して「ドイツ歴史哲学におけるヨーロッパの理念」。講義終了後、クルト・ジンガー氏(43)が現れ自己紹介をした。私と運命をともにする存在の一人だ。仙台にはドイツ人が幾人かいるが、彼はよりにもよって私たちの隣人と判明した。彼は我が家に来てくれたが、頭がよく好感のもてる人物であることが分かり、私には幸いだった。彼の知的教養は私のそれとかなり重なる部分が多い。

ジンメルの下で学びゲオルゲ・サークルに出入りしたクルト・ジンガー――わが仙台のファールナー(44)だ！――が以前ハンブルク大学で国民経済学を講じていたという事実は驚きだが、それにも増して驚いたのは、私の就任講義に長崎氏(45)という六年前からブルクハルトを研究していて、しかもすでに『世界史的考察』を翻訳したという人が出席していて――他人から聞いた話だが――この彼がブルクハルトについて私の話したことに大いに喜んだということだ。偶然の朗報だが、私のブルクハルト論(46)の刷り上り四冊がちょうど本日仙台に届けられた。すぐに石原に一冊を献呈することができた。

かくして今や、新たな生活を築くことを可能にするすべてが整ったかに見える。大学での職、友好的で知的に優れる同僚、真摯な学生、我が家、そして二週間もすれば、ミュンヒェンから、マールブルク時代の家具調度と書籍が届くはずだ。はるか遠く、足元がまだ危ういこの国にあって、どうかこの「整備(47)」が運命に対する挑戦とならないことを願うのみである。

仙台における最初の印象は、最初の数週間があまりにも多忙であったため、ここに書き留めることができなかった。これらの旅のメモからの写しと、それにいくつか加筆して、去年の締め括りとしたい。

あと数日で私は四十歳になるが、父を思い出して、次のように自問する。お前は自分に与えられた運命をどう受け止め、そこから何をもたらすのか？　しかし同時に私は次のようにもまた自問するのだ。いわゆる運命なるものを超えるものとはなんなのか？　いわゆる運命を超えて、人も物もそこでは平穏に至り、あるがままの状態以上になんら求めることのない心の在り様とはどのようなものか？　すなわち、東洋の知恵は西洋の才知を凌駕し、不変の平穏〔あるがままのこと〕は変革への意思を超える。

一九三七年一月三十一日　仙台、片平町四十一

「仙台からアメリカへ」（アメリカ到着の半年後に書き記す）

〈一九四一年一月十四日〉

北京から帰り、東京に到着。京都にて九鬼と会う。彼は新居に私を迎え入れ、正式にいとまごいを告げた。すべてはいつもと変わらず、私は高雅なもてなしを受け、彼のほうは高貴に控えめだ。[48]別れに際して、私は来客記録帳に哲学者にふさわしく思われる言葉を記した。

山王ホテルで、アダが綺麗なオパールの指輪を紛失する。公使館でうんざりするような手続き。不愉快なポーランド人。ヴィッテンベルク夫妻[49]との個人的な清算。三日間もかかって、その末に得た私たちのパスポートは、枠外移民ヴィザ[50]だ！

〈一月十七日〉

夜、仙台に帰る。私の新著『ヘーゲルからニーチェへ[51]』が届いていた。面倒な荷造りの準備だ。手伝いの人々は——煩わしいほど——多い。津村、中川、五十嵐[52]！　土居[53]と英専科[54]に憤懣やるかたない。

嵐で壊れた庭の入り口と電灯を、四週間にもなるのに、依然として修理していない——屋根瓦も煙突も同様だ！　三浦[55]の家で、ひっそりとした、誰も一言も話さない別れの宴。なしでは済まされない餞別の洪水と写真撮影。アダは、北京以来、体調が優れず、ひと足先に東京の療養所に出立した。六人の感じの良い荷造り人たちが、お茶の休憩をたっぷり取りながら、一週間かかって箱を作りつつ荷造りをした。最後の数日は、よしのさん[56]と川村さん[57]と助手と私だけですべての事柄をこなし、死ぬほど疲れ果てた。最後の最後に、久保夫妻[58]から人形の贈り物が届く！　業者を呼んで、不用品を買い取ってもらう。なんとすべてを買ってくれて、四百円くれた。わずか〔の品物〕は久保と小町谷[59]に贈った。山高帽も！車でお別れの挨拶周り、そして夜の十一時に駅での壮大な見送り。熊谷[60]、土居そして学部の教授陣。お手伝いの女の子たちに、おみつさん[61]まで！　日本流の気前のよさというのがあって、公式の旅費の他に一ヶ月分の給与、それに加えて学部教授陣からの餞別という具合だ。ただし日本では、学部教授陣からとはいえ、誰がいくら餞別を出したか皆が知っている。かくて土居は、餞別に賛同した教授たちの名前のリストを私に手渡した。誰に感謝をすべきか、私が困らないようにするためだ。同様に高橋は、親切にも、見送りに来てくれた人々の名前を書き記そうと、その場で申し出た！

横浜のグランド・ホテル。石原と酒枝[62]、ヴィッテンベルク夫妻とヴィンクラー[63]。帝国銀行において、両替手続きの難問。最終的には、X氏の仲介のお蔭で「煩瑣」な手続きはすべて済んだが、なかなかスムーズには行かなかった。乗船前の最後の日に、思いがけずも我らが「よしの」さんが、いま一度お別れを言いに来たのだった。なんともまことに哀れだったのは、この心やさしき女性は船内に入ることを許されなかったために、出航の際、我々はその姿を認めることができなかったことだ。まことに気が乗らない賑わいの中での、なんとも言い難き別れ。石原、酒枝、河野そして澤柳夫妻[64]。言葉なく共に佇み、手を振る。

レデカーとボイル[65]からの電報。ゲイテンビー[66]と九鬼からの手紙。かくしてこのように、いま一度、私たちは出発したのだった。来るべき事態に多くの幻想を抱くでもなく、また四年半過ごした日本に、心残りや後ろ髪引かれる思いを格別抱くこともなかった。しかしともかく、日本は大きな幸運であり、貴族的で自由な地位を用意してくれ、かなりの財産と貴重な経験を私に与えてくれた素晴らしい国であった。日本人がしばしば耐え難いまでに見せる「自愛[67]」、そしてまさにそれゆえの傷つきやすさに関して、私が四年の間に抱くに至った根本的考えは、日本で最後に書き上げた論考の最終章〔『ヨーロッパのニヒリズム[68]』所収の「日本の読者に寄せる後記」〕に収められている。この「あとがき」を、よりにもよって土居[69]は傑作だと評した！　日本滞在の最後に、土居と蔵王に、そして五十嵐と温泉に行ったが、その旅の宿は楽しい思い出であり、最良で最も素晴らしいものとなった。しかし、四年余の月日のうちに、彼らのいずれとも根本的な付き合いが進み深まるということはなかった。船に乗って間もない私たちではあったが、すでに日本のすべての記憶は、あたかもそれとほとんど濃密なかかわりがなかったかのごとくに、急速に剝がれ落ちてゆく。船内にいる河野の知り合いを訪ねるとか、日本人の誰かと語り論じ合うなどという気には全くならない。そもそも、彼らは「語り論ずる」ことができない——公のレベルで、直截に、自己を語ることができないのだ。最後にしてしまった馬鹿げた買い物もあった。ズボン吊と靴下止めなのだが、二回使っただけでボロボロになってしまった。それらは皮革ではなく紙製だった！　石原の銀製の煙草入れと、私の鼈甲のものとを交換したというのもあった。

結　語

「はしがき」で触れたように、カール・レーヴィットは、「ヨーロッパ精神」の真髄はその神をもその対象として憚らない批判性にあり、その帰結が「ニヒリズム」という形で現れたとしても、少なくともその批判性はヨーロッパの外においても通用する価値であるとした。同時に、その批判性とヨーロッパ的「個人」とは不即不離の関係にあるとした上で、その対極に位置すべき状況を思いがけずも滞在した日本に見いだし、以下のように綴った。

ヨーロッパの精神と対照をなすものは、それゆえ、境界をぼやけさせる気分による生活、人間と自然界との関係における、感情にのみ基礎を置いているがゆえに対立のない統一体、両親と家族と国家における、批判を抜きにした絆、自分を明示せず、あらわにしないこと、論理的帰結［一貫性］の回避、人間との交際［世間］における妥協、一般に通用する風習の因襲的遵守、仲介の間接的な組織等である。この間接的な組織は、個人としての人間を排除し、自分自身のために行動することを、自分自身について語ることを、自分自身のために弁明することを許さないのである。(1)

反省的分別を意識的に行う理性と論理に対して、茫漠として差異・対立を平坦化してしまう超論理的な感情の支配、国家あるいは因習等の存在に対する無批判的な妥協、そしてその中で生まれ同時にそれを支える集団主義（「間接的な組織」主義）的な心性。このレーヴィットによる日本的心情の分析は、戦前に行われたものであり、敗戦後の民主主義の洗礼を受けた日本人にはそのまま妥当しないという批判は当然のこととしてあるだろう。実際、昨今では、いわゆる「ジコチュー」という（あくまで「個」ではないのだが）「利己を明示」しすぎる類が問題にされるほどである。しかし、こと「批評」というような狭く特殊な分野に限って見るとしても、因習的権威主義に陥らずに、私的感情論に流れることなく、公の論理を基調として批判を展開するということには、いまだに未熟であるように思える。もちろん欧米の「批評」とて、それらの人間的弱点から完全に自由でないことは、我々のすでによく知るところでもある。しかし、我が国の「批評」がいまだ正当なる批判精神を獲得するに至っていないことは、一部の例外を除いて、「書評」や「劇評」という各種のレベルに存在する営みの振る舞いに明らかであろう。言うまでもなく、問題の根はきわめて深く、「批評」という狭い局面をいくら詮索しても、容易に解決を見るものではない。ここで行ったささやかな作業は、「批評（クリティシズム）」とは「ヨーロッパの批判精神」の伝統と類縁関係を有し、その「批判精神」の伝統は、本来的に超越的価値を前提として、その上で認識世界の「臨界」を見定めるところにある、ということを具体的に確認しようとしたことにすぎない。

ヨーロッパ的伝統にあって、古典は単なる伝統的規範として機能するだけでなく、本来的にダイナミックな構造を持つ。のちにギリシア・ローマ古典と呼ばれる概念自体が、ローマにおけるギリシア的典範という形で、すでに超文化的構造を示していたが、それがキリスト教という国家と民族を超える運動と歩みをともにして、たとえやせ細った姿になったとしても西欧中世に伝わり、そしてルネサンスを経て近代に再生されると、その異文化的特性ゆえに、近代的国民国家文化を基礎付けると同時に、国民国家文化を超える規範的次元の機能を果たすことになった。近代のナショナリズムが、一つの運命であるとするならば、私が「媒介型」として提案した汎ヨーロッパ的古典伝統は、ナショナリズムを超える運命として意義を発揮するだろう。一方、実証主義に基づく「起源型」は、運命を断ち切る力を持つかもしれないが、ドイツとギリシアの共謀関係に窺えるように、時として古典が民族主義やナショナリズムに奉仕してしまう恐れを秘める。エリオットの古典論は、文化の多元性を認めた上で、キリスト教の普遍性を維持しようとする旧套墨守のそれではあるが、その多元的普遍主義に立つ「媒介型」文化の古典概念はいまだに一考に値するだろう。

多元的普遍主義に立つ「媒介型」文化としての西欧は、一つの運命でもあり、その普遍主義の志向性の強弱に応じて、あるいは歴史文化の相対主義（カルチュラル・スタディーズ）に近づき、あるいは歴史文化を超越する「超絶的」な古典主義（ブルーム、シュトラウス）に向かうだろう。この対立には甚だ根深いものがあり、我々は本書最終部でレーヴィット＝シュトラウスの近代をめぐる論争として、やや深入りしてみたつもりである。乱暴に言えば、キリスト教の「福音」・「ロゴス」（媒介性）と、ユダヤ教の「啓示」（直接性）に象徴されるであろう、真理に対する態度の差異に究極的に収斂してゆくような問題である。この究極的な対立がもたらすであろう極度の緊張が、西欧の文化伝統において思考の強度を高めたであろうことは想像に難くない。

ルネサンスにおける古代への興味は単なる失われた文化の回復ということだけではなかった。キリスト教内部での新旧両派の血塗られた抗争、あるいは公然たる無神論の表明などを見つめるとき、キリスト教世界そのものに対する懐疑と絶望があったとしても驚くに足らない。新たな政治体制の可能性を求めて、マキアヴェッリが古代ローマ史（リウィウス）に赴いたように、シェイクスピアもまた同様の関心を抱いて古代ローマに目を向けたとしても不思議ではない。すなわち、キリスト教を知らない時代にあって、人々はいかなる欲望と理想をもって、どのような権力機構の下に生きまた死んでいったのか、を問う実験である。ところで、ルネサンスと古代ローマを結ぶ特殊なテーマは共和政の問題であった。この超越的一者の権力を時空にわたって排除あるいは緩和しようとする政治体制にあって、各主体がいかに形成されるのかという課題は、すなわち特殊近代的なそれであるだろう。プロト・ルネサンスのパドヴァでは、暴君という共和政とは反対の主体を立てて、その破滅を描くことが中心課題であった。シェイクスピアでは、ブルータスとコリオレイナスに、形は違うものの、共和政的主体形成の例を見ることができるが、ともに悲劇的最期を遂げるしかなかった。古代から同時代へと場面を転じても、超越的一者の政治による自由化（混合政体とコスモポリタニズムのヴェネツィア）がもたらした事態は、自由な主体の脆弱性（オセロー）と「悪」の解放（イアーゴー）であった。

すでに手垢のついた言い方であるが、西欧近代の個人主義はプロテスタンティズムがもたらした「超越性の内面化」に起因する、という説明には説得力があるだろう。ミルトンの言った「内なるパラダイス」は、失われた旧約のエデンの園だけでなく、ルネサンスの人文主義的伝統を一身に背負った最後の叙事詩人の心中において、異教古典古代からの遺産すべてを取り込むものであったであろう。しかし、ここで「内面化」された「超越性」の真価と威力は、その後の西欧近代に切り開かれてゆくことになる「公共」の秩序の創造として発揮される。「超越性の内面化」は「世俗世界の秩序化」と歩みをともにする。ミルトンが名声を定義して「高貴な心にも宿るあの最後の弱点」(『リシダス』)といみじくも表現したとき、天上の神の前での名声のみを絶対的とほのめかしつつ、同時に現世の世俗的名声を絶対的に否定してはいない。ここに至って、西欧中世世界を代表するダンテの「フィグーラ」の視座——時と永遠が、個と宇宙の全体が、一つの総体として捉えられたあの調和のヴィジョン——はようやく破れて、信仰と進歩の、私と公の、二元的近代が登場する(ダンテを転倒させたチョーサーの進取の近代性は、全面的に強調するのは危険とはいえ、かの時代としては革命的だと私は思う)。エドマンド・スペンサーの長詩に窺える二つのヴィジョン——恒常的理想郷(妖精国史)と現実的歴史(ブリトン王国史)——の二極化もまた近代的志向性を反映する。

近代における「超越性の内面化」は「世俗世界の秩序化」と歩みをともにする。後者の「世俗世界の秩序化」という出来事の最たるものは国家であろう。いまだ具現化されていないとはいえ、近代国家における信仰の自由はその当然の帰結である。中世のたそがれ、ルネサンスの曙の英国において、ヘンリー八世が、本来国家を超える宗教を国家の下に置こうと(理由はともあれ)企てたとき、トマス・モアは一命を賭してその不正義を示そうとした。もし世俗国家がそもそもすべてを超越する絶対者への信仰をもその中に取り込むような暴挙が許されるならば、正義はその基盤を失い、したがって法も意味を成さなくなる。モアは、法律家またキリスト教信仰に立つ人文主義者として、これを許すわけには行かなかった。モアは死んで国家の臨界を示すしかなかった。近代のナショナリズムの悲惨を見るにつけ、モアの歴史に対する責任と思いに脱帽する。

ルネサンスに始まる古典古代への関心は、まずはイタリアとフランスを中心とした新古典主義という、どちらかというとギリシアよりもラテン的色彩の濃い運動として展開した。「新旧論争」を通じて啓蒙思想が台頭し、旧派の敗退が結果するとともに、ラテン優位で進んできた潮流に反旗を翻したゲルマンの逆襲が始まる。いわずと知れたロマン主義、そして十九世紀ドイツによる「起源型」のギリシア復興である。復興に不可欠であった文献学は、歴史実証主義の名の下に過去を再現しようとしたのだが、文献というものの「媒介」性を実証的に考慮するならば、それは理論的に不可能であった。歴史を一足飛びに遡及して起源に至るとすれば、神々の「顕現」という僥倖に恵まれた場合か、神の「啓示」に直接与るしかない。「媒介型」の歴史主義が、その外へ立つことを不可能とする一つの運命に近いものであるとするならば、「顕現」と「啓示」は水平的な歴史の流れを遮って直下する一種の奇蹟に似る。二十世紀思想におけるユダヤ的伝統の著しい台頭は、この意味で必然的と見ることができるかもしれない。

今まさに勢いを増すユダヤ的「啓示」の伝統に抗して、「媒介型」の歴史主義にこだわり続けたレーヴィットが、「啓示」的伝統とはどこをとっても無縁の日本文化に触れて、なおしかし徹底的に脆弱な《個》と《思考》を見いだして批判したことは、繰り返して反省しなければならない。

注

はしがき

（1）Richard Wolin, *Heidegger's Children : Hannah Arendt, Karl Löwith, Hans Jonas, and Herbert Marcuse* (Princeton : Princeton UP, 2001) : ウォーリン『ハイデガーの子どもたち――アーレント／レーヴィット／ヨーナス／マルクーゼ』村岡晋一・小須田健・平田裕之訳（新書館、二〇〇四年）を参照。

（2）カール・レーヴィット「日本の読者に寄せる後記」『ヨーロッパのニヒリズム』。原著は一九四〇年に日本で刊行。引用は、ベルント・ルッツ編『ある反時代的考察』中村啓・永沼更始郎訳（法政大学出版局、一九九二年）、一二七―一二八頁より。原典は、Karl Löwith, *Sämtliche Schriften* (Stuttgart : Metzler, 1988), Bd. 2, S. 538.

第Ⅰ部第1章　俗語文学と古典

（1）Jean-Françcois Lyotard, *La condition postmoderne* (Paris : Minuit, 1979) : リオタール『ポスト・モダンの条件』小林康夫訳（書肆風の薔薇、一九八六年）。

（2）二〇〇九年四月、チュニジアのスース大学で開催された国際会議に出席した折、チュニジアの若手研究者がまた同様に「カルスタ」的言説の下にあることを目の当たりにした。

（3）『漱石全集』第十三巻（岩波書店、一九九五年）、一九一―二九二頁。および山内久明氏による注解（同書、六六三―六八四頁）を参照。「英文学形式論」は講義草稿が失われたため、講義ノートから弟子たちによって復元されたものだが、精読に十分耐えうる内容と確信する。

（4）同上書、二〇〇―〇一頁。

（5）Literature の不確定性については、Raymond Williams, *Keywords* (London : Fontana, 1976) の "literature" の項を参照されたい。

（6）『漱石全集』第十三巻、二〇二頁。

(7) 同上書、七一四頁。
(8) 同上書、二〇四頁。
(9) 同上書、二一八頁。
(10) 同上書、二二五頁。
(11) 同上書、二五四頁。
(12) 同上書、二三四―六八頁。
(13) 同上書、二六七頁。
(14) Mathew Arnold, *Culture and Anarchy* (Oxford : Oxford UP, 2006. 初版は一八六九年) を参照。
(15) 斎藤勇『イギリス文学史』(研究社、一九七四年) を参照。
(16) 粋な古典学の碩学バーナード・ノックスが当今の風潮を揶揄して言った言葉。Bernard Knox, *The Oldest Dead White European Males and Other Reflections on the Classics* (New York : Norton, 1993).
(17) Martin Bernal, *Black Athena : the Afroasiatic Roots of Classical Civilization*, vols. 1-3 (New Brunswick : Rutgers UP, 1991-2006) を参照。本書第V部第1章も参照されたい。
(18) Edward Said, *Orientalism* (New York : Pantheon Books, 1978).
(19) カルチュラル・スタディーズの生地は、アメリカではなくイギリスのバーミンガム大学においてであった。皮肉にも、二〇〇〇年代の初めに突如その学科を廃止したのもバーミンガム大学であった。
(20) Alan Bloom, *The Closing of the American Mind* (New York : Simon and Schuster, 1987). ブルームについては、のちにやや詳しく論じる。
(21) Mary Lefkowitz, *Not Out of Africa : How Afrocentrism Became an Excuse to Teach Myth as History* (New York : BasicBooks, 1996).
(22)「新歴史主義」については、続く章で論じる。
(23) Roy Strong, *The Story of Britain* (London : Hutchinson, 1996) ; Norman Davies, *Europe : A History* (Oxford ; New York : Oxford UP, 1996).
(24) 拙稿「中世ラテン文学とイギリス文学」『中世イギリス文学ハンドブック』松田隆美編 (慶應義塾大学出版会、二〇〇八年）を参照。
（25）拙稿「アングロ・サクソン時代」『イギリス文学』山内久明・高田康成・高橋和久編（放送大学教育振興会、二〇〇四年）を参照。
（26）T. S. Eliot, *What Is A Classic? : an Address Delivered before the Virgil Society on the 16th of October 1944* (London : Faber & Faber, 1945), p. 19.
（27）*Ibid.*
（28）*Ibid.*, p. 20.
（29）*Ibid.*
（30）*Ibid.*, p. 18.
（31）T. S. Eliot, "Virgil and the Christian World" (1951 BBC & The Listener), (New York : Farrar, Straus & Cudahy, 1957), p. 138.
（32）特に『アエネーイス』中の以下の部分に注目しての見方。「わたし［ユピテル］は彼ら［ローマ人］の支配に境界も期限も定め置かぬ。限りのない支配を与えたのだ」（第一巻二七八行）。「だが、ローマ人よ、そなたが覚えるべきは諸国民の統治だ。この技術こそ、そなたのもの、平和を人々のならわしとせしめ、従う者には寛容を示して、傲慢な者とは最後まで戦いぬくことだ」（アンキーセスの言葉、第六巻八五一行）。引用は岡道男・高橋宏幸訳（京都大学学術出版会、二〇〇一年）より。
（33）「ウェルギリウスは、この世がキリスト教化されるに際して、それを準備するミッションを摂理において担っていたとする——たとえばエスピノーザ神父が力説する——考えには、真理がある」(W. F. Jackson Knight, *Roman Vergil* [London : Faber & Faber, 1944], p. 327)。
（34）E. R. Curtius, *European Literature and the Latin Middle Ages* (New York : Pantheon Books, 1953 ; originally in German, Berlin, 1948) ; E. R. Curtius, *Deutscher Geist in Gefahr* (Stuttgart : Deutsche Verlags-Anstalt, 1932)：クルツィウス『危機に立つドイツ精神』南大路振一訳（みすず書房、一九八七年）を参照。
（35）E. Auerbach, *Mimesis : Dargestellte Wirklichkeit in der abendländischen Literatur* (Bern : Francke, 1946)：アウエルバッハ『ミメーシス——ヨーロッパ文学における現実描写』篠田一士・川村二郎訳（筑摩書房、一九六七年）。

（36）「フィグーラ」（figura）については、本書第Ⅲ部第3章1を参照されたい。

（37）特に「異教の神々を求めて」に関しては、以下を参照。「伝統という言葉を我々が使うとき、『伝統的な宗教的信仰』をはるかに超えたものを含意するように、正統という言葉に私はここで同様の包括的な含意を与えるものである。我々にとって正しい伝統とはキリスト教的伝統であり、正統とは一般にキリスト教的正統であるともちろん信ずるものであるが、そこから論理的結論を引き出すことが、この一連の講義の目指すところではない」（T. S. Eliot, *After Strange Gods* [London : Faber & Faber, 1934], p. 21）、「以上の私の主張を要約するならば、伝統とはむしろ或る集団をいく世代にもわたって特徴付けるところの感じ方であり行動の仕方なのであり、またそれは大部分あるいはその多くの要素において無意識的である。それに対して、正統性の維持と言うのは、我々の意識的な知性の行使を要求する事柄なのである。したがって、両者は互いに大いに補完的である。……そして、伝統は良き慣習の事柄であることから、必然的に社会集団においてのみ実現することになるが、正統性は、人の思いに実現されていようがいまいが、存在するのである。……ロマン主義的と古典主義的という二つの概念は、ともにその含意の幅と意味において、より狭く限定されたものである」（*Ibid.*, p. 30）。

（38）この関係では、シオドア・ツィオルコフスキーの行ったエリオットとウェルギリウスの関係についての解説は、エリオットの思想展開を知る上で重要だろう。「エリオットのウェルギリウス主義の第一段階が、上述のように、主に『アエネーイス』の前半部から取り上げて彼の荒れ地的風景に供したいくつかの断片的イメージから成っていたとするならば、第二段階は、三〇年代に展開された農地改革的理念に集約され、それはのちに「ウェルギリウスとキリスト教世界」（一九五一年）に要約されることになった。第三段階——ウェルギリウスを典型的な古典とするエリオットの見方であり、『古典とは何か?』に最も明確に表れている——を理解するには、我々はその講義が書かれた歴史的コンテクストをしっかり吟味しなければならない。というのは、その講義はきわめて独創的な作品と言うよりは、むしろ一九四〇年代初期に流通していた考えの要約にすぎないからである」（Theodore Ziolkowski, *Virgil and the Moderns* [Princeton : Princeton UP, 1993], p. 129）。

（39）Frank Kermode, *The Classic* (London : Faber & Faber, 1975).

（40）ヴィラモーヴィッツ=メーレンドルフ（一八四八—一九三一）などに主導された十九世紀のギリシア主義的ドイツ古典学については、拙著『キケロ——ヨーロッパの知的伝統』（岩波書店、一九九九年）、第五章を参照。ギリシア中心主義のドイツ古典学の優位に対抗して、イタリアからラテン中心の古典学を再興しようとしたのが Domenico Comparetti, *Vergil in the Middle Ages [Virgilio nel medio evo]*（1885）であったことは、歴史の皮肉と言うべきだろう。

（41）「ギリシアの暴政」（the tyranny of Greece）については、本書第V部第1章を参照されたい。

（42）Eliot, *What Is a Classic?*, pp. 18–19.

（43）J. M. Coetzee, "What Is a Classic?: A Lecture," in *Strange Shores* (Harmondsworth: Penguin Books, 2001), pp. 1–16. クッツェーには申し訳ないが、その理論的説明の試みは成功しているとは思えない。

（44）ナショナリズムと運命の問題系に関して今やバイブルとも言うべきベネディクト・アンダーソンの以下の言葉を参照。「宗教的信仰が退潮期に至ったとしても、かつて信仰が半ば和らげてきた苦しみは消えることはなかった。楽園の崩壊。これにより、死の運命性は今までになく恣意的なものとなった。救済の不条理。これにより、別の形の共同体が今までになく必要となった。かくして求められるところとなったのは、世俗的な地平において、死の運命性を永続性に、偶然性を有意味に、変換するという作業にほかならない」（Benedict Anderson, *Imagined Communities: Reflections on the Origin and Spread of Nationalism*, rev. ed. [London: Verso, 2006], p. 11）。また、アンダーソンを下敷きにして、独自のナショナリズム論を展開した大澤真幸の大作『ナショナリズムの由来』（講談社、二〇〇七年）については、拙稿書評「あなたと越えたい、明るいナショナル」『UP』二〇〇八年四月、四九―五四頁を参照されたい。

第I部第2章　新歴史主義のニヒリズム

（1）Stephen Greenblatt, *Shakespearean Negotiations: the Circulation of Social Energy in Renaissance England* (Oxford: Clarendon Press, 1988).

（2）ペトラルカ『ルネサンス書簡集』近藤恒一編訳（岩波書店、一九八九年）。また、本書第III部第3章2を参照されたい。

（3）ヨハン・ヨアヒム・ヴィンケルマン『古代美術史』中山典夫訳（中央公論美術出版、二〇〇一年）。また、本書第V部第1章2を参照。

（4）Stephen Greenblatt, ed., *The Power of Forms in the English Renaissance* (Norman: Pilgrim Books, 1982).

（5）「アンテルペラシオン」については、本書第II部第1章3を参照。

（6）文芸批評の埒外にあるということは、米国の英米文学研究全体において周辺的であることを意味しない。それどころか今なお「歴史的研究」は支配的とさえ言える。我が国で行われる「海外新潮」の類いは一般に新奇を強調せざるをえないので、我々は保守的側面を忘れがちである。

（7）Stephen Greenblatt, *Renaissance Self-Fashioning : from More to Shakespeare*（Chicago : U of Chicago P, 1980）.

（8）J. G. A. Pocock, *The Machiavellian Moment : Florentine Political Thought and the Atlantic Republican Tradition*（Princeton : Princeton UP, 1975）. ポーコックと並んで Quentin Skinner, *The Foundations of Modern Political Thought*（Cambridge : Cambridge UP, 1978）も当然グリーンブラットの背景にあったことだろう。

第Ⅰ部第3章　反「文化相対主義」の光

（1）Stephen Greenblatt, *Shakespearean Negotiations*（Oxford : Clarendon Press, 1988）; Lee Patterson, *Negotiating the Past : The Historical Understanding of Medieval Literature*（Madison : U of Wisconsin P, 1987）.

（2）たとえば、林達夫あるいは加藤周一。

（3）一九六〇年代後半から七〇年代前半に学生生活を送った私の世代は、大学や大学院で「批評」そのものを扱う講義や演習など考えられなかった。

（4）Alain Finkielkraut, *La défaite de la pensée*（Paris : Gallimard, 1987）: フィンケルクロート『思考の敗北あるいは文化のパラドクス』西谷修訳（河出書房新社、一九八八年）; Allan Bloom, *The Closing of the American Mind : How Higher Education Has Failed Democracy and Impoverished the Souls of Today's Students*（New York : Simon and Schuster, 1987）.

（5）青木保『文化の否定性』（中央公論社、一九八八年）。

（6）A. Bloom with H. V. Jaffa, *Shakespeare's Politics*（Chicago ; London : U of Chicago P, 1964）.

（7）Bloom, *The Closing of the American Mind*, p. 153.

（8）*Ibid.*, p. 352.

（9）*Ibid.*

（10）*Ibid.*, p. 353.

（11）*The Republic of Plato*, trans. Allan Bloom（New York : Basic Books, 1968）.

（12）マンフレート・フランク『ハーバーマスとリオタール——理解の臨界』岩崎稔訳（三元社、一九九〇年）; Stanley Raffel, *Habermas, Lyotard and the Concept of Justice* (Basingstoke : Macmillan Press, 1992).

（13）Greenblatt, *Shakespearean Negotiations*, p. 1.

（14）Bloom, *The Closing of the American Mind*, p. 38.

（15）Alexandre Kojève, *Introduction to the Reading of Hegel : Lectures on the Phenomenology of Spirit*, assembled by Raymond Queneau, edited by Allan Bloom, translated from the French by James H. Nichols, Jr. (New York : Basic Books, 1969).

（16）Saul Bellow, *Ravelstein* (New York : Viking, 2000).

（17）Immanuel Wallerstein, "Eurocentrism and Its Avatars," in *The End of the World as We Know It* (Minneapolis : U of Minnesota P, 1999).

（18）拙稿そのものは、改訂して以下に収められている。"A Shakespearean Distance : Europe, Modernity and Traditional Values," in *Transcendental Descent : Essays in Literature and Philosophy* (U of Tokyo Center of Philosophy, 2007), pp. 51–76.

（19）*Shakespeare's Politics*, with H. V. Jaffa (1964) ; "Richard II," in *Shakespeare as Political Thinker*, eds. J. Alvis and T. G. West (Durham : Carolina Academic Press, 1981) ; *Shakespeare on Love and Friendship* (Chicago : U of Chicago P, 2000).

（20）ブルームを含むシュトラウシアンを、師匠のシュトラウスの思想との差異において、批判的に論じた好著に Anne Norton, *Leo Strauss and the Politics of American Empire* (New Haven : Yale UP, 2004) がある。

（21）シュトラウスとカール・レーヴィットとの間に「近代論をめぐる書簡」というのがあって、そこでも歴史の「洞窟」は超え難いのだとするレーヴィットに対して、シュトラウスは持論のプラトニズムを展開する。詳しくは本書第V部第2章を参照。

（22）*Giants and Dwarfs : Essays 1960–1990* (New York : Simon & Schuster, 1990).

（23）あとの一冊は、*Shakespeare on Love and Friendship*.

（24）アラン・ブルーム『シェイクスピアの政治学』松岡啓子訳（信山社、二〇〇五年）、五七頁。

（25）同上書、一一〇頁。

（26）同上書、一四四頁。

第Ⅱ部第1章　月のヴァレーリアあるいは『コリオレイナス』

（1）ボエティウス『哲学の慰め』畠中尚志訳（岩波文庫、一九八四年）、一一頁。また、本書第Ⅲ部第2章を参照されたい。

（2）たとえば、坂口ふみ『〈個〉の誕生』（岩波書店、一九九六年）を参照。

（3）中江兆民『三酔人経綸問答』桑原武夫・島田虔次訳・校注（岩波文庫、一九六五年）、一三頁。

（4）同上。

（5）同上書、一四頁。

（6）同上。

（7）しかし、それにしても、我が国の近代化のプロセスの中で、漱石の文明論を例外として、英文学という営為が果たした役割とそれが内外に与えたインパクトとは正確にいかなるものであったのか。昨今流行の「評価」など真っ平ごめんだが、ある種の検証が必要だろう。さし当たって気になるのは、いわゆる「近代の超克」と称される一連の議論に英文学者が絡んでいないこと、また戦後のアメリカ研究に戦前の英文学が主題的に接続して行かなかったことが顕著な問題だろう。

（8）A. C. Bradley, *Shakespearian Tragedy : Lectures on Hamlet, Othello, King Lear, Macbeth* (London : Macmillan, 1929) は、根本的にはヘーゲル的な弁証法的読解を基調とする。

（9）Willard Farnham, *The Medieval Heritage of Elizabethan Tragedy* (Berkeley : U of California P, 1936).

（10）引用は坪内逍遥訳（『コリオレーナス』〔中央公論社、一九三四年〕）。

（11）Wilson Knight, "Love is victorious here : womanhood in its three forms — mother, wife, maiden — saves Rome," in *Later Shakespeare*, ed. J. R. Brown and B. Harris (London : Edward Arnold, 1966), p. 75 ; G. Wickham, "Valeria be interpreted as a woman who attracted Coriolanus before Volumnia arranged his marriage to Virgilia," in G. W. Knight, *The Imperial Theme* (London : Oxford UP, 1931), p. 18. なお、ヴァレーリア解釈に当たっては、以下（注17）に挙げるA. Barton 論文とともにCoppélia Kahn, *Roman Shakespeare : Warriors, Wounds and Women* (London : Routledge, 1997), ch. 6 : "Mother of Battle" に学ぶところが多かった。

（12）中江兆民『三酔人経綸問答』四九―五八頁。

（13）以下、シェイクスピア『コリオレイナス』からの引用はすべてアーデン版（P. Brockbank, ed., *Coriolanus* [London : Methuen, 1976]）により、拙訳を施した。行数の指示もこの版による。

（14）同上書の巻末に付されたノースの英訳から。

（15）"The Life of Publius Valeius Pubicola," in *Plutarch's Lives of the Noble Grecians and Romans*, vol. 1, Englished by Sir Thomas North（1579, rept. New York : AMS Press, 1962）, p. 249.

（16）Philemon Holland（1552–1637）.

（17）シェイクスピアはローマ史劇という「時代劇」を書いた、という前提に私は立つ。彼の作品に窺える「時代錯誤」は有名だが、だからといって即「英国同時代の事柄」に還元してしまうことに、いささか抵抗を感じる。同時に、シェイクスピアの真理は時空を超える、という安易な普遍主義にも反対である。少なくとも、ことローマに関する限り、シェイクスピアは時空を隔てた異文化の地と見ていた、と私は考える。ここでその理由を詳論する紙幅はないが、一つの証左として、のちに触れる「名声・名誉」の扱い方が挙げられるだろう。シェイクスピアのローマ史劇とリウィウスの関係は、あまりにも明白なプルタルコスの影響の下に隠れてしまい、あまり論じられることがないように思われる。しかし、ローマを異文化と考えた場合、その理解にリウィウスは欠かせない。人はマキアヴェッリを想うべきである。『君主論』ではなく、『リウィウス注解』のマキアヴェッリを。数少ない例外的な研究としては、A. Barton, "Livy Machiavelli, and Shakespeare's *Coriolanus*," *Shakespeare Survey* 38（1985）, pp. 115–29 を参照。

（18）「家」にかかわる「貞潔」は、ローマばかりでなく、英国ルネサンスの一大テーマでもある。シェイクスピアの "married chastity"（*The Phoenix and Turtle*, 61）がすぐ想起されるであろうし、エドマンド・スペンサーの『妖精女王』の中心主題の一つとなって、さまざまな形をとって現れる。たとえば、「家の貞潔」はアモレットに、「月の貞潔」はベルフィービに託される。後者は、当然、エリザベス女王と結びつき、政治・イデオロギー・文化・心理にわたる「新歴史主義」的問題となる。

（19）Leo Braudy, *The Frensy of Renown : Fame and Its History*（New York ; Oxford : Oxford UP, 1986）を参照。

（20）『コリオレイナス』における「名声」（Fame）と「名」（Name）と「声」（Voice）の重要性については、示唆に富む D. J. Gorden, "Name and Fame : Shakespeare's Coriolanus," in *Papers, Mainly Shakespearean*, ed. G. I. Duthie（Edinburgh ; London : Oliver & Boyd, 1964）, pp. 40–57 を参照。また、本書第III部第2章も参照されたい。

(21) もちろんバフチンの言葉（“material bodily lower stratum”）であるが、中世、ルネサンス論に限らず、民衆の「下位」の活力が無闇に持ち上げられる今日、コリオレイナスの理想主義は一つの解毒剤になるかもしれない。この意味で、近代の相対主義を厳しく批判し続けた政治哲学者レオ・シュトラウスのまな弟子アラン・ブルームによる民衆批判の『コリオレイナス』解釈は傾聴に値する。Allan Bloom with H. V. Jaffa, *Shakespeare's Politics*（Chicago ; London : U of Chicago P, 1964), esp. pp. 79–86.

(22)「声」（Voice）は、言うまでもなく、民衆の「選択権」（vote）の謂いをも含む。

(23) ローマ発展史における護民官制度の問題、つまり（近代的な意味ではない）「階級闘争」とコリオレイナスの物語とのかかわりについては、リウィウスの『ローマ史』が扱う。

(24)「アンテルペラシオン」はアルチュセールの用語。「冷戦以後」の時代にあって、構造主義的マルクス主義などすでに大時代的とされてしまうのかもしれないが、「実体論」の強い西洋思想の伝統の中で「関係論」の視点を打ち出した意義は大きい。この視点は西洋近代の曙であるシェイクスピアの時代における「主体」の問題を考えるとき、おそらく有用である。

(25) エリザベス・ジェイムズ朝に、有名な「小麦暴動」が何回かあり、これと『コリオレイナス』中の暴動とを結びつける解釈は多く、それになりに傾聴に値するとは思うが、いささか単純な歴史反映論の憾みがないわけではない。また「小麦暴動」との関連でもってこの作品の創作年代を推定しようとするのは無理が多すぎる。創作年代については、内的証拠にのみ基づき、一六〇五年から一六一〇年の間頃とされている。

(26) ともに中世後期以来きわめて意味の重い言葉。

(27) なおこの部分と中世政治理論との関連については上記アーデン版の注釈を参照。

(28) モニュメンタルな E. H. Kantorowicz, *The King's Two Bodies : A Study in Medieval Political Theology*（Princeton : Princeton UP, 1957）を参照。

(29) Stanley Cavell も例によって独自の視点から同様にキリストの連想をこの場面に認める。“Coriolanus and Interpretations of Politics : Who Does the Wolf Love?”（1984), in *The Themes Out of School : Effects and Causes*（San Francisco : North Point Press, 1984).

第Ⅱ部第2章　政体と主体と肉体の共和原理あるいは『ジュリアス・シーザー』

（1）特に、グリーンブラットと過去との関係を想起されたい。
（2）『自由太刀余波鋭鋒』坪内逍遥訳（東洋館、一八八四年）、三〇四頁。
（3）秩父事件、自由民権に関する研究書は枚挙にいとまがないが、色川大吉『自由民権の地下水』（岩波書店、一九九〇年）が簡便である。坪内の『ジュリアス・シーザー』の翻訳と自由民権との関係はきわめて興味深いものがあり、中でも彼と北村透谷との直接間接の関係を見てみたいと思うが、それは今後の課題とせざるをえない。
（4）ここで「共和原理」というのは、奥宮健之が明治十五年（一八八二年）に邦訳したネッケル（那計阿爾布禮）の『共和原理』（自由出版會社）をたとえば念頭に置いてのことである。
（5）『自由太刀余波鋭鋒』一三六頁。
（6）『ヂュリヤス・シーザー』坪内逍遥訳（中央公論社、一九三四年）。以下『ジュリアス・シーザー』からの引用については、アーデン版の原文に基づき坪内逍遥に敬意を込めてその改訳を参照したが、必要に応じて改変したところもある。その場合は［　］で示した。
（7）「モーメント」という言い方については、J. G. A. Pocock, *The Machiavellian Moment : Florentine Political Thought and the Atlantic Republican Tradition* (Princeton : Princeton UP, 1975) の考え方にヒントを得ている。
（8）『ジュリアス・シーザー』の上演史については The New Cambridge Shakespeare (ed. Marvin Spevack) 版および The Oxford Shakespeare (ed. Arthur Humphreys) 版それぞれの序文に付された解説が簡便である。また、一八六五年のリンカーン大統領暗殺に際してもシェイクスピアの芝居が重大に関与していたという興味深い議論については、Albert Fultwangler, *Assassin on Stage : Brutus, Hamlet, and the Death of Lincoln* (Urbana : U of Illinois P, 1991) を参照。
（9）マキアヴェッリについては、ポーコックの前掲書および簡便な Quentin Skinner, *Machiavelli* (London : Oxford UP, 1981) に負っている。一体、我が国では『君主論』と『ローマ史論』とでは比較にならぬほど前者に強い関心が寄せられるが、このアンバランスは同様に、カエサルとキケロの比較にならない人気の差にもよく表れている。ことほどさように「共和政」は我が国の風土にそぐわないらしい。
（10）Rome と room はシェイクスピア時代の英語では発音が同じであったらしい。
（11）ハンス・バロンのいわゆる“civic humanism”論はこの見方をとる。Hans Baron, *The Crisis of the Early Italian*

Renaissance (Princeton : Princeton UP, 1957).

（12）精神形成における「鏡像」的次元、「象徴」的次元の理論はもちろんジャック・ラカンの用語であるが、本章では「鏡像」次元における本質的な曖昧さを捨象して、それを援用している。ラカンについては、Malcolm Bowie, *Lacan* (Cambridge, Mass. : Harvard UP, 1991) を参照。

（13）*Plutarch's Lives of Coriolanus, Caesar, Brutus, and Antonius in North's Translation*, ed. R. H. Carr (Oxford : Clarendon Press, 1906), p. 123. また "porch" の意味については、*OED* の 3a を参照。

（14）この論争に関しては、Jacques Derrida, "Signature Event Context," *Glyph* I (1977) ; John Searle, "Re-Iterating the Differences : A Reply to Derrida," *Glyph* I ; Jacques Derrida, "Limited Inc.," *Glyph* II Supplement (1977) を参照されたい。

（15）R. Barthes, *L'empire des signes* (Genève : Editions d'Art Albert Skira, 1970)：バルト『表徴の帝国』宗左近訳（新潮社、一九七四年)。

（16）同上書、四三—四六頁。

（17）この延長線上で興味深いのは、いわゆる「近代の超克」を西洋の立場から脱構築した議論である。詳しくは『近代の超克』のみごとな英訳 *Overcoming Modernity* (New York : Columbia UP, 2008) を手がけた Richard Calichman の長大な訳者序文を参照されたい。要するに、西洋「近代」を超えるとする「日本精神」の根源は脱構築の格好の対象となる空虚なフィクションという分析である。そのような脱構築は日本の現実に達していない、という私の反論も参照されたい。拙稿 Review in *The Journal of Japanese Studies*, vol. 35, no.2 (Summer 2009), pp. 337–80.

第Ⅱ部第３章　イアーゴーの庭あるいは『オセロー』

（1）アラン・ブルーム「コスモポリタンと政治共同体」『シェイクスピアの政治学』松岡啓子訳（信山社、二〇〇五年）を参照。

（2）翻訳は坪内逍遥訳を使用した（『オセロー』〔中央公論社、一九三四年〕)。坪内訳は正確無比であり、その古さはまさに原文に窺える古風をよく伝える。不幸にして坪内が翻訳を果たさなかった作品は別として（それとて幸いシェイクスピアとしては佳作と言えないもの)、これほど優れた翻訳があるからには、これを十分活用すべきと考える。ただし、舞台芸術作品であるからには言葉は常に新しくあらねばならないとする中野好夫（「シェイクスピアの面白さ」

『中野好夫集』5〔筑摩書房、一九八四年〕）の主張には一理ある。問題は意味のない擬古文調の新訳である。

（3）原文は以下の如し。“Virtue! A fig! ‘Tis in ourselves that we are thus/or thus. Our bodies are our gardens, to which/our wills are gardeners. So that if we will plant/nettles or sow lettuce, set hyssop and weed up/thyme, supply it with one gender of herbs or/distract it with many, either to have it sterile/with idleness or manured with industry, why the/power and corrigible authority of this lies in our/wills. If the balance of our lives had not one/scale of reason to poise another of sensuality, the/blood and baseness of our natures would conduct us/to most preposterous conclusions. But we have/reason to cool our raging motions, our carnal/stings, our unbitted lusts ; whereof I take this, that/you call love, to be a sect or scion.”（1. 3. 313–24）. 以下、シェイクスピアからの引用は The New Cambridge Shakespeare, ed. Norman Sanders（Cambridge : Cambridge UP, 1984）より。

（4）この意味で画期的な仕事として挙げるべきはすでに触れた J. G. A. Pocock, *The Machiavellian Moment : Florentine Political Thought and the Atlantic Republican Tradition*（Princeton : Princeton UP, 1975）である。

（5）“Entzauberung”「脱魔力化」は、マックス・ヴェーバーの思想の根幹にあるものと言ってよいだろう。このテーマは本書第V部第2章でさらに敷衍されることになる。

（6）“Thou know’st we work by wit and not by witchcraft, /And wit depends on dilatory time.”（2. 3. 337–38）

（7）九鬼周造『偶然性の問題』『九鬼周造全集』第二巻（岩波書店、一九八〇年）。

（8）“Marry, I would not do such a thing for a/joint-ring, nor for measures of lawn, nor for/gowns, petticoats, nor caps, nor any petty/exhibition. But for all the whole world! U’d pity, who would/not make her husband a cuckold, to make him a/monarch? I should venture purgatory for’t.”（4. 3. 69–73）

（9）Stephen Greenblatt, *Hamlet in Purgatory*（Princeton : Princeton UP, 2001）を参照。言うまでもなく、「煉獄」についてのパイオニア的研究はル・ゴフ『煉獄の誕生』渡辺香根夫訳（法政大学出版局、一九八八年）である。

（10）“Des. : …You love my lord./You have known him long, and be you well assured/He shall in strangeness stand no farther off/Than in a politic distance.

Cass. : Ay, but, lady,/That policy may either last so long/Or feed upon such nice and waterish diet,/Or breed itself so out of circumstance, …”（3. 3. 10–16）

（11）より詳しくは、塚田富治『ルネサンス期イングランドにおける「政治」観と「政治」論——「政治」という言葉の分析』（一橋大学社会科学古典資料センター、一九八六年）を参照。

(12) M.-D. Chenu, *Nature, Man and Society in the Twelfth Century*, trans. J. Taylor and L. K. Little (Chicago : U of Chicago P, 1968, originally in French, 1957) および W. Wetherbee, *Platonism and Poetry in the Twelfth Century : the Literary Influence of the School of Chartre* (Princeton : Princeton UP, 1972) を参照。

(13) Chenu, *passim*.

(14) John Milton, *Paradise Lost*, Book XII, 587, in *The Poems of John Milton*, eds. J. Carey and A. Fowler (London : Longman, 1968).

(15) マックス・ウェーバー『プロテスタンティズムの倫理と資本主義の精神』大塚久雄訳（岩波文庫、一九八九年）。

(16) 物語を共有することと恋愛感情の芽生えというトポスについては、ダンテ『神曲』「地獄篇」第五歌に語られる有名な「パオロとフランチェスカ」のエピソードを参照。そこでは、アーサー王伝説が物語媒介の役割を果たしている。

(17) "(Cassio) O, behold, / The riches of the ship is come on the shore! / You men of Cyprus, let her have your knees, / Hail to thee, lady! And the grace of heaven, / Before, behind thee, and on every hand, / Enwheel they round." (2. 1. 82-86)

(18) "(Clown) Why, masters, have your instruments been in Naples, / that they speak i'th'nose thus?
(1 Musician) How, sir, how?
(Clown) Are these, I pray you, wind instruments?
(1 Musician) Ay, marry are they, sir.
(Clown) O, thereby hangs a tail.
(1 Musician) Whereby hangs a tale, sir?
(Clown) Marry, sir, by many a wind instrument that I know." (3. 1. 4-10)

(19) 日本語で書かれた簡便なものでは高橋康也『道化の文学』（中公新書、一九七七年）を参照。

(20) Mikhail Bakhtin, *Rabelais and His World* (Cambridge, Mass. : MIT Press, 1968) を参照。

(21) たとえば Colin Burrow (The Oxford Shakespeare, 2002) ; G. Blackmore Evans (The New Cambridge Shakespeare, 1996) など。このような地口は異常だと思われる向きには、Frankie Rubinstein, *A Dictionary of Shakespeare's Sexual Puns and Their Significance* (London : Macmillan, 1984) に代表される辞書がいくつか存在することを指摘しておく。

第Ⅲ部第**1**章　楽園の伝統と世俗化

（1）ジェフリー・チョーサー『カンタベリー物語』桝井迪夫訳（岩波文庫、一九九五年改版）。

（2）ダンテ『神曲』平川祐弘訳（河出書房新社、一九六六年）。

（3）ホメーロス『オデュッセイアー』呉茂一訳（岩波文庫、一九七一年）。

（4）Domenico Comparetti, *Vergil in the Middle Ages*, with a new introduction by J. M. Ziolkowski (Princeton : Princeton UP, 1997) ; *The Virgilian Tradition : the First Fifteen Hundred Years*, eds. J. M. Ziolkowski and M. C. J. Putnum (New York : Yale UP, 2008) を参照。

（5）ウェルギリウス『アエネーイス』泉井久之助訳（岩波文庫、一九七六年）。

（6）以下『旧約聖書』からの引用は日本聖書協会編（一九八二年）より。

（7）C. S. Lewis, *A Preface to Paradise Lost* (London : Oxford UP, 1942) を参照。

（8）内と外の「楽園」のテーマが、ルネサンスと宗教改革を通じて、公私の空間創出（強固な内面世界の確立とその自由を保障するような公的社会の構築）というテーマとかかわることは、前章（「イアーゴーの庭」）で触れたところだが、それは二十世紀の専門化する学問分野においては、ハーバーマスが『公共性の構造転換』で言う「代表的具現の公共性」（repräsentative Öffentilichkeit）という概念に関係してゆくだろし、さらにポーコックの言う「美徳と通商」（virtue and commerce）という思考にも通じるだろう。本章で扱おうとした「公共圏」というやや漠とした概念を精緻にするためには、それらの概念と思考をどうにかして取り込む必要があるが、残念ながら今後の課題とせざるをえない。ハーバーマスについては、『公共性の構造転換』第二版、細谷貞雄・山田正行訳（未來社、一九九四年）、ポーコックについては *Virtue, Commerce, and History : Essays on Political Thought and History, Chiefly in the Eighteenth Century* (Cambridge : Cambridge UP, 1985) を参照。

（9）本章執筆に際しては、以下の書物を参考にした。川崎寿彦『楽園のイングランド――パラダイスのパラダイム』（河出書房新社、一九九一年）; A. Bartlett Giamatti, *The Earthly Paradise and the Renaissance Epic* (Princeton : Princeton UP, 1966) ; Stanley Stewart, *The Enclosed Garden : The Tradition and the Image in the 17th Century Poetry* (Madison : U of Wisconsin P, 1966) ; Roy Strong, *Gardens through the Ages (1420–1940)* (London : Conran Octopus, 2003).

第Ⅲ部第 2 章　噂・名声の女神の肉体性

(1) John Milton, *Lycidas*, ll. 70–72, in *The Poems of John Milton*, eds. J. Carey and A. Fowler (London : Longmans, 1968).

(2) 以下ボエティウス『哲学の慰め』からの引用は畠中尚志訳（岩波文庫、一九三八年）より。原文を引いた場合は *Boetius* (The Loeb Classical Library), (Cambridge, Mass. : Harvard UP, 1918) より。

(3) 私の知る限り、いくつかある『リシダス』の注釈で、ボエティウスの「名声論議」の伝統に触れるものはない。

(4)「フィロソフィア」と「ファーマ」の対照・対立は学問分野にも反映して、「哲学」と「修辞学」のそれに相当する。両分野のその後の運命を考え合わせると、興味深いものがある。この辺の事情については、拙稿「『オーラートル』の理想と残影」『言語』三月号（二〇〇九年）、「オーラートルの矛盾と威力」『西洋古典叢書　月報』七八（京都大学学術出版会、二〇〇九年）を参照されたい。

(5) Leo Braudy, *The Frensy of Renown : Fame and Its History* (New York : Oxford UP, 1979).

(6) ウェルギリウス『アエネーイス』泉井久之助訳（岩波文庫、一九七六年）、第四巻一七八—八七行。

(7) その中世全般に及ぶ影響については、Pierre Courcelle, *La consolation de philosophie dans la tradition littéraire* (Paris : Etudes Augustiniennes, 1967), pp. 15–19 を参照。

(8) たとえば、一般に親炙しているロウブ版（前掲書）の注を参照。

(9) 詳しくは、拙著『キケロ——ヨーロッパの知的伝統』（岩波書店、一九九九年）、第四章を参照。

(10) キケロ「スキピオの夢」一二、水野有庸訳『キケロ、エピクテトス、マルクス・アウレリウス』（中央公論社、一九六八年）、七八頁。以下、「スキピオの夢」からの引用は同書による。原文は Macrobius, *Commentarii in Somnium Scipionis*, ed. J. Willis (Leipzig : Teubner, 1970) に付されたものを参照した。

(11) 以下、マクロビウスの注解の引用は Willis の編纂した同上書に基づく拙訳。

(12) キケロ「スキピオの夢」七、七二頁。

(13) 特に引用の後半部「たしかに、およそ……」の言葉はきわめて影響力が強く、こののちペトゥルス・アベラルドゥス（アベラール）、ペトラルカ、そしてエドマンド・バークらの引くところとなる。バークにおけるこの引用の意義については、拙稿「バークとキケロ」『想像力の変容』高松雄一編（研究社、一九九一年）に述べた。

(14) キケロ「スキピオの夢」五、七〇頁。

（15）Macrobius, *Commentarii in Somnium Scipionis*, I. 8, 1–3.

（16）*Ibid*., I. 8, 4–5. プロティノスの「徳について」というのは、『エネアデス』第一巻第二章を指す。マクロビウスによるこの美徳の階梯的区分は特に「十二世紀ルネサンス」において注目されることになるが、それ以前にもたとえば十一世紀にローテンバッハのマネゴルドゥスが知っていたという。Edouard Jeauneau, “Macrobe, source du platonisme chartrain,” *Studi Medievali* I（1960）, p. 8 を参照。

（17）Macrobius, *Commentarii in Somnium Scipionis*, I. 8, 6.

（18）*Ibid*., I. 8, 12.

（19）Jeauneau, “Macrobe, source de platonisme chartrain” を参照。

（20）F. Petrarca, *Epistolae de rebus familiaribus et variae*, ed. J. Fracassetti（Firenze : Le Monnier, 1862）, vol. I（III, 12）. これに関して、詳しくは以下の拙稿を参照されたい。“‘Common Profit’ and Libidinal Dissemination in Chaucer,” in *The Body and the Soul in Medieval Literature*, eds. P. Boitani and A. Torti（London : Boydell & Brewer, 1999）, pp. 109–21.

（21）Petrarca, *Epistolae de rebus familiaribus et variae*, *loc.cit*.

（22）ネオ・プラトニズムに好例を見る彼岸中心主義的宇宙観の中世後期における逆転という主題については、ダンテとチョーサーを扱う以下の拙稿“From ‘the House of Fame’ to Politico-Cultural Histories,” in *Chaucer to Shakespeare*, eds. R. Beadle et al.（London : Boydell & Brewer, 1992）および本書次章を参照。

（23）たとえば A. O. Hirschman, *The Passions and the Interests : Political Arguments for Capitalism before Its Triumph*（Princeton : Princeton UP, 1977）に面白い考察が見られる。

第Ⅲ部第3章　チョーサーとイタリア

（1）本書では、ダンテ『神曲』の邦訳は基本的に平川訳を採用するが、本節に限り原文との照合がしやすいという理由で山川訳を使用する。ただし一般に、山川訳の日本語はすでに今日の日本人の理解するところではなく、それをなお文庫本として刊行し続ける出版社の見識を大いに疑う。ダンテ『神曲』山川丙三郎訳（岩波文庫、一九五二年初版、一九八四年）。

（2）*The House of Fame*, in *The Riverside Chaucer*, 3rd ed., general ed. L. D. Benson（Oxford : Oxford UP, 1988）.

(3) 一九八〇年以前のチョーサー＝ダンテ研究は以下のように甚だ寂しいものであった。J. L. Lowes, "Chaucer and Dante's *Convivio*," *MP* 13 (1915), pp. 19–33 ; J. L. Lowes, "Chaucer and Dante," *MP* 14 (1917), pp. 705–35 ; M. Praz, *The Flaming Heart* (New York : Doubleday, 1958), pp. 29–86 ; H. Schless, "Chaucer and Dante," in *Critical Approaches to Medieval Literature*, ed. D. Bethurum (New York : Columbia UP, 1960) ; H. Schless, "Transformations : Chaucer's Use of Italian," in *Geoffrey Chaucer*, ed. D. S. Brewer (London : G. Bells & Sons, 1974) ; P. G. Ruggiers, "The Italian Influence on Chaucer," in *Companion to Chaucer Studies*, ed. B. Rowland (Tronto ; New York : Oxford UP, 1968).

(4) P. Boitani, ed., *Chaucer and the Italian Trecento* (Cambridge ; New York : Cambridge UP, 1983). また、『英語青年』特集号「チョーサー没後六〇〇年」一四六巻八号（二〇〇〇年十一月）、「座談会」二一一一頁を参照。

(5) チョーサーは生涯に二度イタリアに旅して、ミラノとフィレンツェに滞在している。彼がペトラルカに出会ったかどうかは、興味のあるところであるが、全く分からない。我々として面白いのは、当時の文化支配の構造は近代後期の大英帝国など思いもよらぬもので、たとえ面会がかなったとしても、英国からの片思いに終わったということであろうか。そう考えると、我が国近代の西洋学における英文学の圧倒的優位とイタリア文学の薄弱は、当然の成り行きとはいえ、そろそろ是正されて然るべきであろう。なお、チョーサーのイタリア旅行については、奥田宏子『チョーサー——中世イタリアへの旅』（神奈川大学評論編集専門委員会、二〇〇三年）が便利である。

(6) P. Boitani, *Chaucer and Boccaccio* (Oxford : Society for the Study of Medieval Languages and Literature, 1977) ; N. Havely, *Chaucer's Boccaccio* (Rochester : Brewer, 1980) は、借用したイタリア語材源の英訳からなっている。

(7) David Wallace, *Chaucer and the Early Writings of Boccaccio* (Woodbridge : Brewer, 1985). さらに、同じ著者の画期的な *Chaucerian Polity : Absolutist Lineages and Associational Forms in England and Italy* (Stanford : Stanford UP, 1997) も参照。

(8) D. Aers, ed., *Medieval Literature* (Brigton : Harvester Press, 1986) ; D. Aers, *Chaucer* (Brigton : Harvester Press, 1986) : Stephen Knight, *Geoffrey Chaucer* (Oxford ; New York : Blackwell, 1986).

(9) H. Schless, *Chaucer and Dante : A Revaluation* (Norman : Pilgrim Books, 1984).

(10) R. A. Shoaf, *Dante Chaucer and the Currency of the Word* (Norman : Pilgrim Books, 1983) ; W. Wetherbee, *Chaucer and the Poets : An Essay on "Troilus and Criseyde"* (Ithaca : Cornell UP, 1984), esp. ch. 5 ; P. Boitani, *Chaucer and Imaginary World of Fame* (Cambridge : Brewer, 1984), pp. 73–89.

(11) Peter Dronke, *Dante and Medieval Latin Traditions* (Cambridge ; New York : Cambridge UP, 1986) ; John Freccero, *Dante : the Poetics of Conversion*, ed. R. Jacoff (Cambridge, Mass. : Harvard UP, 1986).

(12) Dronke, *Dante and Medieval Latin Traditions*, p. 2.

(13) 「アレゴリー」的解釈は、ダンテ作とされる『カングランデへの手紙』によれば、中世の常道であった四つの「解釈」の一つに数えられている。文芸批評史でこの『カングランデへの手紙』に言及しないものはほとんどないと言えるほど有名なものだが、もしこれがダンテの手になるとすれば、ダンテの作品をダンテ自身が慫慂する「アレゴリー」として解釈することが正統となるだろう。しかし、ダンテ学の現在はこれをなかば疑う。以下を見られたい。*Ibid.*, pp. 103–11.

(14) ダンテ『神曲』山川訳を改変。

(15) Dante のテクストは *The Divine Comedy*, trans. C. S. Singleton (Princeton : Princeton UP, 1970) を参照した。

(16) E. Auerbach, *Scenes from the Drama of European Literature* (New York : Meridian Books, 1959).

(17) Chaucer, *The House of Fame*, in *The Riverside Chaucer*, 3rd ed., general ed. L. D. Benson (Oxford : Oxford UP, 1988). 引用はすべてこの版より。

(18) 逆に、かの「アレゴリー」という常套的解釈の手段に恃んで、チョーサーとダンテは結局は同じことを言おうとしているのだとする解釈もある (B. G. Koonce, *Chaucer and the Tradition of Fame* [Princeton : Princeton UP, 1966]) が、これはダンテ学に通じていないチョーサー研究の典型として批判されねばならない。

(19) *Enciclopedia Dantesca* (Istituto della Enciclopedia Italiana ; 1970–78), vol. 3. sub. "mente".

(20) Stephen Knight, *Geoffrey Chaucer* (Oxford ; New York : Blackwell, 1986), pp. 15–23.

(21) Freccero, *Dante*, ch. 3.

(22) この論考をさらに進めた英文拙稿も参照されたい。"From the 'House of Fame' to Politico-Cultural Histories," in *Chaucer to Shakespeare*, eds. R. Beadle et al. (Cambridge ; New York : Boydell & Brewer, 1992), pp. 45–54.

(23) ペトラルカ『ルネサンス書簡集』近藤恒一訳（岩波文庫、一九八九年）、同『わが秘密』近藤恒一訳（岩波文庫、一九九六年）。

(24)『ペトラルカ=ボッカッチョ往復書簡』近藤恒一編訳（岩波文庫、二〇〇六年）。

（25）たとえば、*The Decameron and the Canterbury Tales : New Essays on An Old Question*, eds. Leonard Michael Koff and Brenda Deen Schildgen（Madison : Fairleigh Dickinson UP, 2000）を参照。

（26）この問題に関する古典的研究としては、J. B. Severs, *The Literary Relationships of Chaucer's Clerk's Tale*（New Haven : Yale UP, 1942）を参照されたい。

（27）『ペトラルカ＝ボッカッチョ往復書簡』三〇二―〇三頁。

（28）同上。

（29）同上書、三一二頁。

第Ⅳ部第1章　アルベルティーノ・ムッサートの『エチェリーノの悲劇』

（1）E. H. Wilkins, *The Making of the Canzoniere and other Petrarchan Essays*（Roma : Edizioni de Storia e Letteratura, 1951）, pp. 21–23 を参照。

（2）パドヴァの「プロト・ルネサンス」あるいは「プレ・ヒューマニズム」については以下の文献を参照。Guido Billanovichi, "Il Preumanesimo Padovano," *Stoira della Cultura Veneta, Il Trecento*（Vicenza : Neri Pozza Editore, 1976）, pp. 19–110 ; Giuseppe Billanovichi, "I primi umanisti e l'antichita classica," *Classical Influences on European Culture A. D. 500–1500*, ed. R. R. Bolgar（Cambridge : Cambridge UP, 1971）; E. R. Curtius, "Neuere Arbeiten üeber den italienischen Humanismus," *Bibliotéque d'Humanisme et Renaissance* 10（1948）, pp. 185–94 ; Roberto Weiss, *The Renaissance Discovery of Classical Antiquity*（Oxford : Blackwell, 1969）.

（3）『ヒストリア・アウグスタ』は以下のような形で公刊されている。*Historia Augusta de Gestis Henrici VII Caesaris, Rerum Italicorum Scriptores X*（1727）, coll. 1–568 ; *De Gestis Italicorum Post Henricum VII Caesaris*,（i）Books I–VIII, *RIS*, coll. 571–686 :（ii）Books VIII–XIV, *Sette libri Inediti del Gestis Italicorum Post Henricum VII di Albertino Musssato*, Prima Edizione Diplomatica, a cura di Di Luigi Padrin（Venezia, 1903）; *De Obsidione Paduanae Civitatis*（in verse）, published as Books IX–XI of *De Gestis, RIS*, coll. 687–714 ; De Traditione Patavii ad Canem Grandem, published as Books XII of *De Gestis, RIS*, coll. 715–68.

（4）ヤーコプ・ブルクハルト『イタリア・ルネサンスの文化』柴田治三郎訳（中央公論社、一九六六年）、二〇五―〇六頁。

（5）ムッサートの時代のイタリアの時代背景については、以下を参照。J. K. Hyde, *Padua in the Age of Dante* (Manchester : Manchester UP, 1966) ; John Larner, *Italy in the Age of Dante and Petrarch, 1216–1380* (London : Longman, 1980) ; B. J. Kohl, *Padua under the Carrara, 1318–1405* (Baltimore : Johns Hopkins UP, 1998), esp. ch. 1.

（6）この第一と第三の問題については、Leo Strauss, *On Tyranny*, eds. V. Gourevitch and M. S. Roth, revised and expanded ed. (New York : Free Press, 1991) を見られたい。紙幅と能力の関係で、この関連での議論をここでは展開できないが、プラトン以来の「暴君と悲劇」、「国家と詩人」などの問題は、今世紀の「暴君と哲学者」の問題に連なること、その大きな西洋思想の流れの中で、「共和政と暴君と悲劇と詩人」の関係はどうなるのかという疑問がわき、まさに（西洋文学史においてはマイナーな作品とされているものの）ムッサートの悲劇はそのことを考えさせてくれるのではないかと思い、試みたのが本章である。同様の関心から、シェイクスピアの『ジュリアス・シーザー』を論じたのが本書第II部第2章である。

（7）ムッサートの伝記的研究については、以下のものを参照。Sante Bartolami, "Albertino Mussato : Un nuovo autografo e precisazioni biografiche," *Italia Medioevale e Umanistica*, XXVIII (1985), pp. 189–208 ; M. T. Dazzi, "Il Mussato storico," *Archivio Veneto* V, vi (Venezia, 1929), pp. 357–471 ; M. T. Dazzi, *Il Mussato preumanista (1261–1329) : L'Ambiente e L'Opera* (Vicenza : Neri Pozza Editore, 1964) ; Johannes Haller, "Zur Lebensgeschichte des Marsilius von Padua," *Zeitschrift für Kirchengeschichte*," Bd. 48, NF. XI (Stuttgart, 1929), S. 166–97 ; M. Minola, *Della vita e delle opere di Albertino Mussato. Saggio critico* (Roma, 1884) ; Francesco Novati, *La Biografia di Albertino Mussato nel De Scriptoribus Illustribus di Sicco Polentone, Archivio Storico per Trieste l'Istria e il Trentino* (Roma, 1882), vol. 2, fasc. 1, pp. 1–14 ; J. Wychgram, *Albertino Mussato. Ein Beitrag zur italienischen Geschichte des vierzehnten Jahrhunderts* (Leipzig, 1880) ; Antonio Zardo, *Albertino Mussato. Studio storico e letterario* (Padova, 1884). 簡便な最新の情報は、Hubert Müller, *Früher Humanismus in Oberitalien ——Albertino Mussato : Ecerinis* (Frankfurt am Main : P. Lang, 1987), S. 29–30 を参照。

（8）『神曲』からの引用は、平川祐弘訳（河出書房新社、一九六六年）による。また、注解については、C. S. Singleton, *The Divine Comedy* (Princeton : Princeton UP, 1970) および J. D. Sinclair, *The Divine Comedy* (New York : Oxford, UP, 1939) を参照した。

（9）引用は、Singleton, *The Divine Comedy*, pp. 198–99 に引用された原文より。

（10）ブルクハルト『イタリア・ルネサンスの文化』六八頁。

（11）同上書、六七頁。

（12）同上書、六四頁。

（13）Hans Baron, *The Crisis of The Early Italian Renaissance : Civic Humanism and Republican Liberty in an Age of Classicism and Tyranny* (Princeton : Princeton UP, 1966 ; 1955) ; J. G. A. Pocock, *The Machiavellian Moment : Florentine Political Thought and the Atlantic Republican Tradition* (Princeton : Princeton UP, 1975) ; Quentin Skinner, *The Foundations of Modern Political Thought*, 2vols. (Cambridge : Cambridge UP, 1978).

（14）『エチェリーノの悲劇』のラテン語原典テクストとしては、パドリン校訂版 Albertino Mussato, *Ecerinide*, ed. L. Padrin (Bologna : Zanichelli, 1900) を使用した。パドヴァ大学のジョヴァンナ・ジャノーラ教授によって新版が予告されて久しい。また、近代語の翻訳は以下のものがあり、必要に応じて参照した。*Ezzelino : Tragedia Latina di Albertino Mussato da Padova*, tradotta di Luigi Mercantini (Palermo, 1868) ; *L'Eccelinide, Tragedia... Traduzione con note. Precedono cenni sulla vita del Mussato*, by A. dell'Acqua Giusti (1878) ; *Eccerinis*, in Michele Minola, *Della Vita e delle opere di Albertino Mussato* (Roma, 1884) ; *L'Ecerinide*, tradotto in versi italiani e annotate da Manlio Torquato Dazzi (Castello : S. Lapi, 1914) ; *Ecerinide Tragedia*, traduzione e introduzione di Michele di Zonno (Bari, 1934) ; *Ecerinis*, traduzione di Lidia Motta, in *Il teatro tragico Italiano, storia e testi del teatro tragico in Italia*, a cura di Federico Doglio (Bologna, 1960), pp. 3–49 ; *Der Tyrann* (*Tragoedia Ecerinis*), Übersetzung und Nachwort von Rolf Engelsing (Berlin, 1967) ; *The Tragedy of Ecerinis*, trans. Robert W. Carrubba et al. (Pennsylvania State UP, 1972) ; *Ecerinis*, trans. Joseph R. Berrigan (München : W. Fink, 1975). なお、本章の元論文執筆時に筆者は邦訳を完成しており、上梓するつもりであったが、全く予期せぬ偶然から、ほぼ同時に土居満寿美氏から翻訳をお贈りいただくことになった。『エケリニス——ヨーロッパ初の悲劇』（アリーフ一葉社、二〇〇〇年）。その第一部は導入的論考となっており、すこぶる便利である。研究文献は以下のものを参照。Joseph R. Berrigan, "The Ecce-rinis. A Prehumanist View of Tyranny," *Delta Epsillon Sigma Bulletin* (National Scholastic Honor Society), 12 (1967), pp. 71–86 ; M. T. Dazzi, "L'Ecerinide di Albertino Mussato," *Giornale storico della Letteratura Italiana*, LXXVIII (1921), pp. 241–89 ; Giuzzardo da Bologna et Castellano da Bassano, "*Commentum super Ecerinide*," in the edition of L. Padrin ; Remigio

Sabbadini, *Le scoperte dei codici latini e greci nei secoli XIV e XV : Nuove ricerche col riassunto filologico dei due volumi* (Firenze : G. C. Sansoni, Editore, 1914 ; 1967), esp. pp. 106–14 ; Antonio Zardo, “*L'Ecerinis* di Albertino Mussato sotto l'aspetto storico,” *RIS*, VI (1889), pp. 497–512.

(15) 以下のように言う論者もいる。「これ（『エチェリーノの悲劇』）はセネカを模倣した最初にして最良の劇であり、その大いなる成功により、ムッサートはルネサンス悲劇の父とまで呼ばれた。セネカがイタリアはもとより汎ヨーロッパ的ルネサンスにおいて、シェイクスピアの時代に至るまで代表的悲劇詩人とされたのは、ムッサートの功績であるという考えにはおそらく一理あるのかもしれない。しかし、セネカの他にローマ悲劇が存在しなかった状況を考慮するならば、ルネサンスの諸文芸ジャンルの中で、ムッサートはセネカ悲劇をより高い位置へともたらしたと言うべきだろう」(B. L. Ullmann, “Some Aspects of the Origin of Italian Humanism,” in *Studies in the Italian Renaissance* [Rome, 1955], p. 38)。しかし、「シェイクスピアの時代に至るまで」はおそらく当たらない。その点では、以下の論者のほうが正確であろう。「ルネサンス期に最初と思しきセネカの模倣がその後のパターンを決めることとなった。すなわち、広範に流布していたアルベルティーノ・ムッサートのラテン語の悲劇『エチェリーノの悲劇』（一三一五年）が決定的であった。その悲劇が扱ったパドヴァの暴君エチェリーノ三世は、まさにセネカ的暴君の振る舞いをキリスト教世界において辿るものであった。しかし英国のセネカ模倣劇は、ラテン語であれ英語で書かれたものであれ、暴君の例をそれよりも歴史的に遠い時代あるいは聖書に取材する傾向が強かった」(Rebecca W. Bushnell, *Tragedies of Tyrants : Political Thought and Theatre in the English Renaissance* [Ithaca : Cornell UP, 1990], p. 103)。また以下の文献も参照のこと。Guido Billanovichi, “Il Seneca tragico di Pomposa e i primi umanisti padovani,” *La Bibliofilia* 85 (1983), pp. 149–69 ; Winfried Trillitzsch, “Seneca Tragicus—Nachleben und Beurteilung im lateinischen Mittelalter von der Spatantike bis zum Renaissancehumanismus,” *Philologus* 122 (1978), S. 120–36 ; W. Trillitzsch, “Die lateinische Tragödie bei den Prähumanisten von Padua,” in *Literatur und Sprache im europäischen : Mittelalter : Festschrift für Karl Langosch zum 70. Geburtstag*, ed. Alf Önnerfors et al. (Darmstadt : Wissenschaftliche Buchgesellschaft, 1973), S. 448–57. また、ムッサート自身によるセネカ読解についてはAlexander MacGregor, “Mussato's Commentary on Seneca's Tragedies, New Fragments,” *Illinois Classical Studies* 5 (1980), pp. 149–62 を参照。

(16) 元写本にも、パドリン校訂版にも「幕」あるいは「場」にあたる区分はないが、セネカ型悲劇の原型に則って、このように区分する。

(17)「民衆」を示す言葉として、plebs と populus の双方が使われているが、その間に重要な区別はないと思われる。また「民衆」は「市民」(cives) と「群衆」・「愚衆」(vulgus, turba) を内包する。

(18) その歴史的叙述については、Hyde, *Padua in the Age of Dante* を参照。

(19) 萌芽期における共和思想とムッサートの共和思想については以下の論文を参照。Quentin Skinner, "Machiavelli's *Discorsi* and the Pre-Humanist Origins of Republican Ideas," in *Machiavelli and Republicanism*, eds. G. Bock, Q. Skinner and M. Viroli (Cambridge ; New York : Cambridge UP, 1990), pp. 121–41. また、カエサルをもって共和政あるいは君主政の区別の指標とすることについては、同上書および Hans Baron, "Cicero and the Roman Civic Spirit in the Middle Ages and the Early Renaissance," *Bulletin of the John Rylands Library* XX (1938), pp. 72–97 を参照。

(20) ブルクハルト『イタリア・ルネサンスの文化』六四頁。

第Ⅳ部第 2 章　トマス・モアの人文主義

(1) 参照した原典と翻訳については以下のとおりである。イェール大学出版局から出されている *The Yale Edition of the Complete Works of St. Thomas More* (1963–86)。トマス・モア『ユートピア』澤田昭夫訳『エラスムス/トマス・モア』「世界の名著」17 (中央公論社、一九六九年、ラテン語原典訳)。また研究文献については、一九九六年までの重要な研究は、田村秀夫『トマス・モア』(研究社出版、一九九六年) を参照。モア生誕五百年を記念して編まれた、日本イギリス哲学会監修になる『トマス・モア研究』田村秀夫責任編集 (御茶の水書房、一九七八年) は、周到に編まれた便利至極なもので、いまだに価値を失わない必携の書である。思想家モアに関しては、塚田富治『トマス・モアの政治思想——イギリス・ルネッサンス期政治思想研究序説』(木鐸社、一九七八年) が優れている。モアの最近の伝記としては Peter Ackroyd, *The Life of Thomas More* (London : Vintage, 1998) がよい。

(2) *Letter to the University of Oxford*, in *The Yale Edition of the Complete Works of St. Thomas More* (*CP*), vol. 15 (1986), p. 143.

(3) モア『ユートピア』澤田昭夫訳、三九四頁。

(4) 同上書、三九六頁。

(5) 同上書、三六三頁。

(6) 同上書、三六四頁。
(7) 同上書、三六七頁。
(8) 同上。
(9) 同上書、三九一頁。
(10) 同上書、三七二頁。
(11) 同上書、三九六―九七頁。
(12) Thomas More, *Responsio ad Lutherum*, in *CP*, vol. 5 (1969), pp. 274–75.
(13) *Ibid*., p. 276.
(14) *Ibid*., p. 690.
(15) *Ibid*.
(16) Thomas More, *History of King Richard III*, in *CP*, vol. 2 (1963), pp. 80–81. ただし、『リチャード三世王史』にはラテン語版と英語版があって、引用箇所は英語版にしかない。

第Ⅳ部第3章　エドマンド・スペンサーの『妖精女王』

(1) "A Letter of the Authors to Sir Walter Raleigh," in *Spenser's Faerie Queene*, ed. J. C. Smith (Oxford : Clarendon Press, 1968), vol. II, p. 486. 以下、引用はすべてこれによる拙訳。
(2) パースペクティヴについては、E. H. Gombrich, *Art and Illusion* (London : Phaidon Press, 1977) を参照。
(3) "Preface" to his edition of *The Plays of W. Shakespeare*, 1765, in *Dr Johnson on Shakespeare*, ed. W. K. Wimsatt (Harmondsworth : Penguin, 1969), p. 97.
(4) Frances A. Yates, *Astrea : the Imperial Theme in the Sixteenth Century* (London : Routledge & K. Paul, 1975) ; F. A. Yates, *The Occult Philosophy in the Elizabethan Age* (London : Routledge & K. Paul, 1979).
(5) Wylie Sypher, *Four Stages of Renaissance Style* (Michigan : Anchor, 1955).
(6) A. Fowler, *Spenser and the Numbers of Time* (London : Routledge & K. Paul, 1964) ; M. O'Connell, *Mirror and Veil* (Chapel Hill : U of North Carolina P, 1977).

（7）J. Nohrnberg, *The Analogy of "The Faerie Queene"* (Princeton : Princeton UP, 1976) は研究対象の作品同様、綿々として壮大だが、その根本にある analogy は Book 間のものである。私は無闇やたらに「名著」を連発する者ではないが、この本はその名に値する。巻単位の主な研究は以下のごとくである。Book I : M. Rose, *Spenser's Art* (Cambridge, Mass. : Harvard UP, 1975) ; Book II : H. Berger, Jr., *The Allegorical Temper* (New Haven : Yale UP, 1957) ; Book V : A. Fletcher, *The Prophetic Moment* (Chicago : Chicago UP, 1971) ; Book VI : H. Tonkin, *Spenser's Courtesous Pastoral* (Oxford : Clarendon Press, 1972).

（8）A. S. P. Woodhouse, "Natrue and Grace in *The Faerie Queene*," *ELH* 16 (1949), pp. 194–228.

（9）T. P. Roche, Jr., *The Kindly Flame* (Princeton : Princeton UP, 1964) は第三・四巻を扱い、秀でている。

（10）この意味で Nohrnberg の行った "Arthurian Torso," in *The Analogy of "The Faerie Queene,"* pp. 35–57 は貴重である。

（11）殊に、第三巻第九篇四六、四八、四九、五〇と第二巻第十篇六、七、九、一〇、一一を比較されたい。

（12）「ブリトン年代記」の詳細な研究は、C. A. Harper, *The Sources of the British Chronicle History in Spenser's Faerie Queene* (New York : Haskell House, 1964) ; Berger, *The Allegorical Temper*, pp. 89–114 を参照。

（13）この点に関しては、Nohrnberg, "Arthurian Torso," p. 43 に負う。

（14）この並置の重要性については、Berger, *The Allegorical Temper* を参照。また両者を Number Symbolism の観点から比較したまことに興味深い J. L. Mills, "Spenser and the Number of History," *Philological Quarterly* 56 (1976), pp. 281-87 も参照。

（15）この「アドーニスの園」（第二巻第十篇七一）とあまりにも有名な同名の地（第三巻第六篇二九―五〇）との関係は論じられることが少ないが、重要な意味を持つはずである。詳しくは、拙稿 "Looking Over *The Faerie Queene* or Spenser *Di-In-Ludens*,"『東北大学文学部研究年報』三三、一九八四年三月、一―五五頁を参照されたい。

（16）"Historical Allegory" に関しては、*A Variorum Edition*, ed. E. Greenlaw, C. G. Osgood and F. M. Padelford (Baltimore : Johns Hopkins Press, 1932-38) の各巻に付された項目を参照。

（17）この「リアリズム（実念論、概念実在論）」から「リアリズム（写実主義）」への変遷については、Ian Watt, *The Rise of the Novel* (Harmondsworth : Penguin, 1963), pp. 12ff. を参照。

（18）『妖精女王』における「妖精女王」表象の二重性（アレゴリー・モードとナラティヴ・モード）は、要するに「永遠性・永続性」（妖精国）と「歴史的不連続性」（ブリテン国）という二つのレベルを繋げたいとする要請に起因するのであり、それはすなわち King's Two Bodies の課題そのものである。これに関しては、カントロヴィッツの論点を英国の歴史的文脈にさらに即して論じた以下の重要な論文を参照。Marie Axton, *The Queen's Two Bodies : Drama and the Elizabethan Succession* (London : Royal Historical Society, 1977).

（19）すなわち彼の自伝的詩 *Colin Clouts Come Home Againe* を軸として行う議論を言う。

（20）近年 *A View of the Present State of Ireland* をめぐって、ポスト・コロニアリズムの視点から、スペンサー論を行うことが盛んになっている。

（21）たとえば、Robert Ellrodt, *Neoplatonism in the Poetry of Spenser* (Genève ; Droz, 1978).

（22）Harry Berger, Jr., *The Allegorical Temper : Vision and Reality in Book II of Spenser's "Faerie Queene"* (New Haven : Yale UP ; London : Oxford UP, 1957).

（23）引用は *The Tale of Sir Topaz* in *The Riverside Chaucer*, eds. L. Benson et al.に基づく拙訳。

（24）チョーサーが一般にアーサー王伝説について批判的であったことについては、以下を参照。D. S. Brewer, "The Relationship of Chaucer to the English and European Traditions," in *Chaucer and Chaucerians : Critical Studies in Middle English Literature*, ed. D. S. Brewer (London : Nelson, 1966).

第V部第1章　古代ギリシアの顕現

（1）George Steiner, *Errata : An Examined Life* (London : Weidenfeld & Nicolson, 1997), p. 49.

（2）アーレントの思想におけるギリシア的基盤は、たとえば主著の一つ『人間の条件』（一九五八年）を見れば明らかだろう。

（3）さまざまな解釈があるが、代表的な視点はジャン=フランソワ・リオタールの『ポスト・モダンの条件』（一九七九年）に見いだされる。「平等の達成」とか「個人の自由の獲得」などの大きな概念の進展として「近代」を捉えるとすれば、そのような大きな概念に支えられた物語としての歴史は終わり、それに続く「ポスト近代」に時代は移行した（あるいはしつつある）とする。

（4）George Steiner, *Heidegger* (London : Fontana, 1978), p. 120.

（5）『神曲』からの引用は、平川祐弘訳（河出書房新社、一九九二年）より。ただし、一部変更した場合もある。

(6) 川島重成「ウェルギリウスの予型論的歴史観」『西洋文学における内在と超越』（新地書房、一九八六年）を参照。

(7) Geoffrey Chaucer, *Troilus and Criseyde*, in *The Riverside Chaucer*, eds. Lary D. Benson et al. (Houghton Mifflin, 1987), p. 584. 以下断り書きのないかぎり、引用は拙訳。

(8) 簡便な古典学史としては、L. D. Reynolds and N. G. Wilson, *Scribes and Scholars: A Guide to the Transmission of Greek and Latin Literature*, 2nd ed. (Oxford: Clarendon Press, 1974)：レイノルズ、ウィルソン『古典の継承者たち――ギリシア・ラテン語テクストの伝承にみる文化史』西村賀子・吉武純夫訳（国文社、一九九六年）を薦める。

(9) 『ディクテュスとダーレスのトロイア戦争物語――『トロイア戦争日誌』と『トロイア滅亡の歴史物語』』岡三郎訳（国文社、二〇〇一年）。

(10) 同上書、一五一頁。

(11) これらについては、John E. Sandys, *A History of Classical Scholarship*, vol. II (Cambridge: Cambridge UP, 1958) を参照。

(12) 人類の堕落と救いという普遍的主題を扱うことで、民族や国家といった枠組みにとどまる古典的叙事詩を超える次元を開拓した。

(13) 十七世紀後半から十八世紀中頃にわたって英仏伊を中心に行われた文芸論争。旧派の代表はウィリアム・テンプル（一六二八―一六九九）、新派のそれはシャルル・ペロー（一六二八―一七〇三）およびホラティウスの校訂などで知られる古典学者リチャード・ベントリー（一六六二―一七四二）など。

(14) 衰退史観の淵源はヘシオドスに求めることができる。

(15) 文明有機体説に立って、西欧の衰退を示唆する。

(16) 新旧論争の中で、ベントリーの友人ウィリアム・ウォットン（一六六六―一七二七）は『古代と近代の知識学芸に関する省察』（一六九四年）を著し、両派の中道をとって、芸術と文学においては古代が優れ、科学においては近代が優れるとしたが、これは未来を見越した卓見だろう。

(17) 「新旧論争」については、C. O. Brink, *English Classical Scholarship: Historical Reflections on Bentley, Porson and Housman* (New York: Oxford UP, 1985) に学んだ。また、近代のギリシア像と文献学的視野については、ベントリーを措いて論じることは不可能だと承知しているが、ここでは残念ながら触れることができない。上掲のブリンクの研究は、その関連では必読書だという感想を持った。

(18) Richard Jenkyns, *The Victorians and Ancient Greece* (Oxford : Blackwell, 1980) を参照。

(19) "An Essay on the Life, Writings, and Learning of Homer," *The Iliad of Homer* (The Twickenham Edition of the Poems of Alexander Pope, ed. Maynard Mack) (London : Methuen, 1967), p. 50.

(20) その前提は、①芸術作品は特定の対象の模倣である、②詩人の独創性は特定の対象をいかに忠実に模倣するかにかかっている、③ホメロスの場合、特定の対象は自然と社会慣習などにかかわる、④またホメロスの場合、その特定の自然と社会慣習などにかかわる対象は、時を隔てて現在もほとんど変化していない、というものである。Robert Wood, *An Essay on the Original Genius of Homer* (*1769 & 1775*) (Hildesheim : Georg Olms, 1976).

(21) *Ibid*., p. ix.

(22) *Ibid*.

(23) *The Antiquities of Athens* (London : John Haberkorn, vol. 1, 1762 ; vol. 2, 1787 ; vol. 3, 1794 ; vol. 4, 1816) は、ジェイムズ・スチュアート（一七一三—一七八八）とニコラス・レヴェット（一七二〇—一八〇四）という旅行家によって作成され、近代西欧で初めてアテネの古代遺跡をスケッチの形で伝え、「ギリシア・リヴァイヴァル」の先駆となった。

(24) 十八世紀後半から十九世紀全般にヨーロッパを文化的に席捲したギリシア憧憬。

(25) Friedrich August Wolf, *Prolegomena to Homer*, trans. Anthony Grafton, Glenn W. Most and James E. G. Zetzel (Princeton : Princeton UP, 1985), p. 84.

(26) Karl Kerényi, "Walter Friedrich Otto : Erinnerung und Rechenschaft," *Paideuma* 7 (1959), S. 4.

(27) Walter F. Otto, *Die Götter Griechenlands. Das Bild des Gottlichen im Spiegel des griechischen Geistes* (Bonn : F. Cohen, 1929).

(28) オットーの経歴については、以下のものを参照した。Walter F. Otto, "Uber den Verfasser," in *Theophania. Der Geist der altgriechischen Religion* (Hamburg : Rowohlt, 1956), S. 124–25 ; Marcel Detienne, Preface "Au commencement etait le corps des dieux," in *Dieux de la Grece* (Paris : Payot, 1984), pp. 7–19 ; Kerényi, "Walter Friedrich Otto," S. 1–10 ; 辻村誠三「原著者について」W・F・オットー『神話と宗教——古代ギリシア宗教の精神』（筑摩書房、一九六八年）、二〇一—〇七頁、西澤龍生「訳者あとがき」『ディオニューソス——神話と祭儀』（論創社、一九九七年）、二八七—三〇五頁。

(29) Otto, *Theophania*.

(30) オットー『神話と宗教』五頁。

(31) Urlich von Wilamowitz-Moellendorff, *Erinnerungen 1848–1914* (Leipzig : K. F. Koehler, 1928), S. 129.

(32) Wilamowitz-Moellendorff, *Zukunftsphiloogie! Eine Erwidrung auf Friedrich Niezches ‘Geburt der Tragödie’* (Berlin : Gebruder Borntraeger, 1872).

(33) Wilamowitz-Moellendorff, *Die Geschichte der Philologie*, Nachdruck der 3. Aufl. (1927) (Leipzig : Teubner, 1959), S. 1.

(34) Wilamowitz-Moellendorff, *Der Glaube der Hellenen*, vol. 1 (Berlin : Weidemann, 1931).

(35)『ギリシア人の信仰』に触れて、オットーが行ったヴィラモーヴィッツの発生論的進化論に対する批判はあからさまである。ヴィラモーヴィッツは「己と傾向を異にするものの見方や方法に異議を唱えることにかけては辛辣で、それどころか情容赦ない嘲笑をもってすることすら珍しくなかった」が、その敵対するニルソン率いる民族学派と実は同じパラダイムを共有する、とオットーは指摘する。「双方ともが、生物学に発する発展概念をそっくり同じ流儀で応用したりしている」(Walter F. Otto, *Dionysos. Mythos und Kultus* [Frankfurt am Main : Vittorio Klostermann, 1933], S. 11 :『ディオニューソス』西澤訳、四頁)。

(36) オットー『神話と宗教』八頁。

(37) Detienne, “Au commencement etait le corps des dieux,” p. 10.

(38) ただし、このような「内面性」と「彼岸志向」は同時代のキリスト教神学が批判するところでもあったことも忘れるべきではなかろう。たとえば、カール・バルトの『ローマ書講解』上・下、小川圭治・岩波哲男訳（平凡社ライブラリー、二〇〇一年）を参照。

(39) オットー『神話と宗教』二四頁。

(40) 同上書、二七頁。

(41) Walter F. Otto, *Die Götter Griechenlands. Das Bild des Gottlichen im Spiegel des griechischen Geistes* (Frankfurt am Main : G. Schulte-Bulmke, 1956), S. 232.

(42) Otto, “Gesetz, Urbild, und Mythos,” *Die Gestalt und das Sein. Gesammelte Abhandlungen über den Mythos und seine Bedeutung für die Menschheit* (Darmstadt : Wissenschaftliche Buchgesellschaft, 1974), S. 25–90. もともと一九五一年に単行本 *Gesetz, Urbild und Mythos* (Stuttgart : Metzler, 1951) として出版されたものであり、一九五五年に論文集 *Die Gestalt und das Sein*

に収められた。

(43) Kerényi, "Walter Friedrich Otto," S. 8–9.

(44) Otto, "Gesetz, Urbild und Mythos," S. 82.

(45) *Ibid.*

(46) *Ibid.*

(47) この「注意深くあるとき」というのは、オットーの「呼びかけ」(Appell) にほかならない、とケレーニイも言う (Kerényi, "Walter Friedrich Otto," S. 8)。

(48) オットーは「時間と存在」と題する論文をハイデガー還暦記念論文集に寄せている。Walter F. Otto, "Die Zeit und das Sein. Unphilosophische Betrachtungen," in *Anteile. Martin Heidegger zum 60. Geburtstag* (Frankfurt am Main : Vittorio Klostermann, 1950), S. 7–28（一九五五年、「法、原形象、神話」その他とともに論文集 *Die Gestalt und das Sein* に収録された。"Die Zeit und das Sein," in *Die Gestalt und das Sein*, S. 1–23). オットーとハイデガーについては、次の論文を参照。関口浩「ハイデッガーとW・F・オットー――神々と原初とについて」『哲学』第四六号、日本哲学会編、一九九五年十月、二一〇―一九頁。一九三四―三五年のヘルダーリン講義、一九三七年のニーチェ講義、一九四二―四三年のパルメニデス講義などで、ハイデガーはオットーの著書『ギリシアの神々』、『ディオニュソス』への参照を指示している。また、一九四二年に発表されたハイデガーの論攷 "Platons Lehre von der Wahrheit"「プラトンの真理論」は、エルネスト・グフシ、カール・ラインハルトとともにオットーが編集にたずさわっていた年鑑『精神的伝承』第二号に発表されたものであるが、この年鑑とナチズムとの関係については、ヴィクトル・ファリアス『ハイデガーとナチズム』山本尤訳（名古屋大学出版会、一九九〇年）、そしてこのファリアスの書物に対する反論として読まれうるフィリップ・ラクー=ラバルト『政治という虚構――ハイデガー、芸術そして政治』浅利誠・大谷尚文訳（藤原書店、一九九二年）に若干の記述が見られる。ちなみに、ラクー=ラバルトの盟友とも言うべきジャン=リュック・ナンシーは、「途絶した神話」『無為の共同体』西谷修・安原伸一朗訳（以文社、二〇〇一年）において、初期ロマン派からオットーに至るドイツ神話学の系譜を、構造主義以降の（フランスにおける）神話研究の成果と比較対照しながら再検討している（磯忍氏の教示に負う）。

(49) Edmund Husserl, *Die Krisis der europaischen Wissenschaften und die transzendentale Phanomenologie. Eien Einleitung in die*

phänomenologische Philosophie, Husserliana, Bd. VI (Haag : Martinus Nijhoff, 1954), S. 14 : フッサール『ヨーロッパ諸学の危機と超越論的現象学』細谷恒夫・木田元訳（中公文庫、一九九五年）、三八頁。

（50）大正七年（一九一八年）、和辻哲郎は奈良近辺の寺々を訪れ、翌年『古寺巡礼』を出版したが、そこに、あたかも美の基準として見え隠れするのはほかならぬ「ギリシア」であった。法隆寺壁画はその起源をインドに持つが、そこに「日本人の痕跡を認める」とした和辻は、次のように続ける。「インドの壁画が日本に来てこのように気韻を変化させたということは、ギリシアから東の方にあって、ペルシアもインドも西域もシナも、日本ほどギリシアに似ていないという事実と関係するであろう。気候や風土や人情において、あの広漠たる大陸と地中海の半島はまるで異なっているが、日本とギリシアとはかなり近接している」（『古寺巡礼』〔岩波文庫、一九七九年〕、二四六―四七頁）。この美に関する和辻の物差しは、昭和二年（一九二七年）のいわゆる『イタリア古寺巡礼』においても全く変わらない。これをドイツ経由の「西欧中心主義」の影響と見るか、あるいは古代ギリシアの絶対的普遍性と見るかは、オットー流の「眼力」を信ずるか、あるいは二十世紀後半に猛威を振るい出した「文化相対主義」につくか、という悩ましい問題である。ここで西欧外の文化における「古代ギリシア」の表象について詳しく論じる暇はないが、こと和辻に関して言うなら「古代ギリシア」への憧憬は、「民衆文化の古層への回路」という土着的幼児体験に連なるものであり、それはまた、一般に近代というものが内包する「近代・前近代」という弁証法的構造における、失われた「前近代」として理解すべきではないかと考える。「民衆文化の古層への回路」についての鋭い議論は坂部恵の『和辻哲郎——異文化共生の形』（岩波現代文庫、二〇〇〇年）を、日本の近代を西洋の文脈に繋げようとする近代論については、Harry Harootunian, *Overcome by Modernity : History, Culture, and Community in Interwar Japan* (Princeton : Princeton UP, 2000) を参照されたい。

（51）ニュルンベルクのツェッペリンフェルトに代表されるヒトラーとその御用建築家アルベルト・シュペーアが構想し実現したさまざまな巨大公共建造物がそれである。全体主義国家の想像力は、壮大な古代建築にモチーフを見いだした。截然と分けられるわけではないが、ムッソリーニが古代ローマにインスピレーションを求めれば、ヒトラーは古代ギリシアを手本として対抗したのだった。ヒトラーにあっては、ドイツとギリシアの共謀は忌まわしい人種問題にまで及ぶ。実際、総統は古代ギリシア人をドイツ人の祖先と見なすまでに至る。Alex Scobie, *Hitler's State Architecture the Impact of Classical Antiquity* (University Park : Pennsylvania State UP, 1990) を参照。

(52) Bernard Knox, *The Oldest Dead White European Males and Other Reflections on the Classics* (New York : W. W. Norton, 1933).

(53) Martin Bernal, *Black Athena : The Afroasiatic Roots of Classical Civilization*, vol. I : *The Fabrication of Ancient Greece 1785–1985* (New Brunswick : Rutgers UP, 1987), vol. II : *The Archaeological and Documentary Evidence* (New Brunswick : Rutgers UP, 1991), vol. III : *The Linguistic Evidence* (New Brunswick : Rutgers UP, 2006).

(54) 私個人としては、特に第一巻に主張されたルネサンス以降の西欧における「エジプトの隠蔽、ギリシアの顕揚」の傾向は（拙著『キケロ』〔岩波書店、一九九九年〕の議論からも推測していただけるように）否めないものとして賛同するが、第二巻以降の議論は残念ながら専門的についてゆけない。

(55) 川島重成・荒井献編『神話・文学・聖書――西洋古典の人間理解』（教文館、一九七七年）に記録された（二六九―七〇頁）「学匠詩人」久保正彰の言葉を見よ。

第V部第2章　近代とその超越あるいはレーヴィット＝シュトラウス往復書簡

(1) Leo Strauss, *Gesammelte Schriften*, Bd. 3 (Stuttgart : J. B. Metzler, 2001), S. 607–97. 以下、『書簡』からの引用はこの版に基づく拙訳。書簡番号（第一―六五番）も同書に従う。メッツラー版に先立って、以下の英語対訳版（メッツラー版の七〇％ほどを収める）とイタリア語版（一九四六年の交信のみを収める）が出ている。"Correspondence Concerning Modernity : Karl Löwith and Leo Strauss," *Independent Journal of Philosophy* (Vienne), vol. 4 (1983), pp. 105–19 ; "Correspondence of Karl Löwith and Leo Strauss," *ibid.*, vol. 5/6 (1988), pp. 177–92 ; *Dialogo sulla Modernità*, trans. A. Ferrucci and intro. R. Esposito (Roma : Donzelli, 1994). 実は、この『書簡』の存在をまず知ったのは、イタリア語版を通してであった。

(2) *Merkur* 18 (1964), S. 501–19 : レーヴィット「学問による世界の魔力剝奪――マックス・ヴェーバー生誕百年を記念して」『学問とわれわれの時代の運命』上村忠男・山之内靖訳（未來社、一九八九年）。

(3) カール・レーヴィット『ウェーバーとマルクス』柴田治三郎・脇圭平・安藤英治訳（弘文堂、一九四九年）。

(4) レーヴィット「学問による世界の魔力剝奪」八一頁。

(5) 同上書、八六頁。

(6) 同上書、九〇頁。
(7) 同上書、九二頁。
(8) 同上書、九七頁。
(9) 同上書、九四頁。
(10) 同上書、九六頁。
(11) 同上。
(12) 同上書、九七頁。
(13) 同上。
(14) 同上書、九八頁。
(15) 同上書、九八―九九頁。
(16) 同上書、一〇四頁。
(17) 同上書、一一〇頁。
(18) 同上書、八六頁。
(19) Strauss, *Gesammelte Schriften*, Bd. 3, S. 692.
(20) レーヴィット「学問による世界の魔力剥奪」九七―九八頁。
(21) Strauss, *Gesammelte Schriften*, Bd. 3, S. 692-93
(22) レーヴィット「学問による世界の魔力剥奪」九六頁。
(23) Strauss, *Gesammelte Schriften*, Bd. 3, S. 692.
(24) Karl Löwith, "Japan's Westernization and Moral Foundation," *Religious Life : A Christian Quarterly of Opinion and Discussion* (New York), 12 (1942-43), pp. 114-27. さらに、本書次章2も参照されたい。
(25) レーヴィット『ウェーバーとマルクス』、六一―六二頁。
(26) カール・レーヴィット『共同存在の現象学』熊野純彦訳（岩波書店、二〇〇八年）ならびに先行訳『人間存在の倫理』佐々木一義訳（理想社、一九六七年）。両者ともに書名はいささか簡略化しすぎだと思わざるをえない。なお、レーヴィットのこの書物については、拙稿書評「君たちがいて僕がいた」『ＵＰ』四三六、二〇〇九年二月、六―一二頁を参照。

(27) カール・レーヴィット『ニーチェの哲学』柴田治三郎訳（岩波書店、一九六〇年）。博士論文のニーチェ論は *Auslegung von Nietzsches Selbst-Interpretation und von Nietzsches Interpretationen* (1923). 未刊行で全集第六巻に要約のみ収録。

(28) カール・レーヴィット『ヤーコプ・ブルクハルト――歴史のなかの人間』西尾幹二・瀧内槙雄訳（ちくま学芸文庫、一九九四年）。この「歴史のなかの人間」という表題は、訳者西尾氏の「解説」では「歴史の中に立つ」とされており、それはまた一九七七年にＴＢＳブリタニカから出されたときの表題でもある。その齟齬がいかにして起こったかについては関心はないが、原題の *Der Mensch inmitten der Geschichte* から推して、案外重大である。もとより日本語に訳した場合、あまり意味のあることではないのだが、「中に立つ人間」(Der Mensch inmitten) の「inmitten」は、あの一九二八年の教授資格論文「共に在る人間の役割における個人――倫理学的諸問題の人間学的基礎付けのために」三一頁の「共に在る人間」(Mitmensch) の「mit」と呼応するからである。この「共に」というモチーフへのレーヴィットの関心は、彼の「世俗化」論へと繋がってゆき、それは言うまでもなくヴェーバーの「脱魔力化」論と兄弟関係にある。

(29) Strauss, *Gesammelte Schriften*, Bd. 3, S. 646–47.

(30) *Ibid.*, S. 649–50.

(31) *Ibid.*, S. 653.

(32) 書簡番号三一。*Ibid.*, S. 657.

(33) レーヴィット研究が一番盛んな国はイタリアだが、それとて日本コネクションはあまり重要視していない。近年、アメリカにおいてレーヴィットへの関心が高まりつつあるが、それも同様である (Richard Wolin, *Heidegger's Children : Hannah Arendt, Karl Löwith, Hans Jonas, and Herbert Marcuse* [Princeton : Princeton UP, 2001], pp. 71–100 参照)。ドイツにおけるレーヴィット研究は意外と低調で、唯一といってよい概説的書物 W. Ries, *Karl Löwith* (Stuttgart : J. B. Metzler, 1992) は、文献一覧において日本関係の論文の年号を誤って記載しているくらいである。例外的に、レーヴィットの日本コネクションの重要性を語って啓発的なのは、Adolf Muschg, "Meine Japanreise mit Karl Löwith," in Karl Löwith, *Von Rom nach Sendai, Von Japan nach Amerika : Reisetagesbuch 1936 und 1941*, hrsg. von K. Stichweh und U. von Bülow (Marbach : Deutsche Shillergesellschaft, 2001), S. 113–55 である。日本におけるレーヴィット研究はマックス・ヴェーバーとの関連で山之内靖の研究（たとえば、『マックス・ヴェーバー入門』〔岩波新書、一九九七年〕）が注目されるが、レーヴィットそのものの研究は寡聞にしてよく知るところではない。佐藤瑠威『丸山真男とカール・レーヴィット』（日本経済評論社、二〇〇三年）は、翻訳された著作を基にしつつ、レーヴィットの思想の概略を辿って明快である。

（34）John Wild, *Plato's Theory of Man : An Introduction to the Realist Philosophy of Culture* (Cambridge, Mass. : Harvard UP, 1946).

（35）Leo Strauss, "On A New Interpretation of Plato's Political Philosophy," *Social Research* 13 (1946), pp. 326–67.

（36）書簡番号三三。Strauss, *Gesammelte Schriften*, Bd. 3, S. 659.

（37）*Ibid*., S. 660–61.

（38）*Ibid*., S. 659.

（39）Strauss, "On A New Interpretation of Plato's Political Philosophy," p. 332.

（40）「注3」というのは以下のとおりである。「今日きわめて一般に行われている見方によれば、歴史主義的なテーゼは歴史的証拠により実証されうるとする。歴史的証拠は、すべての哲学的教えはそれが属している『時代』に『相関的』であるということを証明すると言われる。たとえこれが正しいとしても、このことからは何も帰結しない。なぜなら、或る教えとそれが属する『時代』との『相関性』は、本質的に曖昧であり、教えがその『時代』に依存することを必ずしも意味しないからである。ある特定の時代が、絶対的真理の発見に特別有利であった、という可能性があるからである」(*Ibid*., p. 330)。

（41）Strauss, *Gesammelte Schriften*, Bd. 3, S. 664.

（42）*Ibid*., S. 666.

（43）レーヴィット「学問による世界の魔力剝奪」九八―九九頁。

（44）たとえば、Steven B. Smith, *The Reading Leo Strauss : Politics, Philosophy, Judaism* (Chicago : Chicago UP, 2006) ; S. B. Smith, ed., *The Cambridge Companion to Leo Strauss* (Cambridge ; New York : Cambridge UP, 2009) などの研究入門書。

（45）長尾龍一「レオ・シュトラウス問題」『思想』二〇〇八年十月号、八頁。このシュトラウス特集号はイスラーム思想との関連までカバーしていて、なかなか便利で秀逸だが、シュトラウスからすれば本筋ではないフランス色がやや色濃く出すぎてしまっているのは残念である。なお、シュトラウス思想の根幹にあると私が考える「啓示」の問題性については、Heinrich Meier, *Leo Strauss and the Theologico-Political Problem*, trans. Marcus Brainard (Cambridge : Cambridge

UP, 2006）が必読と考える。

第Ⅴ部第３章　カール・レーヴィットと日本

（１）Karl Löwith, *Scritti sul Giappone*, intro. Gianni Carchia（Soveria Mannelli : Rubbettino, 1995）.

（２）カール・レーヴィット『東洋と西洋』佐藤明雄訳（未來社、一九九〇年）に所収。

（３）カール・レーヴィット『ヤーコプ・ブルクハルト』西尾幹二・瀧内槙雄訳（ちくま学芸文庫、一九九四年）。

（４）Karl Löwith, “The Japanese Mind : A Picture of the Mentality That We Must Understand If We Are to Conquer,” *Fortune*, vol. 28, no. 6（1943）, pp. 132–35, 230, 232, 234, 236, 239–40, 242.

（５）一九三九年にプロイセン科学アカデミーからドイツ語で出版された「形而上学的立場から見た東西古代の文化形態」を参照していると推測される。

（６）レーヴィット全集版では削除。

（７）Löwith, “The Japanese Mind,” p. 239.

（８）Wiebrecht Ries, *Karl Löwith*（Sammlung Metzler）（Stuttgart : J. B. Metzler, 1992）.

（９）*Natur und Geschichte. Karl Löwith zum 70. Geburtstag*（Stuttgart : W. Kohlhammer, 1967）, S. 469.

（10）“Weltgeschichte und Heilsgeschehen,” in *Anteile. Festschrift fur Martin Heidegger zum 60. Geburtstag*（Frankfurt am Main : Vittorio Klostermann, 1950）, S. 106–53.

（11）この重要な論文は、幸いベルント・ルッツ編になるレーヴィット論文集『ある反時代的考察』中村啓・永沼更始郎訳（法政大学出版局、一九九二年）に邦訳され収められている。

（12）*Meaning in History*（1953）. この「世俗化」理論を検証する著作は、まず英語で書かれアメリカで出版された。のちにドイツ語版に改められたときの題名は *Weltgeschichte und Heilsgeschehen* すなわち我々が話題にしている論文「世界の歴史と救済の生起」と同じものとなっている。

（13）Karl Löwith, “M. Heidegger and F. Rosenzweig or Temporality and Eternity,” *Philosophy and Phenomenological Review* III（Sep. 1942–June 1943）, pp. 53–77 ; K. Löwith, “Les implications politiques de la philosophie de l’existence chez Heidegger,” *Les Temps Modernes* II, no. 14（1946, Nov.）, pp. 342–60 ; K. Löwith, “Heidegger : Problem and Background of Existentialism,”

Social Research XV (1948), pp. 345–69. 最後の論文は、ハイデガーよりもサルトルに注目し、実存主義に対してあまりにもジャーナリスティックで浅薄な理解しか示さないアメリカの風潮に憤って書かれたもので、前者の批判的二論文とは違って、実存主義の本家たるハイデガー擁護となっている。

(14) レーヴィット「世界の歴史と救済の生起」『ある反時代的考察』一三一頁。

(15) 同上書、一五二頁。

(16) 同上書、一五三頁。

(17)「だがブルクハルトにとって、歴史はもはやヘーゲルにとってと同じ仕方で『精神』と自由の歴史ではない。というのも、ヘーゲルにとっては精神は『絶対的なもの』であったが、ブルクハルトにとっては本質的に制約されたものだからである。なぜなら、歴史の心である耐え行動する人間はそもそも死すべきものであり、その営みは地上的営みだからである。しかしこの営みがたんに駆り立てられたものとならないためには、行動にも認識にも自由な観察のための距離と、物の正しい評価のための尺度とが必要である」(レーヴィット『ヤーコプ・ブルクハルト』四五三—五四頁)。

(18) Karl Löwith, "Japan's Westernization and Moral Foundation," *Religion in Life : A Christian Quarterly of Opinion and Discussion* 2 (1943), pp. 114–27.

(19) レーヴィット「世界の歴史と救済の生起」一三三—三九頁。

(20) 同上書、一三九—四〇頁。

(21) 高坂正顕他『世界史的立場と日本』(中央公論社、一九四三年)、河上徹太郎他『近代の超克』(創元社、一九四三年)。

(22)「近代の超克」とレーヴィットの日本論とを関係づけた議論については以下の拙稿を参照。"The Illusions of the Modern and the Pleasures of the Pre-Modern," in *Overcoming Postmodernism : "Overcoming Modernity" and Japan*, eds. Kevin Doak and Y. Takada (A Special Issue of *Poetica* 68 [2002]), pp. 125–39.

(23) Karl Löwith, *Von Rom nach Sendai, Von Japan nach Amerika : Reisetagebuch 1936–1941*, hrsg. von Klaus Stichweh und Ulrich von Bülow, Mit einem Essay von Adolf Muschg (Marbach : Deutsche Schillergesellschaft, 2001). 以下《 》で示したものは、原注である。東北帝国大学ゆかりの人々については斎藤智香子氏の調査に負う。ガブリエーレ・シュトゥンプ博士からもさまざまご教示いただいた。また、このレーヴィットの旅日記の存在をいち早く教えて下さったのは、ドイツ学

術交流（ＤＡＡＤ）東京事務所長のウルリッヒ・リンス博士である。上記の方々に衷心よりお礼申し上げる。

（24）井上、未詳。

（25）「私たち」と言われているのは、一貫してレーヴィット自身と妻のアダを指す。Ada Löwith（1900–1989）.

（26）《九鬼周造（一八八八―一九四一）。哲学者。フランスとドイツにて二十年間研究する。のちに「仙台の東北帝国大学」教授。マールブルク以来レーヴィットと知り合いで、仙台での職について紹介した》。言うまでもなく、東北帝国大学教授は誤りで、正しくは、京都帝国大学教授。河野与一（一八九六―一九八四）。当時は、東北帝国大学助教授（仏文学）。

（27）Tontellerchen＝かわらけ。これを投じる遊びは「かわらけ投げ」。

（28）《Irmgard Kremmer（1902–1987）. レーヴィットの妻アダの姉妹》。

（29）御所と思われる。

（30）石原謙。東北帝国大学法文学部哲学第二講座教授。昭和十二年度法文学部長。

（31）Baerwald 未詳。

（32）《Stephan Kuttner（1907–1996）. 教会法学者。一九二八年までフランクフルト、フライブルク、ベルリンで学ぶ。一九三三年、妻とともにローマに亡命。一九三四―四〇年、ヴァチカン図書館に勤務》。

（33）皇居のことと思われる。

（34）東京帝国大学ではないかと思い調査したが、哲学関係では当時該当する人は見いだしえなかった。ひょっとすると、地震学者の今村明恒と坪井忠二のことか。

（35）三越の洋書部と推測される。

（36）《三木清（一八九七―一九四五）。一九二二―二四年、ハイデルベルクおよびマールブルクに学ぶ》。

（37）榊原巌。当時、福島高等商業学校教授。

（38）《レーヴィットはマールブルクで一九三〇―三一年の冬学期に「ヘーゲルとマルクス（観念論的および唯物論的歴史理解）」という講義をした》。

（39）《Ralph Hodgson（1871–1962）. イギリス人詩人。一九二四―三八年、東北［帝国］大学［御傭外国人］教師》。

（40）《三宅剛一（一八九五―一九八二）。自然科学者、哲学者。一九二四―四三年、東北［帝国］大学教授》。

（41）《高橋里美（一八八六―一九六四）。東北［帝国］大学教授。日本思想史。一九二五―二七年、ハイデルベルクでリッカートとヤスパースの下で学び、フライブルクでフッサールの下で学ぶ》。詳しくは東北帝国大学法文学部哲学第三講座教授。昭和十三年度学部長。
（42）柴田治三郎と推測される。
（43）《Kurt Singer（1886–1962）. 経済学者、哲学者。ゲオルゲ・サークル出身で、一九三一―三八年のあいだ東京と仙台で教鞭をとったのち、オーストラリアへ赴く。日本滞在の経験から、『鏡と刀と玉、日本人の生活構造』を著している》。当時、第二高等学校で教えた。
（44）《Rudolf Fahrner（1903–1988）. ゲルマニストでゲオルゲ・サークルに近い人物。レーヴィットとはマールブルク時代に知己を得る。一九三四年、ハイデルベルク大学教授、一九三六年に職を追われた》。
（45）長崎茂次。昭和九年東北帝国大学法文学部西洋史学科卒業。
（46）Karl Löwith, *Jacob Burckhardt : Der Mensch inmitten der Geschichte* (Luzern : Vita Nova, 1936).
（47）「整備」と訳したのは Einrichtung で、家具等の備え付けと、精神的な「調整・構え」両方を言ったもの。
（48）九鬼はこの年の五月六日に逝去する。
（49）Wittenbergs 未詳。
（50）Non-quota-Visum＝枠外移民（移民法の受け入れ枠に入らない国の移民）用ヴィザ。
（51）《*Von Hegel zu Nietzsche* (Zurich, Europa-Verlag, 1941).》
（52）津村浩三、のちに東北大学名誉教授。中川秀恭、当時は東北帝国大学法文学部助手、のちにレーヴィット著の『キェルケゴールとニーチェ』を翻訳、国際基督教大学長、大妻女子大学理事長等を歴任、二〇〇九年逝去。五十嵐富二、昭和十三年東北帝国大学法文学部哲学科卒業。
（53）土居光知（一八八六―一九七九）。東北帝国大学西洋文学第一講座（英文学）初代教授。昭和十五年度法文学部長。
（54）おそらく英文学専科、の意であろう。
（55）「三浦」あるいは「みうら」。仙台東一番町にあった料亭。
（56）《よしの。仙台におけるレーヴィット家の女中》。マールバッハにあるドイツ文学資料館・シラー国立図書館に保存されているレーヴィットの書簡の中に、上記注（45）の長崎氏からのドイツ語で書かれた絵葉書とともに、「よしの」からの日本語の手紙（独訳付）が見いだされる。同じく資料館に保管されている未公刊の『一九五八年日本再訪日記』(*Japan 1958 Tagebuch*) には、「よしの」の写真が挿入されており、彼女との再会と、再度彼女が行った義理堅い見送りの場面が生き生きと描かれている。

(57) 川村安太郎（東北大学法文学部卒）と推測される。
(58)《久保勉。古典文献学者、哲学者。一九二九—四四年、東北［帝国］大学教授》。
(59) 小町谷操三。東北帝国大学法文学部商法第一講座教授。
(60) 熊谷岱蔵。東北帝国大学総長（昭和十五—二十一年）。専門は医学（内科科学）。
(61) 高橋みつ。高名な芸妓。
(62)《酒枝義旗。神学者。チュービンゲンとチューリッヒで学ぶ》。
(63) Winlker 未詳。
(64) 澤柳大五郎。『学燈』（七七号、昭和五六年九月号）に「レーヴットさんと本」なる記事あり。
(65) Redecker, Boyle ともに未詳。
(66) Edward Gatenby. 福島高等商業高校（大正十二—昭和十六年）勤務。
(67) この「自愛」(Selbstliebe) は、その後、丸山真男が『日本の思想』において言及することになり（岩波新書、一九六一年、五頁）、有名になった。
(68) 柴田治三郎訳（筑摩書房、昭和二十三年）。もともとは、昭和十五年に『思想』に掲載。
(69) 土居光知とレーヴィットは、私の知る限り、関係付けられて語られたことはない。「日本の読者に寄せる後記」(『ヨーロッパのニヒリズム』) は、自国の文化伝統との関係なしに西欧文化研究を行う日本的知の在り様を批判する。そのレーヴィットと『文学序説』で知られる英文学者土居光知とのいわば「摩擦と同調」の問題は、個人的なレベルを超えて、論じるに値するだろう。

結　語

(1) カール・レーヴィット「日本の読者に寄せる後記」『ヨーロッパのニヒリズム』（一九四〇年）。引用は、ベルント・ルッツ編『ある反時代的考察』中村啓・永沼更始郎訳（法政大学出版局、一九九二年）、一二八頁。

あとがき

内面の促し、などと言えば聞こえはよいが、要するに生活の基盤をまず考慮しないような生き方への身勝手な願望で、それがいつどこで初めて意識に上ったものか、今では思い出しようがない。焦点を結ぶでもなく、形を定めるでもないこの曖昧な願望は、しかしいつしか私を虜にしていて、気がつけば本書に書き付けられた諸々の関心事へと私を追い立てていた。その促しのそもそもの起動因が一体どの辺にあったものか、いまだに模糊として不明である。明らかなことは、あらゆる段階で書物と師と先輩と友人そして或る段階からは学生に常に恵まれ続けてこうなったという幸運である。

そのようなやみがたき内面の促しと（幸運の女神がアレンジし続けてくれた）邂逅とが起こした触媒作用の結果が本書である。客観的な体系性とでも言うべきものが本書に稀薄であるとすれば、主にこの理由による。ただ逆に、柔軟な一貫性とでも称すべきものが隠然と通底しているのではないかと信じる。たとえ主題的対象が、英文学に始まり、比較文化論へと膨らみ、そして表象古典文化論と命名された新領域へと拡張を見せるとしても、内面の促しのしからしむる一貫性がそこに看取されうるはずである。

英文学に始まり、比較文化論へと膨らみ、表象古典文化論へと拡張主義的に漂流したについては、（結果的には幸運の女神となった）気まぐれな運命の女神に再び感謝すべきなのかもしれない。その昔、いまだ英文学が燦然と輝いていた一九六〇年代にそれを学び、その後その道で職を得てから一九八〇年代の終わりまで、いろいろと寄り道をしたとはいえ、基本的に斯道について思考をめぐらせ、見るべきものを見たつもりである。とりわけ傑出した同僚と優れた学生とともに過ごした東北大学文学部での日々は、さまざまな意味で、英文学というものの白鳥の歌であったように思われる。一九八九年に東京へ移った私を待ち構えていたのは、おそらく黄金期最後の英文学でありまた同時に比較文学比較文化という憧れの学科であり、さらにまた全く予期せぬ表象文化論という知的熱気が横溢する自由の新天地であった。時代の潮流に翻弄されたという感覚がなかったわけではない。しかし今にして思えば、内面の促しに応じて思考を組み立てるにおいて、これ以上に恵まれた境遇はおよそありえなかったことは確かである。そのお蔭であろう、英文学も比較文学比較文化もともに魅力が失せるどころか、いやまして興味深いものになっている。

洗練され卓越した知性にめぐり会う幸運ほど有り難いものはない。その中で、すでに鬼籍に入る、忘れ難き恩師のみ、お名前を挙げて感謝したい。英文学の小津次郎、高橋康也、出淵博、Maynard Mack、中世フランス文学の新倉俊一、哲学の Richard Rorty、坂部恵（敬称略）。学芸は長く人生は短い（ars longa vita brevis）。

索引作成に際しては、東京大学でディドロに関する博士論文を書き上げた大橋完太郎君を煩わせた。フランクフルトでアリストテレスに関する博士論文を執筆中の磯忍君は、原稿全体に眼を通し、誤り等を正し、貴重な助言を与えてくれた。校正の段階では、名古屋大学出版会の長畑節子氏のお世話になった。

最後になったが、瓢箪鯰のような一群の文章に目を留めてくださり、そこに名状し難くも有意味の思考の形を認め、さらにその編み方を示唆してくださった人に感謝しなければならない。名古屋大学出版会の橘宗吾氏がおられなければ、本書は存在しなかった。本書に何がしかの価値があるとするならば、それは多く橘氏のお蔭であり、本書に何がしか問題なり誤り等があるとすれば、言うまでもなく、それはすべて私の責任である。

なお、本書の刊行にあたっては日本学術振興会平成二十一年度科学研究費補助金（研究成果公開促進費）を受けた。関係各位に感謝申し上げたい。

二〇〇九年　初秋

著　者　識

初出一覧

第I部　古典と臨界

第1章　俗語文学と古典

1　「After English」『英語青年』一五二巻七号、二〇〇六年十月、二―五頁。

2　「ヨーロッパ統合と英文学」『英語青年』一四三巻六号、一九九七年九月、三〇三―〇五頁。

3　「What Is A Classic? の効用」『T. S. Eliot Review』一八号（日本 T. S. Eliot 協会）、二〇〇七年十一月、一―一二頁。

第2章　新歴史主義のニヒリズム

1　「新歴史主義――傾向と対策」『不死鳥』五七、一九八八年七月、一―一二頁。

2　「グリーンブラット『ルネサンスの自己形成』解説」『現代思想』一六巻二号、一九八九年二月、一二八―三一頁。

第3章　反「文化相対主義」の光

1　「アラン・ブルーム『アメリカ精神の閉塞』の衝撃」『英語青年』一三四巻九号、一九八八年十一月、一二―一四頁。

2　"Ripeness is All?," *Shakespeare News*（日本シェイクスピア協会）、二〇〇一年三月、二三―二五頁。

3　「いまでもアラン・ブルームのことを憶えていらっしゃいますか？　そして今でも興味があると言ってくださいますか？」『ＵＰ』三九六、二〇〇五年十月、一八―二三頁。

第Ⅱ部　政体と臨界

第1章　月のヴァレーリアあるいは『コリオレイナス』

1　「For Theory」『英語青年』一五三巻一〇号、二〇〇七年一月、二三―二六頁。

2　「月のヴァレーリア」『シェイクスピアリアーナ』六、一九八八年四月、七八―八五頁。

3　『コリオレイナス』一幕一場――あるいは身体をめぐる冒険」『シェイクスピア全作品論』村上淑郎他編、研究社、一九九二年、三二六―三六頁。

第2章　「該撒奇談余波鋭鋒――政体と身体と主体における共和原理」青山誠子・川地美子編『シェイクスピア批評の現在』研究社、一九九三年、五三―七九頁。

第3章　「イアーゴの《庭》――物語と世俗的時空の産出」宮本久雄・金泰昌編『シリーズ物語り論　彼方からの声』東京大学出版会、二〇〇七年、一―一九頁。

第Ⅲ部　トポスと臨界

第1章　「西洋の楽園」『アジア遊学　特集：楽園――東と西』八二、二〇〇五年十二月、六五―七八頁。

第2章　「噂の女神の肉体性」『ルプレザンタシオン』三、一九九二年三月、八九―九六頁。

第3章　チョーサーとイタリア

1　「チョーサーとダンテ」『英語青年』一三三巻二号、一九八七年四月、一〇―一二頁。

2　「うしろ指さされても――近藤恒一編訳『ペトラルカ＝ボッカッチョ往復書簡集』」『UP』四一三、二〇〇七年三月、四五―五〇頁。

第Ⅳ部　人文主義と臨界

第1章　「暴君の教訓――アルベルト・ムッサート『エケリニス』論」小林康夫・松浦寿輝編『表象のディスクール』第二巻、東京大学出版会、二〇〇〇年、二一一―三七頁。
第2章　「トマス・モア」『哲学の歴史』第四巻、中央公論新社、二〇〇七年、三六二―八七頁。
第3章　エドマンド・スペンサーの『妖精女王』
1　「*The Faerie Queene* への視角」『英語青年』一二七巻六号、一九八一年九月、二―六頁。
2　「スペンサーの顔」福田昇八・川西進編『詩人の王スペンサー』九州大学出版会、一九九七年、五〇七―一八頁。

第V部　歴史と臨界
第1章　「古代ギリシアの顕現」川島重成と共編『ムーサよ語れ――古代ギリシア文学への招待』三陸書房、二〇〇三年、三一七―五八頁。
第2章　「Modernity Debate Once More : Karl Loewith and Leo Strauss」『ヨーロッパ研究』Ⅳ、二〇〇五年三月、二三―五五頁。
第3章　カール・レーヴィットと日本
1　「桜吹雪の散らせ方――カール・レーヴィットと日本」『UP』三三二、三三三、二〇〇〇年六―七月、一九―二四、一二―一七頁。
2　「ナポリから船に乗って神戸に着いた――カール・レーヴィット『一九三六～一九四一年の旅日記』から」『UP』三七七、二〇〇四年三月、一八―二八頁。

＊本書の形に編むに当たって、すべての文章に手を入れたことは言うまでもない。

《著者紹介》

高《たか》田《だ》康《やす》成《なり》

1950年　東京に生まれる。

1976年　東京大学大学院人文科学研究科博士課程中退

1994年　東京大学大学院総合文化研究科教授

著　書　『キケロ ―― ヨーロッパの知的伝統』(岩波書店，1999年)，『ムーサよ，語れ ―― 古代ギリシア文学への招待』(川島重成と共編著，三陸書房，2003年)，*Transcendental Descent : Essays in Literature and Philosophy* (Center for Philosophy, The University of Tokyo, 2007)，*Classics and National Cultures* (共著，Oxford UP, 2010) など

訳　書　イーグルトン『文芸批評とイデオロギー』(岩波書店，1980年)，グリマル『キケロ』(白水社，1994年)，ドロンケ『中世ヨーロッパの歌』(水声社，2004年)，『原典 イタリア・ルネサンス人文主義』(共訳，名古屋大学出版会，2010年) など

クリティカル・モーメント

2010年2月10日　初版第1刷発行

定価はカバーに
表示しています

著　者　高　田　康　成

発行者　石　井　三　記

発行所　財団法人　名古屋大学出版会

〒464-0814　名古屋市千種区不老町1名古屋大学構内
電話(052)781-5027/FAX(052)781-0697

印刷／製本 ㈱太洋社　ISBN978-4-8158-0630-9

乱丁・落丁はお取替えいたします。

人名索引

ア 行

アーノルド，マシュー（Arnold, Matthew）　11, 13, 22
アーレント，ハンナ（Arendt, Hanna）　275–6, 355
アウエルバッハ，エーリッヒ（Auerbach, Erich）　vi, 25–6, 174, 177
アウグスティヌス（Augustinus）　228–9
アウグストゥス（帝）（Augustus, C. Julius Octavianus）　94
アドルノ，テオドール（Adorno, Theodor）　5
アリストテレス（Aristotlēs）　38, 55, 62, 166, 203, 333, 337, 341, 347
アルチュセール，ルイ（Althusser, Louis）　39, 392
アンドレ，ジークフリート（André, Siegfried）　312
イーグルトン，テリー（Eagleton, Terry）　15
イェイツ，フランシス（Yates, Francis）　251, 260
五十嵐富二　374, 376
石原謙　369–72, 375–6
出淵博　16
岩田靖夫　59
ヴァッラ，ロレンツォ（Valla, Lorenzo）　286
ヴィーコ，ジャンバティスタ（Vico, Giambattista）　360–1
ヴィラーニ，ジョヴァンニ（Villani, Giovanni）　198, 201–2
ヴィラモーヴィッツ=メーレンドルフ，ウルリッヒ・フォン（Wilamowitz-Moellendorff, Ulrich von）　295–6, 300–1, 303, 308
ウィリアムズ，レイモンド（Williams, Raymond）　15
ヴィンケルマン，ヨハン・ヨアヒム（Winckelmann, Johann Joachim）　36–7, 292, 295–6, 307, 309
ヴェーバー，マックス（Weber, Max）　122, 127, 313–5, 317–28, 330, 341, 345, 349–50
ウェルギリウス（Vergilius, Maro Publius）　19–20, 22–7, 145, 156, 158, 178, 199, 279–81
ウォラーステイン，イマニュエル（Wallerstein, Immanuel）　57
ヴォルフ，フリードリッヒ・アウグスト（Wolf, Friedrich August）　294–5
ウッド，ロバート（Wood, Robert）　289–94
ウルジー，トマス（枢機卿）（Wolsey, Thomas）　230, 232–3
ヴント，ヴィルヘルム（Wund, Wilhelm）　367
エウリピデス（Euripides）　283
エチェリーノ・ダ・ロマーノ（Ezzelino III da Romano）　197–8, 201–4
エラスムス，デジデリウス（Erasmus, Desiderius）　229, 233, 237–8, 244
エリオット，T. S.（Eliot, Thomas Stearns）　19–22, 24–9, 73, 379
エリザベス女王（一世）（Elizabeth I）　250, 256, 258–9
オウィディウス（Ovidius, Naso Publius）　178, 182, 280
大澤真幸　387
オースティン，J. L.（Austin, John Langshaw）　109
奥村チヨ　2
オコンネル，マイケル（O'Connell, Michael）

251
オットー，ヴァルター・フリードリッヒ（Otto, Walter F.） 297-8, 301-7, 310

カ 行

カーモウド，フランク（Kermode, Frank） 26
カール五世（Karl V） 230
カエサル（Caesar, Gaius Julius） 213, 221-3
ガザ，テオドロス（Gaza, Theodorus） 285
ガダマー，ハンス・ゲオルク（Gadamer, Hans-Georg） 353
加藤周一 388
カルキア，ジャンニ（Carchia, Gianni） 353
カルコンデュレス，デメトリオス（Demetrius, Chalcondyles） 285
カルロス一世（Carlos I） 237
ギアーツ，クリフォード（Geertz, Clifford） 39-40
キーツ，ジョン（Keats, John） 296
キケロ（Cicero, Marcus Tullius ） 46, 159, 163, 165-6, 236
キャサリン（アラゴンの）（Catherine of Aragon） 231
キルケゴール，ゼーレン（Kierkegaard, S.） 341
グァリーノ（Guarino） 283, 285
グイド（ケルンの）（Guido delle Colonne） 283
クゥトナー，ステファン（Kuttner, Stephan） 370
九鬼周造 123, 355, 367-70, 374
クッツェー，ジョン・マクスウェル（Coetzee, John Maxwell） 30
久保勉 375
熊谷岱蔵 375
グリーンブラット，スティーヴン（Greenblatt, Stephen） 35, 37-45, 53
クリュソロラス，マヌエル（Chrysoloras, Manuel） 283, 285
クルツィウス，エルンスト・ロベール（Curtius, Ernst Robert） 25-6, 28
クレメンス七世（Clemens VII） 231
クローチェ（Croce, Beneditto） 361
グロシン，ウィリアム（Grocyn, William） 228
ゲイテンビー，エドワード（Gatenby, Edward） 376
ゲーテ（Goethe, Johann Wolfgang von） 53
ゲオルゲ，ステファン（George, Stefan） 373
ケレーニイ，カール（Keréyi, Karl） 297, 304, 307
コイレ，アレクサンドル（Koyré, Alexandre） 312
河野与一 367-70, 375-6
コーラ・ディ・リエンツォ（Cola de Rienzo） 189
ゴールドマン，ルシアン（Goldmann, Lucien） 51
コジェーヴ，アレクサンドル（Kojève, Alexandre） 54, 312
小林康夫 4
小町谷操三 375
コンティーニ，ジァンフランコ（Contini, Gianfranco） 175
コント（Comte, I.-A.-M.-F.-X.）） 336, 338, 342
近藤恒一 187-8
コンドルセ（Condorcet, M.-J.-A.-N. De Caritat） 336, 338

サ 行

サール，ジョン（Searle, John） 110
サイード，エドワード（Said, Edward Wadie） 5, 13-4, 53
サイファー，ワイリー（Syper, Wylie） 251
酒枝義旗 375
榊原巌 371
サルターティ，コルッチョ（Salutati, Coluccio） 283

サルトル，ジャン・ポール（Sartre, Jean-Paul） 51, 355
澤柳大五郎 375
シェイクスピア，ウィリアム（Shakespear, William） vi, 12-4, 32, 34, 37, 43, 50, 52-3, 57-9, 62-4, 70-3, 77, 81, 96, 98, 100-1, 109, 113, 116, 125, 132, 149, 380
ジェイムズ，ヘンリー（James, Henry） 252
シドニー，フィリップ（Sidney, Philip） 260
ジャコモ・ダ・カルラーラ（Giacomo da Carrara） 196
シャルル二世（カルロス一世）（Charles II） 237
シュトラウス，レオ（Strauss, Leo） vii, 49, 54, 56-61, 274-8, 296, 312-5, 319-26, 328-50, 355, 365, 379
シュミット，カール（Schmitt, Carl） 321-2, 350
シュペングラー，オスヴァルト（Spengler, Oswald） 287
シュリーマン，ハインリッヒ（Schliemann, Heinrich） 296
ジョンソン，サミュエル（Johnson, Samuel） 250, 252
ジルソン，エティエンヌ（Gilson, Etienne） 312
ジンガー，クルト（Singer, Kurt） 373
シングルトン，C. S.（Singleton, C. S.） 174
ジンメル，ゲオルク（Simmel, Georg） 373
スウィフト，ジョナサン（Swifte, Jonathan） 338
スキナー，クエンティン（Skinner, Quentin） 205
鈴木大拙 357
スタイナー，ジョージ（Steiner, George） 44, 274, 275, 277-8
スタティウス（Statius, Publius Papinius） 281
スタンディッシュ，ヘンリー（Standish, Henry） 235
スチュアート，ジェイムズ（Stuart, James） 292
ストロング，ロイ（Strong, Roy） 16-7
スペンサー，エドマンド（Spenser, Edmund） vi, 43, 149-50, 248, 250-6, 259-72, 381
セール，ミシェル（Serres, Michel） 99
セネカ，ルキウス・アンナエウス（Seneca, Lucius Annaeus） 236
ソクラテス（Sōkratēs） 46
ソフォクレス（Sophoklēs） 71

タ 行

ダーレス（フリュギアの）（Dares Phrygius） 283-4
高橋里美 371, 375
ダシエ夫人（Madame Dacier; Anne Le Fèvre） 286
タンスタル，カスバート（Tunstall, Cuthbert） 244
ダンテ，アリギエーリ（Dante, Alighieri） vi, 22, 25-7, 141-2, 146, 169-78, 181-5, 196-9, 202, 221-2, 267, 279-82, 381
チャップマン，ジョージ（Chapman, George） 286, 288
チョーサー，ジェフリー（Chaucer, Geoffrey） vi, 50, 137, 142, 144, 169-75, 178, 181-8, 268-72, 281-4, 381
辻村誠三 297
坪内逍遥 94-5, 97, 118, 125, 133
津村浩三 374
ディー，ジョン（Dee, John） 260
デイヴィス，ノーマン（Davies, Norman） 16-7
ディクテュス（クレタの）（Dictys Cretensis） 283-4
ディルタイ，ヴィルヘルム（Dilthey, Wilhelm） 361
ティンダル，ウィリアム（Tyndale, William） 42, 231, 244
デカルト（Descartes, René） 338, 360
デチェンブリオ，ピエル・カンディード

(Decembrio, Pier Candid) 286
デュヴァル，ジャック（Duval, Jacques） 32, 34
テュルゴ（Turgot, Anne R. Jacques） 336
デリダ，ジャック（Derrida, Jacques） 5, 15-6, 51, 109-10, 112, 122, 278
土居光知 374-6
ドゥルーズ，ジル（Deleuze, Gilles） 5
徳川家康 357
トマス・アクイナス（Thomas Aquinus） 202-3
ドロンケ，ピーター（Dronke, Peter） 174-5, 177

ナ　行

ナイト，ジャクソン（Knight, Jackson） 25
中江兆民 68
長尾龍一 350
中川秀恭 304
夏目漱石 6-8, 10
ナルディ，ブルーノ（Nardi, Bruno） 174
ニーチェ，フリードリッヒ・ヴィルヘルム（Nietzsche, Friedrich Wilhelm） 14, 28, 47, 50, 52, 58, 278, 300, 309, 328-30, 343, 350, 360, 363
西田幾多郎 356-7
ニルソン，マルティン（Nilsson, Martin） 300
ネポス，コルネリウス（Nepos, Cornelius） 284
ネロ（Nero） 213, 284
野家啓一 59
ノース，トマス（North, Thomas） 100

ハ　行

バージャー，ハリー Jr.（Berger, Harry Jr.） 266
ハーバーマス，ユルゲン（Habermas, Jürgen） 53
ハイデガー，マルティン（Heidegger, Martin） 275-8, 296, 307, 322, 327, 339, 355, 359-64
パウロ 175
パスカル，ブレーズ（Pascal, Blaise） ii
パターソン，リー（Patterson, Lee） 45
バトラー，ジュディス（Butler, Judith） 5
バフチン，ミハイル（Bakhtin, Mikhail） 84, 132
バルト，ロラン（Barthes, Roland） 14, 113
バルラアム（Barlaam） 282
バロン，ハンス（Baron, Hans） 205
バンヴェニスト，エミール（Benvenist, Emile） 39
ピット，ウィリアム（Pitt, William） 292
ヒトラー，アドルフ（Hitler, Adolf） 11, 59, 275, 297, 328, 355
ピラト，レオンツィオ（Pilato, Lorenzio） 282
ピンダロス（Pindaros） 298
ファールナー，ルドルフ（Fahrner, Rudolf） 373
ファウラー，アラステア（Fowler, Alistair） 251
フィンケルクロート，アラン（Finkielkraut, Alain） 40, 48, 52
フーコー，ミシェル（Foucault, Michel） 5, 14, 39, 51, 92, 278
ブスレイデン，ヒエロニュムス・ファン（Busleyden, Hiëronymus van） 237
フッサール，エトムント（Husserl, Edmund） 308, 355
ブノワ（サント・モールの）（Benoît de Sainte-Maure） 283
ブラッドレー，A. C.（Bradley, Andrew Cecil） 71
プラトン（Platon） 53, 55, 58, 61, 164, 274, 277, 316, 322, 330, 333, 337, 341, 346, 347
フランソワ一世（François I） 230
フリードリッヒ二世（Friedrich II） 196, 201-3

ブルートゥス，マルクス（Brutus, Marcus Junius）　222
ブルーニ，レオナルド（Bruni, Leonardo）　283, 285
ブルーム，アラン（Bloom, Allan）　15, 40, 48–64, 379
ブルーメンベルク，ハンス（Blumenberg, Hans）　365
ブルクハルト，ヤーコプ（Burckhardt, Jacob）　196, 202–6, 222, 330, 360, 363, 373
プルタルコス（Plutarchus）　76, 78, 81, 100, 108–9
ブルトマン，ルドルフ（Bultmann, Rudolf）　333
ブルンナー，エミール（Brunner, Emil）　333
フレッチェーロ，ジョン（Freccero, John）　174
フロイト，ジグムント（Freud, Sigmund）　43, 51
プロティノス（Plotinus）　164, 166–7
ベヴィングトン，デイヴィッド（Bevington, David）　57–8
ヘーゲル，G. W. F.（Hegel, Georg Wilhelm Friedrich）　54, 93, 308, 355, 360–3, 371
ヘシオドス（Hesiodos）　144
ヘッカー，テオドール（Haecker, Theodor）　23, 25, 28
ペトラルカ（Petrarca, Francesco）　36–7, 98, 166–9, 172–3, 185–91, 195, 237, 282
ヘルダー，ヨハン・ゴットフリート・フォン（Herder, Johann Gottfried von）　52–3, 361
ベロー，ソール（Bellow, Saul）　54–5, 57–8
ヘンリー八世（Henry VIII）　227, 229, 231–4, 237–8, 241, 244–5, 381
ポウプ，アレグザンダー（Pope, Alexander）　288–9
ボエティウス（Boëthius, Anicius Manlius Severinus）　67–8, 72, 153–60, 163
ポーコック，J. G. A.（Pocock, John Greville Agard）　43, 205
ホジソン，ラルフ（Hodgson, Ralph）　371–2
ボッカッチョ，ジョヴァンニ（Boccacio, Giovanni）　169, 172–3, 185–90, 282–3
ホッブズ，トマス（Hobbes, Thomas）　338
ホメロス（Homēros）　144–6, 279, 282–91, 294–8
ホラティウス（Horatius, Quintus Flaccus）　280
ホランド，フィレモン（Holland, Philemon）　77
ポリツィアーノ，アンジェロ（Poliziano, Angelo）　285
ボルジャ，チェーザレ（Borgia, Cesare）　204

マ　行

マーロウ，クリストファー（Marlowe, Christopher）　43
マキアヴェッリ，ニッコロ（Machiavelli, Niccolò）　55, 58, 98–100, 198, 380
マクロビウス（Macrobius, Ambrosius Theodosius）　159–67
マシニョン，ルイ（Massignon, Luis）　312
松井石根　357
マリア（聖母）　147
マルクーゼ，ヘルベルト（Mercuse, Herbert）　355
マルクス，カール（Marx, Karl）　51, 297, 326, 363, 371
マルスッピーニ，カルロ（Malsuppini, Carlo）　285
マロリー，トマス（Malory, Thomas）　10
三木清　370
皆川正禧　7
ミヒャエリス，J. D.（Michaelis, J. D.）　292

三宅剛一　371
ミルトン，ジョン（Milton, John）　12, 50, 52, 150–5, 287, 380–1
ムッサート，アルベルティーノ（Mussato, Albertino）　vi–vii, 194–8, 207, 211, 214, 222, 224–5
モア，トマス（More, Thomas）　vi–vii, 42, 226–47, 381
毛沢東　297
モートン，ジョン（枢機卿）（Morton, John）　228
モンテスキュー（Montesquieu, Charles-Louis de）　333

ヤ　行

ヤスパース，カール（Jaspers, Karl）　312
山内久明　13
山岡鉄舟　357

ラ　行

ラカン，ジャック（Lacan, Jacques）　5, 112
ランプレヒト，カール（Lamprecht, Karl）　367
リース，ヴィーブレヒト（Ries, Wiebrecht）　359
リーツラー，クルト（Riezler, Kurt）　333
リウィウス，ティトゥス（Livius, Titus）　77–8, 98–9, 100, 380
リオタール，J.-F.（Lyotard, Jean-Frnaçois）　4, 53
リドゲイト，ジョン（Lydgate, John）　184
ルカヌス（Lucanus, Marcus Annaeus）　280
ルキアノス（Lucianos）　238
ルソー（Rousseau, Jean-Jacques）　55, 58, 61, 287, 344
ルター，マルティン（Luther, Martin）　231, 244
レヴィ=ストロース，クロード（Lévi-Strauss, Claude）　14, 60
レヴェット，ニコラス（Revett, Nicholas）　292
レーヴィット，カール（Löwith, Karl）　i–ii, vii, 275–6, 312–5, 318–39, 341–67, 377–9, 382
レッシング，ゴットホルト・E.（Lessing, Gotthold Ephraim）　338
レフコウィッツ，メアリー（Lefkowitz, Mary）　15
ローリー，ウォルター（Raleigh, Walter）　248, 260

ワ　行

ワイアット，トマス（Wyatt, Thomas）　42
ワイルド，オスカー（Wilde, Oscar）　345
ワイルド，ジョン（Wild, John）　333–6

主要参考文献

Anderson, Benedict. *Imagined Communities : Reflections on the Origin and Spread of Nationalism*, rev. ed. London ; New York : Verso, 2006 : ベネディクト・アンダーソン『定本 想像の共同体——ナショナリズムの起源と流行』白石隆・白石さや訳, 図書新聞, 2007 年。

Arnold, Mathew. *Culture and Anarchy*. Oxford : Oxford UP, 2006. 初版は 1869 年 : マシュー・アーノルド『教養と無秩序』岩波文庫, 1946 年。

Auerbach, Erich. *Literary Language & Its Public in Late Latin Antiquity and in the Middle Ages*. Translated from German by Ralph Manheim. Princeton : Princeton UP, 1965.

————. *Mimesis*. Bern : Francke, 1946 : エーリッヒ・アウエルバッハ『ミメーシス——ヨーロッパ文学における現実描写』上・下, 篠田一士・川村二郎訳, 筑摩書房, 1967 年。

————. *Scenes from the Drama of European Literature*. New York : Meridian Books, 1959.

Axton, Marie. *The Queen's Two Bodies : Drama and the Elizabethan Succession*. London : Royal Historical Society, 1977.

Bakhtin, Mikhail. *Rabelais and His World*. Cambridge, Mass. : MIT Press, 1968 : ミハイル・バフチーン『フランソワ・ラブレーの作品と中世・ルネッサンスの民衆文化』川端香男里訳, せりか書房, 1988 年。

Baron, Hans. "Cicero and the Roman Civic Spirit in the Middle Ages and Early Renaissance." *Bulletin of the John Rylands Library* XX (1938), pp. 72–97.

————. *The Crisis of the Early Italian Renaissance : Civic Humanism and Republican Liberty in an Age of Classicism and Tyranny*. Princeton : Princeton UP, 1966 ; 1955.

バルト, カール『ローマ書講解』上・下, 小川圭治・岩波哲男訳, 平凡社ライブラリー, 2001 年。

Barthes, Roland. *L'Empire des signes*. Genève : Editions d'Art Albert Skira, 1970 : ロラン・バルト『表徴の帝国』宗左近訳, 新潮社, 1974 年。

Barton, Ann. "Livy, Machiavelli and Shakespeare's Coriolanus," *Shakespeare Survey* 38 (1985), pp. 115–29.

Bellow, Saul. *Ravelstein*. New York : Viking, 2000.

Benson, Robert L. and Giles Constable, eds. *Renaissance and Renewal in the Twelfth*

Century. Cambridge, Mass. : Harvard UP, 1982.

Berger, Harry. Jr. *The Allegorical Temper : Vision and Reality in Book II of Spenser's "Faerie Queene."* New Haven : Yale UP, 1957.

Bernal, Martin. *Black Athena : The Afroasiatic Roots of Classical Civilization*. Vol. I : *The Fabrication of Ancient Greece 1785-1985*. New Brunswick : Rutgers UP, 1987. Vol II : *The Archaeological and Documentary Evidence*. New Brunswick : Rutgers UP, 1991 : マーティン・バナール『古代ギリシアの捏造 1785-1985』片岡章彦監訳，新評論，2007年，『黒いアテナ——古代文明のアフロ・アジア的ルーツII 考古学と文書にみる証拠』上・下，金井和子訳，藤原書店，2004年。

Bloom, Allan. *The Closing of the American Mind*. New York : Simon & Schuster, 1987 : アラン・ブルーム『アメリカン・マインドの終焉——文化と教育の危機』菅野盾樹訳，みすず書房，1988年。

Bloom, Allan with H. V. Jaffa. *Shakespeare's Politics*. Chicago ; London : U of Chicago P, 1964 : アラン・ブルーム『シェイクスピアの政治学』松岡啓子訳，信山社，2005年。

Bock, G., Q. Skinner and M. Viroli, eds. *Machiavelli and Republicanism*. Cambridge ; New York : Cambridge UP, 1990.

Boethius, Anicius Manlius Torquatus Severinus. *De consolatione philosophiae*, *The Theological Tractates*, with an English translation by H. F. Stewart...and E. K. Rand. London : Heinemann ; Cambridge, Mass. : Harvard UP, 1946 : ボエティウス『哲学の慰め』畠中尚志訳，岩波文庫，1984年。

Boitani, P. ed. *Chaucer and the Italian Trecento*. Cambridge ; New York : Cambridge UP, 1983.

Bolgar, R. R., ed. *Classical Influences on European Culture A. D. 500-1500*. Cambridge : Cambridge UP, 1971.

Bowie, Malcolm. *Lacan*. Cambridge, Mass. : Harvard UP, 1991.

Bradley, A. C. *Shakespearean Tragedy : Lectures on Hamlet, Othello, King Lear, Macbeth*. London : Macmillan, 1929.

Braudy, Leo. *The Frenzy of Renown : Fame and Its History*. New York ; Oxford : Oxford UP, 1986.

Brewer, D. S. "The Relationship of Chaucer to the English and European Traditions." In *Chaucer and Chaucerians : Critical Studies in Middle English Literature*. Ed. D. S. Brewer. London : Nelson, 1966.

Brink, C. O. *English Classical Scholarship : Historical Reflections on Bentley, Porson and Houseman*. New York : Oxford UP, 1985.

ブルクハルト，ヤーコプ『イタリア・ルネサンスの文化』柴田治三郎訳，中央公論社，1966年。

Bushnell, R. W. *Tragedies of Tyrants : Political Thought and Theatre on the English Renaissance*. Ithaca : Cornell UP, 1990.

Butler, Elizabeth Marian. *The Tyranny of Greece over Germany : A Study of the Influence Exercised by Greek Art and Poetry over the Great German Writers of the Eighteenth, Nineteenth and Twentieth Centuries*. Cambridge UP, 1935 ; Beacon Press, 1958.

Carr, R. H. *Plutarch's Lives of Coriolanus, Caesar, Brutus, and Antonius in North's Translation*. Ed. R. H. Carr. Oxford : Clarendon P, 1906.

Cavell, Stanley. "Coriolanus and Interpretations of Politics : Who Does the Wolf Love? " In *The Themes Out of School : Effects and Causes*. San Francisco : North Point Press, 1984.

———. *Disowning Knowledge in Seven Plays of Shakespeare*, updated ed. Cambridge : Cambridge UP, 2003.

Chaucer, Geoffrey. *The Riverside Chaucer*, 3rd ed. General ed. L. D. Benson. Oxford : Oxford UP, 1988.

Chenu, M-D. *Nature, Man and Society in the Twelfth Century : Essays on New Theological Perspectives in the Latin Wast*. Trans. J. Taylor and L. K. Little. Chicago : U of Chicago P, 1968, originally in French, 1957.

Cicero, M. Tullius. "Somnium Scipionis." In Macrobius, *Commentarii in Somnium Scipionis*. Ed. J. Willis. Leipzig : Teubner, 1970 : キケロ「スキピオの夢」水野有傭訳『キケロ，エピクテトス，マルクス・アウレリウス』中央公論社，1968年。

Coetzee, J. M. "What Is a Classic? : A Lecture." In *Stranger Shores : Literary Essays, 1986–1999*. New York : Viking, 2001.

Comparetti, Domenico. *Vergil in the Middle Ages*（*Virgilio nel medio evo*, 1885), with a new introduction by Jan M. Ziolkowski. Princeton UP, 1997.

Courcele, Pierre. *La consolation de philosophie dans la tradition littéraire*. Paris : Etudes Augustiniennes, 1967.

Curtius, E. R. "Neuere Arbeiten über den italienischen Huanismus." *Bibliotèque d'Humanisme et Renaissance* 10（1948), pp. 185–94.

———. *Deutscher Geist* in *Gefahr*. Stuttgart : Deutsche Verlags-Anstalt, 1932 : クルティウス『危機に立つドイツ精神』南大路振一訳，みすず書房，1987年。

———. *European Literature and the Latin Middle Ages*. New York : Pantheon Books, 1953 ; originally in German, Berlin 1948.

Dante, Alighieri. *The Divine Comedy*. Trans. J. D. Sinclair. Oxford : Oxford UP, 1939.

———. *The Divine Comedy*. Trans. C. S. Singleton. Princeton : Princeton UP, 1970.

ダンテ『神曲』平川祐弘訳，河出書房新社，1966 年；山川丙三郎訳，岩波書店，1952，1953，1958 年。
Davies, Norman. *Europe : A History*. Oxford ; New York : Oxford UP, 1996.
Derrida, Jacques. "Limited Inc." *Glyph* II (Supplement) (1977).
———. "Signature Event Context." *Glyph* I (1977).
Detienne, Marcel. *Préface*, in W. F. Otto, *Les Dieux de la Grèce*. Paris : Payot, 1984.
『ディクテュスとダーレスのトロイア戦争物語――『トロイア戦争日誌』と『トロイア滅亡の歴史物語』』岡三郎訳，国文社，2001 年。
Dronke, Peter. *Dante and Medieval Latin Traditions*. Cambridge ; New York : Cambridge UP, 1986.
Eliot, T. S. "Virgil and the Christian World" (1951 BBC & The Listener). New York : Farrar, Straus & Cudahy, 1957.
———. *After Strange Gods* (The Page-Barbour Lectures at the University of Virginia, 1933). London : Faber & Faber, 1934 : エリオット『異神を求めて』大竹勝訳，荒地出版，1957 年；『異神を追ひて』中橋一夫訳，生活社，1943 年。
———. *What Is a Classic? : An Address Delivered before the Virgil Society on the 16th of October 1944*. London : Faber & Faber, 1945.
Enciclopedia Dantesca. Roma : Istituto della Enciclopedia Italiana, 1970-78.
フィンケルクロート，アラン『思考の敗北あるいは文化のパラドクス』西谷修訳，河出書房新社，1988 年。
Fowler, Alastair. *Spenser and the Numbers of Time*. London : Routledge & K. Paul, 1964.
Freccero, John. *Dante : the Poetics of Conversion*. Ed. R. Jacoff. Cambridge, Mass. : Harvard UP, 1986.
Giamatti, A. Bartlett. *The Earthly Paradise and the Renaissance Epic*. Princeton : Princeton UP, 1966.
Gombrich, E. H. *Art and Illusion : a Study in the Psychology of Pictorial Representation*. London : Phaidon Press, 1977.
Gorden, D. J. "Name and Fame : Shakespeare's Coriolanus." In *Papers, Mainly Shakespearian*. Ed. G. I. Duthie. Edinburgh ; London : Oliver & Boyd, 1964.
Graves, Robert. "The Virgil Cult." *The Virginia Quarterly Review* 38 (1962) : "The Anti-Poet." In *Oxford Addresses on Poetry* (1962).
Greenblatt, Stephen. *Hamlet in Purgatory*. Princeton : Princeton UP, 2001.
———. *Renaissance Self-Fashioning : from More to Shakespeare*. Chicago : U of Chicago P, 1980 : スティーヴン・グリーンブラット『ルネサンスの自己成型――モアからシェイクスピアまで』高田茂樹訳，みすず書房，1992 年。

————. *Shakespearean Negotiations : the Circulation of Social Energy in Renaissance England*. Oxford : Clarendon Press, 1988 : グリーンブラット『シェイクスピアにおける交渉——ルネサンス期イングランドにみられる社会的エネルギーの循環』酒井正志訳，法政大学出版局，1995 年。

Greenblatt, Stephen, ed. *The Power of Forms in the English Renaissance*. Norman : Pilgrim Books, 1982.

ハーバーマス，ユルゲン『公共性の構造転換』第 2 版，細谷貞雄・山田正行訳，未來社，1994 年。

Haecker, Theodor. *Virgil : Father of the West*. Trans. A. W. Wheen. London : Sheed & Ward, 1934 ; *Virgil : Vater des Abendlandes*. Leipzig : Hagner, 1931.

Harootunian, Harry. *Overcome by Modernity : History, Culture, and Community in Interwar Japan*. Princeton : Princeton UP, 2000 : ハリー・ハルトゥーニアン『近代による超克——戦間期日本の歴史・文化・共同体』上・下，梅森直之訳，岩波書店，2007 年。

[Heidegger.] *Anteile Festschrift fur Martin Heidegger zum 60. Geburtstag*. Frankfurt, 1950.

Hirschman, A. O. *The Passions and the Interests : Political Arguments for Capitalism before Its Triumph*. Princeton : Princeton UP, 1977.

ホメロス『イリアス』呉茂一訳，岩波文庫，1953 年。

————『オデュッセイアー』呉茂一訳，岩波文庫，1971 年。

フッサール，エトムント『ヨーロッパ諸学の危機と超越論的現象学』細谷恒夫・木田元訳，中公文庫，1995 年。

Hyde, J. K. *Padua in the Age of Dante*. Manchester : Manchester UP, 1966.

色川大吉『自由民権の地下水』岩波書店，1990 年。

Jeauneau, Edouard. “Macrobe, source du platonisme chartrain.” *Studi Medievali* I (1960).

Jenkyns, Richard. *The Victorians and Ancient Greece*. Oxford : Blackwell, 1980.

Johnson, Samuel. *Dr Johnson on Shakespeare*. Ed. W. K. Wimsatt. Harmondsworth : Penguin, 1969.

Kahn, Coppélia. *Roman Shakespeare : Warriors, Wounds and Women*. London : Routledge, 1997.

Kantorowicz, E. H. *The King's Two Bodies : A Study in Medieval Political Theology*. Princeton : Princeton UP, 1957 : カントーロヴィッチ『王の二つの身体』上・下，小松公訳，ちくま学芸文庫，2003 年。

河上徹太郎他『近代の超克』創元社，1943 年；冨山房，1979 年：Kawakami, T. et al. *Overcoming Modernity*. Trans. and intro. Richard Calichman. New York : Columbia UP, 2008.

川崎寿彦『楽園のイングランド——パラダイスのパラダイム』河出書房新社, 1991年。
川島重成「ウェルギリウスの予型論的歴史観」『西洋文学における内在と超越』新地書房, 1986年。
川島重成・荒井献編『神話・文学・聖書——西洋古典の人間理解』教文館, 1977年。
Keréni, Karl. "Walter Friedrich Otto : Erinnerung und Rechenschaft." *Paideuma* 7 (1959) S. 1-10.
Kermode, Frank. *The Classic* (the T. S. Eliot memorial lectures 1973). London : Faber & Faber, 1975.
Knight, G. W. *The Imperial Theme : Further Interpretations of Shakespeare's Tragedies Including the Roman Plays*. London : Methuen, 1931.
Knight, Stephen. *Geoffrey Chaucer*. Oxford ; New York : Blackwell, 1986.
Knight, W. F. Jackson. *Roman Virgil*. Faber & Faber, 1944.
Knox, Bernard. *The Oldest Dead White European Males and Other Reflections on the Classics*. New York : Norton, 1993.
Koff, L. M. and B. D. Schildgen, eds. *The Decameron and the Canterbury Tales : New Essays on An Old Question*. Madison : Fairleigh Dickinson UP, 2000.
Kojève, Alexandre. *Introduction to the Reading of Hegel : Lectures on the Phenomenology of Spirit*. Assembled by Raymond Queneau, ed. by Allan Bloom, translated from the French by James H. Nichols, Jr. New York : Basic Books, 1969 : アレクサンドル・コジェーヴ『ヘーゲル読解入門——『精神現象学』を読む』上妻精・今野雅方訳, 国文社, 1987年。
九鬼周造『偶然性の問題』(『九鬼周造全集』第2巻), 岩波書店, 1980年。
『旧約聖書』日本聖書協会編, 1982年。
Larner, John. *Italy in the Age of Dante and Petrarch, 1216-1380*. London : Longman, 1980.
ル・ゴフ『煉獄の誕生』渡辺香根夫訳, 法政大学出版局, 1988年。
Lefkowitz, Mary. *Not Out of Africa : How Afrocentrism Became an Excuse to Teach Myth as History*. New York : BasicBooks, 1996.
Lewis, C. S. *A Preface to Paradise Lost*. London : Oxford UP, 1942 : ルイス『『失楽園』序説』大日向幻訳, 叢文社, 1981年。
Löwith, Karl. "Heidegger : Problem and Background Existentialism." *Social Research* XV (1948), pp. 345-69.
———. "Les implications politiques de la philosophie de l'existence chez Heidegger." *Les Temps Modernes* II, no. 14 (1946, Nov.), pp. 342-60.

———. "The Japanese Mind : A Picture of the Mentality That We Must Understand If We Are to Conquer." *Fortune*. Vol. 28, no. 6 (1943), pp. 132–35, 230, 232, 234, 236, 239–240, 242.
———. "Japan's Westernization and Moral Foundation." *Religious Life : A Christian Quarterly of Opinion and Discussion* (New York), 12 (1942–43).
———. "M. Heidegger and F. Rosenzweig or Temporality and Eternity." *Philosophy and Phenomenological Review* III (Sep. 1942–June 1943), pp. 53–77.
———. *Meaning in History*. U. of Chicago P, 1949.
———. *Natur und Geschichte. Karl Löwith zum 70. Geburtstag* (Stuttgart, 1967).
———. *Sämtliche Schriften*, I–IX, hrsg. von Klaus Stichweh und Marc B. de Launay. Stuttgart : Metzler, 1981–88.
———. *Scritti sul Giappone*. Introduzione de Gianni Carchia. Soveria Mannelli : Rubbettino, 1995.
レーヴィット，カール「学問による世界の魔力剝奪」『学問とわれわれの時代の運命』上村忠男・山之内靖訳，未來社，1986 年。
———『ある反時代的考察』ベルント・ルッツ編，中村啓・永沼更始郎訳，法政大学出版局，1992 年。
———『ウェーバーとマルクス』柴田治三郎・脇圭平・安藤英治訳，弘文堂，1949 年。
———『共同存在の現象学』熊野純彦訳，岩波書店，2008 年。
———『東洋と西洋』佐藤明雄訳，未來社，1990 年。
———『ニーチェの哲学』柴田治三郎訳，岩波書店，1960 年。
———『ヤーコプ・ブルクハルト』西尾幹二・瀧内槙雄訳，ちくま学芸文庫，1994 年。
Lyotard, Jean-François. La condition postmoderne : rapport sur le savoir. Paris : Éditions de Minuit, 1979 : ジャン=フランソワ・リオタール『ポスト・モダンの条件——知・社会・言語ゲーム』小林康夫訳，書肆風の薔薇，1986 年。
MacGregor, Alexander. "Mussato's Commentary on Seneca's Tragedies, New Fragments." *Illinois Classical Studies* 5 (1980), pp. 149–63.
マキアヴェッリ『ローマ史論』大岩誠訳，岩波文庫，1949 年。
Macrobius. *Commentarii in Somnium Scipionis*. Ed. J. Willis. Leipzig : Teubner, 1970.
———. *Commentary on the Dream of Scipio*. Translated with an introduction and notes by William Harris Stahl. New York : Columbia UP, 1952.
丸山真男『日本の思想』岩波新書。
松田隆美・高宮利行編『中世イギリス文学入門』雄松堂，2008 年。

Meier, Heinrich. *Leo Strauss and the Theologico-Political Problem*. Trans. Marcus Brainard. Cambridge : Cambridge UP, 2006.

Merchant, Carolyn. *The Death of Nature : Women, Ecology and the Scientific Revolution*. New York : HarperSanFrancisco, 1980 : キャロリン・マーチャント『自然の死——科学革命と女・エコロジー』垂水雄二・樋口祐子訳，工作舎，1985 年。

Milton, John. *The Poems of John Milton*. Eds. J. Carey and A. Fowler. London : Longman, 1968.

More, Thomas. *History of King Richard III and Selections from the English and Latin Poems*. Ed. Richard S. Sylvester. New Haven : Yale UP, 1976（Volume 2 of *The Yale Edition of the Works of St. Thomas More*）.

———. *Letter to the University of Oxford*. Ed. Daniel Kinney. New Haven : Yale UP, 1964（Volume 15 of *The Yale Edition of the Works of St. Thomas More*）.

———. *Responsio ad Lutherum*. Ed. John M. Headley, English translated by Sister Scholastica Mandeville. New Haven ; London : Yale UP, 1969（Volume 5 of *The Yale Edition of the Works of St. Thomas More*）.

———. *Utopia*. Edited with introduction and notes by Edward Surtz. New Haven : Yale UP, 1964（Volume 4 of *The Yale Edition of the Works of St. Thomas More*）: トマス・モア『ユートピア』澤田昭夫訳（『エラスムス／トマス・モア』世界の名著 17），中央公論社，1969 年。

Müller, Herbert. *Früher Humanismus in Oberitalien : Albertino Mussato, Ecerinis*. Frankfurt am Main ; New York : P. Lang, 1987.

Muschg, Adolf. "Meine Japanreise mit Karl Löwith." In Karl Löwith. *Von Rom nach Sendai, Von Japan nach Amerika : Reisetagesbuch 1936 und 1941*. Hrsg. von K. Stichweh und U. von Bülow. Marbach : Deutsche Shillergesellschaft, 2001, S. 113-55.

Mussato, Albertino. *Ecerinide*. Ed. L. Padrin. Bologna : N. Zanichelli, 1900 : アルベルティーノ・ムッサート『エケリニス——ヨーロッパ初の悲劇』土居満寿美著訳，アリーフ一葉舎，2000 年。

長尾龍一「レオ・シュトラウス問題」『思想』10 月号「レオ・シュトラウスの思想」2008 年，3-8 頁。

中江兆民『三酔人経綸問答』桑原武夫・島田虔次訳，岩波文庫，1965 年。

夏目漱石「英文学形式論」『漱石全集』第 13 巻，山内久明注解，岩波書店，1955 年，191-292 頁。

Nohrnberg, J. *The Analogy of "The Faerie Queene."* Princeton : Princeton UP, 1976.

Norton, Anne. *Leo Strauss and the Politics of American Empire*. New Haven : Yale UP, 2004.

奥田宏子『チョーサー――中世イタリアへの旅』神奈川大学評論編集専門委員会，2003 年。
Otto, Walter F. “Gesetz, Urbild, und Mythos.” In *Die Gestalt und das Sein. Gesammelte Abhandlungen über den Mythos und seine Bedeutung für die Menschheit*. Darmstadt : Wissenschaftliche Buchgesellschaft, 1974.
———. “Über den Verfasser.” *Theophania. Der Geist der altgriechischen Religion*. Hamburg : Rowohlt, 1956 : オットー『神話と宗教――古代ギリシャ宗教の精神』辻村誠三訳，筑摩書房，1966 年。
———. “Die Zeit und das Sein. Unphilosophische Betrachtungen.” *Anteile. Martin Heidegger zum 60. Geburtstag*. Frankfurt am Main : Vittorio Klostermann, 1950.
———. *Die Götter Griechenlands : Das Bild des Göttlichen im Spiegel des griechischen Geistes*. Frankfurt am Main : G. Schulte-Bulmke, 1956.
オットー，W. F.『ディオニューソス――神話と祭儀』西澤龍生訳，論創社，1997 年。
Petrarcae Epistolae de rebus familiaribus et variae. Vol. 1. Ed. J. Fracassetti. Firenze : Le Monnier, 1862.
ペトラルカ『ルネサンス書簡集』近藤恒一編訳，岩波文庫，1989 年。
『ペトラルカ＝ボッカッチョ往復書簡』近藤恒一編訳，岩波文庫，2006 年。
Plutarch's Lives of the Noble Grecians and Romans, Englished by Sir Thomas North, 1579. Vol. 1. Rept. New York : AMS Press, 1962.
Pocock, J. G. A. *The Machiavellian Moment : Florentine Political Thought and the Atlantic Republican Tradition*. Princeton : Princeton UP, 1975 : ポーコック『マキァヴェリアン・モーメント』田中秀夫他訳，名古屋大学出版会，2008 年。
Pope, Alexander. “An Essay on the Life, Writings, and Learning of Homer.” In *The Iliad of Homer. The Twickenham Edition of the Poems of Alexander Pope*. Ed. Maynard Mack. London : Methuen, 1967.
Reeves, Gareth. *T. S. Eliot : A Virgilian Poet*. Basingstoke : Macmillan, 1989.
Reynolds, L. D. and N. G. Wilson. *Scribes and Scholars : A Guide to the Transmission of Greek & Latin Literature*, 2nd ed. Oxford : Clarendon Press, 1974 : レイノルズ，ウィルソン『古典の継承者たち――ギリシア・ラテン語テクストの伝承にみる文化史』西村賀子・吉武純夫訳，国文社，1996 年。
Ries, Wiebrecht. *Karl Löwith* (Sammulung Metzler). Stuttgart : J. B. Metzler, 1992.
Rubinstein, Frankie. *A Dictionary of Shakespeare's Sexual Puns and Their Significance*. London : Macmillan, 1984.
Sabbadini, Remigio. *Le scoperte dei codici latini e greci nei secoli XIV e XV : Nuove*

ricerche col riassunto filologico dei due volumi. Firenze : G. C. Sansoni Editore, 1914 ; 1967.

Said, Edward. *Orientalism*. New York : Pantheon Books, 1978 : エドワード・サイード『オリエンタリズム』今沢紀子訳，平凡社，1993 年。

斎藤勇『イギリス文学史』研究社，1974 年。

坂部恵『和辻哲郎――異文化共生の形』岩波現代文庫，2000 年。

坂口ふみ『〈個〉の誕生』岩波書店，1996 年。

Sandys, John E. *A History of Classical Scholarship*. Vol. II. Cambridge : Cambridge UP, 1958.

Scobie, Alex. *Hitler's State Architecture : The Impact of Classical Antiquity*. University Park : Pennsylvania State UP, 1990.

Searle, John. "Re-Iterating the Differences : A Reply to Derrida." *Glyph* I.

『世界史的立場と日本』中央公論社，1943 年。

Shakespeare, William. *The Complete Sonnets and Poems*. Ed. Colin Burrow (The Oxford Shakespeare). Oxford ; New York : Oxford UP, 2002.

――――. *Coriolanus*. Ed. Ph. Brockbank. London : Methuen, 1976.

――――. *Julius Caesar*. Ed. Arthur Humphreys (The Oxford Shakespeare). 1984.

――――. *Julius Caesar*. Ed. Marvin Spevack (The New Cambridge Shakespeare). Cambridge : Cambridge UP, 1987.

――――. *Othello*. Ed. Norman Sanders (The New Cambridge Shakespeare). 1984.

――――. *The Sonnets*. Ed. G. Blackmore Evans (The New Cambridge Shakespeare). 1996.

シェークスピア，ウイリアム　『オセロー』坪内逍遥訳『新修シェークスピヤ全集』中央公論社，第 38 巻，1934 年。

――――　『コリオレーナス』坪内逍遥訳，同上，第 32 巻，1934 年。

――――『詩篇　其一』坪内逍遥訳，同上，第 38 巻，1934 年。

――　『ヂュリヤス・シーザー』坪内逍遥訳，同上，第 26 巻，1934 年。

Shoaf, R. A. *Dante, Chaucer, and the Currency of the Word*. Norman : Pilgrim Books, 1983.

Skinner, Quentin. "Machiavelli's Discorsi and the Pre-Humanist Origin of Republican Ideas." In *Machiavelli and Republicanism*. Eds. G. Bock, Q. Skinner and M. Viroli. Cambrige ; New York : Cambridge UP, 1990, pp. 121–41.

――――. *The Foundations of Modern Political Thought*. 2vols. Cambridge : Cambridge UP, 1978 : クエンティン・スキナー『近代政治思想の基礎――ルネサンス，宗教改革の時代』門間都喜郎訳，春風社，2009 年。

――――. *Machiavelli*. London : Oxford UP, 1981 : クェンティン・スキナー『マキア

ヴェッリ――自由の哲学者』塚田富治訳，未來社，1991 年。

Spenser, Edmund. *Spenser's Faerie Queene*. Ed. J. C. Smith. Oxford : Clarendon Press, 1968.

Steiner, George. *Errata : an Examined Life*. London : Weidenfeld & Nicolson, 1997 : ジョージ・スタイナー『G. スタイナー自伝』工藤政司訳，みすず書房，1998 年。

———. *Heidegger*. London : Fontana, 1978 : スタイナー『マルティン・ハイデガー』生末敬三訳，岩波現代文庫，2000 年。

Stewart, Stanley. *The Enclosed Garden : the Tradition and the Image in the 17th Century Poetry*. Madison : U of Wisconsin P, 1966.

Strauss, Leo. "On a New Interpretation of Plato's Political Philosophy." *Social Research* 13 (1946), pp. 326-67.

———. *Gesammelte Schriften*. Band 3. Hrsg. von Heinrich Meier et al. Stuttgart : J. B. Metzler, 2001.

———. *On Tyranny*, revised and expanded ed. Eds. V. Gourevitch and M. S. Roth, New York : Free Press, 1991 : レオ・シュトラウス『僭主政治について』上・下，石崎嘉彦他訳，現代思潮新社，2006-07 年。

Strong, Roy. *Gardens through the Ages (1420-1940) : Original Designs for Recreating Classic Gardens*. London : Conran Octopus, 2003.

———. *The Story of Britain*. London : Hutchinson, 1996.

Stuart, James and Nicholas Revet. *The Antiquities of Athens*. Vol. 1, 1762 ; Vol. 2, 1787 ; Vol. 3, 1794 ; Vol. 4, 1816. London : John Haberkorn.

———. *The Antiquities of Athens*. New York : Princeton Architectural Press, 2008.

Sypher, W. *Four Stages of Renaissance Style : Transformations in Art and Literature, 1400-1700* (A Doubleday Anchor original). Garden City: Doubleday, 1955 : サイファー『ルネサンス様式の四段階――1400 年～1700 年における文学・美術の変貌』河村錠一郎訳，河出書房新社，1987 年。

Takada, Yasunari. "'Common Profit' and Libidinal Dissemination in Chaucer." In *The Body and the Soul in Medieval Literature*. Eds. P. Boitani and A. Torti. New York : Boydell & Brewer, 1999.

———. "From the 'House of Fame' to Politico-Cultural Histories." In *Chaucer to Shakespeare*. Eds. R. Beadle et al. New York : Boydell & Brewer, 1992.

———. "Looking over The Faerie Queene or Spenser Di-In-Ludens."『東北大学文学部研究年報』33 (1984 年 3 月)，1-55 頁。

———. *Transcendental Descent : Essays in Literature and Philosophy*. Center for Philosophy, The University of Tokyo, 2007.

高田康成『キケロ――ヨーロッパの知的伝統』岩波書店，1999 年。
高橋康也『道化の文学』中公新書，1977 年。
田村秀夫『トマス・モア』研究社出版，1996 年。
田村秀夫責任編集『トマス・モア研究』御茶の水書房，1978 年。
塚田富治『トマス・モアの政治思想――イギリス・ルネッサンス期政治思想研究序説』木鐸社，1978 年。
――――『ルネサンス期イングランドにおける「政治」観と「政治」論――「政治」という言葉の分析』一橋大学社会科学古典資料センター，1986 年。
坪内逍遥『自由太刀余波鋭鋒』東洋館，1884 年。
Ullmann, B. L. *Studies in the Italian Renaissance*. Rome : Edizioni di storia e letteratura, 1955.
ウェルギリウス『アエネーイス』泉井久之助訳，岩波文庫，1976 年。
Wallace, D. *Chaucer and the Early Writings of Boccaccio*. Woodbridge : Brewer, 1985.
――――. *Chaucerian Polity : Absolutist Lineages and Associational Forms in England and Italy*. Stanford : Stanford UP, 1997.
Wallerstein, Immanuel. "Eurocentrism and Its Avatars." In *The End of the World As We Know It*. Minneapolis : U of Minnesota P, 1999.
和辻哲郎『イタリア古寺巡礼』岩波文庫，1991 年。
――――『古寺巡礼』岩波文庫，1979 年。
Watt, Ian. *The Rise of the Novel : Studies in Defoe, Richardson and Fielding*. Harmondsworth : Penguin, 1963 : イアン・ワット『小説の勃興』藤田永祐訳，南雲堂，2007 年。
ヴェーバー，マックス『プロテスタンティズムの倫理と資本主義の精神』大塚久雄訳，岩波文庫，1989 年。
Weiss, Roberto. *The Renaissance Discovery of Classical Antiquity*. Oxford : Blackwell, 1969.
Wetherbee, W. *Chaucer and the Poets : An Essay on "Troilus and Criseyde"*. Ithaca : Cornell UP, 1984.
――――. *Platonism and Poetry in the Twelfth Century : the Literary Influence of the School of Chartres*. Princeton : Princeton UP, 1972.
Wickham, G. "'Coriolanus' : Shakespeare's Tragedy in Rehearsal and Performance." In *Later Shakespeare* (Stratford-Upon-Avon Studies). Eds. J. R. Brown and B. Harris. London : Arnold, 1966, pp. 167–82.
Wilamowitz-Moellendorff, Urlich von. *Erinnerungen 1848–1914*. Leipzig : K. F. Koehler, 1928.

———. *Die Geschichite der Philologie*. Nachdruck der 3. Aufl. (1927). Leipzig : Teubner, 1959.

Wilkins, E. H. *The Making of the "Canzoniere" and Other Petrarchan Studies*. Roma : Edizioni de Storia e Letteratura, 1951.

Williams, Raymond. *Keywords : a Vocabulary of Culture and Society*. London : Fontana, 1976 : レイモンド・ウィリアムズ『完訳キーワード辞典』椎名美智他訳，平凡社，2002 年

ヴィンケルマン，ヨハン・ヨアヒム『古代美術史』中山典夫訳，中央公論美術出版，2001 年。

Wolf, Friedrich August. *Prolegomena to Homer* (*1795*). Trans. Anthony Grafton, Glenn W. Most and James E. G. Zetzel. Princeton : Princeton UP, 1985.

Wolin, Richard. *Heidegger's Children : Hannah Arendt, Karl Löwith, Hans Jonas, and Herbert Marcuse*. Princeton : Princeton UP, 2001 : リチャード・ウォーリン『ハイデガーの子どもたち――アーレント／レーヴィット／ヨーナス／マルクーゼ』村岡晋一・小須田健・平田裕之訳，新書館，2004 年。

Wood, Robert. *An Essay on the Original Genius of Homer* (*1769 & 1775*). Hildesheim : Georg Olms, 1976.

Woodhouse, A. S. P. "Nature and Grace in *The Faerie Queene*." *ELH* 16 (1949).

山内久明・高田康成・高橋和久編『イギリス文学』放送大学教育振興会，2004 年。

Yates, Frances. *The Occult Philosophy in the Elizabethan Age*. London : Routledge & K. Paul, 1979 : フランセス・イエイツ『魔術的ルネサンス――エリザベス朝のオカルト哲学』内藤健二訳，晶文社，1984 年。

Ziolkowski, Jan M. and Michael C. J. Putnam, eds. *The Virgilian Tradition : the First Fifteen Hundred Years*. New Haven : Yale UP, 2008.

Ziolkowski, Theodore. *Virgil and the Moderns*. Princeton : Princeton UP, 1993.